穿过流年的烽烟

铁柔　著

天津出版传媒集团
百花文艺出版社

图书在版编目（CIP）数据

穿过流年的烽烟 / 铁柔著. -- 天津 : 百花文艺出版社, 2023.7
ISBN 978-7-5306-8575-4

Ⅰ. ①穿… Ⅱ. ①铁… Ⅲ. ①长篇小说－中国－当代
Ⅳ. ①I247.5

中国国家版本馆 CIP 数据核字（2023）第 104840 号

穿过流年的烽烟
CHUANGUO LIUNIAN DE FENGYAN
铁柔 著

出 版 人：薛印胜　**责任编辑**：张　雪
装帧设计：谢蔓玉　**特约编辑**：韩玉龙
出版发行：百花文艺出版社
地址：天津市和平区西康路 35 号　**邮编**：300051
电话传真：+86-22-23332651（发行部）
+86-22-23332656（总编室）
+86-22-23332478（邮购部）
网址：http://www.baihuawenyi.com
印刷：涿州市荣升新创印刷有限公司
开本：660 毫米 ×960 毫米　1/16
字数：262 千字
印张：19.5
版次：2023 年 7 月第 1 版
印次：2023 年 7 月第 1 次印刷
定价：59.80 元

如有印装质量问题，请与涿州市荣升新创印刷有限公司联系调换
地址：涿州市百尺竿镇毛家屯工业区中心路 3 号院
邮编：072750

我有时静心于沉思默想

把过往的事物细细品尝

我慨叹许多未曾如愿之事

旧恨新怨使我痛惜蹉跎的时光

胡斌

目录
MULU

穿过流年的烽烟

第一章

一条小溪从乱石磷磳的北山峡谷中东弯西拐、跌跌撞撞地挤出来，淌出山口，转头向西流过小镇的脚下，进入南北山区分界的河谷之中。这条河谷东西绵延一百多公里，串起了两个地级市。河谷以北叫北部高山区，巍峨险峻，土地贫瘠；河谷以南叫南部低山区，沟壑纵横，梯田密布。

淙淙而下的小溪来到山下谷地，融进一条弯弯的玉带之中，悠悠荡荡，不忍离去，像一个奔跑多日的孩子投进了母亲温暖的怀抱。

这条翡翠似的河流叫清江，属渠江流域。河畔有一所高完中（包含初中和高中学段的学校），名叫清江中学，学校高中部主要招收县域境内东南方向三个区的初中毕业生。

清江中学始建于1956年，在当地，人们都习惯称它为二中。很显然，一中就在县城了。学校建在南北山区的过渡带上，相对平整。进门便是一个大操场，教学楼、办公楼和教师、学生宿舍以及食堂等房屋沿中轴线分开，依次而建。校园里有很多高大的榆树，每到春天，嫩绿的榆叶和榆钱在橘黄的阳光下层层堆积，萦绕着浓郁芳香。

校园后面还有一个土操场，习惯叫做后操场，后操场的围墙就成了学校最后的边界。围墙后面紧挨着一个火车站，每天早上，一列绿皮火车准时出发开往省城。这是一趟普慢列车，它与省城对开，因此，这儿既是起点也是终点。小站还承接着繁重的煤炭转运事务，从北山煤矿输送来的煤炭在这儿堆成小山，无数货运汽车和火车车皮再把这些煤炭运往祖国各地。每天一大早，火车拉响汽笛，一声声长音短音绵延回响，唤醒了沉睡的山谷，把这片大地笼罩在雄浑的工业奏鸣曲之中。

韩云志坐在教室里，他的思绪常常被汽笛声带去很远的地方。远方在哪儿呢？他心里总会升起一阵微茫的想象。

几年以前，从省城开过来的火车，还未到达县城东边二十公里的清江镇做终点，而是在距县城西边十公里的嘉水镇过夜。每天晚上八点四十，县汽车队的三辆大客车会准时在嘉水镇接站。火车头刚停稳，头顶还冒着白烟，口里还喘着粗气，像一个快累倒的长跑者，费了老大劲才跑到终点。绿皮车门一打开，人群便一窝蜂地涌出来，乱哄哄冲下站台，又潮水一般涌进去县城的大客车。而往后的日子里，县城始终未作为这趟客运列车的起点和终点站。随着时代的发展，普慢列车开到了巴山市，虽经过县城却不停靠，具体原因很难说清。

清江中学离小镇下场口不过一里多路。省道公路紧挨着校门前经过，再向东穿过场镇大约四十公里后，进入巴山地区。如此说来，此地的交通出行状况似乎还算便利。

平缓的水流在清江中学对面的河坝里徜徉，弯弯绕绕，在接近省道与县道交会处，被一道山坡脚下一挡，又转头流向南面的山谷之中。

韩云志与王奇伟同班，于 1985 年秋季入学。他们家住清江顺流而下的河谷两岸，两山遥遥相对。上学的路先从山上下来，再沿着清江河谷往上游走十二公里县道才到清江中学，比读初中时的路程远了一倍。县道是碎石路，虽说晴天一身汗，但身上的衣服看起来还算干净。下雨天就让人心忧了，路不好走，走山路容易摔跤，走公路容易被过往车辆溅一身的泥水。但终究没有选择，路只有一条。韩云志曾经听大人们说过，几十年以前去赶场，要翻过几座山，下过几条壑，才能走到清江街上。他常常站在操场上，望着校门对面那座高山，想象着从山顶笔直往下画一条延长线就能连接到自家的房顶上，可山路远不是想象的那么简单和轻巧。他好几次都想去尝试一下，可家人都劝他不要独自去走那条路：山高路陡，有一段还得手脚并用，而且没有人烟，荒山野岭让人心里不安。

鲁迅有一句名言：其实地上本没有路，走的人多了，也便成了路。路是走出来的，无疑。但前提是走路的人要足够多，一个人是很难趟出一条路来的。

“听人劝，得一半”，这是常说的一句话。由此，上学还只能走那条大路。小孩子嘛，总喜欢干干净净、漂漂亮亮的。每周日下午回到学校，看看身上刚换的衣服已经变得灰扑扑，心里就有些不愉快。好在大伙儿都刚返校，常会从家里带来一些“美味佳肴”，三五个小伙伴围在一起分享，说说笑笑，浑身的疲劳和不快也随之一扫而光了。

能带给人开心快乐的，既有物质美味，也有精神美味，有时物质与精神共存。比如，莴笋长成的时候，从地里拔几根，带到学校去，削了皮，切成片，只需酱油一拌，即成美味，而且清香可口。杜玉国有一次就是这样干的，他拌了一大碗莴笋，只招呼一声，小伙伴们都抢着来品尝。在这个星期天的下午，韩云志觉得生活是那么有滋有味，人间真是温暖和美好的。

在顺着河谷而行的公路上行走，若能在招呼站遇到开往县城的班车，兴许能赶上。客车不到站是不停的，能搭上车的概率总是很小，客车一天就那么两趟，等车是没有个准头的。如此一来，走路反倒不会焦心，所谓不怕慢就怕站。到了 20 世纪 90 年代，很多地方班车、公交车都能招手停了。

学校门口并没有车站。若想搭车，只能去东边场镇或者西边省道与县道交会路口的车站。每到星期六午后，一群一群的学生站在公路两旁，盼望着开往自家方向的班车早点到来。时间像那条小河流一样无声无息地流逝，回家的路在缩短的时间内开始变得漫长，不安和焦虑爬上了青春的脸庞。离家远的人总是占多数，就算班车来了，好多也挤不上去，只好走路回家。

韩云志和大多数同学一样，走路已经成为习惯。况且到了周六，身上一般都没钱了。小伙伴们成群结队走出校门，有说有笑。这时候，谁也不会再去理会搭车的事了。路上偶有客车、汽车轰鸣而来，大家都不约而同靠边让过，不以为意。车大多开得野，跑山路的驾驶员往往都是“小坑不管，大坑闭眼”的人，叮叮咣咣一通过去，路上腾起阵阵烟尘，但学生们并不懊恼，让它开过去之后再慢慢往前走。走上一段，便有人陆续分手，斜刺里上了山路。有人冷不丁冒句二话，便引来大家一阵哄笑。也有约好第二天返校同路的，其余仍旧走各自的路。

韩云志的父亲韩正清在县城上班，母亲在老家山上。那时流行一句话：半工半农，富得流油。但这话跟韩云志家的实际情况却大相径庭。他家里兄弟姊妹五个，每个依次相差两三岁，小的时候都小。农村缺乏劳动力是一件很吃亏的事情，韩正清的工资除了养家糊口，还要补社，日子能撑过去就算不错了。

韩云志入学时在高一三班。他读初中时也在三班，他跟三班有缘。一个班的男生合住在一间宿舍里，其实那就是一间旧教室。那一年，学校新修了一栋四层的教学楼，一至三层是高中班教室，第四层是物理、化学实验室。新教室宽敞明亮，原来的平房就改做了寝室。寝室的窗户没有玻璃，用旧年画或报纸糊着的窗户早就千疮百孔了。冬天寒风吹进来，被子摸着都是冰冷的。韩云志有段时间特别喜欢跑到董得圆的床上去，他觉得挤着睡觉很暖和。但董得圆大腿上的汗毛很硬，扎人得很，感觉就跟刺猬似的。韩云志喜欢跟他挤着睡，但又不敢挨近他。有一天晚上熄灯后，韩云志想摸一下董得圆的大腿，他想弄清那若干汗毛到底是何等物质构成，以至于那样森严壁垒。他把手伸过去，指头刚触及到董得圆的大腿外侧时，董得圆突然触电似的一缩，同时发出一声惊叫，搞得满屋人在黑暗中惊心动魄。

韩云志其实睡在靠近门口的下铺，董得圆睡在最里边靠墙角的上铺。有几天韩云志想睡懒觉，又跑到董得圆的床上去了。班主任王老师早上来寝室督促起床、出操，韩云志把脑袋埋到枕头里，身子紧挨着里头墙壁，王老师居然没有发现他。

严冬季节，早上起床的时候，天色还跟夜晚一样，一点儿微光也没有。天气寒冷，早晨的广播体操便改为跑步。操场太小，容纳不下那么多人。班主任老师在平时做操的位置上吆喝着集合，整队完毕，各班就在班主任带领下走出校门，上了公路。每个班四路纵队浩浩荡荡劈开迷雾，驱散着黎明前的黑暗。从校门口涌出来的班级越来越多，队伍越拉越长，脚步声噼噼啪啪杂乱不堪，班主任的口令声就没教室里那么管用了。这时候，不知道哪伙人故意把脚板踏得一齐响，想统一节奏似的。说来也怪，一伙人踏脚，引来整个班跟着踏，不管跑不跑得起来，先把脚步震得声声响。再后来，马路上的脚步合着节拍，同声共振，那个阵仗一定把公路两边人家的房梁都能震得嗡嗡响。河谷的早晨雾气弥漫，山区省道，毕竟路窄。四路纵队的人跑欢了，就铺开在整条马路上，这样的撒欢往往不能持续：不是对面汽车来了，就是从身后浓雾中映出雪白的大片光照，伴随着气喇叭和电喇叭密集的催促，队伍纷纷靠边。这时候，路边的队伍赶紧拉开前后距离，让靠路中间的两路人员镶嵌进来，四路纵队被挤压成两路。人是听话的，很好办。要是遇上成群的鸡鸭猪牛羊在公路上徜徉，驾驶员就只能耐着性子等了，既不能按喇叭也不能吆喝。

各班按照规定，跑到省道与县道交叉路口时，再折返回学校。跑步坚持了一个星期，学校觉得既不安全又不好掌控，于是就叫停了，把课间操二十分钟改为跑步。教体育的中年刘老师站在办公楼三楼广播室窗口，正对着大操场，手拿话筒招呼着楼下的队伍。初中、高中都三个年级，从教室出来先是拥挤在操场上，把队伍顺着跑道捋顺之后，前不见头后不见尾，也不知哪个班是头哪个班是尾。随着刘老师“一二一”的口令声，操场上的队伍才开始慢慢蠕动起来，等所有人都能迈开步子，这条人群编制成的履带还没转上两圈，上课铃又响了。

课间操再组织跑步的时候，秩序明显好转。各班都能按顺序列队，但十八个班要真正施展开来，在平时两个班同上体育课都显宽敞的操场上，此时却捉襟见肘了。每个班都显得局促，先跑起来的队伍，总想跑起劲、跑爽，可没跑几步，就要撞在前面班级的屁股上了，又不得不停下来。等到所有班级都沿着白灰洒出的跑道开始匀速转动的时候，地声隆隆，尘土飞扬，还真有点儿恢恢兵马的气势。

只可惜那时没有统一的校服，学生都各穿各的，富裕家庭的孩子穿得时髦一点儿，贫寒家庭的子弟就看着寒酸一些，校园里除了红白蓝，就没有更艳丽的色彩了。不过，话又说回来，当年如果要统一校服，农村家庭可能就只有卖猪卖牛了。

吃饭是一件惹人烦恼的事情。为什么一说吃饭就不爽了呢？得抢饭吃。早上稀饭、馒头还能稍微规矩一点儿，排队的时候都不敢乱挤，稀饭洒出来不仅烫人，还会弄在衣服上。有人打了饭，从窗口上退下来，故意把稀饭碗高高举起，夸张地挥舞着手臂，后面拥挤的人群便纷纷躲闪。可是午饭和晚饭就乱套了，虽然每次都有值班员监督，但值班员都是学生会成员，低年级管不了高年级，高年级又不管自己班的人，值班监督员大多时候形同虚设。卖饭菜的好几个窗口都混乱不堪，凭个子大、劲儿大就能吃肉。你要讲礼貌，讲客气，到最后连饭菜都没有了。

食堂用铝盆蒸米饭，一盆饭二斤四两。炊事员拿着一根竹片咔咔横竖两下分为四等分，再左右斜着咔咔两下就变成了八等分，每等分就是三两。大家经常在下课之前就约好，安排一个人先去抢饭，就是先端一盆出来，然后八个人一分而光，除开自己，另外那二斤一两的饭票，瞬间就收回来了。手里有饭，还要有菜才行，不过这时候已经安下心来。倘若钱不够，买不到肉吃，就买份素菜也行。如果连素菜钱都没有，那也不必惊慌，还有咸菜、豆瓣等等，都是周末回去从家里带来的。咸菜、豆瓣装在罐头瓶子里，有两瓶就够一个星期下饭了。

食堂的几个窗口之下，排列比较平静的队伍当然是女生窗口。女生率先排在一个窗口下，男生就不会去那儿乱挤了，这是天经地义的规矩。谁若去女生窗口欺行霸市，那就离天下大乱不远了。可就算老老实实排队，到最后依然有吃不上饭的同学，女生也如此。不知道空腹的同学下来是用什么充饥的，饿一顿大概也算不了什么。一些同学的口头禅都是：就等着星期六回家好生吃两顿。有一次，韩云志回家，把这个口头禅当作自己的真实想法说出来，还被父亲韩正清训了几句，说他一天没把心思放在学习上，就知道回家好好吃两顿。

深秋里的一天下午，已是课外活动时间。天空没有云彩，太阳还硬朗地站在西边那道山梁上，炽热的目光俯瞰着热闹的校园。韩云志站在操场上，观看一帮同学打篮球。忽然，他的目光跟随着一辆大客车从校门进来，然后停在了办公楼门口花台边。他感到很奇怪，校园里很少有大客车进来呀，空车一辆，来干啥呢？再说都快要吃晚饭了。他从大客车车牌号可以看出，那是他父亲单位的，再看看驾驶位上那个人的面孔，不认识。不过，他的好奇心依然没得到满足，他走过去要看个究竟。这时候，一个女售票员从前门上下来，那熟悉的身影让他一阵狂喜！

售票员是他的邻居阿姨，父亲多年的同事，姓袁。他从小就跟着袁阿姨跑车，只要出门就把他带上。记得有一次去最远的一个乡镇，客车翻过几座山，顺着河谷爬行，到站了，袁阿姨便一本正经地逗他：“三娃儿，北京到了！”他一看，山沟里那个小地方，小河上有一座铁索吊桥，对面也就一片矮房子，连县城都不如，怎么会是北京呢？尽管他那时才五六岁，可父亲当年是从北京转业回来的，没见过也总听说过。他知道，这是骗不了他的。于是他有些恼怒地说：“不可能，北京不可能是这个样子的！”他坐在客车引擎盖上面，那感觉像受到愚弄的表情把驾驶员都逗笑了。袁阿姨当然也觉得有趣，回去后还当着他父亲说：“三娃儿还聪明嘞，我逗他说北京到了，他一点儿都不相信。”

袁阿姨从车上下来，并没有看见他，而是慢慢往办公楼里走去。他一趟子追上去，在身后大喊了一声“袁阿姨”，袁阿姨回头一看是他，并不惊讶，只随口问道：“三娃儿你读高中了吗？”他“嗯”了一声，赶紧问：“袁阿姨，你们客车来做什么？”袁阿姨告诉他，是学校老师的包车，晚上去县城看演出，中央民族乐团来了。

他一听就傻了。他忽然觉得自己是多么的可怜，多么的孤陋寡闻，天大的好消息都不知道，简直是与世隔绝了。但是他立即拾起自己那颗失落的心，决心一定要去看演出，于是，他就对袁阿姨说：“我身上没钱了，想回我爸那儿去拿，等下我想跟你们的车一起去。”

袁阿姨点点头，说半个小时以后出发，他高兴得差点跳起来。想到晚自习还得向王老师请假，他跑到王老师办公室门口，喊声报告，然后进去。他按捺住内心的激动，故意做出可怜兮兮的样子，把编好的理由对王老师说了一遍，没想到王老师居然答应了。

王老师可能不爱好音乐，他那天晚上没有跟车去看演出。韩云志坐在车上就自在多了。学校安排教导主任带队，三四十个老师在车上有说有笑，像过节似的。不用说，韩云志的心情比他们还激动。

到了县城，天刚擦黑，演出时间未到。韩云志跑到父亲单位，父亲退休后，姐姐韩云秋顶班已经好几年了。韩云秋带着他来到苍山矿务局礼堂，窗口正在卖票，价格不菲，十元一张。韩云秋给他买了票，他心里这才算有了着落。

那么，中央民族乐团为什么会来这个川北山区的小县城演出呢？原来，在20世纪60年代“三线建设”期间，有好几家中央厂矿驻扎在这个山区小县，有一家还是副军级，而苍山矿务局是地师级。在县城北部山区，石灰岩地貌区域内，有不少溶洞和暗河。当初，那家副军级单位准备把一个印钞车间安置在一个溶洞里，但他们去考察过后，发现溶洞周围缺水，没有水源是个大问题，最后选址仍然定在了县城西边三公里的一条小山沟里，叫黄家沟。县城有一条大河蜿蜒迂回流过，属嘉陵江右岸支流，水流量还是挺可观的。这条河流长年能保持半河水，上游又没有工业污染，河水清澈，从群山之间奔涌而来，滋养着这片土地上无数儿女，而山里通常也能见到水嫩肤色、面容姣好的女子。

这一次，中央民族乐团就是受苍山矿务局邀请而来。

韩云志的座位在礼堂中间偏右一点儿的位置，十块钱还是值了。舞台上乐队现场伴奏，出来的第一个节目便是男中音独唱《我的中国心》，报幕员说男中音是中央音乐学院的高材生，今年毕业刚分到乐团来。那个男中音确实了得，学院派唱法，声音就跟低音炮似的，厚实而有磁性。而且他身高体壮，表情一直很凝重，跟央视晚会上原唱演员的反差就太明显了。还有歌曲《北国之春》、通俗唱法的《迟到》等等，都是当时家喻户晓的流行歌曲。中场的时候，女报幕员居然领着全场观众唱起了那首《幸福拍手歌》，随着歌声的节拍，大家都跟着拍拍手、拍拍肩、跺跺脚，活泼轻快的儿歌让全场观众都感到轻松愉快。当然，最让韩云志激动又震撼的是那首《我爱你，塞北的雪》。悠扬的前奏音乐响起，年轻漂亮的女高音一袭白色长裙，她一走上前台，舞台顶上的旋转灯就开始撒下片片“鹅毛大雪”，在场内纷纷扬扬。韩云志当时就被那穿云的歌声和漫天飞舞的“雪花”惊呆了。

演出结束，再坐车回到学校，已是深夜。路灯下的校园宁静祥和。韩云志依然沉浸在兴奋之中，久久没有睡去，他忽然感到自己的手掌有点儿痛，揉搓几下，原来是太激动，手都拍肿了。

他躺在床上，心生疑窦：这唱歌到底是怎么回事呢，一个人的喉咙怎么会发出那么美妙的声音呢？同样都是肉身，我们怎么就没有那么神奇的本领呢？他忽然觉得唱歌是一件神秘莫测的事情，好奇和探究的心理让他产生了想当歌唱家的梦想，虽然这个梦想十分渺茫。

每周二晚自习第一节，是各班的文娱活动时间。高中班虽然没有开设音乐课，但文娱活动还是不能少，否则班上就死气沉沉的。

韩云志看完演出回来，不到一星期就把《幸福拍手歌》学会了，他还学着女报幕员的方法把大家教会，然后配合着拍手、拍肩、跺脚的节拍，教室里好不快活！班主任王老师站在窗外听了一阵，也开心地笑了。

班上同学还没怎么混熟，一个学期就过去了。放寒假离校那天，韩云志和王奇伟同路回家。他们一路走一路玩耍。这一次，他俩期末考试成绩都比预想的好，走起路来便格外有劲。公路在脚下直了又弯，弯了又直，他俩几乎同时分手，各自爬上山坡。临别时，王奇伟约他："三月一号开学那天，我们还是在这儿同路，然后一起到我姑姑家去吃晌午饭。"韩云志高兴地答应了。回到家，父亲对韩云志的考试成绩还算满意，就对他寄予了日后升学的希望。韩云志因此度过了一个愉快的寒假。

开学那天，韩云志在家吃过早饭，按照往日的速度下山，来到公路上等候王奇伟。不过几分钟，他就看见一个人影从对面坡上下来了。一个寒假没见面，两个小伙伴都能遵守约定，显得格外开心。走近来，你看看我，我看看你，傻呵呵地笑。趁着这股喜悦的劲头，他们满怀着对新学期的憧憬与希望，兴致勃勃地走在春光里。

韩云志见面就问王奇伟："你哥走了没得，他寒假给你补课了吗？"

"还没有，北方大学寒假放得长。哎呀，过年，先要安逸再说哟。"王奇伟有些意犹未尽。

王奇伟的哥哥在东北一所著名工业大学读书，班上同学知道他哥考上了那所名声显赫的大学，都羡慕不已，而且对他也礼让三分，好像他以后考上大学也是顺理成章的事情。

"东北那地方太冷了，冬天零下二三十度，你能想象出滴水成冰是个啥样子吗？我听说过，河水结冰一米多厚，汽车、坦克都可以直接从河面上开过去。"韩云志一面说，一面顺手指了指公路边流动的河水。

"我哥说，室内都有暖气，教室、寝室、食堂都有，穿两件衣服就够了。"王奇伟好像听惯不惊似的。

韩云志对暖气还没有概念，一脸的不解，他只好闷头闷脑地说一句：“说人家那里虽然冷得凶，其实比我们南方还安逸嘞。”

十多里公路走完，就要改走小路上山了，不过依然是朝着学校方向去的。顺着山路爬上山腰一片斜坡，层层梯田满是油菜小麦，路边草儿青青。走过几条田埂，他们到了一户人家跟前。王奇伟停下脚步，说到了，但见屋门关着，便连声高喊：“姑姑——”他的喊声惊动了屋前的柿子树，只听见树梢传来扑棱一声，一只喜鹊飞出来，一道白影划过屋顶青瓦，喳喳叫着又歇到屋边一棵柏树上去了。姑姑听到了喊声，从屋后地里走出来。她一面擦着白净额头上的汗珠，一面脆生生地招呼，笑呵呵的声音里好像春天的花朵一起绽开。她一边走一边说：“伟伟，你过年都没到姑姑这儿来耍呢？诶，还有一个小伙儿也跟你同路来了，我是说这喜鹊一叫，稀客就到。”

韩云志灵机一动，也赶紧跟着王奇伟喊了声姑姑。在川北乡村，有跟着别人叫亲戚的风俗习惯，但一般不用，按理他该叫表婶，可是就在表婶二字刚要从喉咙蹦出来的一刹那，他却突然改了口。

紧接着，他又说自己住在对面山上，开学约好了和王奇伟结伴回校。姑姑又一阵哈哈笑，说这小伙儿长得还行家（漂亮）嘞。时间已近中午，姑姑便停下手中的活儿，领他们进了屋，又是端水又是端茶盘。茶盘里有核桃、瓜子和一些糖果。她一面忙活一面招呼：“你们两个走这么远的路肯定饿了，先吃点瓜子和糖，我这就去煮饭。”说完，她去门外抱来柏树枝，生火做饭。不多时，柴火锅灶，火旺水开，一派热气腾腾的景象。阵阵山风吹拂，炊烟四处弥漫。闻着米饭和腊肉的香气，韩云志顿时觉得饿了，他忍不住吞了吞口水。两人看离饭熟还有段时间，就有一搭无一搭说笑起来。

饭菜上桌后，韩云志吃了一碗又一碗。王奇伟的饭量比韩云志小，只吃了一碗半就放下了碗筷。韩云志还没有住口的意思，他捧着快要见底的碗，往灶台那儿一望，姑姑立即就明白了。她起身过去在锅里铲了几下，舀起一大勺来递到韩云志面前，韩云志接过那一勺酸菜米饭的锅巴，唧唧嘎嘎一阵嚼，觉得这一周都不那么难熬了。

春雨贵如油，那是农事急需。一旦连续几天雨，山路就难走了。星期天返校，韩云志就忧郁起来：路上若是遇到车，躲都躲不赢，有时还被溅一身泥水。他犹豫着，就故意在家里拖沓一会儿。母亲从灶孔里取出一个火烧馍递给他，说："你把它揣上，肚子饿了就有吃的。这天下雨，路上慢些走。"母亲催他，他就硬着头皮出了门。雨一直下，他打着伞，一路下山。等他下到河谷，走到公路边粮站那儿，就见王奇伟已经站在屋檐下等他了。他问王奇伟到好久了，王奇伟说有一会儿了。两人一边说话一边赶路。走到半路，韩云志从包里拿出那个火烧馍，掰开，递给王奇伟："来，给你一半，这是早上起来我妈就和面，然后放进灶孔里慢慢烤熟的。"他们一边走路，一边慢慢嚼馍。半块馍慢慢抵消了一条长路，无聊的时间也化作了无数颗粒，消失在两个小伙伴的深腹之中。

第二章

韩云志发现，一些住在公路沿线的同学都会骑车。离家不远的同学，有时也会骑自行车来学校。省道是沥青路，单车在上面跑着会发出滋滋滋的声音，感觉跟自己在开汽车一样，很是快意。韩云志还不会骑车，他想着上高二之前一定要学会，也好兜兜风。他有一个姑父，住在斑竹村，离学校只有五六公里，只是中间隔着一道山梁，叫洪家梁。

洪家梁是一道小小的分水岭，公路上下七八道弯，坡陡、路窄、弯急，是事故多发路段。韩云志父亲单位一个驾驶员，有一次在山的那一面倒数第二个弯道发生翻车事故，汽车翻滚下落的过程中，驾驶员死死抱住方向盘，最后，只被挡风玻璃碎片划到，幸运地只受了一点儿轻伤。后来，经技术安全部门鉴定，驾驶员速度过快，转弯时操作不当，汽车冲出路基后打了两个滚，落在山下公路旁。

那时，国家确定了从 1981 年到 20 世纪末的二十年，争取实现工农业总产值“翻两番”的目标。因此，“翻两番”这个词可以说家喻户晓。翻车事故一出，一个油腔滑调、爱吊二话的修理工立即就给那个驾驶员取了个外号叫“翻两翻”。这个外号刚喊出口，大概十秒钟之后就在整个车间传开了。自那以后，工人师傅们只要一看见那个驾驶员，远远地就喊他“翻两翻”，他听了，只有傻呵呵地咧着嘴笑。

韩云志接连有两个周末都去了姑父家。姑父有一辆七成新的载重自行车，他向姑父提出想学骑车。他知道生产队有一个晒坝，可以在那儿转圈圈。姑父一开始有些犹豫，学车是很费车的，自行车在当时的农家还属稀有产品。姑父考虑一阵，还是决定教他。姑父把他带到晒坝上，先讲动作要领：身体要坐端、手杆要打直、眼睛要看远一点儿等等。这些要领一开始很难领会，只有真正会了，才能做到运用自如。

初学者最怕车倒，一坐上去就倒，越紧张越倒。没法子，这是必然要经历的过程。再说，不摔几跤是学不好骑车的。这就跟不呛几口水学不好游泳是一个道理。姑父一开始只好费劲地跟在他后面跑，把住行李架稳住车身，防止他倒下去绊跤子。在晒坝上转圈的次数多了，姑父有时就悄悄撒手，让他自己掌握平衡。他在坝子里学了一上午，转了半天的圈，就基本上不要人帮忙了。但只能骑死车，上活车则需要更高的技术。

韩云志刚学会骑车的时候，瘾很大。回到学校，只要看到有同学骑自行车，他便缠住人家，好说歹说也要借过来在操场上骑几圈。碰到好说话的，他还可以骑到校门外柏油马路上去练练技术。慢慢地，他就敢上路了。又过了一段时间，他在高手指点下，终于学会上活车了。

又一个周末，吃过午饭，他走路去姑父家，然后说要骑车去县城父亲那儿。姑父说路太远了，而且路上汽车多，恐怕不安全。他说班上有好几个同学都骑车去了县城，还有几个家住县城的年轻老师也骑车回去。他这样一说，就有些执意要去的意思，姑父只好把车拿给他骑。出门的时候，姑姑还特意叮嘱他，说路上遇到挂拖斗的大货车，就下来推着走，要保险得多。姑父还把自己的墨镜拿给他戴上。已经是五月份的天，太阳有些烤人，大家都穿短袖衬衣了。学校离县城二十公里，都是沥青路。韩云志凭着刚学会骑车的满腔热情，艰难险阻都不怕。第一个小时他骑得很顺利，也忘记了疲劳，顶着太阳走也无所畏惧。路上不时有大车来往，遇到窄处，他就下车，靠边避让。遇到上长坡，骑不上去，也只有下来推着走。到下坡的时候，就轻松了，坐在上面，不用蹬，车儿嗖嗖地滑行，风儿迎面吹过，那爽快劲甭提了。走一段河谷平路，又翻一道山岭，他这样乐此不疲地骑到父亲单位时，已接近晚饭时间。坐在屋里的时候，他感觉自己不仅筋疲力尽，而且两腿都有些打闪了，但他尽量保持着轻松的神态，不让父亲看出来他扛不住的样子。

有了第一次成功骑行的经验，韩云志的胆子就大起来。他后来还骑过两次车去县城，但毕竟那么远的路，他到底还是个十五六岁的孩子，需要有极大勇气和长久耐力才能够坚持到底。有时他在路上骑着，遇见大客车迎面开来，客车驾驶员跟他父亲是老同事，看见他戴着墨镜骑车，便鸣笛一声，还冲着他笑。第三次去县城的时候，姐姐韩云秋给他买了一件新衣服，他很开心。当天下午，他穿上新衣服，怀着欣喜的心情从县城骑回姑父家。他把车还给姑父后，又走路回到学校去。

同班的李玉强有一辆自行车，平时就停放在寝室的过道上，好像也没觉得挡路。谁路过都要多看两眼，摸一下车龙头或是按几下铃铛。一天中午，韩云志趁休息时间想去一趟姑父家，就向李玉强借车骑。李玉强虽然不太情愿，但还是提醒他一句，说刹车有点儿不灵。他骑过去的时候没有问题，顺利地翻过了洪家梁。回来时翻过山梁，开始下坡了，在转第二个弯道时，他一捏刹车，不管用，再连前刹一起捏，还是不管用。他赶紧伸左脚蹬前轮护泥壳，最后连轮子一起蹬，待车速慢下来，他赶紧跳下车，推着自行车走下山去。

到了周六午饭后，向鹏飞又向李玉强借车骑。李玉强就有点儿不情愿了，他说："我也要回家。"向鹏飞说："我只借二十分钟，一定！"话说完还没等李玉强应声，他就轰的一声提起车子出了寝室门，真是迫不及待，仿佛那二十分钟是从刚说话算起精确到以秒来计算似的。他推车出去搭上杜玉国就走，杜玉国的家远着呢，比韩云志和王奇伟家至少还远十公里。他把杜玉国送上了县道，再往前转过一个山嘴，来到一个小村庄旁。向鹏飞捏住刹车，说："我就只能送你到这儿了，你慢慢走路回家。"向鹏飞说完，掉头一阵猛蹬回到学校，李玉强还一直坐在寝室里等着呢。

一个星期天下午，韩云志返校很早。杜玉国不会骑车，却不知从哪儿借来一辆新车停在寝室的床边，一看就招人喜欢。杜玉国叫他同路去一个亲戚家，韩云志有些疑惑地问怎么去。杜玉国一点儿迟疑都没有，说：“你搭我。”韩云志面露为难之色，似乎缺乏勇气，自己还没有搭过人，有些担心。杜玉国的口气带着激将法，说：“县城那么远你都敢骑，这算个啥，没问题，走吧！”好在杜玉国比他瘦小，但杜玉国只会上死车，不会上活车。韩云志给自己打了打气，就壮起胆子搭上杜玉国出了校门。

往县城方向去有七八公里路。主路走完，还要走一截山路，山上通了公路，但都是上坡路，只能推着走。到了杜玉国亲戚家，带了一些米和熟食，他们又往学校走。刚出门不远，就下起了雨，还刮着风。他俩只好冒着雨、迎着风往回走。不一会儿头发淋湿了，外衣也湿了，公路也变得湿滑起来。省道沥青路本来没问题，可是来回那么远，他带人又有些累，在一个山嘴转正向急弯的时候，前轮在路上一打滑，他手一软，“哎呀”一声，连人带车摔倒在路上。杜玉国从行李架上掉下来，屁股洇湿了一片，韩云志向左侧倒下去，落地的时候手撑在地上，沾满了泥水。两人爬起来，互相打量，看到杜玉国身上脏了，他赶紧道歉，说自己刚学会，技术不好。杜玉国反倒笑着安慰他，说这有什么。他把自行车扶起来，然后两人在路边扯了些树叶和小草，揩去手上和衣服上的泥水，继续上路。一辆解放牌货车正好从对面开过来，转弯前慢慢刹车、减速，到跟前，他抬头看看，是他父亲单位的车。那驾驶员大概看出他骑车摔跤了，笑了一下，并未停车，慢慢转过弯去了。韩云志想：只要没把杜玉国摔伤就好。借人家的车，车也没摔坏，还好，不算出洋相。雨渐渐停了，韩云志集中全部注意力，这回他一点儿也不敢马虎，全神贯注地安全骑回到了学校。

学校召开春季运动会，校园里忽然就沸腾起来，师生们都踊跃报名参加。球类、田赛、径赛的项目都很齐全。学校有几个体考生，经常在课外活动练习跳高。那时大家都知道俯卧式、跨越式跳高，当然，最先进、最流行的还是背越式。中国运动员朱建华曾经在国际比赛中刷新了二米三九的世界纪录，当国人对他寄予厚望的时候，他却在第二十三届洛杉矶奥运会上发挥失常，以二米三一的成绩拿到铜牌。

教体育的青年李老师大约是跳高专业出身。他瘦高的身材至少有一米七五，还经常打篮球，姿势也优美。有一次，韩云志站在旁边看他们训练，好不容易碰上李老师做示范，横杆的高度是一米七〇，李老师就像电视里的运动员那样，助跑，起跳，空中转体，背越式飞身越过横杆，身子落在气垫上，弹了几下，李老师一个翻身起来，还补充一句，说他能跳过一米七五。他这句话当然是说给围观者听的。韩云志一听就明白，李老师越过的高度正好和自己的身高相当。

韩云志学会了俯卧式跳高，但他的体格不适合跳高，练习一段时间后却没多大长进。他参加了掷铅球比赛，拿了第二名。等到教师组跳高比赛开始的时候，同学们都跑过去，把一个小小跳高场围得水泄不通。学生们都很好奇，想看看老师们有何等功夫。韩云志透过人群，看到教语文的王老师也准备参加跳高比赛，正在做着热身运动。他忽然心生疑问：都不知道王老师会跳高啊，平时也没见他说过跳过呀？

比赛开始，轮到王老师上场了。只见他短距离助跑，腾空，收脚，两臂上扬，目光坚毅，“噌”的一声，整个身体越过横杆。在那一瞬间，王老师就像大鹏展翅一样，雄健的身姿远比他平时留给同学们的印象要阳刚得多。大家突然看到王老师的这一面，都忍不住热烈鼓掌，一片叫好。韩云志忽然问旁边另一个教体育的刘老师，“王老师这个跳高叫什么姿势呢？”刘老师没有看他，但回答却简洁：“剪式。”大家好像都没见过剪式跳高，特别是王老师飞身越过横杆那一刻，大有猛虎下山的气概。他每跳一次，韩云志都带头叫好、使劲鼓掌，把手都拍红了。

王老师几次过去，横杆逐渐升高到一米二。这一次，王老师运足全身气力，一跃而过，周围的助威声更加猛烈了。这时候，王老师却喘了喘气，说：“哎呀，跳不过去了，这个成绩可以了！”几个同学还在一旁怂恿，说王老师你可以跳过一米三，他哈哈一笑，说跳不过跳不过。

那一次，王老师在运动会上的剪式跳高虽然成绩并不突出，而且姿势传统、古老，但却给人以强烈的视觉冲击。韩云志每次想起王老师跳高，都会想起一个词语来，对，鹰击长空！

第三章

五一节过后，天气就有些热了，下午放学的时候，韩云志从教室出来，一阵暖风吹过，让他心里升起一股热浪。他慢慢向寝室走去，刚走到教室当头那棵大榆树下，突然后面传来一连串脚步声，有人在喊他。他转头看去，原来是董得圆。董得圆快步走到他跟前，对他神秘地挤挤眼，然后用手遮住半边嘴，再凑近他耳边："吃过晚饭后到对面河坝里去一趟，有大事要办。"韩云志看了看董得圆，后者还是诡秘一笑，他猜不出董得圆葫芦里究竟卖的什么药。

晚饭后，韩云志先观察了一下董得圆的动向，然后便示意自己先出门去。他走过操场，快到校门口时，回头一看，只见董得圆把吴相忘、向鹏飞、王奇伟和杜玉国他们四人都召集过来了。六个人若无其事地走出校门，顺着小路下河，走过河面上的跳蹬，就来到河岸上满是桤木树的密林里。站定之后，向鹏飞从怀里摸出来半瓶酒，等待董得圆发出指令。董得圆拿出一叠写过字的纸，他宣布："从今天起，我们就是六兄弟了，结拜仪式马上开始！"说完，他把写好的纸每人发一份，是一模一样誊写的。这样，每人手持一份"誓言书"，齐声诵读一遍，然后跪在地上，宣誓完毕，向鹏飞不知在哪儿捡了一个小碗，每人喝下一碗酒，他们就算结拜为六兄弟了。

直到此时，韩云志才知道那几个家伙事先已经商量好了，却没有告诉他。他心里想：怎么一下冒出来这么多兄弟？还好，大家平时也处得不坏，各有所长，还能互相帮助。

从河坝里往回走的路上，韩云志突然向董得圆发问："董兄，你第一个学期是学习委员，是谁安排我当劳动委员的？"

董得圆一听，立即做出捶胸顿足之状，显得后悔至极，他红着脸说："老弟，当时也不知道你会成为我兄弟。还有，当时他们几个都毛遂自荐，最后只剩下一个劳动委员了。"

韩云志没吭声，他倒也不是叽叽歪歪、死缠烂打的人。他只是想逗一下董得圆。

顿了顿，董得圆立即恢复了他诡辩的常态："老弟，你知不知道有一段时间我是咋想的？"

韩云志狐疑地望着他，摇摇头。

董得圆又一阵摇头晃脑："我当时看你喜欢唱歌，在我们班上你要唱，其他班开联欢会也要请你去唱，我看着心里很不安逸啊。看你那么爱表现，我当时还想找几个人来打你一顿的。"

"你到底不敢乱来。"韩云志带着有些藐视的口气回了一句。

董得圆喜欢表达，不论哪种场合都能听到董得圆滔滔不绝地讲话。韩云志有个习惯，他喜欢在旁边一直静静地听，董得圆能说多久，他就能听多久。就算董得圆异想天开或冒出些奇谈怪论，他也不会去反驳或泼冷水。

放假回去，韩云志把"誓言书"夹在一本书里。不承想，妹妹韩云慧喜欢乱翻他的东西。她喜欢一本一本、一页一页地翻，大概是想翻出一张女同学照片什么的，好去父亲那儿邀功。韩云慧很快就翻出了那张誓言书，一看，简直就是一个重大发现！她立即去父亲韩正清那儿打了小报告。韩正清手上拿着那张半大的纸，戴上眼镜，看得仔细。誓言书上自然写上了"苍天作证、博地为媒，互相帮助、忠实信义，珍惜友情、誓不反盟"等等词语，当然也有"不论地位，有福同享，有难同当"之类的话，末尾一段还有几句赌咒发誓的狠话。韩云慧一直站在旁边观察父亲的反应。就半张纸的内容，让韩正清看了好几分钟，他看完后慢慢地取下老花镜，忍不住咯咯咯地一阵笑，好像眼泪都笑出来了，他擦了擦眼睛，无可奈何地叹口气，说道：“幼稚啊，幼稚。”

其实六兄弟当中，当数向鹏飞成绩最好。董得圆、吴相忘、王奇伟和杜玉国四人相当。韩云志偏科，成绩不稳定，时而冲到前面去，时而又掉下来。董得圆的中考成绩最好，超过录取线一百五十多分，第一学期还成功当选为学习委员。学期结束时，教历史的班主任王老师叫董得圆发言，他站起来，又是口若悬河地来一段：“光阴似箭，日月如梭，一转眼这个学期就过去了，可是我的学习成绩就像大海落石，一落千尺……”他说到这儿，教室里立即哄堂大笑。韩云志反倒觉得没有什么，他太了解董得圆了。他知道，董得圆那分明就是在炫技。

班主任王老师又抽点两三个同学起来发言。听完，王老师有点儿按捺不住恼怒的情绪，劈头盖脸只说了一句话：“你们的总结只有一句话——这回又糟了！”

王老师自己说了倒没啥感觉，同学们听了却忍俊不禁，直至笑倒成一片。这笑声释放了他们紧张惭愧的心绪，也提醒了同学们要发奋努力，珍惜时光。

韩云志个子中等，坐在教室的倒数第二排。邻座有一个同学叫张波，个子高高的有一米七三，留着长发，是个男中音。张波会唱《花纸伞》，也不知他从哪儿学来的。周围几个同学都喜欢唱歌，张波就把他们教会了，之后一帮人经常围坐在教室后面齐唱。每个人声音不同，感情不同，但合在一起还真好听，那歌声虽略显稚嫩、单纯，但却是真情流露，班上同学倒也不反感他们在教室里唱歌。晚自习之前，几个人常在一起倾情演绎。每一次齐唱，张波总是起头一句，然后说声：“预备——起！”熟悉的歌声就飘荡开来。

细雨濛濛落江面，船头撑开花纸伞，好似彩云从天降，美似荷花静似水莲。啊，花纸伞呀花纸伞，多么美丽多么鲜艳，你打开了我童年的梦幻，把我带到故乡的彼岸。

妈妈生我那一天，秋风阵阵雨绵绵，一只空船无遮处，只有那把花纸伞。啊，花纸伞呀花纸伞，你是母亲你是摇篮，飘流中你为我遮风挡雨，苦难中你我共度饥寒。

春风鼓起片片白帆，彩虹迎着花纸伞，船桨激起千层浪，深深拨动了我的心弦。啊，花纸伞呀花纸伞，纵然我走到海角天边，你总使我想起故乡的细雨，把我带到母亲的身边。把我带到母亲的身边。

他们每次都会完整地唱完三段，听得同学们心里一阵发热。渐渐地，就有更多同学加入进来和他们一起唱。每当这个时候，教室里宛如涂上了一层温暖祥和的色彩。坐在前面两排的女生也好像受到了感染，有几个不时转头向教室后面看去，一面看一面带着少许羞涩，还抿着嘴笑。

班上有个同学叫马彪，他不是本县人，是从巴山地区赤溪县转学过来的。他父母在县石油公司工作，家境算优越的了。班上同学大多穿着朴素，可他却穿一套卡其色小翻领西服。但他为人挺随和，喜欢搞怪，常搞点小恶作剧什么的。特别是唱歌，他唱两句就没个正形了。电影《乌龙山剿匪记》的主题歌《高山流水猎人魂》的歌词就被他篡改了："进山就爱山常青，行路最恨路不平。大路不平旁人铲，高山流水猎人魂。"当他第一次冷不防这样唱出来，把人笑得前仰后合。

班主任王老师年龄大了，牙齿拔掉几颗，安了一副假牙。晚上回家，王老师把牙套取下浸泡着，然后再去查寝室。遇到没熄灯还在大声说话的，他就会马上制止。遇到还没就寝、匆匆忙忙跑来跑去的，他还会讽刺挖苦几句。但王老师没戴牙套，说话就不关风。等他走了，马彪便学着王老师的口气继续训斥那个同学，他把牙齿不关风的状态模仿得惟妙惟肖，把大家笑得差点背过气去。

韩云志和马彪的床挨着，他俩经常在熄灯后还说悄悄话。有时还在晚自习以后跑到校门外小河边去谈理想。他俩商量，如果考不上大学就去当兵，兵当不成就去学开车。那年月，开车不用说是很吃香的。马彪说着说着，居然从上衣兜里摸出一支烟来，偷偷点上。韩云志不住地四下张望，生怕被老师发现了。马彪吸烟的时候，用双手在嘴前合掌遮住，烟头一闪一闪的火光虽然没把老师引过来，却在他那瘦削的脸上映红一片。

韩云志整整当了一年的劳动委员，但他也不懊恼，因为劳动委员平时也没什么值得操心的事，大多时候事不关己高高挂起。因此他就跟在班委后面敲边鼓。只是第一学期，班上为了挣班费，班主任王老师与清江镇邮电所谈好了一笔劳务交易。邮电所院子里是一块土坝，准备硬化成水泥地，需要大量鹅卵石（二五石）垫基础。王老师就安排了两个下午，一次劳动课，一次自习课，带领全班同学背着背篼，从清江河坝往邮电所院子里背鹅卵石。邮电所在省道北边的山坡上，还要上一段台阶。韩云志第一趟过去，回转身看那一段路上，同学们个个埋头负重，艰难跋涉，像逆水行舟一样吃力。男女同学在河坝里挑挑拣拣，把小石头装进背篼里，几趟下来，个个汗流浃背。各人气力大小不一，农村孩子经常背呀挑的做农活，劲儿大一些，背篼里的石头也装得满一些。遇到有些偷懒的同学，王老师就会大声呵斥："你看我们都来回两趟了，你一趟都还没有背过去！"

大约二十天过去，王老师有天上完课，把韩云志叫出来，说："你这个劳动委员怎么当的，工作不积极不主动，还不赶快去邮电所把钱要回来。"韩云志听到王老师劈头盖脸的一阵批评，正在愣神之际，王老师看看他不解的神情，又赶紧补了一句："那是大家挣的班费，你不去要哪个去要？"

韩云志听明白了，只好点头答应了。王老师既没有告诉他去邮电所找谁，也没说具体联系人是哪个，等他反应过来时，王老师早已没影了。他想：这要钱的事情需要人搭伴，众人拾柴火焰高，但不能喊董得圆，怕他说话不着调。于是，他把马彪从教室里喊了出来。

“马彪，你中午陪我到邮电所去一趟。”

“干啥子？”马彪问。

“要钱。就是上次我们背石头挣的班费。”

“好！”马彪一听，立刻来了兴致。午饭后，他俩跑去邮电所。马彪嘴勤腿勤，始终走在前面。他们进了院子，看见办公室门上都有标牌。

马彪问：“先去找哪个呢？”

韩云志说：“既然是支钱，先找财务科吧。”

马彪率先冲进财务科，说明来由。一个女同志说，这个事情要先找办公室。他俩一看，办公室在二楼，立即上去。办公室里坐着一位戴眼镜的中年男子，马彪又把事情来由说了一遍，那男子点点头，意思是知晓这件事。随后，眼镜男说：“你们先回去写个收条，再盖上学校办公室的章，拿过来，我找所长签字，签了字，财务室就可以给你们付钱了。”

中年男子说得清楚。那么下次办好再过来，就只需跑一趟了。

回到学校，韩云志找了一页有学校红头的信笺纸，写好收条。他又把马彪拽来，说去学校盖章。马彪依然跑在前面，去学校办公室盖了章。他俩这次再去邮电所，就高高兴兴拿着一个信封回来了，信封里装了两百多块钱的班费。

韩云志把这个信封交给班主任王老师，王老师接过去，并没有说什么，表情依然那样。韩云志心想完成任务就万事大吉了，不以为意。

马彪其实不叫马彪，而叫马斌。不知道为啥，有一次课堂提问，班主任王老师郑重其事点了他的名：“马彪。”大家都笑起来，但王老师并未改口。从那以后，大家都喊他马彪。只要一喊马彪，他就爽快答应。众口铄金了。

赤溪县石油公司有一辆油罐车，每天早晨从县上出发去苍山市拉油，下午返回。油罐车走省道来回都要经过学校门口，马彪返校或者回家都会坐那辆车。一个周六，油罐车临时停运。午饭后，马彪就对韩云志说：“今天没有车回家了。”

韩云志想了想，说：“我们去后面火车站，看有没有往巴山那边运煤的车。”

马彪一听，感觉有希望了。于是他俩出了校门右拐，一直顺着学校围墙边那条路去火车站。货运站旁边的煤场上，有几辆解放牌汽车正在那儿装煤。韩云志走近一看，有一辆车是他父亲单位的，驾驶员他认识，叫文成功，四十多岁，就是学校附近文家岭的人。他上前去，先喊声文叔叔，接着说：“我有个同学要回赤溪，想坐下你的车。”

文成功是个很和气的人，跟他父亲交情好，他也多次坐过文成功的车。他说：“我到巴山，不去赤溪，但要过沙河子。”

沙河子是个镇，那儿是去巴山与赤溪的交叉路口。

韩云志一听，问马彪如何。

马彪说：“到了沙河子，再拦车回赤溪就好办了。”

正好煤已装满车，马上就要出发。文成功就叫他们上车。同行还有一个搭便车的，三人刚好坐满驾驶室。

汽车准备起步，只听见点火器唧唧唧地响，发动机却没点着火。又发动一次，依然没点着。

看来摇车不可避免了。文成功从驾驶室取出手摇柄，韩云志赶紧上前接过来，说：“文叔叔，我来。”

韩云志以前经常在父亲单位看见师傅们摇车，而且他还专心听过一位叔叔讲怎样正确使用手摇柄。最重要的一点是，右手握住摇把时，五指并拢，拇指与其他四指在同一侧，切不可拇指张开用虎口满手握住摇把。因为发动机开始工作，一旦曲轴反转，手摇柄会迅速向上反弹，十分容易击伤摇车人的大拇指和手臂。

韩云志将手摇柄插进去，到位后使劲往上提，做顺时针旋转，只两三转，轰的一声闷响，发动机点着了。

还有一个周末，马彪说身上还有钱用，就不回家了。星期天下午五点左右，马彪对韩云志说：“走，我们上街去吃饭。”

韩云志表情有些尴尬，说：“我身上没有钱。”

马彪说：“又不要你出钱，我请你。”

他俩到了镇上，在小街上找了一家饭馆。饭馆老板是一个中年妇女，她看看两个学生模样的人进来，心想可能就吃碗面条什么的。马彪一开口说要炒肉丝，女老板赶紧应声去了。马彪说他吃瘦肉，而韩云志喜欢吃肥肉，于是又点了一个蒸肉，坨坨肉。

马彪说：“看来还是胖人吃肥肉厉害。”

结账的时候，女老板用异样的眼神看了看马彪。那意思好像在说，你家里很富裕哦。

到高二，文、理科就分班了。韩云志本来想读文科，但他在假期中已征询过哥哥韩云平的意见，哥哥说，只有读不走的人才去读文科。于是，他就装作理科很好的样子去了理科班，分科后他仍然在三班，他跟三班有缘。

马彪去了文科班，四班。班主任王老师也因此换去四班当班主任，教历史是他的强项。文科班集中了整个年级的文科生，有七十多人，在校园另一头一间大平房教室里上课。平房外边有一棵大榆树，树杈上挂着一口大钟，钟声是上下课的号令。有一次，刚下课没有两分钟，马彪就捡起一块芒果状的鹅卵石去敲钟，钟声一响，搞得老师和同学们既慌张又奇怪。还是王老师反应快，说肯定有人捣乱，赶紧一查，就把他抓出来上报到学校。学校那段时间正搞强化管理，撞枪口上了，无论怎么求情都不行，校方说这种行为不能姑息迁就，必须严惩。第二天，学校就把他开除了。

马彪离开学校的时候，是他家人来接的。天有些凉了。韩云志和几个同学都帮他拿行李，出了校门口，看见油罐车停在路边。马彪就像平常回家那样，跟韩云志、董得圆、吴相忘他们打过招呼，上车走了。

分班之后，韩云志和几个兄弟依然常来往，课余时间经常形影不离。班上同学有些猜测，但并不知情。一些老师也有警觉，看那几个人怎么老是在一起呢。几个女生的猜测就更有趣了，她们私下说，那几个人肯定是喜欢上同一个女生了。韩云志知道后哑然失笑，只觉得这个判断有些滑稽，不合常情。说实话，韩云志对细眉细眼、小巧玲珑、楚楚可怜的女生是没有感觉的，他不喜欢那样的女生。不过，当时确有两个男生同时喜欢一个叫夏百合的女生：一个叫董得圆，一个叫向鹏飞。准确地说，董得圆喜欢夏百合，而夏百合却喜欢向鹏飞，但这哥俩居然在很长一段时间内互不知情。

不过，这儿还有一张扑朔迷离的情网。前面说的是两个男生喜欢一个女生，而这里是两个女生喜欢一个男生，男生是谁呢？向鹏飞。两个女生又是谁呢？夏百合与景春风。你看，这都纠缠到一块儿了，剪不断理还乱。

景春风是本校教师子弟，她父亲是教语文的，她还有个妹妹叫景春雨。景春风坐在第一排，向鹏飞在第二排她的左后方。只要景春风一转头，向鹏飞就能完全看清她的模样和表情。一开始，向鹏飞主动伸头向前去说话的时候多，但后来，景春风就频频回头了。

这事儿自然瞒不过同学们，但老师是怎么发现的就不得而知了。记得一个有丰富经验的班主任讲过，他曾经找一个男同学谈话，批评他应该把心思用在学习上，而不应该去谈恋爱。那学生把头一昂，拒不承认，还反问一句：“你怎么知道我在谈恋爱呢？”

老师说：“你早上跟她在一起，中午跟她在一起，晚上跟她在一起；今天跟她在一起，明天跟她在一起……这个就叫专一性，你不是谈恋爱是在干什么？”

那学生顿时哑口无言了。

这样说来，老师大概发现他俩在自习时间经常说话了，上课时间当然不敢造次。那么，课外活动时间或许他俩还有接触，这都是还算靠谱的猜测。

没过几天，一个任课老师找景春风谈话了。请注意，这儿说的是任课老师，而不是班主任。他对景春风说："你是教师子弟，以后找个工作倒是不愁，向鹏飞是农家子弟，只有考学唯一一条路，人家父母就盼着他考上大学然后捧个铁饭碗。你们以后尽量少交往，免得他分心。"这位任课老师教生物，你说奇怪不奇怪，管得够宽的了，这只能说明他是极偏爱向鹏飞的。而景春风也并不感到委屈，她后来说，生物老师说的在理。

星期六，文科班组织春游。韩云志是在星期五得到消息的。他的两个哥们董得圆、吴相忘都在文科班，其他都打散分去了理科班，班主任王老师也调去文科班当了班主任，这让韩云志在新班上有些不舒坦，虽然他跟三班有缘。

他向两个哥们提出想跟他们班去春游，两人登时连声叫好。他想：给班主任陈老师请假去参加别的班春游，陈老师很显然不会同意，说不定还要训他一顿。于是，他逃课了。

早饭后，等文科班的队伍出了校门，韩云志偷偷溜了出去。他们事先已约好，韩云志跑出校门，远远看见董吴二人一边走一边频频回头在探寻他的身影。

他有些担心，要是王老师看见了，会不会批评他呢？班上照常上课，他却跑了出来。他把担心告诉了董吴二人，没想到快嘴董得圆却说："不会不会，王老师看见你高兴还来不及，怎么会批评你嘛！"

韩云志将信将疑，走在队伍的尾巴上。顺着省道走过清江河流拐弯处，再跨过一条小溪，走过几条田埂，就开始爬山了，目标是学校西头的那座高山。

在一段陡崖处，山路狭窄。王老师站在那儿，招呼着每一个同学要小心、互相照顾，不要掉队。走到王老师跟前，韩云志有些胆怯地喊了声王老师，不承想，王老师一见他来了，居然有些喜出望外。

那天，夏百合穿了一件红上衣，白净清瘦的小脸蛋像桃花盛开，白里透红，一对小眼睛总是笑眯眯的。董得圆后来说，自从那天他看到夏百合之后，就魂不守舍了。他这么一讲，倒是让韩云志想起夏百合并不偏爱红色，好像只有那么一件上衣是红色的，即使偶尔在班上穿着的时候，也没有那么引人注目。不知为什么那天红衣服一穿，就把董得圆迷住了，从此再也不能忘怀。韩云志疑心他早就喜欢夏百合了，只是那天找了一个合适的借口。

董得圆后来对韩云志说，夏百合的脸蛋像剥了壳的鸡蛋一样。

“错了。”韩云志说，“像鹅蛋。”

韩云志家里养过三只鹅。一只公，一只母，还有一只二刈子。公鹅曲项向天歌，母鹅生蛋如玉石，二刈子既不能向天歌，也不能生大蛋。他吃过鹅蛋，所以他觉得鹅蛋的蛋清才是最嫩滑最有弹性的。董得圆听了，误以为他也喜欢夏百合。韩云志摇摇头，“你放心，我不喜欢她那种类型的。”

韩云志并没有撒谎，他不喜欢夏百合那样的女生。但他却对关雪娇很有好感。关雪娇没有戴眼镜，而且有一双湖水般清澈的大眼睛。有一回课间休息，韩云志站在教室外操场一角，忽然看见关雪娇从他对面走来，冲他莞尔一笑，他想等她走近一点儿，可自己不由自主地一个转身，咚咚咚先跑回教室去了。

还有一次，韩云志在一楼教室走廊上往操场上走，快走出头了，忽然，他听见董得圆在背后远处大声喊他。他快速一回头，望向喊声传来的方向，他发现董得圆冲他坏笑着。他再收回目光，却发现关雪娇就在他身后款款走来，都快到跟前了。他不由得和她对视一眼，关雪娇又略带羞涩冲他嫣然一笑。他心里一慌，赶紧转身出了走廊，往操场上去了。

韩云志当时在心里把董得圆狠狠地骂了一顿。等他回过神来才明白，董得圆其实是在帮他。他想，如果下次再遇上这样的情景，他一定会表现得大大方方。可是，还有下次吗？

好感归好感，韩云志知道，自己家里穷，没地位，哪个女生会喜欢呢？就算喜欢，也要混出个样子来才行。他一直痴迷于唱歌，很喜欢模仿一位男高音歌唱家。读初二的时候，他就在镇上人民市场的舞台上表演过独唱，是音乐老师拉小提琴给他伴奏的。像《在那桃花盛开的地方》和《牡丹之歌》那样的名曲，他都能照原调唱下来。学校各班要是开个联欢会，都会请他去唱几首。周末或放假回到家里，韩云志喜欢站在院坝里唱歌。劳作累了，他就停下来，站在坡地上放声高歌，山谷两岸都听得见。家里央人做木工，人家拉大锯拉累了，坐下来歇气，就招呼他："小老弟，给我们唱首歌儿来听嘛，好解乏。"他爽快答应，唱一首《北国之春》，再来一首《要问我们想什么》等等。拉大锯的人一边坐着喝茶，一边听他唱歌，几首歌过去，人家又重振精神锯大树。农忙的时候，遇上邻居家央人做活儿，收工回来，都聚在屋里，人家也请他过去唱歌。他就跟人来疯似的去唱两首，引得大人小孩连连喝彩。有一回，一个婶婶听了，说这小伙儿就跟那收音机里唱的一模一样的嘞！因此，韩云志很想考个音乐系，以后出来当个歌星什么的也好风光一阵子。

第四章

1987 年，有一首流行歌曲叫《月亮走，我也走》。歌曲表现了阿妹与去边疆参军的阿哥分别时依依不舍的情景，以及阿妹盼望阿哥在部队大显身手、早日回家的真挚情感。歌曲悠扬婉转，情深意切，是一位歌唱演员在央视春晚上唱的。

韩云志的哥哥韩云平在市里读师范。每次放假，韩云平都会带几本《抒情歌曲》回来，韩云志喜欢得不得了。他会识简谱，他在歌本里找到《月亮走，我也走》这首歌，很快就学会了。韩云志读理科班时，班主任换成了一位年轻的政治老师。他从高二起在班上当文娱委员，每周都有一天晚自习的第一节课用来教唱新歌。韩云志教这首歌的时候，班主任陈老师一直在教室门口站着听，他生怕遭到陈老师的训斥。

韩云志读高一时虽然是劳动委员，但不久老师和同学就发现他喜欢唱歌，而且唱得很好，因此也安排他教唱歌。有一次，他从《抒情歌曲》里学会了那首《爱的路千万里》，他觉得有几句歌词特别好："……高山在云雾里，也要勇敢地爬过去，大海上暴风雨，只要不灰心不失意。有困难我们彼此要鼓励，有快乐要珍惜，使人生变得分外美丽，爱的路上只有我和你……"虽然这歌名一听就是爱情歌曲，但并不是那种卿卿我我、缠绵悱恻的格调，所以他跟几个要好的同学先唱了一遍，结果他们都说好，于是他就决定在班上教大家唱。没想到，有天晚上才教几句，兴头刚上来，忽然，班主任王老师从外面冲了进来，气冲冲地径直上了讲台，拿起刷子“呼呼呼”几下就把黑板上的歌词全擦了。韩云志看着王老师这一连串反常的表情和动作，还不知道自己哪儿出了大错。他茫然的眼神跟随着王老师的动作游弋，而王老师根本就没看他一眼。王老师擦掉歌词，把黑板刷往讲台上一掼，气急败坏地宣布：“以后不准唱这种不健康的歌曲，什么爱啊恨的，没有国法有家法，没有家法还有道德法！”王老师五十多岁了，他讲外国历史很好，很有趣，课堂上也生动活泼。但他这突如其来的举动，一下子就把韩云志弄蒙圈了。

其实，他当时很想教大家唱那首《迟到》。不用教，大家平时也跟着学会了。那歌曲在社会上很流行，但在学校不提倡。就连韩云平那时所在的师范学校，也都不提倡在校园舞台上演出。主要是歌词显得有些学生不宜：“你到我身边，带着微笑，带来了我的烦恼。我的心中，早已有个她，哦，她比你先到。直到有一天，你心中有个他，你会了解我的感觉，爱要真诚，不能分享，哦，对你说声抱歉……”

眼前惊险的一幕刚过去，他暗自庆幸：幸好，幸好没教那首歌，否则不知道会被王老师骂多惨，说不定一生气把他这个文娱委员就地免职都有可能。

有一次，学校听说上级来检查，便停课打扫卫生。韩云志在教室里发牢骚，说平时怎么不这样呢？不料这话正好被刚进来的王老师听见，王老师当着全班的面把他批评了一顿，说：“你家里来了客人，难道你就不该扫地，不该把桌子板凳擦干净吗？”

这一次，韩云志一边认真教歌，一边警觉地观察班主任陈老师的反应。陈老师只要一走进教室，就会板着脸，挂着一副重大事件发生的表情。第一段教完，陈老师没说什么，依然面无表情。只见他一脸严肃，双唇紧闭，收敛起一贯侃侃而谈、洋洋洒洒的讲课风格，他在耐心听着《月亮走，我也走》的第二段：“……月亮走，我也走，我送阿哥到桥头。阿哥是个好青年，千里边防显身手。啊，晚风悠悠吹，小河静静流，阿哥阿哥听我说，早把喜报捎回头，捎回头……”第二段刚教完，陈老师居然笑了，他一面笑一面说：“这歌儿还好听嘞。”

在韩云志看来，前任班主任王老师也很严肃，也爱批评人，他站在讲台上的表情好像总显示有重大历史事件发生过。但陈老师刚从师范学院毕业不久，年轻老师要开化得多，这让韩云志感到很开心，很有存在感。

只不过，陈老师的严厉和弯酸他并没有领教过。还是景春风总结得好：“陈老师能骂死人嘞！”

自打陈老师说了那歌儿好听，韩云志就特别喜欢唱《月亮走，我也走》。但不出大半年，他却把自己唱到祖国的边防前线去了。

韩云志走出校门的时候，是高二下学期，那年他才十七岁。当时还没到毕业季，学校刚升格为高完中，以前的两年制仍然生效。韩云志已于一个月前跟着实习老师去了一趟师范专科学校，详细询问了音乐系的招生要求。音乐系在招生之前，还要办一个预科班，预科班是次年一月才举办，时间半年，结束后参加高考。预科班除了需要一大笔费用，还要求学生必须有一定的音乐基础知识。实习老师又把韩云志带到了音乐系，找高手为他指教。音乐系有两个高才生，他们让他唱首歌来听听，他就唱了《牡丹之歌》。唱完，一个美声一号说，唱得可以，但纯粹是用“大本嗓”在唱歌。另一个声音说，也不全是大本嗓，听得出来学过几天。

韩云志确实学过一段时间唱歌，是跟父亲单位一个邻居谭叔叔学的。谭叔叔从部队文工团转业回来，住在父亲隔壁。谭叔叔是美声唱法，随时都能听见他练声，他一边择菜都能一边练声，练一阵之后就会唱一首完整的歌曲。韩云志最喜欢听他唱歌，不喜欢听他总是“啊、诶、咿、喔、呜”地练声。那时，韩云志觉得美声唱法有些做作，而且咬字还有些含混不清，就有些抵触，可一些人总是说美声唱法最科学。谭叔叔教唱歌要求严格，只要一字一句有问题，就当即打断，立刻纠正。往往半小时过去，一首歌都唱不下来。他站着唱歌倒是不怕累，脚站麻了也不在乎，可就是唱不顺溜。他感觉美声唱法太难了。而且这样学下去，有时候都不知道该怎么唱了。他对父亲说，谭叔叔太严厉，不想学了。父亲说，人家那是恨铁不成钢！韩云志望了望父亲严肃的表情，再也说不出什么话来。他想：这又多出来一个恨铁不成钢的人了，唉……

韩云志听了两个高才生的一番评价，一时有些蒙。再说，他一样乐器也不会，更谈不上有专业基础。得到准确信息之后，韩云志立即觉得自己的歌唱家梦就要破灭了，升学也没有希望了。他之前并没有把想当歌唱家的崇高理想告诉父母，父亲也仅仅以为他是爱好，再说家里也拿不出送他学艺术的钱。实习老师从清江中学带他走的时候曾经问过他，“你想考音乐系，你父母知道吗？”他撒谎说知道。

韩云志离开学校也没有告诉父母，父母离他很远，再说他也没有耐心等到周末才回去跟他们商量。他去教导处填了一张自愿毕业申请表，一周后，他领到了高中毕业证，毕业证上面还特别注明了“二年制”字样。从形式上讲，他已经高中毕业，虽然时间才到五月份，但学校已不能再收留他。这样，他告别了昔日好友，默默地离开了学校。

韩云志孤独地走出校门，也没有谁来送他。那会儿整个校园都静悄悄的，教室里都在上课。五月底，春夏之交，正是草木生长、满眼翠绿的景象。可他的心却依然干涸，就像那条经过一冬还未涨水的小河流。一瞬间，韩云志的骄傲和自豪感荡然无存。

其实，韩正清一直想把韩云志留在家里。韩云志打小就在父亲身边使嘴跑腿，是家里最听话的孩子。读初三那年，有一次放寒假回来，他和弟弟韩云晓一起在地里劳动。休息的时候，弟弟忽然指着那一片自留山对他说：“二哥，爸爸说了，这山、这地以后都是留给你的。”韩云志一听，当即就觉得他的人生可能就要在此打住了。他心里一阵失落，又一阵不甘，最后，他想清楚了：无论如何也要走出那一片山，走到外头去。

可是，有什么办法走出去呢？韩云志经常望着西边那个山垭口，特别是夕阳西下的时候，他觉得自己像那片火烧云一样，梦想是那样一忽儿就碎了。一个冲动的决定把自己逼上了人生的窄路：升学无望，当歌唱家的梦想也破灭了。

韩云志回到家，正是农忙之时。田岗上禾苗长势喜人，包谷秆翠绿，稻谷苗嫩绿，整塝梯田都绿油油的。

他哪儿也不去，每天日出而作，日落而息，看上去并不是装模作样，而是甘之如饴，别有一番滋味在其中。日日心安理得，知足常乐，好像就要在山里扎根一辈子了。夏日里的菜苗和野草越长越茂盛，他就顶着烈日去除草。秧田里的稗子比秧子还高，他就下田去扯稗子。等秋天打了谷子，稻谷入仓，冬水田就开始蓄水了，他和父亲一次又一次加高了田埂，最后一次加了“翻山”田埂，冬水田就准备来年种水稻。韩云志加好最后一道翻山田埂之后，就偷偷跑去乡武装部报名参军，还顺利地通过了初检。

几天之后，乡武装部部长一大早带着初检过关的人去县武装部正式体检。那天韩云志身体检查一切正常，只是在测血压的时候，他由于参军心切，就有点儿激动，压脉带一缠，气囊挤压两下，心跳突然就加速了。那个儒雅、戴着黑框眼镜的男医生听了一阵，淡淡地笑了，取下听诊器，叫他先去室外待一会儿，转移一下注意力，待情绪平复之后再进来重新测。他出了屋，到篮球场上站了一会儿。

“这次要是当不成兵，就去学开车吗？”他问自己。学开车既不好向父亲开口，也难以面对父亲单位的同事。自小在父亲身边长大，这时候再回去也显得太没出息了。他想了一阵，虽然没有明确答案，但觉心情已经平稳，就慢步回到屋里。就在这会儿，医生已经查过好几个人，每查一个，填好数据，人家都淡定地拿过单子走了，随即去检查下一个项目。医生看他进来，就把先前放在一边的体检单拿到面前，给他重新测量。医生把压脉带第二次给他缠好，然后挤压几下气囊，肘弯那儿一紧张，他忽然又心跳加速了，自己都能听见心脏在“咚咚咚”地急跳。他开始在心里骂自己：没出息，要冷静，要冷静，今天怎么慌成这样，连这点小关都过不去，还怎么当兵啊。他越是这样质问自己，心跳越是加速；越提醒自己，越是没用。以前体检那么多次，都不像这样，哪知这回心里却像有一只小兔子乱撞，失去了控制。最后，医生又笑了，只好在登记表空格里填上：脉搏，82 次 / 分。好在这个结果并没有对他造成什么影响，因为他的血压值仍处于正常范围。

下午的内科检查异常严格。先后换了两个医生来查肝，主要是按压贴摸肝部，检查是否肝大。韩云志也不知道肝大究竟有什么危害，也不知道医生咋就那么神，有的初检过了，复检又说大了两厘米，不合格，这都能摸出来。韩云志平躺在体检床上，按照一个中老年女医生“吸气、呼气”的口令顺从地配合着发动作，在一番仔细反复按压之后，女医生脸上没有异样的表情，也没说什么，他的心就安放到肚子里了。

体检过后一个多月，一天，韩云志正在一块坡地上和父亲一起栽洋芋（土豆）。约莫十点钟，忽然听见坡路上有人喊他的名字，他把手中的一个洋芋瓣放进脚尖前面的小窝儿里，再起身抬头望去，是一个住在山那边的过路人。那人热情地说：“我刚才路过乡上，武装部部长叫我带信给你，喊你去拿入伍通知书。”韩云志听了，心中一阵感激，只对路人大声说一句：“谢谢你了！”然后他转头看了看父亲，他并不是要征求父亲的意见，他那意思好像是说，他这一去，可能三年都不能回来了。

父亲平静地看着他，说：“你快去呀，拿了再回来，我们上午还要把这块地栽完。”

韩云志放下半撮箕洋芋瓣，顺着坡路往上走，过了几道田埂，就到家了。他没有进屋，而是顺着旁边的大路一直往乡上走。他家离乡政府只有一里多路，爬上一段山坡，再穿过一段密密的树林就到了。

韩云志从屋边经过，看见母亲从灶屋里出来，端着盆子往猪圈那头走去。忽然间，母亲发现他了，停住问：“你不是跟你爸爸在栽洋芋吗，这会子又到哪里去呢？”他回答说到乡上去拿入伍通知书。话音刚落，他母亲就笑开了，他远远地看见，母亲那笑里充满着希望，但也闪过一丝不舍。

两天后的一个早晨，乡武装部部长到家里来了。他对韩云志说：“你虽然是自愿当兵的，也考上了，但是按照兵役法的规定，你还没有满十八岁，我们需要征求你父母的意见。”那个季节，山里的天已经开始冷起来，一家人都坐在火炉边。母亲一边给武装部部长沏茶，一边笑呵呵地说：“只要儿子愿意，我这个当妈的没意见。”稍停，母亲又说：“他想出去闯一下，就让他去嘛！”

父亲自生病以后，烟酒都戒了。那天，他却点了一支烟，轻轻地、慢悠悠地吸起来,还有一句没一句地跟武装部长聊起以前他们当兵的事。后来，父亲也没有提什么意见。

韩云志有一位三叔，家住河沟对面。三叔的儿子结婚之日正好是他参军入伍的头一天。堂哥结婚，他可以代表家人去贺喜了。入夜，三叔院子里要放一场电影，这是农村办喜事的一个重要标志。住家户放电影是最热闹的时候，院子里坐得满满当当，板凳不够用，就搬石头来坐。等人群散去，他就和一个厨子在灶房里交谈。他知道，那个厨子叫张五一，不仅因为他是生产队长，更重要的是他曾经当过兵，是从兰州军区野战部队退伍回来的。他非常想从张五一那里获取经验，少走弯路。张五一倒也不保守，一边摆弄锅碗瓢盆，一边把自己当兵的经历和体会无保留地说给他听。

深秋的夜里，天气冷了。他已经穿上了部队发的绒衣，感觉自己的心思早已经飞到部队去了。可是部队究竟在哪儿呢？他也不知道。

当然，话题不能只谈部队，说着说着，张五一将话题引到了他这位堂哥的婚姻大事上来了。

那是头一年冬天，大嫂子给在小煤窑的丈夫送吃的和穿的过去。大嫂子一路翻山岭，下河沟，从南山去北山。南山地区平均海拔在八百米左右，适合农作物生长。北山地区山高谷深，悬崖峭壁，但蕴含煤铁矿石。因此，全县的煤矿都集中在北山地区。前面提到过的苍山矿务局，它下属的几个煤矿在当时都是县团级。当然还有许多小煤窑，这位大堂哥就在北山里一个小煤窑挖煤，也算是临时煤矿工。

大嫂子走了大半天路，一点儿都不疲惫。她走到北山山口，刚要翻过山垭时，忽然看见一个年轻女子坐在路边石头上掩面哭泣。女子穿着干净朴素，一身蓝布衣服，当她看见有人经过时，哭得更伤心了。大嫂子见了，顿起怜悯之心，她靠近女子身边，柔声问道："妹儿，你在哭啥子？"

女子止住了哭，抬头看一眼大嫂子，欲言又止。

大嫂子又说："妹儿有啥伤心事就给大姐说嘛，看看大姐我能帮上你不？"

女子这才擦了几下眼泪，说："我男朋友在小溪沟煤矿挖煤，他过年后出来就一直没回家，也没有来找过我，我就想，这大半年都过去了，还没他音信，就去煤矿找他，可是那些工友说他早就走了，也不晓得他究竟去了哪里。大姐你看，我这跑了空趟子，也不晓得该咋办。"

"这是赵巧儿送灯台，一去永不来呀。"大嫂子就着这句常见的歇后语说。

"唉……这个没良心的，你有啥也说一声嘛，不明不白就把我甩了。"女子唉声叹气。

大嫂子听了，忽然想起什么来，她眼前一亮，就说："妹儿，你看这样要得不？我有个弟弟也在小溪沟煤矿挖煤，他大哥就是我男人，你再跟我回去一趟，我把弟弟叫出来，你如果看得上，那就是姻缘，看不上呢，就算了。我们姻缘不成仁义在。"

女子怔了一下，再抬眼打量一阵大嫂子，看她像个实在人，想想暂时也没好的办法，于是就答应了。两个女人一路去了煤矿，大嫂子把小叔子喊了出来，小叔子自然不知大嫂子还有这样的安排。巧的是，这女子还真把他看上了。经过就是这样。

韩云志说：“真是太巧了。”

张五一说：“姻缘，姻缘。”

第二天下午，邻居大哥把生产队的锣鼓队人员组齐，敲敲打打把韩云志送去乡政府。一路上，几个堂哥只管使劲打、使劲敲，也不说话。打完一遍，停一会儿，又打第二遍。韩云志在锣鼓声中心潮起伏，想跟他们说几句离别的话，却哽在喉咙。韩云志试了几次，感觉只要一出声眼泪就会淌下来，他好几次想张口，都忍住了，他不想让众人看到他感情脆弱的样子。

到了乡政府的会议室，先是亲戚邻居们说着分别、祝福的话语，然后再往韩云志手里硬塞几块钱，说路上用。乡政府组织了一个简单的茶话会。会后，武装部部长领着他们三个新兵往区上走。刚出门，就看见乡中学的师生们已经在公路上列队欢送他们了。走到公路上，哥哥韩云平作为教师代表与他握手话别，妹妹韩云慧在队列里，她像平常那样喊了一声他的名字，却背过身去哭了。他刚走出夹道欢送的人群，却见一个人影从队列里跑出来跟在他身后，是弟弟韩云晓。他用疑问的眼神看着韩云晓，弟弟只说一句：“我送你。”韩云晓跟在三个穿军装的人后面，总隔着三五步远，一直走到山边转弯的垭口那儿。那一小段路上，韩云志想要跟弟弟说几句话，却突然不知道说啥了，明明哥俩在家时的话很多啊……

转过垭口，韩云志回头，看不见家里的房子，也看不见乡政府和学校了。韩云志对弟弟说：“你回去吧。”韩云晓也只回了一句“二哥你慢走”。韩云志转过身往前走几步，再回过头，弟弟虎头虎脑的身影已经渐渐远去了。

韩正清单位一个邻居阿姨姓张，住在他隔壁的隔壁。张阿姨的丈夫彭涛在县武装部工作。彭涛是从青藏高原部队调回来的现役军人，在县武装部任科长职务。韩正清跟彭科长一家平时来往不少，关系很好。彭科长知道这批兵将要去边防前线，就在私下征求韩正清的意见。他说："你儿子这次是去守边防要打仗的，还有一批兵是去北京部队，要不要给他换一下呢？"韩正清说："要问一下他本人的意见，看他是个啥想法。"

到县武装部集中后，韩正清领着他去见彭科长，彭科长把意思说明了。韩云志想都没想，就说："我还是去边防，当兵就是要去边防，还可以见识一下国境线到底是个啥样子。"这当口，有很多人都来送亲人当兵，大家都知道要去边防前哨，都有议论的，但谁都没有说退缩的话。韩云志同样是热血男儿，他怎会退缩，又岂能退缩。在群情激奋之中，他更觉得自己的选择是正确的：若是退缩到后方，这消息迟早会传出去，岂不是让人耻笑。

临行前，彭科长特地向接兵干部介绍了他，说他歌唱得好。

第五章

那一年，全县招了三批兵，分别去了三个不同的军区。韩云志最后一批出发，在县武装部整装待发的前一天下午，县委县政府组织了一场隆重的欢送会。联欢会结束时的大联唱是《明天会更好》，歌曲的开头就是："轻轻敲醒沉睡的心灵，慢慢张开你的眼睛……"

这首歌本来是表达人们祈求和平、期待明天会更好的美好心愿，旋律越到后面越有恢弘的气势。多年以后，只要听到这首歌的旋律响起，韩云志心中就有悲壮的情绪在滋生蔓延。

欢送会结束后，韩云志的父亲突然来了。韩正清从衣兜摸出一只手表来给他戴上，说："部队里一切都是按时间来的，你把它戴上就不会误事。"他一看手表是"宝石"牌。他怔怔地看着父亲，一时不知道该说什么，可是父亲说话的语气还是那样淡然，表情也跟平常没有区别。只是第二天队伍出发，韩云志从客车窗口伸手出去跟父亲告别的时候，父亲深深看了儿子一眼，却突然转过身去，只留下一个老兵的背影。

接兵干部带着一百多名新兵，坐上绿皮火车，去那遥远的地方。韩云志想象着那儿也有桃花盛开，只是现在季节未到。

几千里星夜兼程，韩云志和全县的新兵被接兵干部带到了一个叫听湖坝的地方。听湖坝附近有个很大的湖，叫听湖。井水干了的时候，他提桶去那儿取过水。还有一次帮厨，每个班杀一只鸡，他提着那只鸡，一路小跑去了湖边，洗干净后赶紧交回炊事班。他曾经站在石级的岸边，望着波浪起伏、一望无边的水面发愣，也会想一些心事。有时也会遇见三两个姑娘一路嬉笑，看她们的穿戴，是水族还是苗族呢？

第一次离开家乡，总有些新鲜的事物在他脑海中留下印象：一是在高原的省会城市换乘米轨小火车，车厢又短又窄，小火车哐当哐当的声响，让他感受到前路漫长，当小火车减速驶过一段陡崖的拐弯处，他探出头来，看到笔直的悬崖下面是浩荡的湖水；另一个是凌晨到达一个军供站，在那儿住了后半夜，早上开饭时，门前操场上抬来了两口大行军锅，大家凑上前去一看，就议论开了："这粉条怎么吃啊？一点儿菜都没有！"个个东张西望，各说各的，接兵干部看看大家疑惑的样子，这才大声解释："这是米线，旁边有汤料，舀一勺就可以吃了！"大家围在锅边，七手八脚用筷子捞。那米线真长啊，人蹲在锅边，用筷子夹着，一面夹一面站起来，人站直了，手举过了头顶，米线那一头都还在锅里，稍不注意，手指一滑，米线就像一道白色闪电唰的一下又回到锅里去了。

他有生以来第一次见识到，那个看着跟老家粉条有点儿相似的东西，在这儿叫作米线。

还有一件让新兵们感到稀罕的事儿，那就是终于看见了一个大明星。

早饭后，大家正在操场上准备集合出发。忽然，接兵干部眼睛一亮，抬起手指着远处的一个人，高喊着："哎！大家快看——那个高个子、留着大背头的就是《十五的月亮》那首歌的词作者石祥！"他担心人多没听清，又喊了一遍。新兵们听了，不管看没看清，先是一阵兴奋地惊呼，然后顺着他手指的方向看过去：在坝子另一头，有几个穿着军官服的人交谈甚欢。新兵们一阵惊叹之余，都用无限崇拜的目光和神情注视着那一个人。

早晨的阳光已经从树梢上升起来了，新兵们预感目的地已经不远了，此时气氛倒显得轻松起来。正在大家谈笑之际，三辆军车轰鸣而来，一个急刹停在跟前。车队满载着新兵，迎着朝阳，翻山越岭，加足马力急速开进。韩云志坐在前车，紧跟着他们那辆车的驾驶员是一个稚气未脱的小战士，他一路不时地和前车“开玩笑”。他与前车车距总是很近，特别是弯道冲坡的时候，感觉他都快要撞上前车的屁股了，不过，他总是向左侧偏过去半个车身，还随时做出要超车的架势。车上的人都说那小伙子车开得好，方向盘抹得圆。翻过那座高山，一路就是比较开阔的红土地了。

那一年新训规模很大，组建了一个新兵教导团，一个团的新兵在新训结束后将分到一个师的部队去。新兵团下属五个营，四个步兵营加一个特兵营。各地送来的新兵，都先在新兵团团部集中。解放牌军车总是轰鸣而来，丢下车上的新兵之后，又绝尘而去。先来的新兵在篮球场上奉命等候，不出半小时，操场上就被人群填满了。穿着军官服装的人站在不同的队伍面前，手里拿着一摞档案袋，不停地点名，点名之后，这些人群又组合成一支新的队伍，被各营连的干部带走。韩云志站在队伍里，看着潮来潮往的人群，忽然想起家乡那句俗话：菜籽落了海。

最先点名的是特兵营，他们好像在选人方面有优先权。各地的新兵都有被点到的，没被点到的人看着往特兵营队伍里移动过去的背包，既羡慕又嫉妒。在点到韩云志的时候，他看见接兵干部指着自己对一个军官说：“那个叫韩云志，歌唱得好。”军官郑重点点头，算是答应，但没有仔细看他。接兵干部的任务到此圆满完成，之后就不知去了哪里。新兵们还将见到更多的军官和班长。韩云志被领到一里之外的一个营地，远远看过去，一排又一排、一列又一列的简易木板房就像阅兵式那样站着。军官喊左转，他们就左转，军官喊右转，他们就右转。一眼望不到边的木板房们长得一模一样，只是墙上有个标牌，白底红字注明几营几连的字样。等走近一看，韩云志才知道自己分在二营七连。

新兵连集训时，一个排住在一起，睡通铺。一个排有四个班，带新兵的班长来自不同的老连队，连队干部也如此。新兵连是个临时单位，新训一结束，连队即刻解散，所有人员自动归建。韩云志到达新兵连的时候，其他各地的新兵还未到齐，也就没有正式开训。刚开始的几天，他们就打扫卫生、整理内务，然后进行单兵队列基础训练。等所有新兵到齐整了，各班排有了些热火朝天的味道，新兵连就正式开训了。

一个下午，战友们在炊事班后面的空地上集合，连队文书把一张大白纸贴在黑板上，白纸上是用毛笔抄写的歌曲——《战士与梅花》。指导员说下午安排大家唱歌，他先问了一句，有没有哪个会唱这首歌，没人回应。当他问第二遍的时候，韩云志举了手。指导员先叫他试唱了一遍，然后说："唱得不错啊，你来教大家。"韩云志那天状态很好，很自信也很放松。隔壁六连炊事班的老兵都在旁边围观，还说七连那个新兵唱起歌来有点儿像蒋大为。后来，指导员经常把教唱歌的任务交给他。

《战士与梅花》这首歌抒情优美，以蜡梅比喻坚强的战士，表达了对边防军人的赞美之情。歌词很有烟火味，接地气。特别是两段歌词的后半部分让人感到温暖、亲情与自豪："……妈妈花前做年饭，香味漫出竹篱笆；爸爸花前贴对联，巧裁春光门上挂。战士爱花更护花，蜡梅吐艳香万家……弟弟花前放鞭炮，火星花雨凌空洒；妹妹花前扭秧歌，彩灯辉映尼龙纱。红梅红星遥相映，装点江山美如画。"每当想起这首歌，韩云志心里总会涌起热爱祖国、感恩父母之情。

其实，守卫边疆的战士们都知道，他们身后都有父母、兄弟姐妹，还有无数同胞，他们决不能让敌人进犯祖国的领土。战士是硝烟中的雄鹰，梅花是和平的象征。和平与幸福，是我们共同的心愿。

正式开训不到一周，老部队的团长、营长就来新兵营、新兵连训话了。核心内容就是服从命令听指挥，练就过硬本领上阵地。新兵团是一个师的，新兵营就是一个团的，韩云志所在的新兵二营七连就是要分配到老部队二营去的。团长最先来，提出的要求最高，他要求考核必须拿第一，不要第二。团长说了几句顺口溜："比垮步兵第一营，压倒步兵第三营，甩掉步兵第四营，瞧不起那个特兵营！"团长还说，如果考核拿到第一名，他过年一定亲自来慰问大家。

团长训话结束，一个营排山倒海的口号声响彻云霄。

团长走后，没过几天营长来了。一天晚上，连队集合在炊事班后面的空地上。列队完毕之后，营长斩钉截铁地说：“七连所有的兵都必须是合格的兵，不合格就不能到我二营来当兵！”他为了让新兵们直观感受到什么是令行禁止，就点名一个超期服役的九班长周小波来做示范。

“周小波！”

“到！”

“前面这条壕沟，我命令你跳过去！”

“是！”

周小波领受了任务，尔后拼命地冲向了壕沟……就在所有新兵的心都提到嗓子眼儿的时候，突然传来营长洪亮短促的口令：“停！向后转！入列！”因为那条壕沟是根本跳不过去的，如果硬要跳过去，不摔个半死也得折条腿。

回到宿舍以后，新兵们想起刚才那惊险的一幕，都心有余悸地说，当时差点儿把我们吓坏了。

新兵二营一辆负责生活保障的大卡车有一天从县城拉给养回来，在转弯处与当地一辆迎亲的大卡车相撞，双方都有人员受伤。由于军车负主责，因此还要牵涉到赔偿，这就算出了一个比较大的事故。团长知道后传话回来说，看来拿第一是不可能的了。过年的时候，团长派来了后勤处长慰问部队。后勤处长比团参谋长和政治处主任要低半格，只有正营级。二营四个新兵连在训练场上列队，营长集合报告完毕，立即会操演练新训成果。每个连队都使出了最大力气，口号喊得震天响。事毕，后勤处长进行了讲评，到底也没说哪个连队表现最好。下来之后，很多干部和老兵都在嘀咕：“一个后勤处长他懂什么军事嘛。”

新兵连一共四个排，一个排四个班，这跟常规的三三制有些不同。韩云志分在一排一班。四个班的班长在资历上也有较大差异：韩云志所在的一班班长和三班长已超期服役（第四年兵）；二班长也是第三年老兵；唯有四班长是第二年兵。也就是说，四班长只在新兵面前是老兵，而在其他三个班长面前，他又是新兵。

新兵们都觉得班长是老兵，嘴上都清一色叫班长，但到底哪个班长的兵龄更老则不以为意。一个排的人住在一间六七十平米的板房里，排长住在进门第一个，紧挨着一、二、三、四班依次下去，班长睡在各班开头。住通铺很热闹，训练回来，大家有说有笑，轻松快乐。

几个老班长都喜欢抽水烟筒，毛竹做成的水烟筒，口径至少十五厘米。班长们点上烟，把烟嘴喂进烟筒下方的小孔里，然后把嘴和腮帮子都埋进烟筒上方进口处，一吹气，烟筒里的水就咕噜噜响，再一吸，烟筒口就一阵烟雾缭绕。抽烟的几个班长常常每人轮流着吸几口，这时候，他们的神情就有些缥缈。韩云志第一天刚被领进屋时，见老班长抱个大竹筒在怀里，还真不知道是干啥用的。看到他们唏哩呼噜一阵过去，很过瘾的样子，就不再觉得他们吸烟是那样费工夫了。有时候连长过来，班长们就把烟筒让给连长吸几口。每当这个时候，新兵们总是充满好奇地望着他们，一边看他们摆弄烟筒，一边听他们吹牛。有天中午一点钟左右，连长从隔壁过来，用责怪的口气对排长和几个班长说："你们怎么不睡午觉呢？就听见你们吹牛的声音，吹得一塌糊涂。"

班长们吹牛，新兵是不能插嘴的，大都傻乎乎地听，遇到有趣的话题就跟着傻呵呵地笑。如果某个新兵实在忍不住好奇地发问，班长们就漫不经心地回答着。问多了，他们瞪你一眼，也就知道看脸色了。但是时间一长，一屋人都混熟了，免不了各种笑话和趣事连连发生。

通过连队干部和班长们平时谈笑，新兵们知道了他们的来历：连长、副连长和三排长来自八连；指导员和二排长来自五连；四排长来自四连；韩云志所在的一排排长来自六连。他们的老部队二营是一个加强营，一共六个连队，从四连到九连。四个班长当中，一班长和四班长来自八连；二班长和三班长来自九连。有一次，四个班长又在一起吹牛，其他三个老班长给年轻的四班长起了个雅号——"小四"。随后一段时间里，他们便一直把四班长喊作小四。三个班长一有事就轮流着喊，“小四小四”的叫声此起彼落。

四班长姓唐，家住金沙江畔，与四川一江之隔，但他一口正宗的四川话却蒙蔽了很多人。唐班长在四个班长当中个子最高，块头也最大，黑红的脸庞，鼓眼睛，头上有些许少年白。四班长在训练场上声音大，爱发火，爱训人。但下来之后，他跟大伙还是有说有笑的，新兵们因此并不觉得他有多可怕。有时候回到屋子里，他还主动开开玩笑，活跃活跃气氛。

二班有个新兵姓曾，年龄在排里最小，韩云志当时还没满十八岁，已经算小的了。可他还没满十七岁，完全一脸的稚气。他大概是顶替他哥哥的名字来当的兵，班长们都叫他“小兵”，韩云志也都跟着很多人喊他“小兵”。

有天早上，起床哨音一响，大家便扑棱扑棱地赶紧穿衣服。那天是四班长担任排值班员，小兵可能是没睡醒，坐起来一边穿衣一边懵懵懂懂地朝着四班长喊了一声:“小四，今天该那个班去挑水呀？”他话音一出，连自己都惊呆了。还是二班长反应快，知道自己手下新兵闯祸了。二班长一点儿都不护短，立即翻了脸，他大声对小兵叱道:“小四是你喊的呀，你个新兵蛋子连这点儿规矩都不懂，简直要长了！”其他几个班长也围过来，指着小兵一阵训斥。四班长此时已经气得没言语了。小兵自知理亏，埋着头，不做声，脸红一阵白一阵，眼泪跟着流下来。一屋的新兵看着那阵势，都面面相觑，连大气都不敢出一声。

那天的训练，小兵站在队列里也没有之前那样昂首挺胸了，眼圈总是红红的。夜晚睡觉前，他也没有话语，一个人默默躺进被窝里。也就从那天开始，四个班长对所有新兵都比以前更严厉了，说要整顿作风，当新兵一天到晚就稀里马哈的，那下了连队怎么办呢?

这个“小四事件”在排里震动非常大，由此影响和改变了整个排的气氛。不过，连队干部很快就知道了这件事，周末开连务会，连长严肃地宣布纪律：“以后班长之间称呼要讲规矩，一律按序列来，几班长就是几班长，前面不准加个老或小字！”

打那以后，班长之间无论在训练场还是生活中，都恢复了规范的称呼，比如二班长、八班长、十二班长等等，新兵们也就不再跟着乱喊了。

一班长身材稍显瘦小，但很精干。他十七岁当兵，说话快，动作也快。他战术动作很麻溜，连队干部和老兵都知道，团长都称赞过他的单兵战术动作是一流的。搞战术训练，他做示范，无论卧倒起立、匍匐前进、滚进和利用地形地物掩护自己，都能做到快速准确。他经常说，练好战术，就相当于保住了自己的性命。他好喝点儿酒，晚上自由活动时间，他从服务社买瓶“白兰地”回来，坐在屋子里，拧开瓶盖，过一会儿就吹一口，过一会儿就吹一口。等吹过几口，酒兴就上来了。他脱光衣服，盘腿打坐，双手握拳收于腰间，开始练挨打功：他让新兵挨个儿用拳头向他胸脯上打。新兵一边打，他还一边喊着：“使劲啊，使劲！”新兵们开始都不敢用劲打，但他命令新兵打，还说“你不打我我就打你”。新兵们看他好像是动真格的，也就配合着他练功。但大家心里还是有数的，无论他喊得多凶，最多就使一半劲儿往他胸肌上打。一班有个新战士，不愿意洗脸、洗脚，有时几天都不洗。班长看不过去，每天早晚都要督促他。班长话说重了，他就坐在床上哭，就是赖着不洗。班长端来热水，放在他面前，大声说：“来，我给你洗！”他还是不情愿，一边嘤嘤地哭，一边叽叽咕咕不知道说些什么。班长本来拧干了毛巾，抬起手来等着他，但是看他一点儿都不配合，不识好歹，只好大吼一声：“不洗算了！”随即把毛巾扔回脸盆里，水花四溅。

二班长身材适中，皮肤白净。他说话做事有板有眼，讲究说服教育，言行在班长中算温柔的。当然，这并不是说他不突出。相反，无论队列、军体操，还是战术动作，他都做得很规范，而且他的旗语非常漂亮，动作标准而又潇洒。有一次，连队进行实弹射击，一百米距离的胸环靶，精度射击考核环数。连队安排他和其他两个班长报靶。他们隐蔽在靶子下方的战壕里，每一组射击完毕，新兵们退子弹起立，回到出发地域。待安全哨音发出以后，新兵们一个个就满怀期望地望着对面远处的报靶员。二班长手持两面旗子，一红一白，交叉定位、上举侧举、平举摆动、半环绕与全环绕等等，看得新兵们煞是羡慕。如果对面报靶员仔细搜寻一阵才转过身来，然后举起一面白旗在身体前面环绕三圈，队伍中立刻就会爆出一阵哄然大笑，这个很好懂，那肯定是谁打了一个“光头”。二班长在队列训练中特别强调军容整齐，他经常提醒新兵们要把帽子戴端正，帽檐要与眉毛平齐，说帽子戴高了是目中无人，戴低了则是垂头丧气。二班长还有一手好理发技术，他只需一把剪刀、一把梳子就可以剪出一个标准的小平头。星期天下午，他常常在门外阶沿上为新兵理发。二班长是要抽烟的，他也要用水烟筒，他最先也会对着三班长喊声“老三”，说把烟筒拿来吸吸。那个大烟筒也总是放在离他俩最近的那个墙角里。

三班长身高与二班长相当，脸型轮廓明显，鼓眼睛，皮肤稍黑。三班长是滇西人，烟瘾大，最喜欢抽水烟筒。他在宿舍的时候，常常一边抱着烟筒吸吸呼呼，一边向新兵们发号施令，说某个新兵的被子像个馒头，不行，要重新叠；又说某个新兵太懒了，像他这样，以后分下老连队都没人想要；再或者轻松地笑着表扬某个新兵，说这几天进步很大，不错！三班长比其他班长都管得多，他好出头，班排的事情若有不公，他还要发发牢骚、打抱不平什么的。三班长带过连队的队列示范班，就是在全连挑选队列动作比较规范的新战士，组成一个队列汇报表演班。韩云志也因正步走动作比较标准而入选队列班。三班长靠脚动作特别有力，声音弄得嘎巴脆。无论是停止间转法，还是齐步、正步、跑步立定，最后靠脚那一下，他都要故意停顿一下，然后“啪”的一声响，听着可带劲了。

一排长有些文雅，陆军学院毕业，看上去跟他军事干部的身份好像有些不符。但他属于静如处子、动如脱兔那种类型的人。一排长当战士时学过报务，无线电台的通信兵。他平时他爱好隶书，钢笔、毛笔都能写得熟练。韩云志的床铺离他很近，只隔着一个一班长，韩云志看那字儿写得漂亮，还向他讨教过，只可惜新训太忙，又碍于上下级差别，不能随便接触和交谈，只好就此作罢。一排长很注意战友之间的团结，他对所有战士都能一视同仁。各民族、各地域的语言、风俗习惯都有较大差别，他总是教育大家要多一分尊重、少一分苛责，遇到有人取笑别人，他会郑重地制止和纠正。有一次他单独对韩云志说："你们那个地方有个叫法不太好，容易让人误会。"韩云志说自己没有感觉到，就请排长指出来，一定纠正。排长说："比如你们喜欢把别人都喊作'娃儿'，这个听着就让人不太舒服。"从那以后，韩云志就引起警觉了，很快就纠正了这个叫法。一排长在训练场上干脆果断，毫不含糊，他做示范动作、讲解都干净利落，勇猛中带有一丝沉稳，男子汉气概一点儿不差。

有一次连队射击训练，目标为一百米距离胸环靶，卧姿有依托，在部队叫射击一练习，也就是最基础的射击科目。一排长拿着检查镜，对每个新兵的瞄准训练进行检查、纠正。他卧倒在韩云志左侧，看了韩云志从瞄准到扣动扳机的全过程，就开始纠正道："你刚才那一下应该果断击发，本来瞄得很准了，但是你犹豫了一下。"韩云志点点头，说刚才有点儿拿不准，心里不敢肯定，现在就能把握时机了。紧接着，他又问："排长，有没有把子弹打进对方枪管里去的呀。"排长笑着回答："好像二战时期有一个战例，就是把子弹打到对方枪口里去了。"排长说完，就挨个检查其他新兵去了。

副连长是个黑大个，北方人，看上去很粗犷。有一天，连队训练回来开晚餐，不知什么原因，炊事班准备的饭菜却比往日突然少了许多，一部分新兵才吃半碗饭，行军锅就见底了。韩云志也只吃了一小碗，感觉没有打底子一样。各班、排长随即向连队反映。晚上七点半，连队进行条令学习和教唱军歌，列队完毕，副连长高声喊道："晚上没吃饱饭的同志请举手！"韩云志也举起了手，而且举得很高，生怕看不见。副连长数了一下，有三十来人。晚上九点，集体活动结束，炊事班煮好了面条，连值班员通知赶紧去加餐。韩云志拿上碗，穿过营区，来到炊事班，看见一行军锅的汤面。韩云志盛了满满一碗，大口大口地吃着，真香！他吃过一碗，感觉舒服极了，炊事班老兵还招呼他多吃点儿，他说已经饱了，后面还有人要吃呢。可是到最后，真正来加餐的人却不多，面条还剩下一半锅。第二天早上开饭前，唱完一支歌，副连长走到队列前面，拉下脸，严肃地说："昨天晚上加餐吃面条，一开始统计的时候有那么多人都在举手，可后来就只有七八个人去吃，这说明什么呢？说明我们一些人还有严重的小农意识，有好处生怕少了自己，以后一定要克服这种落后思想！"

副连长还有点儿结巴，但他这个结巴的来历却带有惊险和传奇色彩。据说 1984 年的某一天夜里，敌人摸进了他那个班所在的坑道，眼看就要偷袭成功，却被他第一个发现，他操起枪，大喊一声："敌人来啦——"他一边喊一边端起冲锋枪就开始扫射。战友们本来就处于枕戈待旦的状态，一听枪声大作，立即投入战斗，奋勇还击。不多时，全排战友就占领了表面阵地，打退了敌人的偷袭。可自那以后，他却落下了一个结巴的毛病，喊短口令没啥问题，一喊长口令就不利索了。比如，连队搞射击训练，他喊口令："卧姿——装子弹！"遇到这样的长口令，他需要张开好几下嘴才能憋出来。遇到全营集合或者首长检查，他前去报告，有时不利索，自己黑黑的脸庞都会憋得通红。这时候，新兵们忍不住就发笑，一笑，班长就出来制止，小声吼道："不准笑！"

站有站相、坐有坐相是对军人姿态的起码要求，立正练军姿便是必不可少的科目，时间从半小时开始，循序渐进，然后一小时、两小时逐渐加大承受强度。韩云志在一小时的训练中晕倒过一次，每一次训练中都有人因身体原因而晕倒，有人看到身边的战友倒下去，立马心里紧张，一紧张，很容易就跟着倒下。而且，倒了还不准扶，等醒来自己退出队列。在一次两小时的站姿训练中，韩云志的状态奇好，全排倒下去好几个人，他都没倒。他想起了春晚里好看的节目：相声、小品的精彩片段；男高音唱《在那桃花盛开的地方》。这些喜庆的场景在他脑海里一遍又一遍地回放，他的心中充满着希望，丝毫不觉得肩酸腿软、时间难挨。他的脸上甚至有些春风得意的样子。这时候，四班长巡回监督来到他面前，见他站得端正，居然向他报以微笑，还表扬了一句："对的，其实面带微笑是最标准的表情。"四班长走到队列中间宣布："同志们，时间只剩下半小时了，大家要坚持住！"

四班长最爱呵斥训人了，可那天两小时的站姿训练，自始至终他都没有发火，可能他当时和韩云志的心情一样好。

第六章

俗话说，“新兵怕哨老兵怕号”。新兵一听哨音就紧张，但最令人紧张和慌乱的还是紧急集合哨。

第一次遇到紧急集合，是全连组织的夜间突发事件演练。

熄灯后，刚睡着一会儿，值班排长突然吹响了连续短促的哨音，这表示轻装紧急集合。那晚还好，各班、排先前都有所耳闻，全连集合完毕只用了五分钟。连长站在队列前，一副重大军情的样子，他疾言厉色地命令：“根据通报，龙山冶炼厂发生火灾，上级命令我连前去救火！”随即，全连轻装跑步，急速赶往火灾地点。虽然新兵们心里紧张，但军人以服从命令为天职，人民的利益是第一位的。既然火情就是命令，大家都要奋勇争先，不甘落后。一百多号人气喘吁吁地跑到半路，韩云志一边跑一边焦急地望着冶炼厂方向，既没有大火燃起的光亮，也听不见火场传来的喧嚣，他就有点儿心生疑惑。连队照常加速跑出一段，连长突然命令部队停下，随即宣布，火灾警报已经解除，全连带回。

连队紧急集合演练好像并不可怕，令人心惊肉跳的是班排自己搞的紧急集合。也不知道几个班长事先是如何密谋的，夜里两三点，大家睡得正香，突然一阵急促的哨音在耳边响起，全排新兵顿时慌了神，赶紧扑腾扑腾翻身起来。紧急集合不准开灯，新兵们一阵瞎摸之后，有的鞋子左脚穿右脚了，有的穿了别人的裤子，有的把衣服穿反了。有的新兵还以为自己在做梦，等到被旁边战友晃醒，才突然反应过来。等跑出室外，检查军容和装具，队列中一个个滑稽模样，就像逃兵一样。不用说，这样的表现只能招来班长的训斥。

韩云志第一次遇到班排紧急集合，外腰带被旁边战友抓了去，怎么也找不着，无奈之下他只有先跑出去再说。班长集合完毕即开始挨个检查，到他时，班长问腰带呢？韩云志说找不到了。班长一点儿也没有客气，这个算出了一次差错，表现当然不能算好。夜间训练完毕，回到寝室，大家各自清理装具的时候，旁边新兵把腰带还给他，因为每一条腰带上都写了名字，他没好气地责怪旁边那个新兵："你自己的腰带不拿，偏要拿别人的。"班长听了，拉下脸，呵斥一句："不准说话，赶紧睡觉！"

那次教训以后，韩云志把衣裤、腰带、帽子都压在枕头包下面，晚上枕着睡觉，这样就不会被别人拿去了。至于鞋子，他上了板床，就把鞋子并拢，放进木板床下方大约要把小臂全部伸进去才够得着的地方，这样也不会被别人穿走了。

他每天晚上都坚持那样做，再遇紧急集合时，他就有条不紊起来，戴帽子、穿衣服，把腰带挂在脖子上，再提起裤子，最后穿鞋。他记得在家时，作为老兵的父亲教过他，他终于尝到了好处。等到他这样整齐地站在队列里，看到的就是别人出洋相了。他并不是幸灾乐祸，其实他不愿意看到任何出丑的现象。

月光很好的夜晚，新兵们就有点儿紧张，担心会搞紧急集合，而且还会夜间奔袭。韩云志床头右侧上方有一个窗口，有月亮的晚上，熄灯后，皎洁的月光会洒在他的枕头边，他就想起《月亮走，我也走》那首歌，想起老师，想起班上那么多同学。他其实最想父亲，他不愿辜负父亲对他的期望。有时候，他想着父亲母亲，忍不住掉下泪来。不知不觉，他就在绵绵思念中枕着疲惫睡去了。

连续几个月光很好的夜晚，总会碰上一次紧急集合的。韩云志后来一点儿都不紧张了。有一次全排夜间拉出去跑了五六公里，大家在值班班长的带领下，不知道往哪里去，只管跟着跑。一支队伍在夜间穿行，路上不见人说话，偶尔也只有军用水壶碰撞一下发出的声响。他们快速穿过公路，翻过小山头，在沟壑之间迂回前行，长长的队伍在月夜里奔跑，看上去就跟黑白电影里的侦察兵一样，来无影去无踪。

一天下午，在训练间隙，全排的战士都坐在一面山坡上休息。过了一会儿，排长、班长让大家对前段的训练管理提意见，包括对班长、排长的意见都可以提。有几个战士提了，韩云志在当时的氛围鼓动下，也给班长提了一条意见，可是他表达不够委婉，班长听了有些生气。接下来，班长对他就有点儿疏远。其实，他当时说完就后悔了，他不该那么说班长的。过了一段时间，连队为了锻炼新兵自主训练能力，要求各班在新兵中各选一名军事副班长和内务副班长，经大家推选，班长同意，韩云志当上了军事副班长。这下他更后悔了，感觉有些对不住班长。

他想找班长解释，给班长道歉。可找不着单独的机会，当着全班人的面给班长认错，他又碍于面子说不出口，内心很矛盾。等到元旦的时候，连队会餐，全班围在一起，大家都纷纷向班长祝福的时候，他也没有格外表现。最后，他倒满一杯啤酒，走到班长面前，半低着头，对班长说："我以前有不对，希望班长你开心快乐。"班长一听就明白了，随即点点头，脸上泛起了节日的红晕，并笑着回他一句："都开心快乐！"

为了迎接新兵团迎新年联欢晚会，指导员带着七八个会唱歌的战士，搞了一个大联唱节目。

指导员有些神通，从当地一家歌舞团请来了一个手风琴演奏家，高高的个子，头发有点儿自然卷。高个子不仅手风琴挥洒自如，拿捏得当，还精通乐理。联唱的曲目他不需要歌谱，只要你开口一唱，他就在纸上记下调子和曲谱，基本一遍唱过去，这首歌的谱子就出来了，你再唱的时候，手风琴就和上伴奏了。韩云志好一阵惊叹，当着指导员的面夸奖那个拉手风琴的乐理知识太好了。指导员听了非常开心，好一阵得意。

可是到正式演出之前，团里明确规定不准请外援，手风琴伴奏就没派上用场。不过前一段排练效果是很明显的。指导员不知又从哪儿弄来一个收录机，把手风琴伴奏的联唱节目录下来，让大家多听多练，很快就像那么回事了。

元旦晚上，宽阔的操场上坐满了全团官兵。晚会气氛非常热烈，联唱节目引来会场上阵阵掌声与喝彩。能代表连队出节目，又得到了大家认可，这让韩云志快活了好一阵子。

节目表演得虽然很成功，但有件事儿让韩云志有点儿想不明白。就说大联唱节目吧，首先是齐唱《我是一个兵》，这是当兵人必唱歌曲，甚至是首唱歌曲。他一开始唱的时候，就觉得有句歌词不对，改了。哪句呢？就是那句“打败了日本侵略者”，如果他没记错的话，他父亲那一代军人唱的歌词都是“打败了日本狗强盗”，现在改成了“侵略者”，他觉得唱着不够劲儿，这就好比《志愿军战歌》里唱的一样：“雄赳赳气昂昂，跨过鸭绿江，保和平为祖国，就是保家乡。中国好儿女，齐心团结紧，抗美援朝打败美帝野心狼！”试想，如果把野心狼也改为了侵略者或者其他词语，是否不如原词贴切呢？

每当他想起这事儿的时候，他就想问问指导员，可是新兵连人手一本政治教育课本，里面印着很多首军歌歌谱，那上面清清楚楚地写着呢，他思来想去也还是没去问。

在新年来临的欢乐气氛中，韩云志给几个还在清江中学读高三的同学寄去了明信片。平信和明信片当时都散放在学校办公楼一楼大门旁边的窗台上。语文老师看见了那一叠盖着红三角的免费邮戳，便记下了韩云志的地址，随后就给他去了信。语文老师在信中鼓励他一定要把唱歌的爱好坚持下去。老师还说，他先前班上有几个毕业的学生也去参了军，因为有些爱好特长，在部队已经有了小的发展……

跟连队干部接触多了，特别是受到连长、指导员的表扬，韩云志就开始骄傲起来。连队第一次正步走训练的时候，连长从各排巡视一圈，到了一排的训练场地上，他看了韩云志在队列中的动作，然后高声宣布：“韩云志的正步水平已经及格了！”

射击和投弹的科目安排在新训的后半程，也就是说，这两项考核完成，新训就要结束了。实弹射击考核之前，需要十支考核用枪，因平时带枪搞战术训练，摔摔打打磕磕碰碰的，到实弹射击时就需要校准。轮到指导员值班的时候，他带着二排长、班长和两三个新兵，背着十来条枪到后山射击场去校枪。他们顺着简易公路进山，再沿着一条岔路钻进了茂密的树林。韩云志不知道射击场在哪儿，只管跟着走。又走了几十米到密林深处，指导员说他先试一枪，看看准不准。他仰头四下望望，想找个目标，片刻，他看见一棵松树上歇着一只麻雀，他说，就打那只麻雀。大家停下来，不出声，指导员迅疾举枪，稍作瞄准，便听“砰”的一声，金黄色的弹壳从枪机里跳了出来。大家都仰头看，希望那只麻雀应声摔下来，可什么动静也没有。半晌，一小撮羽毛翩然而下，指导员赶紧上前接住，他兴奋地对二排长说：“你看，说明这支枪很准嘛！”

一行人说说笑笑，在松林里穿行，韩云志感觉就像自己在老家巡山一般，他家的自留山跟这儿相似，松树居多。

刚刚穿过松林，就看见一片开阔地，这儿便是临时射击场了。正在大家兴高采烈的时候，眼前一暗，前方站着一个表情威严的人，他挡住了去路，严肃地问道：“刚才谁在打枪？”指导员一边走过一边笑笑，回答：“我们试一下枪准不准。”

此人是营部一位参谋，姓洪。洪参谋是个小个子，国字脸，络腮胡，板着脸，口气咄咄逼人，他又加重了语气：“刚才是谁在打枪？”这一次指导员没理会他，只顾带着一行人向射击场地走去，他一边吩咐班长去对面山脚下插好靶子，这边就开始准备压实弹匣。韩云志和其他两个新兵架好枪，然后顺着拉环拉开弹药箱的盖子，撕开包装，金灿灿的子弹颗颗相碰，发出清脆的响声，他想起电影《高山下的花环》里排长靳开来的一句话：“谁要是在战场上后退一步，我就给他一粒花生米尝尝。”

洪参谋一直站在原地，憋气地看着指导员的背影，很显然，他还怒气未消。看他站在那儿一副凶恶的样子，好像他是参谋长似的。

轮到实弹射击考核那天，射击场周围警戒森严，气氛严肃。每个班一组，从准备到射击完毕，验枪，报靶，每个环节都严格细致。全连新兵射击完毕时，已经到中午开饭时间了。韩云志打了优秀成绩，心里分外高兴。开饭的时候，各班围成一圈，蹲在地上，正香喷喷地吃着，忽然通信员跑过来告诉韩云志，说连长叫他过去一下。

韩云志放下碗，赶紧跑到连队干部那边去，他喊声连长，连长抬头看他一眼，语气很平和但也是命令："刚才从射击场回来的时候有一个子弹袋忘记拿回来了，你赶快去把它找回来。"连长话音一落，韩云志就转身飞快地向射击场跑去，那儿虽然没有老百姓经过，但在一个新兵眼里，子弹袋就是一件很重要的装备。他跑到刚才的射击场地，在集中装子弹、压弹匣的地方找了好几圈，啥都没有。光秃秃的场地上，就是有一个小石头都显而易见，更何况那么大一个子弹袋呢？他一时有些纳闷了，但还是在周围那段壕沟里来回搜寻几遍，确认没有，这才跑回去报告连长，说他找遍了，地上和壕沟里都没有子弹袋。连长听了，还是刚才那样平静的语气："没有就算了，麻烦你跑一趟，快去吃饭吧，以后好好干啊。"

这件事很快就过去了，韩云志当时并没有放在心上，但他后来想起连长的举动和表情，想起其他连队干部当时都埋头吃饭的情景，他忽然明白过来，那是连长在有意敲打他，故意在吃饭的时候为难他一下。

手榴弹投掷训练结束后，也进行了实弹考核，考核场地在连队平时搞战术训练的一座山上。全连人员先在山坡下集结，考核场地在山顶一条狭长地带上，投掷处用麻袋装上泥土垒砌了掩体。新兵们坐在山坡下面的树林里，点名一个上去一个。手榴弹爆炸和弹片呼啸声不绝于耳，有时感觉就像从头顶划过去似的，个别胆小的新兵后来就不敢去投实弹了，连队干部也没有勉强。

轮到韩云志上去的时候，连长远远地对他笑笑："小家伙，别害怕哈。"韩云志自信地点点头。指导员递给他一颗已经拧开盖的实弹，他把拉火环套在小指上，像平时训练那样，向后拉开手臂引弹，然后奋力向前扔了出去。韩云志当时很好奇，他想看看那手榴弹爆炸时的情景，就顺势趴在掩体上，眼巴巴地望着前方。就在这一瞬间，指导员突然从后面抱住他的双肩，使劲把他往旁边一掀，就把他按倒在堑壕里。指导员把他压在了身下，这一刻，他心生一丝感动，他还闻见了指导员衣服上有一股香皂的清香味。手榴弹的爆炸声响起，负责爆破训练的三排长站在掩体内向外观察，说是弹道有点儿低，良好！

指导员中等个，皮肤白，平时看上去文质彬彬，但他其实是军事干部出身，陆军学院指挥专业毕业，在五连任二排长。有一次，整个新兵连集训进入后期，前面队列、战术、爆破等科目学习完毕，开始接触到单兵掩体作业训练，就是在防御阵地上挖一个单人步兵隐蔽坑。训练场确定在手榴弹实弹考核的那片山上，先由二排长讲解示范，然后规定每人在一个小时内完成一次单兵作业。单兵掩体坑根据各人身高确定长度，宽六十厘米，深二十厘米，挖出来的土石方堆在掩体前方作为依托，这样，一个单兵作战掩体就算完成了。训练完毕时，所有人员再将挖出来的土石方回填进单兵坑，填平整，要求恢复原样。各班检查合格后，队伍方可带回。

由于是野外训练，加上新训临近后期，大部分人就开始松散了。回来的路上，大家扛着工具，队伍稀稀拉拉，说说笑笑的，有几个班长还在队伍里带头说话，不按口令好好走路，新兵也跟着起哄。指导员大声喊着口令，调整步伐，以此来提醒制止在队伍中不严肃的人，但效果甚微。全连一百多号人沿着简易公路又向前走了一段，遇见迎面走来一队当地老百姓，男女老少大约是赶集回来。有几个姑娘路过身边，好奇地看了看这一大队小伙子们，不知道哪个说了一句啥话，队伍里忽然就开始一阵哄笑。这时，指导员开始动怒了。

他突然发令队伍停止前进，大声呵斥道："现在有人笑，等会叫你哭鼻子！"说完这话，指导员命令队伍向后转，一条长龙立即首尾交换，再往回走一段，指导员喊："立定，向右转！"大家转过身之后，却出现了短暂的静默。大家顺眼望去，前方一座山峰挡住了去路，所有人都在打量着它，向它注目，就连班长、排长们都不知接下来会发生什么。正在大家疑惑不解之际，突然传来指导员斩钉截铁的口令："目标——正前方三百米小山头一线，全体都有——冲击前进！"

什么叫冲击前进呢？就是以发起冲锋的速度和气势攻击前进。

指导员话音一落，大家就像打仗一样嗷嗷叫着往山上冲，排长、班长们口里还在喊着："快快快，冲啊，快冲！"新兵们不知深浅，亡命地往前冲，等冲到半山坡，就再也没劲了。一个个上气不接下气，脸色发白，腿脚早已发软，班长们也一样冲不起来，但指导员大喝一声："不准停，继续冲！"所有人又继续沿着山坡往上蠕动，等所有人爬上山顶，指导员宣布原地休息五分钟。一个连的人全部冲上了山顶，看似胜利了，却没有任何人面露喜色，大家都知道这是咎由自取。一个个坐在地上，只管喘着粗气，谁也不愿说话。

休息完毕，收拢队伍，指导员讲话了，他说："我们天天讲三大纪律、八项注意，天天唱，可我们是怎么遵守的？一些人不听招呼，我行我素，这种作风必须纠正！"山上的凉风一阵阵吹过，队列里鸦雀无声。最后，指导员语气稍微缓和："今天是给一部分人一点儿教训，长一长记性，希望其他干部、班长和同志们不要有什么想法。"

在回去的路上，只有整齐有力的脚步声了。韩云志走在队伍里，心里荡起一阵阵波涛，他内心非常认同指导员今天的做法。指导员在新兵连虽然属于政工干部，可他能文能武的禀赋和义正辞严的气度让韩云志心生敬佩，他觉得指导员的形象越来越高大了。

新兵连的春节紧张又繁忙，只放大年三十和正月初一两天假。放假期间也不准外出，就整理内务、写写家信什么的。韩云志当时最大的遗憾是没看成春晚，新兵连没有电视，整个新兵团也没有统一安排组织收看，主要是条件不具备。就这样，除夕的夜晚静悄悄，连鞭炮都没听见一声。初二收假了，天下起了小雨。晚饭后，天快黑下来的时候，连队集合，分班排进行夜间训练。大家穿上雨衣，走向营区后面投弹考核的那片山林里，进行夜间侦察与反侦察、偷袭与反偷袭训练。近战和夜战是我军的特长，继承和发扬这样的优良传统责无旁贷。在树林里集结之后，排长和班长开始分配任务，以班为单位，一方潜伏在树林和草丛里，另一方从远处悄悄摸过来，而且可以从不同方向渗透过来，谁先发现对方谁就为胜方。所有人员潜伏下来的时候，树林里静悄悄的，只有雨滴在树丛中沙沙沙地响着。为了锻炼大家的方向感和判断力，一班长还派出了一个胆大的新兵当观察员，至少前出十多米，隐蔽在一个交叉路口。如果是在战场上，这就相当于多了一道保险。

1988 年的春节来得非常晚，春节过后十余天，就到了二月底，由于边防部队换防，二营有接防任务，新训便提前结束了。分兵那天早上，所有人打点好行装，集合在训练场上。当分配新兵的名单出来时，一排长顿时蒙了：他带了四个班的人，一共三十六名新兵，一个也没有分到六连。操场上的人群分批散去，被一辆辆军车拉走。此刻，新兵们都含着依依不舍的泪水向一排长敬礼告别。新兵们越是恋恋不舍，他越是感到失落。最后，他甚至有些愤懑地说："就是把那个不洗脸不洗脚的分给我也可以，起码我了解他嘛！"

韩云志被分到了八连三排八班，班长仍然是他新兵连的班长，排长也是新兵连的三排长，这对于他来说，陌生感已经很少了。四班长回到八连后，由于他是第二年兵，只能在其他班去当副班长。韩云志他们这拨新兵偶尔遇见他，依然会脱口而出喊他一声四班长，他听了先是一愣，然后开心一笑，对新兵也比以前和蔼许多，只是那个"小四"的称呼早就没人再提了。

第七章

来到八连的当天晚上，连队召开欢迎新兵下连的茶话会。指导员主持，连长一番简短的欢迎词之后，由副连长给新兵们介绍连队的光荣历史。战斗故事无疑是最精彩的，这一次，新兵们全神贯注，一个字都不敢落下。

> 1981年5月21日，我连二排小分队在一次执行边境巡逻任务途中，突然遭遇一股入侵我境内的特工，双方立即发生激烈交火。指挥员沉着冷静，战士们机智勇敢，不怕牺牲，最后击毙敌方上尉连长一人、中尉排长一人、班长两人、战士一人，缴获手枪、冲锋枪、望远镜等武器与军用物资。而我方仅牺牲一人，这是一场我方将遭遇战打成了漂亮歼灭战的经典战例。战后，小分队两人记二等功，四人三等功，烈士追记三等功，二排集体记三等功。

副连长讲完这一段，激动万分的新兵们不约而同地鼓掌，那劲头仿佛都参加了战斗一般，心中充满了无比的自豪。

连队有这样鼓舞人心的英雄事迹，听得韩云志热血沸腾。他暗自下决心，一定要苦练作战本领，准备打胜仗，当英雄，为连队争光，为家乡父老争光。他还有点儿后悔，心想新兵连没下苦功夫，现在绝不能再松懈了。连史介绍完毕，二十余名新兵依次发言，都是慷慨激昂的豪言壮语，这让指导员感到很满意。

在新兵连的时候，韩云志就听过班长们开玩笑，说七、八、九三个连队是“钢七连、铁八连、铜九连”。钢七连这个一点儿都不假，货真价实，而且是获得中央军委授予“边防钢七连”的荣誉称号。当然，铁八连、铜九连这就纯属开玩笑了。不过他想，连队有这样辉煌的战绩，分到八连也一样能挺起胸膛。

连队补充了新兵，队伍就处于满员状态，威武雄壮的气势又回来了。新兵与老兵一起走步子，一开始界限特别分明：新兵的衣服总是很新，在队伍里特别显眼；老兵的衣服总是很旧，而且泛黄、泛白，同样很显眼。新兵的步伐整齐但拘束，老兵走起来自然又大方。连队在操场上第一次合练齐步走，走了好几圈，最后还是走不到一块去。从新兵连当连长回来的副连长在训练结束时讲评道：“新兵有新兵的气势，但老兵也有老兵的风度。”副连长讲完，老兵和新兵都笑了。

下到老连队之后没几天，他突然发现班长好像不怎么管他了。没有新兵连盯得那么紧，韩云志反倒有些不习惯。老兵们都知道他是班长从新兵连带回来的，对他也客气几分。他的背包在新兵连摸爬滚打三个月，没空洗，风尘仆仆，看上去倒有点儿老兵的样子了。下到班里第二天，各班安排打扫卫生、整理内务。老兵王幸福叫韩云志把被子拆了。然后领着他去营房下面的山沟里，到了一条清清溪流旁边。在一个小水塘里，他帮着韩云志把拆下来的被单清洗了一遍又一遍。回来晾干后，他还帮着韩云志一起缝被子。

每天吃过晚饭，王幸福总带着韩云志去熟悉连队周边的地形。有一次，他们顺着一条山脊走到尽头，脚下是一片云海。韩云志登时就被这种景象迷住了，他还是第一次这样真实地站在云端。

王幸福抬手指着远方，说：“在云海尽头，那儿就是主峰。”

此刻，山中崎岖小路，脚下无边云海；小树、小草与柔波相依相拥；

宁静祥和的边境，融合于千里之外的故园。

他对着王幸福惊呼：“我从来没见过这么壮观的云海！”

老兵已见惯不惊，看了一下就说要走，可韩云志不愿意离开那儿。他久久地眺望远方，夕阳就像一个熟透了的橘子，马上就要掉下去了。

他忽然来了想象力：他如果现在迈开腿往前走，绝不会掉下云海去。他的每一步都会走得那样有弹性，有气势，从那平展的弹簧棉被上走过去，越过深不可测的山谷和数不清的炮阵、兵营，再跨上远山的头顶，去寻觅曾经浴血的沙场。

这云海，让韩云志想起当初下连队那天的情景。新训结束，分兵集合，打点行装，离开了新兵团，坐上绿色篷布的大卡车，一路铁流滚滚。到了团部大礼堂，唱过几首响亮的军歌之后，团长讲了话，提了要求，各营的车队再次开进。从团部出来，路上的车队越走越少，就没有那么雄壮了。韩云志要去的二营在二十多公里之外的一道山梁上。汽车从山谷里往上爬行，盘山路的发夹弯一个接一个，好像总也转不完，军车也好像总是有使不完的劲儿，一直轰着油门往上爬。待到山腰以上的跃层处，云雾缭绕，一片胜境，韩云志正充满着好奇，想象着这是多么美好的仙境啊！忽然，身旁却传来抽泣声，一个战友一边抹眼泪一边带着哭腔抱怨：“不晓得还要把我们拉到哪儿去哦……”他这一哭，旁边也有两三个跟着抹眼泪。

不过，他们并没有影响到韩云志的好心情，他还沉浸在无限地憧憬之中，他想起在学校时唱过的那首歌叫《战士的第二故乡》，是歌颂坚守海岛的战士们不怕艰苦、无私奉献的精神，当中就有“云雾满山飘，海水绕海礁……这儿就是我最愿意守卫的地方”那几句。

憧憬归憧憬，现实归现实。等汽车一路上山钻过层层云雾，上到山顶，顿时阳光普照，眼前豁然开朗。山势开阔，道路平直，军车便加速奔跑，新兵们也就开心起来。等到了营部，各连新兵一分开，一路的热闹都归于寂静。

没有云海的黄昏，便缺少了浪漫和诗意。王幸福想着每天都给韩云志一点儿新鲜感，就带着他去看炮阵地，那是正经八百的钢铁雄师。他们爬上连队后面的山梁，每隔几十米远，就有一门大炮披着伪装网，如磐石一般蛰伏在祖国的怀抱里，笔直的炮管指向远方，随时准备还击敌人的挑衅。王幸福给他简单一介绍，他就知道哪个是加农炮、加榴炮和榴弹炮了。

临战训练抓得紧，每天都进行实战演练。特别是单兵战术和实弹射击，比新兵连要求更高，更接近实战需要。一天晚饭后，天黑下来，连队统一整队集合，进行夜间实弹射击考核。考核场地设在连队附近的一个山湾里，顺着战备公路过去，不过一公里的路程。每个班、排射击完毕之后，统一带回。韩云志在三排八班，顺序靠后。前面考核中，成绩优秀的不多，有一些老兵都打了光头。轮到韩云志的时候，他先用准星护圈套住了百米外那个微弱的小灯，在黑暗中顺着一丝光亮，找准缺口、准星、目标成三点一线，随即果断击发。“叭叭叭！”他打出去三发子弹，片刻，对面报靶过来，结果枪枪中靶，成绩优秀。黑暗中，韩云志听见连长在问刚才是谁打的，登记成绩的文书回答：“三排八班的一个新兵打的，叫韩云志。”

射击完毕，等他回过头来，看看周围：班长、排长都不在了，战友们也都不在了。他都不知道队伍是什么时候带回去的，由于是班排统一带走的，后面还有四排，于是连长当面表扬他一番，就叫他自行回连队去。

韩云志背着枪，一个人顺着公路往回走，他还沉浸在刚才射击优秀的兴奋之中，脚步快速而有力。他转过两个弯，忽然被路旁的三个人叫住了。他们好像在那儿设卡，其中一个白白胖胖的中年军官，是团政治处副主任，旁边两个年轻军官是保卫股的干事。其中一个军官问道：“你是哪个连队的？”韩云志在夜色中狐疑地望了望他们三个人，然后平静地回答：“八连。”

“团部刚宣布了规定，战区晚上一律不准单人外出，你不知道吗？”

军官继续发问。

韩云志赶紧说：“我不是外出，我这是回连队去。”一句话说完，他又指了指身后那个山湾，说：“连队进行夜间实弹射击，三排都带回去了，我在最后，连长就叫我自己回连队去。”

“你是哪年兵？”白胖的中年军官又发问了。

“去年底入伍的。”韩云志老老实实地回答。

“还是个新兵呢。”旁边另一个年轻军官的口气有些讥诮。

韩云志想：我新兵怎么了啊？连队就在前面打靶，乒乓砰砰一晚上你们又不是不知道，再说是连长叫我回去的。但他终究没说出口。

中年军官看到局面有些僵持，就心平气和地说：“当然这个不怪你，是连长叫你回去的。但是，这晚上情况复杂，战区又处于换防期间，连队应该严格执行规定。”顿了顿，他又说：“这段路不远，你可以先回去，但是你要注意走在大路中间，要随时观察路两边的情况。”

这话说完，就放行了。韩云志心里本来没在意，叫他们这一说，反倒搞得有些紧张了。过了岔路口，就到了小街上，隔一段就有那么一盏路灯在发亮，微弱的光照总能驱走一些黑暗。那段小街也就两三百米，不一会儿就到了连队营门口。班排里都亮着灯，大多已经准备就寝了。韩云志走进班里，班长看到他就笑了：“一个人敢回来，胆子不小。”他有些懊恼地说：“班长你们啥时候走的啊，集合也不喊我一声。”但他并没有给班长说回来路上发生的那一幕。

抵近射击训练和实弹考核，是新兵连未曾接触的科目，还没听说过。无疑，这是一项实战技能。抵近射击主要适用于在搜索巡逻途中，如果突然与敌遭遇时的一种紧急应对，关键是考反应，又快又准是最高要求。就相当于端着枪，子弹上膛，手指搭在扳机上，随时可以做扇形射击。抵近射击考核场地分为三段，射手从三十米到十米距离上分三次出枪射击；目标为半身靶，随机移动，随机出现；并要求目标出现三秒内射击完毕，来不得半点儿犹豫。这一次，韩云志又打了个优秀。

战术训练依然必不可少，老连队和新兵连搞战术训练是有区别的。老连队主要讲灵活机动，互相配合，单兵战术基础动作之前都学会了。

战术训练以排为单位组织实施。训练场地在新兵下连时经过的那条公路上边山梁上。训练结束后，全排下山到公路上集合，然后以武装越野的形式返回。回去的路也差不多接近五公里，这样既训练战术，又训练体能。山上的地形跟边境线阵地相似，也挖了几条环形战壕。每个班来回互换攻防位置，充分利用地形地物，提高战术意识和攻防转换能力。

三排有三个班长，七班长、八班长、九班长，他们轮流带队指挥战术训练。各班长风格各异，要求不同。有些班长总爱挑别班战士的毛病，遇到哪个新战士动作不规范、不会很好隐蔽自己，总忘不了要损两句，比如："这是哪个班长带的兵啊，这么差劲。""你这样能上阵地吗？只能下炊事班帮厨去了。""简直太笨了，就是教不会。"等等。

三排长在战术训练时是最轻松的了。各班来回冲击演练几次，大家都气喘吁吁的时候，他就示意值班班长停下来休息十分钟。这时候，他拣一个稍微平整的地方，坐在石头上，做出一副要开始面授机宜的神情，班长和老兵们先围过去，新兵们也好奇地跟着过去。三排长清清嗓子，故作神秘地讲起了他两年前在陆军医院住院时与一个小护士的一段罗曼史。老兵们听得多了，便不足为奇，总在旁边附和着笑，也不揭底。三排长越讲兴致越高，直讲得眉飞色舞，手舞足蹈。加上他那一口少见的秦腔，新兵们似懂非懂，又总是觉得好奇，他们在外围抻长了脖子，生怕听漏一句。

连续三个下午都搞战术训练，三排长的罗曼史就讲了三次。每次远不止十分钟。韩云志每次都在人群外围，从大家的笑声中可以听出来，他每次讲的内容其实都大同小异，包括他每次打针的时候根本不用躺下，而是站着就把针打了；医生看他是个年轻的军官，都争着给他介绍女朋友，他还假装推辞；他回到连队不久，一个小护士还主动给他写信过来等等。

三排长的故事还真有点儿吸引人。韩云志不知道其他新兵怎么想，但是看大家听得津津有味的神情就知道有多羡慕。他也很羡慕排长是个军官，年轻的未婚军官。他这样想着的时候，忽然想起一个女同学来，这让他的情绪略微有些低沉。

接近下午五点，战术训练结束，全排在公路上站好队，背好枪，整理服装完毕，然后跑步回连队。跑出一阵，队伍慢慢拉长，陆续就有人掉队了。各班长先收拢自己班上的人，班长在中间，两三人一组，跑得快的先回去，跑得慢的也不能脱离他的视线。

还有几百米就到营地了。一辆吉普车停在三岔路口，驾驶员正在洗车。车载音响里正放着流行歌曲《信天游》。韩云志老远就被那女子的歌声吸引住了，他想多听一会儿，就故意放慢脚步，拖在了队伍最后面。大家都跑过去了，班长一回头，却发现他还远远地被甩在后边，就冲他吼起来："韩云志，快点儿，跟上！"

回到班里，大家冲洗完毕，换上干净的衣裤，说说笑笑，就等待开晚饭了。这时，一排的一个战士跑进屋来喊韩云志，说一排长叫他去一趟。他给班长打了声招呼，赶紧就去了一排长的宿舍。

一排长在新兵连当过副连长，他们之间都很熟识。韩云志走到一排长门口，就听见了电子琴的声音。他喊声报告，一排长说进来。进去之后，还有个战士在旁边，原来一排长弹一首歌，叫这个战士唱，但这个战士不太会，他就把韩云志喊了过来。一排长说唱西游记的主题歌《敢问路在何方》，韩云志点点头。一排长开始弹起前奏，韩云志和上节奏就唱起来："你挑着担，我牵着马，迎来日出，送走晚霞。踏平坎坷成大道，斗罢艰险又出发……"韩云志一边唱一边观察一排长的表情，一首歌完整地唱下来，一排长弹得认真，韩云志唱得流畅，一曲唱完，兴头刚上来，连队一声哨响，集合开饭了。

到了星期天，太阳出来了，大家纷纷洗衣洗被。中午吃过午饭，战友们纷纷相约去连队下面的小溪里冲澡。临走的时候，排长叫韩云志到他那儿去给他守屋。连队住的都是简易木板房，营区二十四小时站岗，因此班排门上平时都不上锁。那天排长叫他看屋，也是信任他了。他在排长的书桌前坐下，隔壁就是他们班的宿舍。他浏览着排长放在桌上书夹里的书，一本一本慢慢地翻着。有几本军事教材，有几本马列著作，还有一两本小说，他漫无目的地翻看，突然想起排长经常爱吹牛说情书什么的，便轻轻拉开抽屉，在那一摞信封上搜寻着，就从信封表面的落款地址和笔迹来看，并未发现有什么特殊的来信。

连队生活虽然单调，但年轻人集中的地方，总是朝气蓬勃，热热闹闹的。韩云志自下到八连以来，表现可圈可点，给连队干部和老兵都留下了好印象，发展势头可谓顺风顺水。可有一次紧急集合，却让他出丑了。

按理说，紧急集合是家常便饭，对于他来说，丝毫不是什么问题，可问题就出现在大意上了。

一天的紧张训练结束了，连队集合吃晚饭。唱完一支歌，指导员站在队列前，微笑着说："大家注意啊，晚上可能有情况。"他的语气好像在开玩笑，但大家都知道是要搞紧急集合。开完饭，韩云志回到班里，三个老兵围过来，说要教他打简易背包，还说不必像新兵连那样费劲。三个老兵拿起他的背包绳，都在轮流抢着做示范，还互相争执不休：这个说这样打，那个说那样打，你说我不对，我说你不对。他看看眼前三个踊跃表现的老兵，一时都不知该听谁的了。他望一眼班长，可班长在一旁看着，只顾笑。

新兵连都是老老实实打背包，背包绳和背包带是三横压两竖的关系，结结实实，就是背着跑三天三夜也不会松松垮垮。可老兵们就有些偷懒，他们习惯于简单，在背包绳一头打个结，另一端穿过去再缠着背包绕三圈，再把背包带往上一提，背上就出去了，总共不用一分钟。

正在他无所适从的时候，紧急集合哨突然响起来，而且是三声长音，那意思是全副武装，要打背包。他想把背包拆了重新打，可是老兵们个个已经吆喝着就冲出去了。一个老兵给他糊弄了几下，无奈之中，他只好硬着头皮背上背包，先出去集合。各班、排清点人数之后，由副连长指挥队伍在操场上跑了两圈，然后停下，整队，再挨个检查装具。副连长走到他身边的时候，轻轻扯了扯他那个像馒头似的、快要散落的背包，他察觉到副连长对他这次糟糕的表现感到很意外，也很不解。但是，副连长只是轻描淡写地问他：“再跑会不会垮掉啊？”他一时惭愧极了，低下头，这次的确出洋相了。

指导员值班，饭前是他宣布要搞紧急集合，饭后自然要点评一番。韩云志以为这次要被点名了，但指导员也只是面上说几句，还是饭前那样诙谐的口气：“给你们说了有情况，可是有些人就是没听进去，现在看看你们的样子，咹，看看，都再互相看一看——这还只是在院子里跑了两圈，要是拉出去，恐怕好多人就跟逃兵似的……”

指导员后来再讲了什么，他已经没好意思往下听了，他恨不得队伍马上就解散。副连长没有讲评，因为指导员已经讲过，话也说得很重了。

回到班里，韩云志有些沮丧。几个老兵也不吭气了，屋里静悄悄的。他感觉给班长、排长都丢脸了，这次表现大失水准，主要还是自己掉以轻心造成的，或者说自己应变能力还很不够，以后遇事要有主见，不能人云亦云。

班里每天都在强调临战训练，随时准备上前沿阵地。可是什么时候上去，得听上级命令，班长们也只知道个大概。阵地是个什么样子，新兵们心里都没底。

一天早饭后，正准备战术训练。班长突然叫韩云志打好背包，先跟着排长去连长那儿。他一听就愣住了，他望着班长，心生疑窦。班长说快去呀，他只好开口了，问班长去干什么。班长神秘地笑笑，说不知道，你去了就知道了。

韩云志背着背包，先到排长那儿，以为有什么任务。排长向他透露，说要调走，上午就去营部报到。韩云志这才知道是要把他调到营部去，但去营部干什么，他无从所知。既然是调往上级部门，肯定是好事啊！他心中既高兴又忐忑。排长领着韩云志去见连长，连长很直接，握着他的手，说：“才分到连队没几天就要调走，还真舍不得放人，但是军人要服从命令，到了营部要好好干！”

韩云志下到八连，总共待了两星期左右，被窝还没躺热就被调到营部去了。韩云志一直都想不明白，他要是不去营部当通信兵，后来又会是个什么样子呢？再说那段时间他已经和班里老兵们相处得不错了，除了王幸福，还有一个师部汽车连的二年兵，下到班里锻炼半年，也和他谈得来。他有时也会羡慕那个汽车兵，小小的个子，反应快，动作麻利，无论队列还是战术训练，汽车兵都不含糊，他并不因为自己只待半年就要回去而不认真训练、不去安心做一些细小的工作。想来汽车兵开车的技术同样也不错。韩云志后来一想起他，总会把他和自己当兵路上在军供站遇到的那个小汽车兵联系在一起，因为他俩太像了。

短短两个星期，韩云志喜欢上了连队，喜欢上了班排，班里几个老兵给他留下的印象极深，在后来相当长一段时间里，他都清楚记得几个老兵的名字，还有他们当时的面容。

到了营部，韩云志才知道自己是要当通信兵。通信排长前段回家探亲还未归队，团通信股派来一个参谋督训。什么收放线、转接线、打活结，还有攀登，也就是爬电线杆。有一个从五连调上来的同年兵，爬杆子居然不戴脚套，噌噌噌几下就上去了，像猴子一样敏捷。

韩云志对有线通信技术训练兴趣不大，他心里有些抵触。他最大的障碍是五百米收放线。电话线是野战条件下使用的被复线，外部为黑色绝缘皮，内部为七根线（四铜三钢，即四根铜丝用于信号传输，三根钢丝保证机械强度）。五百米的被复线缠绕在长方形的木制线拐上，线拐就成了一个纺锤形状。训练时，手提线拐，顺着公路先把被复线从线拐上撒下来，直到五百米长的线路完全铺开。返回时，一手持线拐，另一手将线缠绕在线拐上，循环往复，一圈又一圈，等把五百米的长线重新收回在线拐上就算完成任务。一个回合是有时间限制的，一去一回，十分钟算及格。

综合训练结束验收的时候，到五百米收放线，韩云志使出了吃奶的力气，都没有达到及格标准。排长探亲回来，听说了几个新兵的训练成绩后，把韩云志在众人面前批评了一顿，说他给通信排丢了脸。他一时有些迷茫，情绪便有些低沉。

一天训练完毕，吃过晚饭，大家都在宿舍休息。韩云志听见有歌声传来，他就起身从窗口伸出脑袋去张望，发现是营部汽车班驾驶员在洗车。驾驶员拿着长长一截塑料管，捏着管口正在向吉普车身喷水，喷一阵又用抹布擦一阵。车载音响正放着那首《信天游》。

我低头向山沟，追逐流逝的岁月，风沙茫茫满山谷，不见我的童年。我抬头向青天，搜寻远去的从前。白云悠悠尽情地游，什么都没改变。大雁听过我的歌，小河亲过我的脸，山丹丹花开花又落，一遍又一遍。大地留下我的梦，信天游带走我的情。天上星星一点点，思念到永远……

女歌手的声音甜美，又带一丝娇滴滴的撩拨，把心都勾了去。《信天游》放完，紧接着又是一首高亢豪放、迪斯科节奏的“西北风”歌曲——《我热恋的故乡》，一个热辣、奔放的女声唱得更带劲了。

我的故乡并不美，低矮的草房苦涩的井水，一条时常干涸的小河，依恋在小村周围。一片贫瘠的土地上，收获着微薄的希望，住了一年又一年，生活了一辈又一辈。忙不完的黄土地，喝不干的苦井水，男人为你累弯了腰，女人也要为你锁愁眉。离不了的矮草房，养活了人的苦井水，住了一年又一年，生活了一辈又一辈。哦……故乡，亲不够的故乡土，恋不够的家乡水，我要用真情和汗水，把你变成地也肥呀水也美呀，地肥——水美——

韩云志觉得那歌好像就是在唱自己。虽然自家那口井水还算甘甜，家里住的也不是矮草房，山边的小溪也不会干涸，土地也并不贫瘠，但为啥只能收获微薄的希望呢？他曾经听父亲说，他们家是爷爷那一辈从远方迁过来的，爷爷当年为啥要离开故土，父亲没说具体原因，只是叫他以后还要去寻根。他当时就想，自己一天都忙不过来，还去寻什么根哪。但他没说，他害怕被父亲训一顿。

那歌声行腔归韵干脆利落，每一句都喊得那么过瘾，好像有使不完的劲儿，听得年轻的心儿忍不住一阵躁动。卡带 A 面放完了，车还没洗完，驾驶员又换了 B 面。韩云志一直趴在窗口上听，他沉醉在那从没感受过的一种风格之中，他想：自己当初一直钟爱的唱法还对不对呢？现在还有多少人喜欢传统歌曲呢？他从来自五湖四海战友们平时的爱好中体会到：自己好像不懂得时尚风情，离时代潮流也越来越远了。他听着歌，思绪起伏一阵，心里感慨一阵，趴在窗口那儿发愣好久。一个战友喊了他一声，他居然都没听见。

那个吉普车在编制上叫指挥车，是营长、教导员坐的。但是教导员资格老，出门的时候，战士们经常看见教导员坐在副驾指挥位置上，营长坐在后面。当然，只有每次营长打开车门下来的时候，大家才知道营长也在车上。

韩云志听着歌声，再看看那辆车，想了一会儿心事，他还没回过神来，就往自己床上坐下去，忽然，屁股不知碰到什么，“嗡”一声响起，他赶紧触电似的弹起来，转头一看，原来是三年兵班长的吉他。三年兵班长弹过吉他，顺手放在了他的床上，因为他俩的床挨着。三年兵班长恶狠狠瞪着他，像要发怒的样子，却又忍住了，然后狠狠警告他一句：“爱护别人的东西要像爱护自己的眼睛一样！”

通信专业训练结束以后，新兵们又重新分配了岗位。比较灵光一点儿的给首长当通信员；动作麻利、耐力好的去外线班；像韩云志这样慢条斯理的人，只有去总机班，当守机员了。

第八章

四月初，韩云志随先头部队一起开进，从营部出发，一路下山，到达山脚下一个岔路口，那是二营部队的第一个调整点。等第一梯队到齐之后，按预定时间继续行进，到上午十一点，各分队按上级命令先期进入友军各阵地进行交接。

韩云志临时跟随八连的一个排行军，他事先并不知道营部会驻扎在哪里，八连又在哪里，他只知道营部和八连是挨着的，不远。有战友开玩笑，说八连是保卫营部的。汽车把他们拉到山上一处营地，不大的一块平地上有一个篮球场，两头的篮球架破旧不堪，靠山脚有一排两层的旧楼房。汽车在楼房前刹住，停稳，有人说到了，大家就纷纷下车准备宿营。韩云志把简易行军床安置在最前的一间房子里，那儿好像是一间库房，堆放着不少空弹药箱子和铁锹、十字镐之类的杂物。排长告知他先暂时住在这儿，待后续部队全部上来之后再住到一起。排长还布置了下午的任务，是去友军指挥所坑道实习总机业务，尽快熟悉情况，以便顺利完成交接。

中午，韩云志和八连一个班的战友撬开雪菜罐头，煮了一锅雪菜面条当午饭。外面操场上总是车来车往，阵阵轰鸣。交接任务的友军们也是熙熙攘攘，一派军机繁忙的景象。

韩云志所在的边防二营是一个加强营，接收了友军一个团的防区，以前的团部便是现在的营部。下午两点，排长领着他从两座小山包之间的那条简易公路往前面走，转过一个弯，再上一道坡，就到了山腰的一个小平台，整个平台被一张巨大的伪装网所覆盖，一看就知道是军事重地。伪装网的门口站着一个荷枪实弹的哨兵。排长和他刚走到门口，出来一位团部的通信参谋，排长和参谋互相确认身份并简单交接之后，就领着韩云志往里走。伪装网靠山体一边，是一道悬崖，悬崖下边有一条坑道，总机值班室就在坑道里面。通信参谋领着他们进了总机房，向一个正在值机的老兵介绍了韩云志，这就算正式到岗了。只不过，在大部队还没正式上来之前，不算完全交接，韩云志只是白天值机，晚上回到八连睡觉。一个星期之后，等到营部所有人员装备全部到位，韩云志又一次搬出了八连的营房。

那是靠近边境线上的一座小山丘,比起前沿某高地来说要隐蔽得多，虽不太起眼,但它依然有着较大的军事价值。在前面友军部队驻守期间，这条坑道里隐蔽着一个团指挥所。围绕着山脚，大半圈都是密密麻麻的工字钢和波纹钢小房子，房顶上密密实实挤满了两层鼓鼓的麻袋，麻袋里装满了沙土。人的头顶上第一层是钢铁，第二层是缓冲泥土，住在里面心里就踏实了。

坑道进口处有一道一人多高的石墙，完全能够挡住炮火的袭击。石墙呈倒 L 型，只留洞口一侧开口供人员进出。要进入坑道内还得经过一道铁门，哨兵在这儿日夜把守，无关人员不得随意进入。韩云志住进坑道没几天，就摸清了整个坑道的情况。坑道总共七八十米长，比火车隧道要矮、要窄，但圆弧的拱顶是一模一样的。坑道中部有一个大厅，能容纳二三十人开会，坑道侧壁还有不少房间，包括机房、作战值班室、仓库等等。从坑道另一头进入同样要经过两道门，一道铁门，一道混凝土门。平时两道门都关上了，但并没有锁死。坑道在山体内有一个正向弯道，因此，出口并没有在与进口完全正对的山背后。出口外有一块平地，那儿住着一个侦察连。侦察连流动性大，平时都住帐篷营。韩云志还多次和战友一起完整地穿过坑道，熟悉情况。有一次他独自一人在坑道里走了一遍，坑道里很黑，他想：假如我是敌人，我会怎么搞偷袭呢？好在侦察连住在洞口，无疑是一道值得放心的保险，这个问题没想明白也就罢了。过了一段时间，侦察连调防走了，不知去了哪里，韩云志经常在夜间醒来，静听着坑道那头的动静。他常常估摸着：如果敌人要摸过来，又怎么摸回去呢？换句话说，敌特要来搞破坏，完事后他还得保证自己能顺利回去。从这个意义上讲，敌特是不敢轻易来的。

刚上阵地那段时间，特别是夜晚八九点钟，密集的枪声、手榴弹爆炸声随时从前沿阵地传来，遇上雾天也有敌人偷袭的消息。有时还见到从阵地上抬下来的伤员，衣衫裤脚被弹片撕成了几绺，在凄风冷雨中摇摆，鲜血和硝烟的混合色染透了迷彩服。伤员在卫生所紧急包扎处理之后，直接后送至野战医院救治。晚上值夜班的时候，他和一线阵地的战友们一样，都要放两颗手榴弹在床边，一伸手就可以拿到。后来，他经过深思熟虑，觉得必要性不大，就把两颗实弹放回弹药库去了。

幽静的坑道，长长的寂寞。除了总机号牌落下、插塞钻入插孔和零落的人声应答，就没有其他声音了。坑道进去，过了总机室门口，就是深不见底的漆黑。时间一长，闭着眼睛也知道走到哪了。

山里气候湿润，雨多，雾大，潮湿。坑道里冬天不错，暖烘烘的，虽然不见光亮，但也感觉温暖是这土地给予的恩赐，内心也就有了一丝安稳。夏天人一进去就感觉凉森森的，山体往下渗水，坑道墙壁都是湿漉漉的，在墙壁的石缝间，爬满了密密麻麻的黑蜈蚣，看着就觉得身上有虫子在爬似的，让人心里很不舒服。他忽然怀念起新兵连来，那儿跟高原气候相似，在冬天也艳阳高照，风干日暖。

二年兵班长年龄不大，资格不老，但他走路却习惯迈着老水牛一样的步子。上夜班的时候，他抱着被子，慢吞吞地走进来，先看看墙上，然后才放下被子，再掏出气体打火机，对着墙上那些黑蜈蚣喷火，一阵滋滋滋的响声过后，黑蜈蚣像雨点一样不断落在地上。他那一管气体烧光了，墙壁上也看不出明显战果。打火机没气，他就没法点烟了，只好又去小卖部买了两个打火机，回来先点上一根烟，再继续放火烧虫。等又烧完一管气体，才肯罢休，但是嘴里还一直悻悻地骂着。他既骂蜈蚣，也骂坑道，还骂这总机值班室。

坑道口外边有一段小长溜的平台，那是对面炮火的死角地带。平台上搭建了几间木板房，最外头是一间会议室。会议室当头就是营指挥所入口。会议室里有一台二十一英寸彩电，每天晚上七点固定播放《新闻联播》。有一段时间，《新闻联播》结束后，就是电视剧《西游记》两集联播。几乎所有人都挤在那儿，营首长和各级干部，还囊括了八大员：通信员、报务员、卫生员、炊事员、收发员（兼理发员）等等。像韩云志那样的守机员、维护员什么的就不属于八大员了，因为八大员是按照正规连队编制来定额的。电视剧情节跌宕起伏、引人入胜，大家看得饶有趣味，结束了都不忍离去。有时候连附近的老百姓也涌进来看，大家也都习以为常。《西游记》不仅热闹、有趣，而且片尾曲好听，每集正片结束，歌曲《敢问路在何方》完整地播放，很多人都还守在那儿，恋恋不舍，一些人还盯着电视屏幕，一边跟着唱，一边往外走。

韩云志喜欢唱歌，还有一个同年兵也喜欢唱歌。同年兵当通信员，他会在坑道里频繁进出，而且他在经过总机室门口总要吼几嗓子，又总是吼那首《心中的太阳》："天上有个太阳，水中有个月亮，我不知道哪个更圆哪个更亮。山上有棵小树，山下有棵大树，我不知道哪个更大哪个更高。下雪了，天晴了，下雪别忘穿棉袄。下雪了，天晴了，天晴别忘戴草帽……"同年兵一过门口就唱。二年兵班长听了觉得心烦，等同年兵过去，二年兵班长总是要骂几句："神经病，你迟不唱早不唱，一过门口你就唱！"

那个同年兵在新兵连也喜欢唱歌，韩云志知道。同年兵每次经过总机室门口都要吼那两句，无疑是在向他表明：我唱歌也不差。但二年兵班长并不知其中底细。

那一条山梁上和下面沟壑之间，住着很多不知番号的部队，但各部队之间又是需要协同配合的。因此，营指挥所坑道总机值班室里还有一台十二路载波机，负责与上级保持通信联络，而值守载波通信的任务由通信一连负责，具体保证通信联络的任务交给了一连的欧阳排长。干部值守机房，可见重视程度非同一般。欧阳排长住在值班室里头，他在中间拉上一道帘子。总机值班室在外头半间，载波机与总机则并排挨着。上阵地初期，晚上进出经过哨位时，哨兵都要严格执行口令问答。口令每天更换，由营部文书在晚饭后临时通知。

一天晚上，欧阳排长接近晚上十点才从连队回来，他一进营指挥所，哨兵问道："口令！"他说："我不知道。"哨兵下意识地就把枪口对准他，他赶紧伸手一挡，连忙说："哎哎！你别走火了啊！"

欧阳排长进了坑道值班室，他有些懊恼地问韩云志："你们今天晚上口令是什么啊？"韩云志回答说是"钢铁"。欧阳排长便一阵埋怨，说你们也不告诉我一声，刚才门口哨兵那动作挺吓人的。后来，每天晚上换口令时，韩云志总是会第一时间告诉欧阳排长。

当然，在前沿阵地执行夜间警戒的哨兵，遇到前方有人影摸过来，是不会出声的，更不会傻乎乎地去追问口令，那无疑是让自己成了对方的靶子。在新兵连时，班长们就教过：上了阵地，晚上只要看见对方有黑影摸过来，首先就是一梭子，根本不能废话；你如果不撂倒他，他就会撂倒你；而且你打几枪就必须换个地方，你如果没打着他，他一颗手榴弹就给你扔过来了。班长和老兵们在传授经验的时候，新兵们都听得入耳，丝毫不敢走神。

师部通信科一位少校参谋带着师部话务班一位女兵来到了营部，女兵代号"03"，并不介绍真实姓名。话务员是一个专业岗位。团以下机关叫总机班，没有女兵，都安排男兵值守，叫守机员。

韩云志和同年兵康义被叫到了副营长办公室。副营长作完介绍，就说了他们的来意：说是这边总机班有个同志态度不好，有一次不太配合师部的电话接转，还骂人，现在叫你俩来核实一下情况。

两个新兵一听，顿时就有些蒙了。他俩都说，我们没骂人啊。再说了，我们就算配属给师部指挥，也不可能这样放肆吧。03号女兵看看他俩说话语气和口型，也没有最后确认。后来双方首长都客气地交换了意见，对后面的工作提出了要求，也不外乎要互相尊重、热情礼貌和规范机务作风等等。

事后，大家陆续出了门，韩云志刚要快步离去，却被03号女兵叫住了，她小声问："二号维护哨在哪儿？"韩云志提高音量："就在下边。你找谁？我带你去吧！"女兵却有些故作掩饰："没事儿没事儿，我就问问。"

韩云志忽然明白了，她是要找二号维护哨的最高指挥员——赖排长。二号维护哨就挨着营部驻扎，韩云志和他们很熟，有一次师部宣传队来维护哨慰问演出，他去观看，还顺手借了本《抒情歌曲》，在笔记本上抄下一首《小白杨》。而且在韩云志值班的时候，一个女兵经常从师部电话过来要二号维护哨，他每次都热情迅速地转接过去，刚接通，女兵就会说找赖排长。无疑，眼前这位身材苗条、长相秀气的女兵就是那个经常找赖排长的人了。

韩云志把03号女兵带出伪装网，指了指小山坡下七八十米开外的两个帐篷营："就是那儿。"女兵微笑着对他说了谢谢，然后不紧不慢地向帐篷营走去。

韩云志初见赖排长的第一眼，就像是见了亲人一样，感觉特别好。他发现赖排长很像他一个表哥。他表哥叫曙光，一听就知道是20世纪60年代生人。赖排长的身高、体格、相貌都很像，特别是笑起来的样子，简直跟他表哥一模一样。遇到大家一起说笑的时候，他总在一旁偷偷地凝视着赖排长。看久了，他还会在恍惚中觉得那就是他表哥。他多么希望，在这遥远的边防前哨，能有一个军官表哥啊！

时间长了，他和赖排长之间就有感情了。有一次执行任务途中，天突降大雨，回来的路上，天又放晴了。一阵引擎轰鸣，韩云志看见一辆卡车载着维护哨的十多个战士归来，赖排长站在车厢最前头，昂首目视前方，雨后的阳光照在他刚毅的脸上，像一座英武的雕像。

赖排长有时也到坑道的值班室来，他是来找欧阳排长和一个值守载波机战士，他们都属通信一连。他们常跑外线作业，偶尔进坑道来也新奇，而他们一来，也会给坑道里带来快乐。有一次赖排长带着相机来给他们几个照相，末了，他们都说给小韩也照一张，于是，韩云志留下了唯一一张在总机室的工作照。照片上，韩云志头戴耳机，右手拿塞绳，左手操作扳键，神情自然专注。他上机期间，担心操作时拖泥带水，就把衣袖挽了起来。

照片没过多久就洗出来了，赖排长叫一个战士来喊他去拿照片。他走进帐篷，赖排长一见他就笑了。他和其他战士一样都礼貌地喊着赖排长，却并不知道赖排长的全名。一个战士把照片递给他，他很感激地接过来并道了谢。赖排长又冲他笑笑："你照得挺帅的。"

03 号女兵来的那天，韩云志不当班，他回总机室和康义说了一会儿话，都感觉先前那一幕有些委屈，好在营领导并没有批评他俩。他出了坑道，走出伪装网，远远就看见 03 号女兵从帐篷营往回走。她大概没见着赖排长，或许赖排长那天出去了。看着她缓慢的脚步，微微低垂的头，像一枝快要凋谢的花儿，忽然间，韩云志心里被一个叫难受的东西撞了一下。

那以后，韩云志仍然很多次转接女兵找赖排长的电话，或是赖排长往师部打电话过去。有一次，他曾无意间监听到赖排长对女兵说："小韩是个好哥们儿……"

韩云志去了前线已多日，没有机会去阵地上照相，便把这张守总机的照片给家里寄了回去。当他收到父亲的回信时差不多过去一个月了，他看看信封上那熟悉的毛笔小楷，久久不敢拆开来看。他不知道父亲在信里会怎样说，他目前这样的状况会不会让父亲失望。他当初一心想上前线，就是奔着当英雄来的，可眼下自己却只能天天待在这坑道里打发时间。

无论如何，信还是要看的。他深吸一口气，控制住有些颤抖的手，抽出来那一张信纸。只有一张，话语不多，毛笔小楷写得刚劲有力。他在字里行间找到了最关键的那句话：“吾儿寄来的照片收到，看到你粗壮的手臂，说明你在部队没有吃亏，过得很好，我就放心了。”

读完那句话，韩云志突然鼻子一酸，泪水涌出了他的眼眶。

在一个营指挥所里，十二路载波显得有些大材小用。没过多久，通信一连将十二路路载波机换成了一台小三路载波机，由一个战士值守。三路载波机通信质量不好，还经常出故障，后来，师通信营干脆就把这个值守点撤了。

通信营把有线值守撤走以后，派来了通信二连一部电台进驻营指挥所，以加强二营与上级的联络。负责无线联络的是两个电台兵，一个老兵，一个新兵。老兵带着新兵，住在坑道外面山脚下的工字钢房屋里。两个电台兵按时开机联络，发报译报，上情下达，倒也快速准确。他俩跟二营部的战士们在一块吃住，相处得很融洽。

老兵姓蔡，大家喊他蔡老兵，瘦高个儿，脸也清瘦。

韩云志不久便获悉，蔡老兵还有个外号叫“蔡哈儿”，是连队战友们给他起的。那么，他为啥叫蔡哈儿呢？因为他胆子大。他居然置条令条例于不顾，留长发，用胶布粘领章。按要求，领章必须用针线缝上去。连队在军容风纪检查中，批评纠正了他这种行为。在夏季，他还把冬夏常服混穿，即上衣是夏装，裤子是冬装，又被全营点名批评。他倒是有自己的理由，说夏天穿涤卡面料的裤子不巴身，反而凉快些。蔡哈儿虽有些自由散漫，但他为人随和，经常嘻嘻哈哈没个正形，由此，新兵在他面前倒也不必拘谨。

韩云志喜欢到蔡老兵那儿去玩。他对无线电台很感兴趣，经常在旁边听发报收报时“嘀嗒、嘀嘀嗒”的电流声，看电台兵发报时的手法。

他是电话兵，但他常常在明语呼叫时的值班应答中，去电台班热心帮忙值班。蔡老兵经不住他缠磨几次，便把应答要领告诉了他，他就在报话机面前装模作样应对几个回合。电台平时联络，每天有四个时段。一般的收报译报，蔡哈儿都不需要密码本，那些四个一组的阿拉伯数字对应着哪个汉字，他好像都储存在大脑里一般。新兵也上机值班，与各台之间进行常规联络，收文译文不是那么熟练，他在旁边一看就知道怎么回事。蔡哈儿粗中有细，遇到重要的通知或命令，在译报完毕之后，他会对照密码本确认一次，或者他亲自译报，尔后赓即送给首长。

一天晚上，营首长叫韩云志和蔡老兵去该师侦察连传递情报。去侦察连之前，韩云志对蔡哈儿说："蔡老兵，你问下他们今晚上口令是啥子。"

蔡老兵跟他们属于一个部队，有老乡，人熟，于是便打了电话问过。韩云志和蔡老兵一起去了位于营指挥所山背后的侦察连，走到离帐篷营门口还有五步远，哨兵就警觉地问道："口令！"韩云志回答："保卫。回令。"哨兵一面回答"祖国"一面示意他们进去。蔡老兵领着韩云志去见连长，向连长报告情况，然后递上了电报命令。侦察连长显出了少有的温和，部队都是从后方刚上来，互通情报、互相支援是义不容辞的。

一天深夜，总机号牌掉下来，"啪嗒"一声，在狭长空旷的坑道里格外清脆，惊醒了韩云志，他一看，是友军某团过来的电话，他一弹指将号牌复位，随即将插塞滑入插孔，耳机里传来一位自称作战参谋的招呼，他们互通姓名职务之后，友军参谋说："我们有后送伤员的车辆经过你们防区，请你给桥头的哨卡打个招呼，别搞误会了！"说完，参谋就把电话挂了。韩云志想，自己只是个战士，他应该给首长打电话，那样才对等。可是又一想，这就举手之劳的事，何必给首长多事呢？于是，他直接拨通了哨卡的电话，后来到深夜一点多，友军车辆顺利通过。

几天之后，侦察连奉命执行出境侦察任务，晚上七点半出发。但是电台蔡老兵是下午五点半才突然接到命令的，只提前了两个小时。蔡老兵瘦高个，耐力好，擅长跑，在整个通信营都是有名的。因此，上级决定由他承担侦察分队的无线联络任务，跟随侦察兵一起出征。

蔡老兵去侦察连领回装备，打点好行装，正要出发，大家得到消息，都跑来看他，问这问那，战友们叫他吃了晚饭再走，他说来不及了，而且侦察连专门发了一包方便饭，等会路上吃。大家都很好奇，想看看侦察兵的特殊干粮是啥样子的，他拿出一个锡纸包出来："这个就是米饭，里面有鸡腿和瘦肉。"大家还看见他脖子后边的防蚊帽，也觉得稀奇。他就把帽子拉起来戴上，一张伪装网就包住了他的整个面孔。防蚊帽网格小小的，网丝细细的，他的面容突然显得神秘而威严。大家看了他的特殊装备，说笑几句之后，都沉默了。

蔡老兵把那个锡纸餐包装进行军包，背上电台，连晚饭都来不及吃，就跟着一个班的侦察兵消失在茫茫夜色之中。他就这样闪电般地走了，让大家觉得非常突然。一个战友说，他连晚饭都没有吃，一夜的强行军，还要负重，他能挺得住吗？另一个战友却有些唯心的说，按他老家的说法，别人都吃了饭，就他没吃，还欠着他的，就说明他不得死。"大家都不知他那是个什么逻辑，但心里的愿望却是一样的。

那天晚上有点儿小月亮，丛林披上了一层薄薄的银纱。

月亮躲进云层里的时候，韩云志听着外边一声接一声的昆虫叫，就慢慢睡去了。

蔡哈儿跟着侦察兵们，先顺着简易公路上到山顶，前面下山就要出境了。副连长传递口令："从现在起，不能出声响，不能有光亮，一切都要隐蔽进行。"

他们顺着丛林小路，一路搜索着往前走。一支队伍分成几个小组，各有职责，互相掩护，互相接应。蔡哈儿跟随在副连长身边，副连长是这支小分队的最高指挥官。凌晨三点，这是约定与指挥部进行第一次联络的时间。此时，小分队来到一条山谷里，估摸着至少前出七八公里了。副连长在地上打开军用地图，用帽子遮挡住手电散发出去的光线，压低声音向蔡哈儿说："向指挥部报告，我们已经到达一号地区。"

蔡哈儿打开电台，电流声却像怪兽一样啸叫着，让人毛骨悚然，瘆得慌。他调低音量，对着送话器向指挥部报告。这边说完，他松开按钮，才能听到指挥部送来的声音，电流伴着扬声器的应答声，在夜晚寂静的山谷里回荡，突然显得那么刺耳，那么恐怖。蔡哈儿第一次有了害怕的感觉，联络完毕，他赶紧关掉电台：“容易暴露目标。”

副连长指示：“我们走的是一条空隙地带，从现在起，非紧急情况不开电台，不用明语，用暗语联络。”

此后，侦察兵一路藏行敛迹，也没遇上什么麻烦，蔡哈儿也知道了这次出境侦察任务的大概。到达预定地点进行潜伏时，那儿已经离开祖国十多公里远了。侦察兵孤军深入敌后，没有过硬的本领和强大的内心是不行的。

第三天，侦察分队完成任务，开始交替掩护回撤。午后，这支队伍到底还是暴露了行踪。敌人出动了一个连进行几面包围和追击，情况紧急，副连长命令：“掩护组断后，没结婚、没孩子的先撤！”以前冲锋陷阵的时候，副连长总是说：“没结婚、没孩子的靠后站！”

突围中，有几个战士与一股敌人突然遭遇，双方几乎同时开火，两名战士不幸中弹，一人阵亡，一人重伤。战士们用简易担架抬着战友，拼命地往回跑，副连长预计离我方边境还有三四公里，难以摆脱追击的敌人，遂命令电台呼叫我方炮火拦阻。队伍过了一片开阔地，隐蔽在树林里，此时，我方炮火开始向追兵射击。炮弹在敌阵里开了花，敌人便停滞下来，不敢再贸然向前。有几发炮弹从侦察分队头顶飞过，落在他们自己眼前二三十米处爆炸，太惊险了。

二十分钟炮火拦阻射击之后，追兵已经不敢上前，小分队在炮火掩护下边打边撤，安全回到我方境内。

蔡老兵离开的那两天，韩云志突然觉得心里空落落的。他觉得日子变得格外漫长，每一分、每一秒都那样难熬。他常常不由自主地去电台班门口悄悄看一眼，只有那个同年兵孤独的背影像雕塑一样守在机器面前，偶尔也有“嘀嗒、嘀嘀嗒”的电流声划过耳际。

天黑之前，蔡老兵回来了。“蔡哈儿回来了！”这个消息不胫而走，让大家突然惊喜起来。蔡哈儿满身泥泞，面色蜡黄，疲惫不堪，眼睛里布满了血丝。大家都纷纷前去关心问候他，见他毫发无损，都放心了。看得出蔡老兵心情有些沉重，情绪受到影响，毕竟回撤的路上牺牲了战友。他勉强回应着大家的问候，匆匆地擦了一把脸，然后一倒下就呼呼地睡着了。两天两夜负重奔袭、潜伏，神经高度紧张，也该让他好好睡一觉了。

侦察连由师部直接指挥，调动频繁。原先在坑道出口那儿住过一两个月，后来突然调走了。一天，韩云志看见一个帐篷营又驻扎在坑道出口那儿。一些战士用砖砌上低矮的围栏，拿着工兵锹培土。还有用空炮弹箱装上泥土，栽花种草。边防上有一种兰草，大家都亲切地叫它“边防兰”，在韩云志看来，那兰草跟自己老家山上的兰草一点儿区别都没有。

山上还有一种树，结一种类似腰果形状的果实，豆沙色，最大的也不过大拇指指头大。不过，这豆可不叫边防豆，而叫“相思豆”。不知是谁给这果子取名叫相思豆的，也不知从什么时候开始流传的。果子成熟的时候，战士们就去摘下来，你一颗我一颗分给战友们。战士们常常把相思豆放在枕头边，或者寄给后方的亲人朋友。

一个战友从阵地上下来，捎给韩云志两颗相思豆，他能寄给谁呢？

寄给关雪娇吗？好像不能这样冒昧。如果让她猜猜这个叫什么豆似乎可以，可你为什么让人家猜呢？如果人家猜不出来，这答案告不告诉她呢？一告诉她说不定就无事生非了。韩云志在这事儿上显得优柔寡断，机会也许就在一念之间，有时也许根本没有。

他就这样一会儿想寄，一会儿又怕寄，犹豫了好多次之后，他也学战友们那样放两颗豆在枕边，有时拿起来摸一摸，还搓一搓，有时还望着它们发愣。那一刻，他好像被相思豆带入一片单相思之中了。

帐篷营在那儿驻扎不过两个星期，又无声无息地调走了。韩云志不知道那个连队是何时离开的，之前毫无动静。那一围栏的花草，孤零零散在一边，已没有主人伺弄。他望着土堆上几支偏斜的“边防兰”，站在那儿发愣，心中一片茫然。这时，他忽然看见营长从对面山脚下的简易厕所里出来，快步走过他的身边时，他急忙喊了一声营长，营长停了脚步，有些诧异地盯着他。他好奇地问道：“营长，这个连队上个星期刚把营区建设好，怎么又突然调走了呢？”

“当兵的人嘛，一天净干些没名堂的事情。”营长一脸的不屑，见怪不怪地又撂出一句，“今天叫来就来，明天叫走就走，哪由得个人的想法！”然后头也不回地走了。韩云志看着营长走进指挥所的背影，细细咀嚼着营长刚才那番话，特别是第一句话一下子就把他的脑袋卡住了，又像定身法一样，把他定在原地许久。

那天好不容易天气晴朗，他在太阳底下傻傻地站了一阵，忽然觉得自己刚才说话没动脑子，问了一个初级问题，羞赧得像巴在嘴角边的一颗米粒。

部队住在山上，雨水、山泉水就相当于自来水，冬天都不会断流。一条小溪从山上淌下来，穿过丛林，来到山脚下一个小平台上，战士们再用几根竹筒或水管把水引出来，几面都可以随时取水，都用不着排队了。战友们取了山泉回去就可以洗漱、烧开水。夏天洗衣服、冲澡也在那儿，围着一大堆人，一个个只穿着裤头，端起一盆水就从头往下浇。周围农家妇女也常来取水，也不避让，她们早已见惯不惊。

取水地旁边有个柴油机发电房。山里没有市电，靠柴油机发电，柴油机的转轮在七点钟《新闻联播》开播前五分钟准时启动，到夜里十点，准时熄灯。柴油机的轰鸣声停止，暗夜就降临了。长夜里，每一分钟都显得漫长。战士们每人一个月发两包蜡烛，开始都能省着用，快到第二个月的时候，见剩余的多了，就一次燃上三根，在炮弹箱拼成的桌子上摆成一字型或三角形。摆一字型的时候，韩云志总会在一端像瞄准一样，让它们向右看齐或者向左看齐。三支蜡烛燃起来的时候，他感觉自己的眼睛亮起来，心也跟着亮起来。这时候，他透过烛光，看见了满城华灯，车流来来往往，电影院刚刚散场，人群涌出来，不一会儿就散向各条小街，回到自家屋里了。他还看见乡村已经熟睡了，各家各户的房顶在星光下隐隐约约。可他自己还不想睡，住在对面的同年兵康义同样精神着，一点儿倦意也没有。康义一边找笔和信笺纸，一边说："这么好的时光可不能浪费了，得写一封家信。"他忽然想起，自己也好久没给家里去信了。

两个人对坐着在那儿写信，韩云志写上几句就要抬头看看对面的康义，后者神情专注，一刻也没有停笔的意思。而他却有些三心二意，似笑非笑的表情常使康义不解，让康义还以为自己有什么奇怪的地方。这时候是不能给女同学写信的，一写准能让康义看出来。给不同人写信，其内心活动当然是不一样的，透露出来的神情也会截然不同。显然，给女同学写信只能在一个人的时候。

团参谋长到二营检查工作来了。晚饭后，参谋长没回团部，通信员在坑道会议厅里搭好一架电子琴，参谋长有了雅兴，开始弹奏几曲。韩云志得到通知，叫他过去陪参谋长练习几曲。坑道里有回音，声音效果很好。韩云志在坑道口就听见了熟悉的《敢问路在何方》，他走近喊声参谋长好，参谋长威严的脸上此时荡漾着惬意的微笑。他说："小鬼，陪我唱首歌。"韩云志爽快地回答："就唱参谋长刚才弹的那首《敢问路在何方》。"说完，熟悉的旋律又响起来。韩云志有一个优点，就是唱歌的时候不会胆小怕生，他能很快投入到歌声旋律中去。一曲唱完，参谋长说："再来一首。"韩云志反应很快地说："就唱《热血颂》吧。"旋即，琴声又悠扬起来，韩云志充满感情地唱起来。

当你离开生长的地方，梦中回望，可曾梦见河边那棵亭亭的白杨。每一棵寸草都忘不了你，日夜守望，思念你的何止是那亲爹亲娘。当你握别温暖的手，泪落几行，可曾感到背影凝聚着滚烫的目光。每一颗赤诚的心灵都深深理解你，每一个热切的向往都充满你的力量。你奔向远方，带着亲人的希望，你奔向远方，带着火热的衷肠……

唱完了《热血颂》，营长叫通信员来喊参谋长。参谋长对他笑笑，说："小鬼，我还有事，今天就唱到这儿吧。"

韩云志向首长致意，然后离去。

团部总机班有个老兵也喜欢唱歌，他俩经常在夜班时当班。老兵很关心他，跟他谈心，没电话的时候还互相唱歌来听，你一首我一首非常开心。时间一长，俩人感情加深了。有一次，老兵当班时传话给他，说参谋长的警卫员要调走，准备把他推荐给参谋长去当警卫员。

参谋长身材高大，有一米八三左右，黑红的脸膛。可后来韩云志到底也没去团部给参谋长当警卫，而参谋长没多久也升职调走了。韩云志后来问过父亲，父亲的理由只有一条，说当警卫员不能身材太瘦小，要能背得动首长才行。

一天晚上，韩云志发高烧，早晨没按时起床，也没胃口吃早饭。他去卫生所一测体温，三十九度八。他回来服了感冒药，有些昏昏沉沉地躺在床上。二年兵班长过来问他如何，他坚持说还行，晚上还可以值夜班。

躺在床上，韩云志想起自己当初雄心勃勃，告别父母，越过关山万重，来到这千里边防，男子汉大丈夫只为建功立业，光宗耀祖。可如今周围环境跟自己期望值差距太大，心中荡起的雄心壮志却沉沦下去，他甚至不想干下去了。加上又和战友闹了些矛盾，他意气用事，随即向排长提出申请回八连去。排长只是听着，并未向上反映，过了两天，他又当着排长的面提出，而且语气认真。排长一看他去意已定，并未说服他，只好将情况上报。

这事反映到营首长那儿，没过几天，教导员在干部骨干会议上把排长批评了一顿，他说：“一个新兵刚调来几天就闹着要回连队，这是干部的问题，不是战士的问题，说明你这个排长没当好，思想工作也没做好。”排长无言以对。韩云志当时并不知情，他已经做好准备，甚至做好了上前方哨所的准备。他想：我这下把当官的得罪了，他们不让我回八连，大不了就上哨所。万一我哪天表现英勇，立了战功，不一下就成英雄了吗？

他这么一想，内心反倒没有以前那种空茫的感觉了。

就在他想着该卷铺盖走人的时候，三年兵班长开完会回来，绷着脸，不说话，背着手，在他面前踱来踱去，时不时还瞟他两眼。韩云志经常见他那样装腔作势，便习以为常了。三年兵班长见他没有看出自己今天与以往有所不同，倒是先开口说话了，但他的口气有些幸灾乐祸：“你一个新毛头（新兵蛋子），成天闹什么闹，你晓不晓得，开会的时候教导员把排长训了一顿，排长气惨了。”三年兵班长说到这儿居然笑了。韩云志有些疑惑地看着他，并没应声。三年兵班长又说：“你也不想一下，你们几个新兵都是营领导亲自从连队挑选来的，不可能又把你放回连队去嘛！你就安心在这儿干，不要东想西想了，你难道还想干出什么惊天动地的大事来吗？”

没过几天，韩云志收到了一封让他有些意外的来信。信是马彪写来的，自从马彪因那次“敲钟事件”离开学校之后，他们就再也没有联系了。韩云志时常会想起他，回忆中总是充满了乐趣。自从当兵以后，他的地址也多次发生变化。他估计是吴相忘或者向鹏飞把他的地址给了马彪，否则马彪也不会给他来信。那么，韩云志为什么不认为是董得圆告诉马彪的呢？因为他只给董得圆寄过一次明信片，后来再也没有写过信。说来真是奇怪，韩云志一直喜欢听董得圆夸夸其谈的谝嘴，可是要说给董得圆写信，就好像无从说起了。

马彪在信中说，他已经在石油公司上班了。而上班的第一天，他就改了名字，随他父亲姓姚，叫姚正江。果然，他看后面的署名已变成姚正江，而不是以前的马彪了。原来，马彪在学校的时候随母亲姓马。

姚正江这个新名字给韩云志带来了强烈的陌生感，但信中的话语却熟悉而又亲切，字里行间充满热情的赞美和鼓励。姚正江还跟他有共同语言：“其实我也很想当兵，当初在学校时就想当兵，但父母不同意。再说现在有了一份不错的工作，就安心干下去。”

韩云志那几天对自己的处境很不满意，内心甚至有些懊恼。他不知道给昔日的好友报喜还是报忧，在矛盾的心情下就一直拖着没有回信。等过去了大约一个月，他才给姚正江回信过去，估计那时姚正江心中的热情也已经降温了。

第九章

一个浓雾紧锁的早晨，能见度不足七八米。一小股敌人趁着雾大，悄悄潜入了五连防区，他们顺着一条冲沟鬼鬼祟祟地摸过来，准备偷袭我方阵地。他们穿过密林，蹚过一条小水沟，离我方阵地越来越近了。再往前，山坡上有一块地，地边上有一条小路，敌人正得意地顺着小路摸过来。不过此时他们却听到了地里有响动，原来是一位妇女正在除草。那妇女也似乎听到了一群人的脚步声，走到近处，她看清了突然出现的敌人。与此同时，敌人想改变方向绕过去，可那个妇女很勇敢，她决心不能让敌人的阴谋得逞，此时回去报信已然来不及了，于是，她大声地喊叫起来："敌人来啦，敌人来啦！"那儿就在我方阵地前沿，敌人见企图败露，气急败坏地冲上去用匕首刺了妇女两刀，然后就逃走了。

消息传来，五连立即派出一个排的兵力，带着报信的边民紧急赶往事发地域。他们一边搜索一边追击，在到达山腰那块坡地上时，那位妇女已经奄奄一息。救人要紧，战士们用担架抬着妇女来到公路边，送上军车，火速赶往野战医院。车走到半路，那位英勇的妇女已失去了生命体征。

敌人杀我边民，激起了我方军民的极大愤慨，二营官兵积极请战。营首长研判形势后做出决定，派副营长到五连蹲点，伺机进行还击。

一天中午，五连炮兵观察所发现，敌人在对面山上新构筑了一个指挥所，人员活动异常，对我方构成威胁。副营长和连队干部商量后，决定教训他们一下。

副营长电话请示了营长，营长、教导员决定同意，并让五连火力排做好战斗准备。同时，营长向团首长作了报告。当请示都得到同意后，五连就准备开火了。

五连火力排的火器是一百毫米口径迫击炮，早已蓄势待发。装定诸元之后，一声令下，轰轰轰！炮弹不断地飞向地方阵地，其中有三发炮弹准确命中，敌指挥所顿时浓烟滚滚。战士们经过了实战考验，又命中了目标，一阵欢呼雀跃，都激动地高喊着："打中了，打中了！"

令人振奋的消息传到营部，大家都受到了感染，兴奋无比。韩云志此时正当班，他打开总机扳键，监听通话情况。耳机里正好传来营长的声音，他在对五连连长说："要提高警惕，注意观察，防止敌人报复。"第二天，副营长回到营部，对此次战斗作了详细汇报。末了，他说，有个别新兵没参加过战斗，装填炮弹的时候手有点儿发抖，显得很紧张，以后还要多加强训练。

长时间驻守在一线边防的部队，生活枯燥，神经紧张，年轻人很容易滋生不安情绪。因此，上级机关部门总会不失时机地关心一下基层连队。除了发一些慰问品，还经常组织文艺团体下部队慰问演出。师宣传队来二营慰问演出时，场地在八连营区篮球场上，预备队六连也来了。六连驻扎在山下公路旁某高地，负责支援五连和九连，他们是走了好几公里路才赶来的。韩云志在六连队伍里看到了他的新兵连一排长，格外惊喜，就跑过去坐在他身边，激动地不停跟他说着话。一排长得知手下的新兵调到了营指挥所，觉得很有面子。乐队开始演奏的时候，一排长对韩云志说："你看，那个吹黑管的就是我们原来的一个兵，下连队不到一个月，因为他会吹那个黑管，就调到师宣传队去了。"韩云志远远地把目光聚焦在那支黑管和那几个跳动的手指头上，神情中写满了羡慕。

那段时间，防炮防偷袭，搞得很紧张，但经历多了就习惯了。俗话说："新兵怕打炮，老兵怕冷枪。"这话不假，时间一长，枪炮声听着也不会那么心惊肉跳了。

上级派了一个工作组入驻二营，工作组不同人员在各个连队蹲点至少半个月，在工作进入尾声的时候，来了一位首长，某部政治部主任，大校军衔。

一天晚上，轮到韩云志站岗，时间是零点至两点。部队中流传一句话叫"站岗不站二班岗"，也就是说，你刚躺下，或者刚睡着一会儿又得起来，折磨人。所以韩云志那晚没有按时就寝，他想等下岗后回来再踏踏实实地睡。而他的一个老乡在前面一班岗，也就是二十二点至零点。大约在二十三点左右，忽然从山上密林中飞出拳头那么大一块石头，"砰"的一声，打在他老乡脚尖前一米多远，当时两个哨兵都有些蒙，不知该怎么办。夜晚都是站双岗，他老乡慌忙跑过来，给他说了这个突发事件，还叫他下一班岗要小心一点儿。韩云志问他向营首长报告没有，他战战兢兢地说没有，只说太吓人了。韩云志说："这么大的事情怎么能不报告呢？快，马上！"他俩一前一后立即跑到营长门口，韩云志先敲门，然后小声但急迫地说道："营长，我们有紧急情况报告。"营长起来开了门，教导员听到动静后也赶紧从隔壁过来了。在营长屋里，韩云志叫他老乡把刚才哨位上发生的一幕详细向营长、教导员做了汇报。营长、教导员走到哨位跟前看了现场，那块石头依然躺在那儿。随后，营长决定，将韩云志调去首长门口把守，另一个仍在指挥所门口，营长叮嘱他："遇到情况一定不要惊慌失措。"韩云志坚定地点点头。

韩云志守在首长门口。他站在房门靠山的那一侧，一点儿都不敢出声，他甚至屏住气息倾耳细听着周围的动静。深夜并没有黑得伸手不见五指，他一边注意着门口哨兵的动向，一边在黑暗中搜寻房子当头悬崖边那儿是否有异动。悬崖那边一般是不能上来人的，但不是说绝对不能上来，越是险要的地方越不能放松警惕。他听见首长的鼾声很均匀、很平稳。他静静地站一会儿，就觉得要变换一个方位。悬崖那边不时传来叮当的碰撞声，那是老鼠在夜间频繁活动，碰上了那些废弃的罐头瓶子什么的。有时候，他又觉得那碰撞的声音像是从人脚下发出的，他就把枪口举到与胸口同高的地方，指向悬崖。他想起了父亲在抗美援朝战场上，有一次带着一个新兵去抢修被敌机炸伤的桥梁，他俩刚把桥脚修好，敌机又返回来轰炸，他叫新兵和他躲在靠近山脚的桥下，一人抱住一根桥脚。他对那个叫马炳兴的新兵说："马炳兴你莫动哈，今天它要是撂准了，我们两个就该死在这儿了。"

他想到父亲当年在战场上视死如归，就咬了咬牙，下定决心："要是敌人来了，老子也要放倒他几个！"

依营长、教导员丰富的战场经验，他们认为不会有特工来偷袭，但是那块从树林里不翼而来的石头就在那儿，无法解释清楚。营长、教导员随后也没有入睡。韩云志下岗经过营长门口，营长问他有什么情况没有，他回答没有。

第二天黎明，八连奉命搜山，未发现任何蛛丝马迹。

早饭后，韩云志在回屋的路上，教导员叫住了他。他一看，那位大校首长也站在旁边，背着手，目光望着对面一座小山头。教导员指了指韩云志，又指着地上那块石头，然后对大校说："昨天晚上就是他来报告的情况……"大校首长听了，微笑着看他，然后又开玩笑地说："小猴子难道还想来个投石问路，来摸一下吗？"

至于拳头那么大的石头为什么会从树林中飞出来，又刚好落在哨兵面前，这个谜一直未能解开。当然，可能也无须去解。韩云志后来想，可能是山中的动物在树林里跑，夜里看不见，蹄子正好碰上了那块石头。而那块石头可能受到风化一碰就掉，从高处滚落下来，再遇到一个平台，便顺着平台向前滚出去，在下落过程中就感觉是飞出来的一样。只能这样推测了。

一天早饭后，接到上级通知，所有人员不得外出，全部在掩蔽部内，防止敌方炮击。那天，周围的炮阵地不断发出怒吼，震得大地都在颤抖，从早上一直到黄昏。吃过晚饭，韩云志一个人跑去山边，看到有炮弹不断落在山下那条江里，浑黄的江水被激起数米高的水柱，还有高炮射出的曳光弹打在山崖上，火星四溅。那景象着实有些壮观。他想着要把这样的场面告诉一个人，告诉谁呢？他又想起了关雪娇。他头一年离开学校的时候，关雪娇曾经给他写过一张明信片。明信片上有一条小溪，娟秀的钢笔字写下的意思大致是：在这个炎热的夏季，听到你的歌声，就像一股清泉流入心底。

一双明亮的大眼睛，在关雪娇的鸭蛋脸上格外传神，有一种温润如玉的感觉滑进韩云志的心里去。

他把信寄出去，就计算着时间，等着收发员手里晃着从祖国四面八方飞来不同颜色的信封，再高声喊着他的名字。可是一个多月过去了，也不见鸿雁归来。

值夜班的晚上，韩云志在后半夜睡着了，他做了一个梦：关雪娇笑着向他款款走来，到跟前时轻轻牵了一下他的手，他感觉自己握住了她柔软而又温暖的小手；就在他想留住那只手时，可是关雪娇却松开了，一直往前走，走到教学楼的转角处，回头一笑，却不见了。

韩云志醒来，很清晰地记着这一连串的场景，他把两只手掌都翻过来看看，才确信梦中的关雪娇在他左边，用她的左手拉了一下他的左手。

这一天，他却惆怅起来。下午换休正好没事，他就想着去一趟老连队八连，找他的战友曹爱学谈谈心，要是还能讨到一点儿恋爱经验那就大喜过望了。

曹爱学跟韩云志是新兵连一个排的战友，新训结束后也分到了八连。曹爱学高考只差十来分，因此连队非常器重他。刚下连队不久，曹爱学就当上了连队文书（军械员兼文书），文书属于正班级，在第一年新兵中是极为少见的。当上文书就住着一个小单间，便于管理文件资料以及枪支弹药。在新兵连时，韩云志就知道曹爱学有个女朋友，跟曹爱学是同班同学，而且隔上一周就会来一封信。看看信封上秀气的字，新兵们一个个眼馋着，羡慕不已。

八连属于机动连队，也叫预备队，离营部指挥所只有几百米远，在并列着两座山包后面的小平坝里。连队住的是两层楼房，虽有些陈旧，但那是坑道和猫耳洞远不能相比的。

韩云志独自去了八连，也没跟其他战友打招呼，他径直走进了曹爱学的文书室。

曹爱学性格稳重，文质彬彬。他有好久不见韩云志了，于是开玩笑道：“营部首长驾到，有何指示？”

韩云志好像并没有心思跟他开玩笑，也不答话，顺手拖一把椅子过来在他面前坐下，还是没话，好像心里有事儿。

曹爱学看他那个架势，一时半会儿也不会走，就提了开水瓶，泡上一杯茶放在他面前的桌子上，说：“这茶叶不错，老家寄来的，你尝一下。”

“你家小魏呢？”韩云志看着曹爱学这一连串举动，并没有端茶杯，却突然开了口。

“哪个……小魏？”曹爱学有些摸不着头脑。

“哎呀，就是你那个未婚妻——小魏！”韩云志的口气一下子就有些急了。

曹爱学有些腼腆，笑笑，随口说道：“还是那样，不过，现在已经在我们乡镇小学教书了。”

“哦，那太好了……她还是经常给你来信哈。”

“也不经常，有时一个多月才来一封。”顿了顿，曹爱学又补了一句：“前段时间有两个月没回我的信。”

那么好的一对恋人，居然也有说不着话的时候。两个月不回信，这消息让他感到有点儿突然，两人的对话便有了短暂的沉默。韩云志端起茶杯连喝几口，他并不在意茶水的味道。曹爱学马上提起水瓶又把茶水给他续上。

“把小魏的照片拿来看一下嘛。”韩云志说。

曹爱学未动。

“看一下嘛，我又不会乱说的。”韩云志认真央求道。

曹爱学打开他的储物箱，箱子上印有“67 式木柄手榴弹，20 枚装”的字样。他取出一本书，翻开来，中间有一张照片，他拿出来递给韩云志。

韩云志郑重地接过来。照片上的女孩穿着白衬衣，一条辫子刚齐锁骨下面一点点儿，眉清目秀，脸蛋白圆白圆的，看上去很文雅。

韩云志对曹爱学说：“不错不错，小魏真的不错。”他把照片还给曹爱学，曹爱学照旧把它夹进书页中，合上，再放回箱子里。这次韩云志注意到，那是一本琼瑶的小说——《彩霞满天》。

韩云志和曹爱学都看过《彩霞满天》，但那却是琼瑶唯一一本把爱情写成了喜剧的小说。一想到天边的彩霞，不管是清晨还是黄昏，都那么美丽醉人。美好的爱情也是那样令人陶醉的。

不过，这事说透了，可还有一个结没打开呢。片刻，韩云志微微叹口气，说道：“我给我高中一个女同学接连写了几封信，她都没回……”

曹爱学并不感到诧异，他说：“男人有时候需要耐心，需要等待。”

“唉，也许吧。大仲马曾经说过，人类的全部智慧都包含在这两个词中——等待和希望。”韩云志的口气中又充满希望和幻想的色彩了。

两人一起聊着，一会儿沉默，一会儿憧憬，总想着人生前途的大事，不免心生微茫。等到连队晚饭哨音响起的时候，才打断二人的交谈。

曹爱学说：“你就在这儿吃晚饭吧，尝尝我们连队的伙食如何。”韩云志倒也不推辞。曹爱学去炊事班给他打来一碗饭菜，他边吃边说，你们连队的伙食还真比我们营部的好。

“什么你们连队啊，你也是八连出去的，应该说咱们连队。”曹爱学纠正道。

韩云志的言语中忽然有些后悔，他像是对曹爱学又像是对自己说道：“当初我要是不调走或许更好呢，我喜欢连队生活，热闹。不像现在一天到晚守总机，待在那个不见天日的坑道里，无聊。”

“你调到营首长身边，比我们强多了，好好干吧。”曹爱学劝慰他。

晚上，韩云志回到营部，该他上后夜班的时候，他抱着被子，一路哼着歌进了坑道，下班的战友问：“什么事情这么高兴啊？前两天还忧愁不安的。”韩云志只顾笑着，也不回答。

铁打的营盘流水的兵。一大早刚起来，还没交班，曹爱学就打来电话，叫韩云志十点钟到连队俱乐部去一趟。韩云志听到曹爱学熟悉的声音，以为准是有啥好消息，一句话脱口而出：“你的小魏来信了吗？”电话那头的曹爱学哈哈一笑，并未回答，而是告诉他老连长转业了，马上就要正式离队，今天上午连队给老连长开欢送会，还特地邀请他去唱首歌。

韩云志与老连长不算熟识，但在一大堆新兵当中，连长是记得他的。因为他下到八连没多久就被调到营部去了。在二楼的俱乐部里，他先上去双手握住了老连长的手，说一句祝福的话，算是送别老连长。主持人宣布他独唱一首歌曲，他就上去唱了《小白杨》，他还故意把那一句“微风吹，吹得绿叶沙沙响啰喂”用了一个滑音。他看到，坐在第一排的老班长在下面一边对着他笑一边向旁边的战友夸奖他。他一直精神饱满，唱得流畅自如，高音纯净明亮，低音浑厚柔和，战友们报以热烈的掌声和高声喝彩。

韩云志是不是该唱那首《驼铃》呢，以表达送战友踏征程的情感。可是那首歌不适合他，而且人人都会，就没有新鲜感了。他唱完之后下去，坐在队伍当中听连长给大家讲话，可连长开口没讲两句，就哽咽了。

回到营部，韩云志给王奇伟去信打听关雪娇的消息，王奇伟火速回信，说关雪娇已经上班，在县城一家很不错的政府职能部门。

此后，关雪娇的信是等不到了，可祖国四面八方的慰问信倒像雪片一样飞往边防前线。慰问信大多是学校、工厂和一些女青年写来的，他们都崇拜英雄人物，信封上几乎都是同样的署名——八十年代最可爱的人（收）。营部收发员按照上级安排，把信件随机分配给所属各分队指战员，叫大家抽空都尽量回信，不能让祖国人民听不到回音。

韩云志开始拿到的是一个女孩子的来信，他礼貌性地回过去，还一腔热血写出了诸如感谢祖国人民对边防官兵的信任，我们一定让祖国山河锦绣安宁，青春喋血也在所不惜之类的豪言壮语。

女孩很快就回信了，而且语言也开始热情、火辣起来。到第二封回信时还寄过来一张照片。照片上的女孩精心梳妆一番，站在一座小桥上，袅袅倩影倒映水面，脸上泛起一抹红晕。这让韩云志有些犯难了，说他不明白信中的意思，那是白痴。但他确实没有那个心思，就拿不定主意。继续回信嘛，言不由衷；不回信嘛，又不尊重人家。最后，他决定不回信，但怎么处理好呢？他想了一阵，决定去电台班，找那个同年的新兵商量。

韩云志进了电台班的门，他先瞅瞅，蔡老兵正好不在。他就冲电台兵笑笑，电台兵心想他经常来也就没在意，但他一直笑着，电台兵就觉得有事了。电台兵也笑笑，问："有啥好事吗？""给你一封信看看。"他向电台兵先说明原委，然后就把信郑重地交到电台兵手上。电台兵抽出信来，打开，再一看女孩的照片，好像一下子就相中了。韩云志就叫电台兵给那个女孩回信，电台兵爽快地答应了。后来，韩云志照常去电台班找蔡老兵玩，总会看见电台兵趴在那儿，心无旁骛地写着什么。旁边放着拆开的信封和铺开的信笺，一看就知道他在给那姑娘写回信。听蔡老兵说，他俩几乎每周一封信，没有间断过。最近，那个女孩还在信中说，她要到部队来看望电台兵。

韩云志很快又分来一封慰问信，是北方某省城一小学写来的。韩云志回信过去，学校大队部老师看了，再回信说决定邀请他当校外辅导员，主要给小学生讲解放军叔叔保家卫国的故事，随信还寄来了聘书和红领巾。韩云志就给学校老师回寄过去几本部队政治处刚编好的书，书中介绍了团队历年来不怕牺牲、保卫祖国的勇士与烈士们的英雄事迹。大队辅导员收到后，很快又回信了，说那本书很好，有教育意义。

大队部老师的信来得很勤，韩云志有时都顾不上回。特别是一个老师来信反映，说现在的孩子很顽皮，不听话，很不好管。老师还说，特别是一些男孩子，他们可不是你想象中的那样天真可爱，你有什么好办法帮我们教育，让他们服从管理、专心学习吗？这一次却让韩云志犯难了，这个办法可不是聊出来的。孩子是祖国的花朵，要好好培育，这些话早就说过了；小孩子就是顽皮一点儿，黄荆条下出好人，不听话的就要给点儿厉害看看。可这是老话，不知当说不当说，说了恐怕会给辅导员留下一个简单粗暴的印象。这样的问题不好答，答好了恐怕也是纸上谈兵。于是，他索性不写了。

大概过去了两个月，韩云志又给王奇伟去了一封信，询问关雪娇的消息，王奇伟在信中说，关雪娇好像在跟另一个读大学的哥们谈恋爱。

王奇伟还说，他哥哥已经从工业大学毕业，分配到山城去了，在一家航天研究所工作。他高考落榜了，想出去打工，挣了钱再回来念书，他还是想考大学。而他的父亲因为他哥哥已经不在身边，就决意要把他留在家里，还托媒人到处给他介绍对象，他不去见面又拗不过，每次都以看不上为由把人家女方推掉了。

韩云志看了王奇伟的信，想起以前在一起的快乐时光，想到美好的学生时代一去不复返了，禁不住一阵伤感，流下泪来。

慰问信来来去去，慰问团也接踵而来，从中央到地方各级文艺团体都有，还有一些县级宣传队也来慰问演出。一些战士看到女演员邀请跳舞，一下精神就来了，立马上去就和女演员对舞着迪斯科，合得上节拍，扭得可起劲了。场下的喝彩声越来越恣肆，女演员和战士们配合越来越默契，一直到音乐停了之后，都舍不得下场。

高规格的演出终于也见识到了。不久，一位著名女高音歌唱家带着中国轻音乐团的一个小组来前线巡回演出。一天下午来到了二营，她唱过《乡恋》和《浏阳河》两首歌之后，问现场有没有湖南人，跟她一起唱《刘海砍樵》。大家都知道六连陈连长是湖南人，顿时全场又是喝彩又是鼓掌。陈连长在一片轰动声中走上前台，跟女歌唱家致礼、握手之后，却说他不会唱，女歌唱家有些惊讶地问他是湖南哪儿人，他回答郴州。女歌唱家说：“哦，那你是不会。”陈连长说完，随即转身走回队列，站到他原来的位置，端端正正地坐下了。

陈连长参加过早年一场大的战斗，黑瘦但英武。他整个上下场过程没有两分钟。他在见到大明星、大领导时既不失礼貌，又不卑不亢的气质，给韩云志留下的印象极深。

无疑，大明星的到来引起了轰动，年轻的士兵们都兴奋不已，周围的山野仿佛染上了繁华的色彩。女歌唱家唱过之后，一个男高音唱了《心中的太阳》，流行歌曲总是受到年轻人的青睐。一阵暴风雨般的掌声过后，他又演唱了《热血颂》，把现场情绪推向了高潮。后来，一位民族女歌手也演唱了《我热恋的故乡》，但韩云志觉得她远没有卡带里的范琳琳唱得那么好听，也没有那么够劲，那么过瘾。

每个人都有自己的坐标，占了这点就不能占那点。

那一天他很开心，他在值班记录本上写下部队每日活动情况：“今天天气晴，能见度一万米左右。当面之敌无异动，各连正常值守哨位，营部业务训练（通信联络与汽车修理）。”

他拿起电话，向师作战值班室报告之后，再在下面按惯例记上一笔：“18：03 报师作战室李参谋。”

坑道和工字钢房屋都很潮湿，时间一长就会得关节炎。而且班排都分散着，谁临时去了哪里都不知道，很不利于管理。营首长决定重新把班排集中起来管理，就在山腰一片空地上搭建了木板房，这样，通信排所有人员都住进一间屋子里。

三年兵班长有一次早上起床，他掀开被子，光着上身坐起来，也不穿衣服，大家都有些莫名其妙，往他那儿看。他绷着脸，悻悻地说道：“嘿，鬼迷日眼的，昨晚上‘跑马’都射到胸口上来了！”二年兵班长听了，忍不住哈哈大笑，三年兵班长手下的新兵也跟着笑，满屋子的新兵都跟着笑起来。这笑声让三年兵班长有些挂不住，于是他马上又像平时那样紧绷着脸，对着几个新兵叱道：“他娘的，你们几个没跑过马啊！”新兵们看他好像真要发火了，便知趣地收了口。

班里的干电池快用完了，总机、电话单机、手电筒等都要配备一定数量的干电池。吃过早饭，班长临时叫韩云志去团部通信股领二十对一号电池回来。出发的时候，营部没有车，韩云志背上军挎包，和几个战友邀约下山，准备走到白石崖桥头哨所那儿再拦车去县城，团部还在县城前面三公里，只要到了县城，怎么都能去团部了。

卡车经过桥头哨卡要刹车，经哨兵检查后放行。这时候，预先有准备的战士就趁机一窝蜂地爬上卡车，跟着去了县城。

卡车一路下山，顺着河谷一路疾行。中途再翻过一座山，就要经过友军师部驻地。友军师部纠察队随时在那儿设卡检查：车辆派车单、车容、军容风纪等。不承想，韩云志平时跟着蔡哈儿学冬夏混穿，这次却遇上麻烦了。两个高个子纠察扒着车厢板往车厢里睃巡一遍，就把几个军容不合要求的喊了下来，然后到军风军纪学习室进行教育。他和一个老兵跟着纠察往前走，纠察首先询问了他们的来处，两个人回答是边防二营阵地上下来的。纠察一听，态度温和了一些，但是他说：“虽然你们是友军部队的，不归我们管，但是坐了我们的车，所以就要接受检查。”跟他同行的老兵一再说：“我们是从一线阵地下来的，平时都不要求军容风纪。”纠察说：“一线阵地可以不管，但回到后方就要求军容风纪必须严整。”同时，纠察拿出红本本，翻到内务条令里着装要求那一段，叫他俩要记住，以后不能再违反了。

同行老兵又故意用乡音说了几句好话，那纠察就同意放行了。两个人出了纠察队，老兵笑着对韩云志说：“我一听他说话就晓得是老乡。”

就目前这身行头，友军的车不能坐了，想什么办法呢？他想起了去通信二连找蔡哈儿，那段时间蔡哈儿换班回到了连队，他一去那儿就见着了。他把原因一说，蔡哈儿笑呵呵地给他借了一件冬上衣，还留他在那儿吃午饭。他说不了，还要赶去团部办事。蔡哈儿看了看手表，认真地说：“现在都十一点十分了，你还走啥呢？我们连队十一点四十就开饭了，吃了饭再走嘛。”

蔡哈儿虽然平时嘻嘻哈哈没个正形，但他对人还算实诚，他这么一说，韩云志就坐下来了。韩云志心里还真有点儿感动，想想蔡老兵就跟他老家对待亲戚朋友的态度一样。

吃过午饭，从蔡哈儿那里出来，他又爬上了一辆去县城的卡车，这回军容风纪符合要求了。等他到达团部，在团部总机班一个老兵的带领下去了通信股，领到了二十对电池。他想，今天还真幸运，班长交给他的任务已经顺利完成了。

办完事，时间已经不早了，可是没有车回去，他就只好住在团部总机班战友那儿。

那天是星期二，战友说，每周二晚上团部机关和直属队都要安排看电影，在团部大礼堂。他叫韩云志站在他们的队伍里，一起整队集合去。

韩云志参军之后，还是第一次看电影。上一次还是在当兵出发的前夜，几个即将奔赴前线的新战友来了兴致，说第二天就要离开家乡，头天晚上要做一件有意义的事情。一个新兵的家长在信用社工作，他非得请几个同乡和他儿子一起吃晚饭，算是给大家饯行。饭后，大家又约着一起去电影院。那天晚上看的是一部警匪枪战片，电影里有个年轻漂亮的女警察，执行任务时总穿着一件皮夹克，韩云志对那个印象一直很深。

团部礼堂，晚上放映的是一部刚公映不久的喜剧片——《阿谭内传》。剧情是海峡两岸亲人聚散离合、对爱情忠贞不渝的故事。电影里的阿谭和秀云，一个在台湾，一个在泉州，已隔海相思、相望整整三十年。阿谭人过中年，子承父业，事业兴旺，父亲成天逼他结婚，可他心里只有海峡对岸的结发妻子秀云。为了应对父母迫在眉睫的逼婚，阿谭使出了缓兵之计：他与表妹串通，假装恋爱，以暂时蒙蔽父母。私下他却正在和表妹加紧谋划如何偷渡回到阔别三十年的故乡——大陆泉州，见到朝思暮想的妻子秀云。他俩出双入对，扮成情侣进了咖啡厅，密谋如何能够摆脱父母为他俩即将举行的婚礼。表妹问起阿谭游泳学得怎么样了，阿谭说要想游过海峡还差得很远。表妹答应一定要好好教他，让他尽快提高游泳技术。说话间，又一曲音乐响起来，一个身着蓝色礼服的女歌手，打扮时髦而不轻浮，她颔首致意，唱起了《别亦难》。悲怆哀怨、缠绵悱恻的旋律随即把兄妹二人带入了亲人失散的感伤之中。阿谭从胸前衣兜取出秀云的照片递给表妹，表妹专注地看了看说："我还没见过嫂子呢。表哥，我想嫂子在大陆也跟你一样，连做梦都想见到你。"阿谭无奈地说："三十年了，看来还得等啊！等的滋味……表妹你知道吗？难受啊！"女歌手清亮、凄美、婉转的歌声在每个人心中荡漾。表妹从烟盒里抽出一根烟来点上，袅袅轻烟更似忧愁弥漫。她默默递给阿谭一根烟，阿谭接过来木讷地衔在嘴上，他一直出神地听着歌、看着女歌手，烟衔反了自己都不知道。女歌手在走道上姗姗移步，一面投入地唱，一面与观众触手相握，伴随着音乐节奏律动来到阿谭跟前，她似乎读懂了这个中年男人的伤心与酸楚。她用食指和中指夹住阿谭嘴上那根烟，轻轻抽出，再用拇指和食指一翻转，就把过滤嘴那头重新送进了阿谭的双唇之间。自然优雅的动作，让阿谭一时有些恍惚。女歌手一面唱一面向他挥手作告别状慢慢远去："啊，相见难，啊，别亦难，蜡炬成灰泪始干……"阿谭也情不自禁地向她挥着手，想起当年和秀云分别时柔肠寸断，夫妻团圆又遥遥无期，情感的闸门再也控制不住了，他的脸忍不住颤抖，嘴上那根一直未点燃的香烟蓦然掉在地上。歌声虽然结束，音乐还在延续欲说还休的伤感，他一下子捂住脸哭了，表妹劝他不住，也跟着哭起来。表妹比阿谭哭得更伤心，兄妹俩哭成一团，引来周围众人好奇地看着他俩，不知发生了什么。这时，阿谭突然间却止住了哭，用手掌迅速抹去眼泪，反倒强颜欢笑去安抚表妹。他还学着女歌手的腔调唱起结尾几句来，一时间，众人见他俩转悲为喜，又报以热情友好的掌声。接下来的日子当中，表妹带着阿谭到游泳池苦练游泳和潜水。经过一番周折，阿谭终于在一个大胡子中尉的帮助下偷渡回到泉州老家，见到了分别多年的妻子秀云。但阿谭的行动被当地治安部门发现，警惕性很高的治安人员把阿谭当成了特务，因此闹了一场误会。通过一番调查交涉之后，真相大白，阿谭又平安回到台湾。一年后，秀云生了儿子，阿谭一家人都沉浸在大团圆的憧憬之中。

虽然这是一个悲情的故事，然而电影却对海峡两岸骨肉分离这一悲剧生活作了喜剧性处理，在心酸与悲伤之中融入了诙谐幽默，使观众自始至终在轻松愉快的笑声中领悟了这一主题。电影在不知不觉中结束了，韩云志随着人群走出礼堂，站在操场上，望见畴阳河对面连绵起伏的山峦，周围宁静而浓黑的夜色，恍然之间，他竟然感觉不到自己还身处烽火狼烟的边防线上。

好不容易看了一次电影，韩云志很开心。事实上，让他印象最深刻、最难忘的却是电影中的那首歌。他久久地站在那儿，回味着优美的歌声和婀娜的倩影，沉浸在静止的时光里。自那以后，不论谁唱《别亦难》，即便是再有名的歌星大腕，他都觉得没有电影里那位女歌手用情专注，能打动人。

多年以后，他一直这样认为。诚然，在当时那样特定的环境当中，电影里那个女歌手的清婉绮丽已经在他心里定格了。正如鲁迅在《社戏》结尾时讲的那样："真的，一直到现在，我实在再没有吃到那夜似的好豆，——也不再看到那夜似的好戏了。"

十月中旬的一天，上午十点多，收发员张柯取了邮包和信件回来，正忙着分发。张柯是二年兵，他每喊一个人的名字，就把邮件高高举起，再晃几下。

韩云志好久没寄信出去，也就不盼望信来。正在他无动于衷的时候，张柯突然喊了他的名字。他若无其事地走过去，从张柯手上接过那个白色的信封。他假装无意地看了一眼，忍不住内心一阵狂喜。他虽没有手舞足蹈，但他的表情还是被张柯看出来了。张柯说着他那句经常爱问而又不需要别人回答的话："女朋友的吗？"韩云志笑一笑，未置可否。

他回到宿舍，才把信封拆开。信封上的字迹和寄件人地址已经告诉他，很有可能是关雪娇写来的。

果然，盼望的时候没来，快要淡忘的时候却来了。

关雪娇的信不长，总共两页纸，第二页没写满。

韩云志同学：

你好！收到你的来信都几个月了，现在才给你回信，真的有点儿不好意思，还请你多多包涵。

我前段时间刚参加工作，要熟悉业务，工作有点儿忙。我和曾秀华、张小旭几个同学都报名参加川大的函授了。你也知道，我们班没有几个考上大学的，现在这个时代，没有文凭真的不行啊。

上个月我遇见向鹏飞了，他考取了师院数学系，真是我们班上的才俊呀。听说你们几兄弟之间一直都在联系，真羡慕你们同学加兄弟的深厚情谊。他说你在前线当兵很艰苦，我无法想象你现在的处境是怎样的……

…………

我们都喜欢你的歌声。有一次李鸣同学考取了技校，董得圆组织全班同学欢送他，你唱了那首《飞吧鸽子》，洪亮的声音太打动人了。现在同学们遇到一起，还经常说起你们以前在教室里唱《花纸伞》的情景。

你如果有机会进入部队文工团，就有可能成为歌星啦！

祝你梦想成真！

你的同学：关雪娇

1988. 10. 6

看完信，他忽然想起自己在教室里引吭高歌的场景。李鸣因为父亲单位招工，就去读技校，提前离开了学校，惹得一些农村孩子煞是羡慕。那充满青春向往的歌声再次在他脑海里浮现，他想起最后那几句歌词："风啊，考验过你的意志，雨啊，冲刷过你的翅膀。飞吧飞吧，我心爱的鸽子，风雨里你无比坚强！"

但是，关雪娇在这儿说的是"我们"喜欢，而不是"我"喜欢，这与明信片上毕业留言已经产生了微妙的差别，而这一字之差产生的真正差别可就大了，粗心的韩云志竟然没有察觉出来。

最后那句祝福的话像代表班长发言一样，画出了美好愿景。尽管如此，但他受到心仪女同学的鼓励，热血就一阵沸腾起来。

第十章

在这之前，师部宣传队队长下部队去招一批文艺人才，吹拉弹唱的都需要，尤其需要一个民族唱法的歌手。那时“流行风”“西北风”刮遍神州大地。宣传队长下到各营连走访，到了二营八连，新任连长知道韩云志会唱歌，就向宣传队长推荐，说连队原来有个小伙子，叫韩云志，刚开始分到八连，没多久就调到营部去了，他歌唱得好。队长说，那就叫他来面试一下。连长马上叫通信员打电话把韩云志叫过来。他听通信员那口气应该不是坏事，接完电话就跑步去了连队，通信员指了指连部，意思是到连长那儿去。在连部办公室，连长热情地向宣传队长介绍了他，队长就让韩云志唱首歌来听听。韩云志虽然平时也没怎么练唱，但他也不拘束，就照平时的状态唱了西游记主题曲《敢问路在何方》。一曲唱完，队长说：“可以了，你回去听信吧。”

这事过去一个多月，师宣传队来函了，说要调人走。营领导却不同意放人。他们的意见是：营部战士严重缺编，人手不够，都是一专多能，一个人要干好几个人的活儿，因此就不能放行。

韩云志当时并不知情。去宣传队的事杳无音信，他也就不再抱什么希望。他以为宣传队没看上他，再加上他是新兵，也不好到处打听，军情繁忙的时候他竟然把这事都忘了。忽然有一天，几个老兵和班长在一起聊天，无意间提起此事，就对他说：“人家宣传队本来是要调你走的，但营领导不放人，没办法，你这歌唱家的梦就暂时别做了。”韩云志知道了缘由，沮丧了好久。晚上，他实在有些想不通，就旁若无人地唱起《敢问路在何方》，唱一遍不解气，再唱第二遍。当他以骂街似的劲头唱完，三年兵班长在旁边就受不了了，便吼了他一句，“你疯了啊你！”

韩云志唱累了，又坐下来，拿出笔和信纸，给父亲写了一封信，诉说了心中的苦恼与不满。

生气归生气，事情总会过去。是啊，敢问路在何方，路在脚下。他想起歌词的作者曾经有一段轶事，就是写这歌词的时候前面部分非常顺利，从开头“你挑着担，我牵着马”一直到“踏平坎坷成大道，斗罢艰险又出发”基本都不用太多考虑，随手就能写出来，可是快到结尾的时候，突然卡住了，不知道怎么结尾，怎么都想不出用一句合适的话来收口。作者整天冥思苦想，寝食不安，两个星期过去依然不得其解。一天早晨，他去公园散步，走到一座假山和一片绿地之间，忽然没有路了，绿地本来是不准游人通行的，可不知谁先领头在这儿踩出了一条路。这时，他忽然想起鲁迅的那句话来——“其实地上本没有路，走的人多了，也便成了路。”这句话顿时让他茅塞顿开，于是歌词的结尾一句出来了：敢问路在何方，路在脚下。随后，歌曲随着《西游记》的播放广为流传，家喻户晓。

韩云志想，自己也一定要走出一条路来，不能辜负了三年光阴，一事无成地回老家去。

山里的夜晚，总让人有些无聊，士兵们除了看书，有时也下象棋。一天晚上，已经九点钟了，韩云志照常跟一个同年兵下棋。同年兵是三年兵班长的手下。三年兵班长背着手，不停地在棋盘边来回晃悠，似看非看。他还似笑非笑地给他手下的新兵鼓劲加油：“把他干赢啊，干赢了等会儿叫你吃火锅。”

“哪有火锅啊？开玩笑的吧。”两个下棋的新兵将信将疑。

过了一会儿，三年兵班长带着神秘的表情出去了。一盘棋刚下完，他突然又从门外闪进来，这一回他就有点儿变戏法似的，左手拿着一瓶火锅底料，右手和怀里夹着两棵大白菜。两个新兵见他双手拿满了“战利品”，都睁大一双疑问的眼睛望着他。他把东西往桌子上一放，然后回过头，盯着他手下那个新兵，那新兵也同样盯着他。他又盯了一眼放在煤油炉子上的锑锅，目光从锑锅延伸至门外，随着鼻子里“嗯”的一声，再向门外扬一下下巴。新兵没反应过来，就问干啥子。他只好金口一开：“啥子，去端一锅水回来，煮火锅！”一听这话，那新兵喜出望外，飞快地端着锅跑去山脚下端水回来，这边韩云志也已经动手剥开大白菜，一片一片洗干净。

煤油炉子点燃了，火苗一个劲儿地舔着锅底。水开了，三年兵班长把一罐头瓶子火锅底料全部倒进锅里，然后又加了一勺盐，说这回盐味应该够了。准备下锅了，没有菜刀，新兵就找来一把小刀，把大白菜帮子和叶子划开，先煮下帮子，过几分钟再煮叶子。不一会儿，火锅香味飘满整个小屋。三年兵班长说可以吃了，他用温和的目光示意几个新兵都过来吃，这下几个人才敢拿着碗筷上前去。韩云志挑起来一片叶子，蘸满酱色汤料，一口下去，麻辣鲜香。再挑起一片菜帮子，慢慢嚼着，时光很快就温暖起来了。这食材是从哪儿来的呢？新兵们也不敢问，只管埋头慢慢吃着，也不好比三年兵班长吃得快、吃得多。吃着吃着，三年兵班长自己说了：“我那个老乡，我喊他再给我一瓶牛肉罐头，他死活不给。”他这一说，大家都明白了，他老乡就是司务长。俗话说“兵马未动粮草先行”，司务长就是管粮草的。

吃完火锅，新兵们收拾锅碗，三年兵班长点上一根烟，悠闲地抽几口，然后就抱着吉他，先弹他那一曲拿手的《献给爱丽丝》。说实话，他的指法、音准和表现力都很不错。高兴的时候，他还会自弹自唱那首摇滚歌曲《一无所有》，他的手指打着和弦，节奏噼噼啪啪响，一副自我陶醉的模样。等他把节目表演完了，马上就会匆匆去洗漱，然后回屋又把脸一板，单方面宣布道："洗漱睡觉了哈，谁都不准再闹了！"

后来，每隔两三天，三年兵班长就会去司务长那儿一趟，每次都能拿回与第一次同样的东西。虽然没有牛肉罐头，但是在冬天的夜晚，一锅热气腾腾的麻辣白菜，也足够让几个年轻人心里暖暖的。

一次，三年兵班长自弹自唱一首他们从来没听过的歌。他一边唱，韩云志就在一边专注地听，那曲调带着思念的忧伤，歌词是这样的："我要回家，我要回家，我要回家去看望我的妈妈，因为我是妈妈的独儿，我不去看她谁去看她……"歌词总共就这么一段，但可以反复唱。三年兵班长一边拨弦，一边唱得投入，旁人都不好打断。等他一曲唱完，还意犹未尽。韩云志小心地问道："班长，这歌叫什么名字呀，我们怎么都没听过呢？"

三年兵班长摆出了一副老资格的神情，慢条斯理地说道："你们是没听过嘛，这首歌是三营一个兵自己编的，自弹自唱，在联欢会上表演过，后来全团都知道了，就传开了。"

不过，这首歌的情绪有些哀伤，韩云志一时不知道该怎么表达自己的感想。

三年兵班长继续往下说："团长、政委后来明确说过，这首歌不准唱了，有动摇军心之嫌。"大家都明白，团长、政委的话那可是军令，本团最高的军令，不能违背。

十一月底，老兵退伍了。一天晚上韩云志值后夜班，接到通知，凌晨三点在坑道外营门口集合。深夜，哨声响了，他赶紧翻身起来，整理好军容，跑到外面去。退伍老兵已简单吃过早餐，排队向军营告别。三年兵班长站在队伍排头，已经取下了帽徽、军种符号，背着泛黄的背包。干部战士和他们轮流握手告别，并说一些祝福的话语。韩云志走到三年兵班长跟前，正要开口，只见三年兵班长抬起右手，给他庄重地行了一个军礼。他有些吃惊，他好像从来都没有见过三年兵班长有这么标准的敬礼动作。他心生感动，赶紧举手还礼，然后相互紧紧握手。几分钟之后，退伍老兵们登上大卡车，伴随着阵阵引擎轰鸣，卡车颠簸着下山去了，老兵们的身影慢慢消失。

三年兵班长退伍走了，他的床铺和桌子那儿都空着。新兵要过完春节以后才能下部队。屋子里仿佛冷清许多，日子便有些寡淡起来。韩云志有时会望着三年兵班长的空床板发愣，他还会想起有一次跟三年兵班长去九连查线的经历。

那是一天早上，韩云志下了夜班，刚走出坑道口，就被告知随外线班去查线。那段时间形势有些紧张，不能掉以轻心。电话兵最容易被俘虏，这是敌我双方惯用的手法：先把电话线剪断，电话打不通，部队指挥联络就会中断，必然就会派电话兵去查线。等到电话兵正在某一处专心接线头时，神不知鬼不觉地就被瓮中捉鳖了。这样的事例很多，却常常被忽视。可是营长警惕性很高，经验丰富。每次遇到外线班出发之前，他都要高喊一声："三人一组，把枪背上！"

韩云志的任务其实就是背枪，担任警戒，因为他查线的技术实在不敢恭维。有一次到五连的电话线断了，他居然自己一个人背着电话单机就去查线。他在山谷里先转开电缆接头，找到了通往五连的方向。可是翻过一道山坳，那细细的被复线就不知道绕到那儿去了。他在查线的时候，总是翻过身来，保持着脸朝上的姿势，而不是埋头向下。有一回他在电缆接头下面躺下，周围是高耸的山崖和绝壁，那天正好是少有的晴天，能见度很高，一眼能看出几十公里远。他躺在地上深深吸了口气，身边有小草和树叶的气味，他再往天上看，大朵大朵的白云镶嵌在深蓝的天幕上。阳光照在身上是那样的温暖，他感觉就像在故乡的天空下面一样。像这样的好天气，敌人是不会来搞偷袭的。

听到营长不容置疑的命令，韩云志和一个同年兵背上冲锋枪和子弹带，每人还压了一个实弹匣。三年兵班长有点儿嫌麻烦，他对两个新兵说："我就不背枪了。"两个新兵当然不便说什么。三年兵班长只挎一个电话单机，单机盒里再装上必要的工具和绝缘胶布，便一路出发了。

在这段山梁上的防区之内，营部到九连的路程最远。通讯电缆沿着山坡、沟壑上上下下，一路查了好几处电杆以及接头，都没有找到断线点。到各连线路分开走的时候，电缆就改作被复线了。有些地方新线旧线缠绕不清，跟蜘蛛网似的。你如果觉得哪根旧线没用，把它剪了，说不定还真会出事。因为那很可能就是哪个友军部队的观察所或者哨所的线路。查线路程过半，依然没有效果。三人只有加把劲儿，继续沿着九连方向搜寻。三年兵班长说，如果要是断在九连门口，那就是运气最霉的时候了。

经过一个山坳的时候，我方炮阵地突然开始向对面进行炮击。为什么打炮，那是炮兵的事情，他们不知道。后方阵地上发出的炮弹呼啸着从两座山之间的空隙中穿过，先是“轰轰轰”炸雷似的响，紧跟着“嗖嗖嗖”，像击穿树林，又感觉如擦着头皮掠过。韩云志有一次听到炮声一响，就赶紧卧倒，藏在一块巨石旁边，然后再仰头看看狭窄的天空，可是什么也看不见。他疑心炮弹是顺着山谷打出去的，刚出膛的炮弹翻不过山顶，他自言自语：“这至少是130加农或者122榴弹炮的阵仗。”他那一连串的动作，惹得三年兵班长哈哈大笑。这其实没什么好笑的，当过兵的人都知道——新兵怕打炮，老兵怕冷枪。

炮击一直不断，三人从悬崖瀑布前小路下山，顺着公路走过瀑布，再从桥头小路上山去九连，一路上，不时会遇到下山背粮、背水的战友，还有民马连的马匹驮着粮食蔬菜往山头阵地上送。这条上山的小路只通往九连，卡车只能将粮食和蔬菜运到路边，如果骡马队的运输跟不上需要时，连队就会派人下山，靠战士们背水背粮上山去。

上山的路就没那么轻松了，三人气喘吁吁地爬坡，一路又遇到几根电线杆，一查都好好的，没断线。三年兵班长这回开始骂了，说今天怪了，还从来没遇到过这么麻烦的事。同年新兵爬电线杆的时候，韩云志总是在十步开外担任警戒。他环视着周围树林、山坡以及山梁上的风吹草动，他的目光由近及远，再由远及近，前后左右不断变换方向，那是在新兵连时班长所教的观察敌情的方法。

徒手爬杆很累人的，爬一两次还可以，多了不行，这主要作为一种技能与体能的训练手段。而在平常工作中常常采用脚踏攀登，因此出发前他们带上了脚蹬（脚扣），这样就省事多了。新兵上杆子的次数多了，三年兵班长看不过去，偶尔也自己上去一回。这样一路走一路排查，在走到离九连大约只有一里路的时候,一根杆子出现在小路边二三十步远，三人很默契地一齐望着那儿，好像都认识它似的。到电线杆脚下那一段没有路，一片杂草丛生。同年新兵正准备探路过去，三年兵班长突然说："别动！我先过去，你们等会踩着我的脚印过来！"三年兵班长这回格外小心，他警觉地拨开杂草，一步一步挪过去，慢慢地靠近电线杆。到了杆子底下，他才挥手示意过去。两个新兵一前一后，小心翼翼地探着脚步过去。同年新兵爬上线杆，迅速在顶端隔电子（瓷瓶）处找到线头，用电话单机一摇，果然断在那儿。新兵熟练地接好线头，再用手摇单机发出信号，一呼叫，营部和九连双方都快速应答上，通了！

同年新兵从杆子上下来，收拾好单机和工具。三年兵班长才说："还是团部查线方便，通信连出来都是坐车，团部到营部的线都是沿着公路走的。每次先把车开到中间一半处，断在前头就往前走，断在后头就往回查。"

经过一上午奔波，时间已过正午。任务完成，两个新兵望着三年兵班长，那意思是说现在怎么办呢。班长没有犹豫，直接说去九连吃午饭。说完，班长又补充一句："忙了大半天才把线给他们查通，未必连顿饭都不给吃啊？"

等三人快到九连的时候，连队已经开过午饭了。他们去了连部，连长没在，指导员在。指导员叫通信员去炊事班撬了一个雪菜罐头和一个牛肉罐头，在连部煤油炉子上给他们一人煮了一碗面条。三年兵班长跟九连指导员正好是老乡，他一边吃面还一边跟指导员开玩笑。指导员也不矫情，两人越说越起劲，两个新兵在旁边傻呵呵地笑。

回来的路上，经过断线处时，班长说：“今天这线断得很奇怪，断点在电线杆上头，如果敌人蓄意破坏，在必经的路上再埋上地雷，那就危险了。”

韩云志问：“如果打仗的时候线突然断了怎么办？”

三年兵班长瞪了他一眼，说：“咋办，还有电台。你没见过紧急情况下还明语呼叫吗？不过，使用明语很容易被对方监听到。”

又过些时日，日子恢复了正常。几个同年兵有时也下象棋、围棋消遣，吹牛是老生常谈，都一个新兵连出来的，知根知底。

有一天下午，韩云志一个人在宿舍的时候，他无意间又朝三年兵班长那儿望一望。忽然，他好像发现了什么。没错，桌子里边靠墙一角有一封信。他快速走了过去，一看，信封上写着三年兵班长的名字，无疑，那是他收到的信。是谁的来信呢？他为什么不带回家？是故意还是疏忽？信封上的字迹像是出自一个女性之手。他看看门外，暂时没有来人。他拿起那封信，感觉挺厚，还有点儿分量，再看看开口处，已经拆了。这说明三年兵班长是看过这封信的，但他退伍回去怎么都不带走呢？强烈的好奇心驱使着他非常想打开这封信，但道德的谴责又让他犹豫着住了手。他再次向外看了看，没什么动静，就伸手进去抽出了信纸。他以最快速度打开信纸，厚厚的一沓足有七八页，最上面一页既没有称呼也没有署名，只有两行字：

我不能接受你的爱

也不敢接受你的爱

后面那一沓全部是空白，连傻子也明白了。他赶紧将信纸沿原来的折痕那样叠好，放进信封，再放回原位。他确信没人发现，回到自己床边，坐在那儿，心还在怦怦地跳。好一阵之后，心情总算恢复平静。他明白了，那封信对于三年兵班长来说已经没有意义了。三年兵班长不愿意把这个遗憾带回家，不愿意将不快乐的回忆带上人生旅程。

韩云志感到心里不安，他觉得自己犯了一个错误，内心很自责。他忽然想起老家有一个说法：接了血。意思是这件事你既然主动找上了，就不能撒手不管，无论如何得把这麻烦解决了。

他想了一阵，终于拿定主意，就重新拿了那信，用胶水粘好封口，再去收发室，找到收发员张柯。他对张柯说："班长已经退伍走了，这封信他也没看着，你还是把它退回去吧。"

张柯看到递过来的信封，再看看上面的收信人，微微点下头，接过来，顺手放在了一大摞信件上。

韩云志终于放下心来，但他还是在心里狠狠地骂了自己一句，再扇了自己一个嘴巴。

长时间住在坑道里，让人觉得跟外面的世界似乎断联了，否则怎会有那"山中方数日，世上已千年"的句子呢。年轻人在里面待久了，性情慢慢也变得孤僻起来。韩云志有一段变得沉默寡言，其实这根本不是他真实的性格。他也不知道要在这条坑道里住多久，如果长年累月不食人间烟火，不知外面消息，恐怕真要变神仙了。

每天晚上九点半之后，电话接转量就稀少了。团部总机班一个老兵会在电话里唱歌给他听。他和周边几个友军总机班的战友也常常在电话里互致问候、聊天。住在前方某团总机班班长有几次都跟他对上夜班了，班长先主动跟他打招呼，几次都聊得很愉快。班长说，今年春节的时候，咱们开个电话联欢会好不好？韩云志一听就乐了，连连答应好，太好了。班长还说，把周边几个总机班都约好了，到时再把师部总机班的女兵叫到一起，就更好了。

把几个总机班集合起来开电话联欢会，还要请师部的女兵班，在电话里都互相听得见，这个技术不难，在师部总机班接上通播电话即可。

在电话里开联欢会，不能看，只能听，因此只能是说唱节目。会唱歌的，会说相声特别是单口相声的，这回就派上用场了。

离过年没几天了，这事儿说干就干，还真组织起来了。师部总机班全部是女兵，她们负责主持节目，其他总机班都准备好节目，报上节目单就积极排练，都想在其他单位面前露一手。韩云志其实除夕夜不当班，但是他答应了人家，又是参与者，因此他自告奋勇地向二年兵班长报告，说他除夕夜去值班，让战友们看春晚。

大年三十，晚上八点钟，电话联欢晚会正式开始。随着师部话务班女兵主持人的号召，大家按次序挨个自我介绍，然后再送上节日的祝福。电话里纷纷涌出了“我是某团的，祝愿各位战友在新的一年里万事如意！我们在千里边防线上给祖国人民拜年啦！”等等问候和祝福语，过年的气氛越来越浓了。一个班的话务员表演了方言单口相声《小刘和小柳》，另一个班的居然表演了绕口令《刘小柳和牛小妞》，引来大家阵阵开心的笑声。

虽然是在电话里表演节目，但热烈的气氛感染了所有人。这时候，长长的银线不仅连接着雄师百万，还连接着战友间的深情厚谊，韩云志听着听着，他甚至出现了一种错觉：从面前小小的插孔进去，到了电话线内部，再慢慢往前走，就能看见一个春节联欢的大舞台，舞台上灯光绚丽，演员们载歌载舞，洋溢着新春佳节的喜庆和祖国繁荣富强的豪气。

师部女兵班表演了三个节目，一个小合唱和两个独唱。当中，主持人报节目，刚说出“请听女声独唱——《月亮走，我也走》”的时候，韩云志就大喊一声“好”，接着使劲鼓掌，把对方都愣了一下，还以为出啥事儿了。短暂的静默之后，电话里传来几声笑，他才感觉到自己刚才热情过度了。

师部到底是师部，人家条件好装备齐全，现场还请来了几位伴奏。不用说，是师部宣传队的。电话里听得清是笛子、二胡和小提琴的音色，一阵悠扬婉转的前奏过后，一个圆润甜美的歌声就传到耳边：“月亮走，我也走，我送阿哥到村口。阿哥去当边防军，十里相送难分手……”

此时，这歌声已经感染很多人了，电话里没有一点儿杂音，先前热闹的气氛明显安静下来。韩云志忽然热泪盈眶，心里涌起一种强烈的感受：在这千里边关听这首歌和当初在学校听的时候完全不一样啊！

女兵的歌儿唱完了，电话里还静悄悄的，短暂两三秒钟之后，发自内心的掌声一齐响起来，这掌声持续了十几秒，慢慢才停下来。韩云志突然想：唱歌的女兵长啥样儿呢，个儿高吗，是胖还是瘦呢？这些都毫无所知。

韩云志这样想着，接下来的节目便听得有些恍惚。他报上去的节目仍然是那首《敢问路在何方》，顺序有点儿靠后。轮到他时，他调整了情绪，用平常的感觉完成了这首歌。唱完后，他感觉自己这个节目其实可有可无，心中突然像放下了一个重物，释然了。他还感觉：在这个有意义的夜晚，度过了一段美好时光，过去的一年也是无憾了。

大年初一，大家早上一起床，就接到军区司令员要来慰问部队的通知。团长一大早就赶到了韩云志所在的二营，预备队八连已经全副武装列队，接受检阅。冬天的早晨阴沉沉的，寒风夹着雾气袭来，在队伍中窜来窜去。战士们戴着白手套，紧握钢枪，一张张冷峻的面庞更显得威武霸气。

团长带着几个负责保卫的随从站在操场上督阵，八连连长指挥练习受阅口号与动作，几遍下来，团长在一旁露出了笑容，口里说着不错不错。从八连到营部的路上三步一岗五步一哨，都能互相照应。韩云志作为一个通信兵，也被安排在通往前方一条简易公路的转弯处担任戒备。

接到通知后的第一件事，无疑是打扫卫生。大家听说司令员要来，一阵激动，扫地都格外积极认真。一帮人打扫到伪装网掩映下的营部门口时，教导员突然想起了什么，但很镇定地说：“这儿就不扫了，过年嘛，首长来看到了也不会说啥。”韩云志明白了，他早上看见两三个通信员在门口放了好一阵鞭炮，鞭炮燃响的时候，阵阵红雨在烟雾中飘洒，桃红点点，一地喜气。教导员一边说，一边用征询的目光看了看营长，营长会意，也笑笑，说不用扫，有点儿过年的气氛很好。很多时候，他俩的意见都比较一致。

一个瘦高个保卫干事从韩云志面前经过，他警觉的目光在韩云志身后那片丛林陡坡搜索几圈之后，便叮嘱说：“你要随时注意身后树林里的动向。”韩云志郑重地点头称是。

团长一直在八连那儿，陪同首长检阅部队。几辆小车什么时候经过，韩云志一点儿也不知道，而且那几辆小车很平常，只有团长那辆三菱越野比较显眼一点儿。韩云志的目光顺着简易公路上坡，在坡顶，一群人簇拥着几个首长模样的人，其中有一个高大个，他听旁边一个哨兵说，那个最高的就是司令员。韩云志想，司令员的车没有来，他一定是坐的团长那辆越野车。不过，这只是他的猜想，司令员坐在哪辆车里，不是他一个小战士随随便便就能猜到的。

第十一章

刚刚过完春节，形势却忽然紧张起来。

一天早上，刚吃过早饭，副营长急匆匆地跑出指挥所，来到各班排门口，大声喊道："除电台值班人员以外，其他全部进防空洞，防炮！"大家看到副营长严峻的表情，都很快从屋子里跑出来，钻进了坑道。等进去后，点亮蜡烛，大家你看看我，我看看你，忍不住笑起来。电台班班长——一个老志愿兵慢悠悠地最后进来，他说："一个二个都这么老的兵了，还怕啥子嘛，我就不相信炮弹真的就飞过来了。"

三年兵班长退伍之后，二年兵班长自然升为三年兵班长。他对老志愿兵说："你要是不怕死就不要进来，出去！"他一面说一面开玩笑似的把老志愿兵往坑道外面推。老志愿兵拉下脸来吼道："你一个新兵蛋子居然敢在老兵面前动手动脚的，哎呀，走开，别烦我！"老志愿兵说着说着就有点儿变脸了，三年兵班长这才停止了打闹，大家就分散着坐下，开始漫长的等待。

副营长随后也进了坑道，他是来检查大家是否都到齐了。老志愿兵班长问副营长，今天有啥大行动，副营长说今天炮战，敌方有可能报复，上级命令大家都要遵守纪律，要隐蔽好，不能乱跑。说完，副营长又回到坑道口外面的指挥所去了。

一时闲来无事，大家就东拉西扯地聊着天，不时也站起来走几步，好久没进坑道，觉得里头有点儿憋闷，只有总机班几个人习以为常了。一个新兵叫老志愿兵班长讲个故事给大伙来听。老志愿兵班长这下就开始故作高深了，他说：“你们知不知道钢七连是怎么来的，没人知道吧，那我就给你们讲一讲钢七连的故事。”

老志愿兵班长姓朱，一直是搞电台工作的，眼下已经服役十二年，明年就转业了，电台班的战士换了一茬又一茬，老志愿兵就像是铁打的营盘岿然不动，不过他马上也要像流水的兵一样离开部队了。

朱班长长着一对浓黑的眉毛，眼睛炯炯有神，他眉毛往上一挑，故事就开讲了。他说：“钢七连是那一年攻打前方 1019 高地，先是潜伏了七天七夜，打下来又坚守了十天十夜，从第三天开始就缺水断粮了，但最后寸土未丢，撤下来的时候，全连都变成了泥人，所有的人都站立不稳，只有两只眼睛在动，还能证明是个活物。接应的部队把他们换下来，把他们拉到团部的操场上。当时，军区司令员听说了七连的事迹，决定要接见七连全体官兵，结果，司令员一看到他们就流泪了。”

朱班长这故事讲得太感人了。接着，他又说：“那次我们电台班班长也牺牲了。”说到这儿，他叹口气，继续往下讲，“敌人的榴弹炮打过来，炸穿了房顶，班长正在发报，被炮弹炸到就牺牲了。”

短暂的沉默之后，韩云志问：“那个房子在哪儿呢？”

朱班长说：“在老营部那儿，等以后搬回去了你们就能看到。”

“老班长叫什么名字呢？”韩云志又问。他总是好奇心强烈，老兵们也不会责怪他。

“孟德昌，比我还早两年入伍。”老志愿兵回答。

老班长牺牲得早，在座的绝大多数不知道他。战士们都后来才当兵的，拿朱班长的话说，“我当兵的时候你们都还在穿开裆裤嘞”。

“那咱们什么时候能搬回去啊，朱老兵？”另一个新兵问道。

“什么时候搬我咋知道啊，这个恐怕营长、教导员都不知道。这个得听团长、政委的命令，叫啥时候搬就啥时候搬。”说到这儿，朱班长抬起右手做了一个向下劈的动作，他一脸严肃，那严正的口气仿佛在给新兵们做令行禁止的示范。

“哦，我再补充一句。七连当时就是从营部老营房那儿出发的，出发前，营长、教导员专门下达任务，做了动员。头天晚上七点出发，第二天早上九点五十五分占领高地，战斗打响后坚持了七天七夜，总共打退了敌人三十一次偷袭和进攻，经受住了严峻的考验！”朱班长一字一句讲得清清楚楚，配合着手势与表情，就像英模人物作报告似的。周围从新兵到班长，没有一个不认真听的。

大家聚精会神地听着朱班长继续往下讲，突然，坑道外传来“轰、轰轰”几声炮响，听得出来，那是我们打过去的。紧接着，震耳欲聋的炮声不断响起，地面也跟着抖动。炮声初响，听着让人心慌，多听一阵，就是家常便饭了。

炮击延续了二三十分钟，依然没有停歇的意思，偶有对方的炮弹打过来，爆炸后硝烟弥漫，树木被削断。大家都在嘀咕着这炮声怎么还不停的时候，副营长突然从坑道口冲进来，说有任务宣布，听到命令，大家都唰的一下站了起来。他说：“前方七连阵地遭到敌人进攻，七连已经打退了一次，但现在通信突然中断，电话不通，电台也没信号，失去指挥了！需要紧急抢通！”

他这么一说，坑道内的气氛顿时紧张起来。大家知道，要在炮火之中去接受真正的考验了。

副营长环视一圈，目光从每个人脸上掠过，然后他说：“现在，我宣布命令，派出一名电台兵和两名有线兵去七连，尽快联系电台和抢通电话线！”

“我去，我去！”大家都纷纷举手。

朱班长首先站出来发话了，他说：“电台这边我去，他们都没经验，在家守好电台就行了！”他的语气有些不容置疑。

三年兵班长说：“这边我带康义去！”

“不用了，有朱班长带队就行。去一个班长，再去两个兵——康义和韩云志，立即出发！”副营长果断下达了命令。

“是，保证完成任务！”这一次回答几乎异口同声，没有丝毫迟疑。

“路上注意观察敌情，注意隐蔽！”副营长提醒道。

康义和韩云志是新兵连战友，而且在同一个班，都是新兵连一班长带出来的兵。康义长得黑瘦，但他的战术动作传承了班长的优点，新兵连曾入选过战术示范班。

按照惯例，韩云志背枪担任警戒，他以最快速度压好实弹匣，背好子弹袋。康义带上电话单机和一小圈被复线，二人便跟着朱班长出发了。

营部距前方七连不到一公里，有一条简易的战备公路相通，一段上坡路绕过山嘴的突出部，就暴露在敌方的视野之下了。那段路只有五六十米长，但随时都会发生危险。

朱班长带着他俩，前后拉开距离跑步前进，快接近山嘴的时候，朱班长喊：“压低姿势先观察！”朱班长靠着山体慢慢转过弯，韩云志已经将雄赳赳的肩枪姿势变为猫着腰双手端枪的姿势，随时准备抢先射击。康义向前探出头，望了一眼，说前面有弹坑，可能线路被炸断了，咱们先看看。

细细的电话线（被复线）一直顺着公路架设过去，前面都好好的，估计情况就出现在这一段。

他们的目光都由远及近，再由近及远左右搜寻。查看一阵，康义说道：“前面线炸断了，连杆子都炸断了。”

朱班长说：“先别动，我们先把这一头的断点找到，再去找那一头。”

康义匍匐在公路靠山体一边，慢慢爬过去，找到一根断线头，他趴在地上，用单机试线夹一摇，营部这边通了，他问一句，守机员那边回答是到七连的。关键问题是七连到营部的断点还要找到才行。

三个人没有轻易行动，他们的目光再次顺着公路边的线路往七连方向仔细辨认，好在缠绕在一起的线路不多，还容易看出来。这时，朱班长说："往前三十米左右，路上掉下来两三条线，看见没有？"

康义回答："看见了。"他一边说一边退回，然后取出被复线线圈，在路上放开拉直。他接好营部这头的断线点，再牵住另一端的线头，准备冲过山嘴那边去。韩云志说："咱俩一起去，我们去把那三根线都拖过来。"

远处还有零星的炮声传来，他们也顾不上那么多了。两人眼神一会意，同时冲向三十米开外的那段暴露地带，韩云志从山坡上迅速扯过来三根线头，康义就拿着单机试线夹夹上。一摇手柄，第一根断头没反应，摇着很轻，康义说是断的，马上就换第二根，第二根一摇，七连那头立即传来通信员急迫的声音，说营部通了。康义大声说："不慌不慌，线头还没接，接上就通了！"

朱班长在送话器旁边吼道："你们七连电台是怎么回事，联系不上！"

康义又向七连通信员复述一遍，"朱班长问你们电台是怎么回事，联系不上！"

通信员在电话那头急促地回答："电台天线被炸坏了，正在架备用天线，马上就好，马上就好了！"

康义一边说，一边急忙接线头，两下扭紧，再缠上黑胶布，终于大功告成了。

朱班长说："既然这样，为了安全起见，我们就不必穿过这段路，七连电台天线架好就没问题了。撤！"

朱班长刚把撤字说出口，一阵尖厉的啸叫声由远而近。他忽然大喊起来："趴下，赶紧趴下！"

"轰、轰！"猛烈的爆炸淹没了朱班长的吼声，康义和韩云志被巨大的冲击波掀到了几米开外，随后，三个人啥也不知道了。

韩云志像是做了一场梦，梦中的他变成了一朵白云，随风飘去，飘过无数条河流，飘过高高的山脊，回到了家乡，回到了青山绿水的怀抱。

白云悠悠落下，落到家乡那条小河里。他躺在清江河面上，河水很静，一点儿波纹都没有。他的仰泳技术很好，不需划水，睡觉似的平躺着也不会沉下去。他极目望着天空，天很高，很蓝，阳光很足，很温暖，太阳好像并不刺眼，在这无边温暖的包围中，他慢慢融化了，融化成一滴水，再化作一缕水汽，在慢慢上升。

不多久，他就感觉发冷，他看见自己的被子很短，盖不住脚那头，两只光脚丫露在外面。这时候，父亲拿了一件棉袄，把他的脚包起来，他才感觉暖和起来。他张开口想喊父亲，可是喊不出来。他看着满头白发的父亲，一下子就急得哭起来，一哭，却醒过来了。

他慢慢睁开眼睛，眼睛里已充满泪水，鼻子还一阵发酸。他看见了白白的屋子，白色的床，还有穿白大褂的人在来回走动。他定了定神，才发现自己躺在野战医院的病床上，他本能地抬了抬手，又伸了伸腿，还好，都还完好无缺，只是头又昏又痛。他盯着斜上方吊着的输液瓶，目光在那上面停留了很久，他还没有失忆，他想起自己是去抢修线路来着，被炮弹炸晕了。他的左额头被弹片划伤，伤口就在左眼角上方，与眼睛和太阳穴构成一个等边三角形，想起来真后怕。他右手臂还有一处皮外伤，已经包扎好了。

护士见他醒来，赶忙出门喊道：“曹医生，五床、六床都醒过来了！”曹军医赶紧过来，给他做了常规检查，心跳血压基本恢复正常。然后又询问他有没有感觉不舒服，他说头疼，还有点儿晕。曹军医解释道，“你受到冲击和碰撞，额头上的伤口缝了三针，问题不大，休养几天就好了。”

康义比他早醒过来，两张病床挨着，但是康义的屁股上中了一粒弹片，医生说弹片离坐骨神经太近，不敢轻易手术，待会诊之后再做决定。他俩对望一阵，都傻傻地笑了。

原来，炮弹炸响的时候，他俩是蹲在路上的，而康义在最里边，受到的震荡最轻。副营长听到了附近有爆炸声，再看看前方，预感到出事了，赶紧派了八连一个班去把他们抢救回来。

韩云志忽然想起朱班长来，他问军医，军医回答说：“你们三个人当中，只有朱班长受了重伤，炸断了一只胳膊，流了很多血，幸好你们卫生所搞得快，送得及时。”

韩云志的心里忽然遭受到严重的撞击，涌起来一阵悲痛，眼泪随即流了下来。他想撑着坐起来，却突然感觉浑身没劲，又一次昏睡了过去。

康义屁股上那一粒弹片最终没有取出来，主要离坐骨神经太近，一旦发生意外后果就严重了。为了保险起见，医生会诊后决定保守治疗，以后也不会有大的伤害，并不妨碍行动，只是说遇到阴天下雨气候变化，受伤处会引起疼痛，但仅仅是疼痛，不会有其他后遗症。

在医院住了几天，他俩恢复得差不多了，营部就派车来把他俩先接回去。他俩本想去看看朱班长，但想起他伤势太重，怕他难过，就商量着等他身体和心情都好转的时候再去看他。

朱班长少了一条胳膊，而且是右胳膊。虽然不至于卧床不起不能自理，但这突如其来的遭遇还是让他受到了沉重打击。他一醒过来，医生就对他说：“还算好，命保住了，但当时失血太多了，幸好送得及时。”

营长、教导员、副营长都去看望了朱班长，安抚他好好养伤，不要牵挂工作了。而且他们决定，让朱班长的妻子来部队，专门护理朱班长。

朱班长的妻子赵月，在老家农村。她接到部队的电报，就把六岁的儿子安顿在爷爷奶奶家，只身来到野战医院。

转眼一个多月过去，期间也有一些战友陆陆续续去看望朱班长。韩云志对康义说，我们可以去看朱班长了。他俩去向排长请假，排长说大家一起去，随后派了车。驾驶员梁春耕开着吉普车，大家每个人手上都提着营养品，到了野战医院，停止了说笑，一个个小心翼翼地进了病房。

朱班长看上去气色还没有完全恢复，但精神状态尚可。他看见这么多战友都来了，就叫妻子把他扶起来坐着。赵月还像往常那样笑着招呼大家，虽然这笑容里含着一丝忧伤。她几乎每年都会来队探亲一次，跟大伙儿还算熟识。

韩云志和康义走到朱班长的身边，韩云志从左边过去，伸手握住了朱班长的左手，这一刻，他的眼泪流了下来。大家事先在车上就说好了，在朱班长面前不许哭，可是真到了跟前，怎么也忍不住。他使劲握了握朱班长的手，然后慢慢抽回。他没话找话地说：“朱班长，你的手还真热和嘞。”

“嗨，我当时还以为你俩也不行了，结果还活蹦乱跳的……”朱班长居然开起了玩笑。他这一说，气氛轻松了许多。

韩云志对赵月说：“嫂子你真好，朱班长也真有福气。嗯……我如果这次像这样的话，以后可能就找不到女朋友了。”

韩云志这样一说，又把大家惹笑了。

赵月说：“哪里的话，你们成了英雄，爱英雄的女娃儿多的是。”

但愿如此吧。想起朱班长快转业了，韩云志忽然又想起一个问题。他问：“朱班长，你们报务员有没有保密期呢？”

朱班长一听这个话题，一抬头，眉毛向上一挑，又露出原来那样严肃的表情。他右肩向上耸了一下，随后，却抬起来左手，做了一个向下劈的动作，然后才说道：“我们发报的时候，只把代号发出去，不知道内容，收到密级较高的电报，还有专门的译报人员译出来送首长签批。”

“哎呀，你这个新兵……问题太多了。”朱班长本想说新兵蛋子，可一想今天这场合不合适，便临时忍住了，“要是有保密期的话就太不自由了嘛，我们又不是情报人员。你这个新兵一天话太多了。哈哈！”朱班长说完，爽朗地笑起来。

赵月在旁边听了，有些嗔怪地对朱班长说：“人家问你话你好好回答就是了嘛，别不耐烦。”

朱班长在医院住了三个月，元气渐渐恢复，身体状况也好了许多。在赵月的悉心照料下，他已经习惯了左手吃饭、洗漱、写字等日常自理之事。等他出院回到营部的时候，上级已经批准为他记二等功一次，还给他评定为一级伤残。

朱班长回来之后，坚持用左手练习发报。他说:“我的长项不能丢了。”虽然马上就要到转业离开部队的时候了，但他表示要站好最后一班岗。有一次韩云志看见他在联络时间发报，就说：“朱班长，你现在左手发报好像并不比右手差嘞。还有你叫他们值班就是了嘛，何必亲自上阵呢？”朱班长说：“那是，你以为我们这些老同志没用了，想赶我们走嗦。”

“不敢不敢。”韩云志说，“你现在都是功臣了，我们对你肃然起敬。”

“再跟我油嘴滑舌的我收拾你哈，一天没大没小的。”朱班长开始教训韩云志了。

韩云志正色道：“朱班长，我这次和康义都立了三等功，主要是在你的带领下机智灵活地完成了任务，我很珍惜这次荣誉。我们还要戒骄戒躁，争取更大进步！”

朱班长抬头定睛看了看韩云志，不再说什么了，他好像要给自己留下一个仪式感。他说，离开部队的当天，他还要跟团部和各连所有电台再联络最后一次。

转业之前，部队出面与朱班长老家县政府多个部门进行了沟通和协商，将他安排到一家火力发电厂上班。大家都说火电厂效益好，总算安定下来了。

离开部队那天，大家都来为他送行，他面对着首长和同志们，声音不高却语气坚定：“以后我儿子长大了，我一定要把他送到部队来。”

那天，不知是驾驶员有意为之还是领导授意，车载音响放出激越悲壮的歌曲——《热血颂》。韩云志站在人群中，一股一股的热流充溢着他的整个胸腔，他什么话也说不出来。

最艰苦的地方，总有着战士的刚强，勇士的肩头肩负着多少人心头的崇仰。谁不知生命的可贵，谁没有幸福渴望，你默默无闻的足迹写下不朽篇章。你奔向远方，带着亲人的希望，你奔向远方，带着火热的衷肠。你和我们同在，把美好未来开创，你是国魂是军魂，你是中华的铁骨脊梁！

漫漫烽火路，怎堪英雄回顾？电台兵朱班长在大家的簇拥下上了吉普车，踏上了归乡之路。望着他那支空荡荡的衣袖，韩云志早已热泪滚滚，湿了衣襟。

第十二章

春节之前大家就知道了，1988 年冬季没有征兵，而改为 1989 年春季征兵。待新兵训练三个月结束，大致在“八一”建军节之前才能下部队。这让韩云志等一批 1987 年年底入伍的兵感到很郁闷，虽然都过去一年了，但在老兵面前他们依然还是新兵。

韩云志伤好出院归队之后，依然干着他的老本行守总机。营部给他和康义报请了三等功，作为一个新战士来讲，是非常值得荣耀的一件事。但是，听老兵班长们说，农村籍战士要能立二等功，退伍后国家才给安排工作。这对于他来说，那好像还是遥远的事情，在部队怎样走下去，还得靠自己。

四月初的时候，营部文书准备调到团军务股去当文书，走之前，教导员就让文书推荐一个接替他的人。有一天吃午饭的时候，文书端着碗过来，靠近韩云志，两个人挨着坐下。韩云志看着文书彬彬有礼的样子，就开玩笑地招呼一句：“古参谋你好。”文书姓古，平时经常跟营首长身边转，大家私下都把文书叫成参谋。营长、教导员听多了，也都笑呵呵地默认了。营部文书一职在 1985 年之前叫营部书记，属于排职干部，百万大裁军的时候，精兵简政，此干部职位就撤编了。后来，还是有些老兵把文书叫成书记的，也都有鼓励抬高之意。

“你不要抬高你自己嘛。”文书似笑非笑地说，扒了两口饭，文书继续说，“我可能要调走，教导员叫我推荐一个人当文书，我考虑你比较合适，不知道你愿不愿意。”

韩云志有点儿不敢相信自己的耳朵，他看看文书慢条斯理的动作，再端详着他的表情和语气，应该不是开玩笑。于是，他说：“愿意……只怕是干不好，首长不满意。”

文书说：“我先带你一个星期，等你熟悉了我再去团里报到。”

韩云志一听心里有底了，确信这事儿是真的了。老文书向教导员推荐他接任文书一职，没想到教导员很爽快就同意了。接下来的时间，他就离开了总机班，住进了文书室，跟着老文书熟悉业务。他的任务就是上情下达，电话不断，慢慢地，他也觉得自己有点儿像个参谋了。

守总机的日子已经过去，不需要再往坑道里钻了，韩云志心中豁然开朗。他仰头看看天上，长出一口气。

人的工作环境一变，精神状态一变，就跟变了一个人似的。韩云志在这方面特别明显，他每天拿着通知记录本，来回穿梭在营长、教导员身边，看着他们在上面签批的命令或指示，然后他再下达到各连。他常常在各类通知后面仔细端详营长、教导员的指示，揣摩他们的笔迹有哪些特点。营长的字儿写得潇洒，不拘一格，有任意挥洒的豪迈；教导员写字讲究笔画流畅、简洁，有圆润自如的把控。后来，他也学着营长、教导员的笔迹写字。渐渐地，他的钢笔字就与从前判若两人。有一段时间他的一些笔画像营长，有一段时间他的笔画像教导员，有一段时间他两相比较后，将两位首长的特点兼收并蓄，这样，他的字儿既像营长那样潇洒，又像教导员那样圆润。

有一天，一个通信员过来串门，闲聊起营首长的字儿写得好。韩云志随手拿起笔模仿着营长签字的笔迹，很熟练地写下了营长的姓氏。当他有些得意地递给通信员看时，那通信员只鼻子里哼了一声，抢过笔去，呼呼呼两三秒钟就在纸上写下了营长的名字。他一看，那签名简直跟营长的笔迹一模一样，完全达到了以假乱真的程度。顿时，他觉得谁都不服，只服那个通信员了。

但韩云志也不是个轻易服输的人，他不动声色，在后来的几天中，潜心研究营长、教导员签名时的行笔风格。渐渐地，他把两位营首长的签名都模仿得像样了。在那一刻，他的心底突然升起一个念头："你模仿首长的签名，公章也在你那儿管着，要是造假被查出来就犯大错了！"他突然一惊，感到自己已经开始偏离正道，应该立即悬崖勒马。有了这个警钟鸣响在脑际，他再也不模仿营首长的笔迹了。

韩云志之前一个人在坑道里待的时间太长，加上自己的爱好得不到发挥，他就有些沮丧，导致情绪低落，性情就有些孤僻，很多时候也不愿意主动跟人打招呼。加之有一次他还闹着回连队，他以为首长们对他已经印象不好了，没想到这次能当上文书，一转眼又成营首长身边人了。

他的适应能力好像不错，很快就转变了角色。工作越做越好，领导也对他越来越满意。渐渐地，他的自信心又回来了。

有一次，他拿着通知记录本找教导员签字，教导员签后他就照往常一样回去传达。他刚走出门，忽然被一位上校军官叫住了。上校搭了一把椅子坐在教导员门口，那时已经夏天，都穿着短袖军装。韩云志并不认识这位上校是谁，因为他认识团长、政委，那么这位首长是谁呢？

上校军官对他说："把你的记录本给我看一下。"

韩云志把记录本恭恭敬敬地递到上校手上。在营首长身边待了这么长时间，基本的礼节礼貌无疑是要做到的。

上校看了团部下发的通知，然后议论几句，又与教导员交换了意见。听他们之间说话的语气，不像是直接的上下级关系。说完之后，上校就问他："这字儿是你写的吗？"

"是。"

"你是高中毕业吗？"

"是。"

上校好像对他有了兴趣，又接着问他是哪儿人、哪年兵等等，他都如实作答。末了，上校转头对教导员说：“把你这个小战士给我吧，我回去就把他带走，我那儿缺人。”

韩云志一直就站在跟前，他目不转睛地看着上校军官的一言一行。上校戴副眼镜，身材高大，虽然坐着，但也能看出他身高的比例来。他虽然觉得上校跟二营之间没有直接隶属关系，但从上校的语气可以看出来身份还是不一般。

原来，上校是本师政治部副主任，到二营来视察工作。到底视察什么，韩云志一个小兵自然不便知道。他站在旁边，心想这什么好事啊，居然被一个首长看上了，还要把自己调走，而且说这次回师部就把他带走。

他心中忐忑，不知道该表现出高兴还是留恋。自己刚当文书不到三个月，领导也很信任他，工作也理顺了。但是如果能调到师政治部，在更大的首长身边，发展空间无疑就更大了。他在等待着教导员如何回答。

教导员听了上校军官的话，面露难色，有些犹豫。但教导员毕竟是做政治思想工作的，他稍作考虑，就开始说出不放人的理由了。他说：“我这儿营部人手很紧张，老兵退伍后一直缺编，这个韩云志本来是守总机的，但是人手不够又叫他兼任文书，属一专多能。”教导员并不着急，慢条斯理地说完这番话，又补充一句，“营部的战士都是一专多能。”

教导员这番话滴水不漏，居然让上校无法辩驳。自然，韩云志就不能跟着上校走了。他当即向两位首长礼貌地告别，然后若无其事地离开了。后来他还想过这个问题，上校与他初见一面，并不是非要他不可。这事儿很快就过去了，并未给他留下不快。

1989 年 7 月，营部准备回撤七公里，回到正常守备时的老营房。

回撤当天，下起了大雨。营部的文件柜、枪支弹药都装在一辆卡车上。军械员康义那天留守，韩云志就在前面打头阵。出发之前，营长特地把他喊过去，郑重地告诫他：“要把枪背上，必须坐在车厢上面，不准坐在驾驶室里。”韩云志牢牢记住了营长的话，就往冲锋枪里压上一个实弹匣，背好子弹袋。他穿上雨衣，爬上车厢，靠坐在驾驶室后边车厢挡板与铁皮柜一侧的隐蔽处。汽车缓缓启动了，韩云志一想，又将子弹推上膛，再关好保险。他想的是，万一遭遇突然袭击，他不能连吭一声都来不及就完了。大卡车顺着路下山，开出没有一公里，却突然刹住了，韩云志正想向驾驶员吼一声，问他要干啥子。这时候，驾驶员把脑袋伸出车窗，向后大声喊叫，意思是叫他下去坐在驾驶室里。韩云志一听就急了，便赶紧催促他："快走快走！营长说了不准坐底下，不要再停车了！"

驾驶员一开始也不知道车上拉的是什么东西，一听他那口气就觉得今天不同寻常。驾驶员赶紧把脑袋缩回去，立即加速跑起来，在过白石崖桥头哨卡时，哨兵升杆放行动作慢了，差一点儿撞上，驾驶员便冲着哨兵吼了一声："你认不得是营部的车嗦！"那哨兵可能是个新兵，被训一句，微低着头，并不做声。桥里侧靠山体的一边是一面陡崖，一条壮观的瀑布飞流直下。过了桥，就算是进入安全地带了。不多时，汽车顺利地停在了老营区的篮球场上。

老营区的地势分为两级，两栋旧楼房并列站在十几步高的台阶上面，台阶下面就是篮球场，球场旁边还有一块土坝子。偌大的操场两头对称地修建了林荫小道，夏天在底下走着，有些诗意的感觉。虽说楼房只有两层，也很破旧，但比起猫耳洞和坑道来，不知强了多少倍。球场靠墙一边栽了一排夹竹桃，树丛有一人多高，墨绿又茂盛。此时，正值花开季节，虽然夹竹桃有毒，但几株开白花，又几株开红花，红白相间，煞是好看。

韩云志回到老营房第一件事，就是去找老志愿兵朱班长讲过的被炮弹炸穿的那间屋子。其实都不用找，军械员、文书室在二楼上楼第一间，被炮弹所炸的是第二间，两道门挨着。他站在这间屋的门口就能看见那间屋子的大概，还可以看见屋顶被炮弹炸穿后留下的大窟窿，再往上还会望见一片椭圆的、阴暗的天空。屋里长期没有打扫，一下雨就会积水，整个地面几乎湿透，屋子里长满了青苔。算一算，这儿已经五年没有人气了。

现在的电台值班室位于楼上靠山脚的那间屋子里，便于隐蔽。但靠山脚那边信号太弱，只好又在山上反斜面的位置架起了天线。

看电视同样需要架天线，而且普通天线只能收几个台，像中央一台、二台还有少数地方台。电视节目太少，官兵们在山里待久了自然会无聊，这个情况反映到上级那里，首长们觉得应该改善一下生活环境。

一个从英国留学回来的博士被分配到边防团，他学的是雷达专业，在团里基本上无用武之地。边防连队都分散住在长长的边境线上，山里不仅自然条件差，文化生活也单调，让人很难安心下来。首长经过考虑，就把这个博士军官安排到各营连去安装、调试闭路电视。博士军官被一辆军车送往各个连队，每到一处，他首先选好螺旋式天线（俗称锅盖）的位置，再布好闭路线，调试一阵，随着一个个频道的精彩节目从荧屏上跳出来，战士们高兴得手舞足蹈。雷达博士调试完毕，也就随口说好了，话不多。战士们问他能收到国外的节目吗，他笑着点点头，大家想让他调个外国台出来看看，他却笑而不答。

回到日常守备的营区，就可以开展一些集体活动了，比如打篮球、看电影。不过看电影还是不能在操场上公开放，那太明显，会暴露目标。收发员张柯还身兼放映员，因此，张柯每次去团部领回影片，都会在楼下高喊几声："今晚上看电影，看电影！"他一喊，大家都知道晚饭后去会议室，会议室的墙壁是白灰粉刷过的，还省了挂银幕。

打篮球也成了一项常见的娱乐活动，一般也安排在晚饭后。营部的同志们多数喜欢打篮球，因此分成两个队，干部队和战士队。营部虽然只有三十多人，但"成分"比较复杂。当然，这里的"成分"主要指籍贯，干部战士来自河北、河南、山东、安徽、江苏、上海、湖南等十余个省份。用教导员的话说，部队的"成分"越复杂越好。大家都来自五湖四海，不会轻易拉帮结派。

干部队实力强，而且个子高：营长、教导员、副营长、参谋、车管助理员都在一米七三以上。还有财务管理员、通信排长、卫生所所长和几个军医，都是干部身份。只有副教导员不喜欢打篮球。虽然战士队这边高个子少，但最大优势是年轻，二十来岁的人体力好，干部队拼不过。往往开场十来分钟，干部队就跑不动了。由于一直是干部当裁判，这样的比赛打下去，战士队输多赢少，他们就不乐意了。

一天晚饭后，大家照样在场上集中。虽然人都到齐了，却不愿意开战。营长问怎么回事，大家说车管助理员当裁判不公平，他偏着吹，每次都是我们输。营长说那换人，让驾驶班代勇强来吹，结果干部队又不愿意。营长见大家争来争去没完没了，就果断地定了调："那叫韩云志来当裁判，你们该没意见了吧。"看大家一阵不言语，算是默认了。营长又转头对韩云志说："那你以后就不用上场了，专门当裁判。"

一个上午，副营长带领大家搞大扫除。扫除范围包括篮球场和土坝子，草已经长得很高了。扫地、拔草、清除垃圾，一直干到十一点。当天能参加大扫除的人不多：首长身边的通信员有事，还有值班的值班，出车的出车，看病的看病。大家一直干得都很起劲，只是快到最后土坝子还剩下一角的时候，也不知是有好电视节目，还是快开饭的缘故，一帮人突然吆喝几声，丢下铁锹、扫把作鸟兽散。韩云志一时没反应过来，他想，这剩下活儿也没多少，干完再回去。他把最后的一些垃圾倒了，再把工具和扫把放进操场边的库房里，正高高兴兴准备回楼上去的时候，副营长把他喊住了。

副营长坐在操场边的梯级上，点燃一根烟，微笑着对他说："韩云志，你今天表现不错，不错哈。"

韩云志又一次没反应过来，他吞吞吐吐地说："我……我没干其他什么啊？"

副营长又说："所有的人都走了，只有你一个还在，能坚持到最后就说明不错！"

七月三十日那天早上，韩云志接到了团部新兵下连的通知。虽然他知道从新兵连过来也快中午了，但他一个上午都在盼望着新兵早点来到。约莫十一点，他站在二楼文书室门前，远远地就望见团部运输连的大卡车从主道的岔路口昂首开过来。到了营部的操场上，车刚停稳，随着后车厢板乒乒乓乓一阵响，新兵们一个接一个地从车上往下跳，就在那些新兵落地的一瞬间，他突然激动起来，感到自己的心在咚咚咚地跳，几乎要从喉咙里跳出来。这标志着：从那一刻起，他就是老兵了！

弹吉他的三年兵班长以前在班上讲过，说他当初看到新兵从车上跳下来的那一刻起，非常激动，甚至有点儿欣喜若狂。韩云志开始不信，很不以为然，觉得老班长也太夸大其词了。可这一次，他却真切体会到自己成为老兵时的心情了。

新兵下连后大概不到一个星期，营部从各连抽调新兵补充上年老兵退伍后的岗位。有一天，副营长叫韩云志写个通知，他按照副营长的口述记录："经营长、教导员研究，根据工作需要，调六连某某、七连某某同志到营部工作。"写完之后，确认一遍，就给各连通知下去。

六连刚换防回来，属于机动连队，驻地就在营部附近。上午十点左右发出去的通知，结果不到十一点，六连的干部就带着两个新战士背着背包来营部报到了。随后即刻分工，有当通信员的，有到总机班的。中午，大家就同吃一锅饭了。虽然通信落后，但效率却真叫一个高啊，要不怎么说军令如山倒呢。

看到新战士来了，老兵们也很激动，特别是像韩云志这一年的老兵，他们当了一年半多的新兵，早就迫不及待了。迎面而来的时候，新兵们老远就会热情地打招呼，一口一个张老兵、李老兵、胡老兵喊得人心花怒放。韩云志想：这些新兵肯定跟他当初的心情一样，下连队没待几天，就突然调到营部来了。

教导员一遇见新战士，就会跟他们拉家常。六连搞队列训练时，会到营部的操场上来，教导员在休息时间就会笑着问他们，说我们这是在边防线上，打起仗来怕不怕呀。哪承想，有些新兵却回答说现在不打仗了。教导员听到这个回答，有些不高兴，表情严肃地问："谁给你们说不打仗了？你们新兵连指导员是谁？"新兵一时窘迫起来，不敢回答。教导员再次追问他们新兵连指导员是谁，新兵这才吞吞吐吐地回答。教导员说："当兵就是要准备打仗，怎么能说不打仗了？这政治思想工作怎么做的！"

营部有个山东籍新战士小范，也是从连队调上来的，大家都喊他"小山东"。有一次，教导员问他："你又不是没有名字，怎么都叫你小山东啊？"他很委屈地说："我也不知道啊，营部就我一个山东的，我又是个新兵，他们喊我我不敢不答应啊。"

有一次营部党支部开会，会上教导员说："以后大家之间称呼要规范、要严肃！班长就是班长，排长就是排长，前面不准加个'老'字，什么老李、老张、老胡啊不允许，战士之间全部喊名字，不准取什么外号！"

后来，干部战士之间的称呼的确规范多了。小山东性格直爽，为人朴实，工作勤快，大家私下还一直亲切地叫他小山东。说实话，像小山东这样的外号，虽然一点儿贬义都没有，但在正式场合和工作中这样称呼人，的确有些不妥。

第十三章

回到老营房不久，一种叫股癣的毛病突然缠上了韩云志。这让他好一阵不开心，他觉得难以启齿，简直太晦气了。

一个夜晚，韩云志感觉自己的大腿根那儿痒，连做梦都在那儿抠，于是就在一阵瘙痒中醒来。那地方奇痒难忍，随时都会痒，而且越抠越痒、越痒越抠。

早上起床，韩云志坐起来，先郁闷了一会儿。然后撩起内裤一角，发现大腿根那儿，一小片皮肤开始变黑，还起了一些红疙瘩，但他没在意。他想起自己刚上初中那年，住在大宿舍，几乎所有的人都得了疥疮，他也未能幸免，那种煎熬实在让人难以忍受。

过了两天，他才听说那叫股癣。好在股癣白天不痒，或者说没有夜晚那样奇痒，否则就很难堪。他去了一趟卫生所，三年兵卫生员邝老兵在。邝老兵高高的个子，长着一副英俊而又幽默的面孔，笑起来眼角有点儿上扬。他见韩云志进来，笑着招呼文书好。韩云志指了指那个地方，说太痒了。邝老兵见惯不惊地说："得了股癣是吧，现在也没啥特效药。"他又拿了棉签，"我用酒精先给你消个毒吧。"邝老兵给他搽了酒精，一阵刺痛，就不痒了，还好。

同屋的战友，住在里半间的军械员康义，不知啥时也得了股癣。一天午饭后，康义从外面回来，经过他身边，顺手递给他一个小塑料瓶，就跟藿香正气水一样。康义说：“这个药水很管用，搽上几天就好了。”他半信半疑地望着康义，康义见他不信，便直视着他说：“真的管用，是连队一个老乡给的，他们搽过都好了……嘿嘿，给你说你还不信。”

康义这么一说，韩云志觉得既然没有其他办法，那就试试吧。午睡之前，拿小瓶一挤，一抹，只几秒钟之后，整个下身像针刺一般，传遍全身，疼痛难忍。他咬紧牙关，憋住气，使劲绷直撑住两腿。可是一口气疼不过去，还得再换口气，这样憋住好几口气，才慢慢缓过劲来。

这药水用过几次还真的好了。但每搽一次之前，都需要巨大的勇气，好像上刀山下火海一样。人说十指连心，可那地方好像更连心。他在每一次剧痛中都会这样想：“那东西会不会疼得没用了吧，芬芳生活还没有体验过哪，要是没用了这辈子就完了……”等到阵阵疼痛过去，喘息片刻，近乎一片虚幻之中。虚幻之后又有脱离苦海的快感。不知受到何种刺激，每次痛过之后，那儿居然又会无意识地凸显青春的雄峰。

十月，野战部队完成任务，开始撤防。边防部队接替防务之后，部队转入正常守备，各营连兵力部署也随之发生变化。一天，副营长匆匆过来，叫韩云志绘制一幅当时的兵力部署图。韩云志打开保险柜，挨张找寻拼接那些1∶5万的军事地图，他拼接粘好之后，就问副营长：“没有画防御弧形正面的工具吗？”副营长说：“你把武装带拿来，弯成弧形摆在地图上，再用红笔沿着弧线描出来就可以。”副营长是团部作训参谋出身，后调任五连连长，再升任副营长。

兵力部署图做好的第二天，团长来二营检查工作。韩云志跟着副营长去会议室挂好地图。团长背着手，看了看墙上，只几秒钟时间，团长转过头来对韩云志说：“是你画的吧，小伙子。”韩云志点点头，有些腼腆地说是。团长脸上分明是赞许的笑容。

不久，营长升任团参谋长，副营长接任营长。几乎同时，教导员升任去另一个团当政治处主任，接任教导员职务的是团政治处组织股李股长，李教导员。

有一天，营长接到四连打来电话，说团长直接去了四连大黑山阵地。营长一听，就叫驾驶员马上备车出发。营长问韩云志：“你去过四连没有？”韩云志回答：“没有。”营长说：“你居然连大黑山都没去过，那就一起去！”

四连长年驻守大黑山，是全营最偏远的地方，离营部少说也有四十公里。公路下山，顺河谷而行，翻山，再下来，再爬山，上到山梁，再继续上高山。也就是说，四连驻守在云雾之上的山顶。

营长到四连的时候，团长只身去了山上阵地，只有一个随身警卫跟着。团长在环形战壕边走了好几圈，观看着国境线对面，再看看连队的火力配置和伪装情况。他巡视一遍之后，又对营长做了一番交代。韩云志知道首长们在说话，不便去听，就远远地看着。团长嗓音洪亮，他只听见团长最爱说的那句话：“屌！打仗——我看就是七分士气三分战斗力！”团长检查工作完毕，也很干脆，就说回去，不在连队吃饭了。

团长的三菱越野车在前面走，营长的吉普车紧随其后。下山走到中途的时候，营长说顺道去六连看看。团长的车没停，直接往团部去了。

他们在六连吃过晚饭后，天刚擦黑。营长叫启程回营部。一出门，雾气湿漉漉地扑面而来。小车在山路上像从一条条缥缈的纱巾中穿过。下到河谷，雾就更大了，像是一大团一大团的实心棉花，盖住了整个山野。小车缓缓前行，再上盘山公路时，车头前面忽然白茫茫一片，根本看不清路了。虽说驾驶员梁春耕技术好反应快，但看不清路让他也迷茫了，吉普车只有像蜗牛一样慢慢往前蠕动。车里的人沉不住气，都把头伸出窗外，搜索着路肩的边缘，这个喊靠左一点儿，那个又喊靠右一点儿。梁春耕说：“我只能看一边，以我这边为参照，你们不要管。”可是又有一个声音在提醒：“轮子都已经快到悬崖边上了！”营长见大家七嘴八舌，干扰了驾驶员的注意力，便大声制止：“都不要说话，让他自己开！”

吉普车在浓雾中开始缓缓下山。转过一个弯，就见对面不远处有大灯的光照射来，知道是来了上坡车。再转过一个弯的时候，一辆大卡车迎面开来，却在接近小车车头前两三米时，随着一声刺耳的急刹，突然停住了。梁春耕反应奇快，好像有感应似的也随即刹车。没错，大卡车上坐着教导员。

夜晚的山上，车灯在浓雾之中像是航标，想把夜幕穿透。两车车头相挨，像两个久别重逢的战友。

此刻，车上的人都互相认出来了，一阵惊喜。营长和教导员都下了车，两人居然在路上紧紧握手。教导员先开口，他说："团部紧急通知明天一早开会，我打电话到四连，四连说你们去了六连，我又给六连打电话，说你们已经下山了。我一看，只有一辆大车在，就连夜赶往团部去。"营长说："辛苦你了，一路保重！"

两个驾驶员也开始互致问候了，道一声一路平安。营长还叮嘱大车驾驶员开慢点儿，不要着急，教导员同样对梁春耕说着要开慢点儿。平常的战友在这荒山野岭相见，又在大雾弥漫的夜里匆匆话别，别有一番景致。

李教导员刚来的时候，好像并不在意韩云志的存在，一切都公事公办的样子。韩云志猜想教导员可能对他不满意，会换个人当文书。可是过了一段时间，并没有什么动静。他心想自己小兵一个，叫干啥就干啥，不干就再待一年也就退伍了。

十一月中旬，接到团部通知，要求把上级下发的绝密和机密文件全部交回团部，统一销毁。文件规定的期限是半个月之后，他把这个通知送教导员阅示，并把清理收文的情况做了报告，教导员点点头，说知道了。

韩云志从保险柜里取出文件，绝密和机密件是分开放的，总共有一拃那么高一摞，其中第一份绝密件就是当初部队开拔时的内容。他用文件袋装好，重新锁好，随时准备去团部上交。但连续好几次，营里去团部的吉普车还没启动，就已经坐不下了。一些老兵和家属非得往上挤，都争着去县城，他每次都让了。他给教导员又汇报了一次，教导员好像并不在意这件事儿。

就这样，眼看离规定的期限越来越近了。就在期限到来的前一天，吉普车又要去团部，小车出发的时候，人又坐不下了。他抱着文件袋，傻傻地站在小车旁，不知如何是好。李教导员又对他说下次再去。但团部保密室已经打电话催过了，说期限马上就到，要赶紧送过去。他想到这里，就生气地说："这文件都催几回了，既然不能按时交，我就不管了，不去就不去！"说完，他一扭头径直走了。

韩云志回到楼上文书室，坐在那儿生闷气。生气归生气，可绝密文件要上交，是无条件的。他想，我自己实在没办法，也不是我的责任，既然那么多不重要的事儿都显得那么重要，一切也都那么回事。他想象着，每次小车出发去县城，驾驶员都要习惯按一声长音喇叭，引擎的轰鸣声和人们的吆喝声混杂在一起，会引来短暂的热闹与喧嚣，然后在汽车开出营门后才会平息。可今天过了好一阵，楼下却静悄悄的。

正在韩云志感到失落的时候，忽然，一个通信员跑上楼来喊他，说教导员叫他上车去团部。看看通信员传令似的表情和语气，不像是开玩笑。他抱起文件袋，赶紧下了楼。没错，后排已经空出一个座位，至于哪个没去，他也没问。小车启动的时候，并没有出现往常那样热闹的景象。无疑，这次的欢乐气氛，很显然是被他这个带着机密脾气的人给破坏了。

车开出一段，李教导员侧转头，对着后排的韩云志说了一句："你小子今天还跟我赌气啊……"李教导员是北方人，他不知道教导员所说的赌气跟常说的怄气、生气或者发火是不是一个意思，他觉得自己今天一时冲动是因为生了机密的气。

团部保密室文书跟他很熟，也很客气。把那些带着机密的文件交了出去，心中的石头也终于落了地。韩云志很快去找到驾驶员，问什么时候回去。梁春耕说，教导员叫所有人到他家吃午饭。

教导员的爱人随军好几年了，他们在团部家属楼分到了一套宿舍。韩云志还是第一次去教导员家里。吃饭的时候，教导员还拿出酒来，说到家里了，每人都喝几杯。他和他爱人都很热情爽快，大家很快就不拘束了。两杯酒下肚，教导员指着韩云志对他爱人说：“这小子今天还跟我赌气，他要不赌气我还不让他来！”

韩云志不好意思地笑了笑，又抬头看一眼嫂子，他涨红了脸，一时不知该说什么，只好端起酒杯来给教导员敬酒，然后一仰脖子一饮而尽。

李教导员喜欢下象棋。他虽然说话很直，但下起棋来却老谋深算，一般人下不过他。这件事过后不久，他就经常在晚间八九点钟去文书室找韩云志陪他下棋。韩云志会下象棋，但棋术不精，他不久前刚跟中尉参谋学会了下围棋，正对围棋着迷。但教导员主动找过来叫他，不能不识抬举。但是韩云志基本都是下一盘输一盘，偶尔才能赢一盘。有一次大家聊天说起下棋，他就说他有时也能赢教导员，教导员却有些不屑地脱口而出：“那是我让你赢的……我要不让你赢一盘呀，你就没兴趣跟我下了。”

又到年终总结的时候了。当初，凡是有部队驻守在不通公路的边防线上，县武装部都会派出民马连（由民兵和马匹组成）配属给部队。民马连主要用马匹将粮食、蔬菜和饮用水驮运到高山上去。到了年底，他们和战斗连队一样，也要评功评奖。一天下午，已经三点过了，营长突然安排韩云志陪同民马连连长一起去团部，把立功受奖的材料报送到团政治处。营里没有车，他问民马连连长怎么去，连长说去公路上等车。

韩云志说：“回县城的班车早就过了。”

连长说：“我打听清楚了，还有车回县城。”

韩云志很不情愿地跟着民马连连长出了门，他们走到山嘴转过去的那条主道上，果然看见还有三四个战友和家属都在等车。他认识当中一个老兵，是从八连走路下山来的。大家在一起聊着，说团部防化连有一辆军车等会就从前面返回。倒也没等多时，一辆军车轰鸣而来，到跟前时一个急刹，大家就从侧面、后面跟着往上爬。上了车厢一看，里面装了一些废旧炮弹，都是回收的，最大的弹头足有两尺长，有的弹体上还沾满了泥土。谁都没有料到，这些炮弹在途中给乘车的人造成了多少麻烦和窘迫。车厢里少说有五六人，废旧炮弹只装了一二十枚，稀稀疏疏的，于是就半车厢响叮当。军车似乎都有一个共同的特点：总是轰足油门，左冲右突，转弯抹角都不带减速的。直路上跑起倒没什么，只要一转弯，车厢里的炮弹就开始翻滚。一个左转弯，炮弹骨碌碌滚向右边，咣一声撞上右车厢板；一个右急转，炮弹又骨碌碌滚向左边，咣一声砸上左车厢板；山路弯弯，不停地急转，车厢里的炮弹就不歇气地来回滚，叮咣一阵过去，叮咣一阵过来。每一次炮弹开始翻滚，对面的人就会高度警觉，立即抓紧篷杆吊起身体，收起双脚，以躲避炮弹的撞击。汽车一路翻山越岭，炮弹们不停地在车厢里乱冲乱撞，搞得车上的人异常紧张，不停地吊起、落下，像极了猴子。

汽车一直顺河谷行驶，中间还要翻越一座大山。到了山脚下，再进入深谷之中，太阳忽然却藏起来了。跟着一股阴森的气流，雾气袭来，过一阵，团雾又来了。刚才还是冬日的阳光，此刻就像掉进了冰窟窿。韩云志感觉自己的脸冷得快要结冰，如果这时候谁要跟他套近乎，那无疑就是热脸贴上了冷屁股。

到了县城，已经五点半了。民马连连长对韩云志说："我回家去了，明天早上八点半在团部门口见。"韩云志一听就火了，他想：那还不如明天才去呢，火急火燎地赶过来，还是要明天才能去团部。可是有什么办法呢？两个小时前营长就说了，下午必须把材料送到团部去。但是，就算现在赶过去团部也下班了，况且民马连连长他自己都不着急，就算营长怪罪下来，韩云志也有交代的理由。他这样一想，就没必要着急了。随后，他也跟着一行人下了车。

民马连连长跟他打过招呼就走了。他站在街上，头还晕乎乎的，那车一路上开得太野了，都没让人缓过劲来。他往前走了一段，在一个右转路口停住，他想：到哪里去呢？他抬头往远处看了看，右转那条街上有个岗台，上面站着一个士兵，手里拿着旗子，正在指挥过往车辆。他想起一个老乡也跟那人在一起，那儿叫“三管”指挥部，即：管军风、军纪、军车。因为在这个边境小县城，轮战期间驻扎部队太多，就需要有一个牵头单位进行军风、军纪、军车的纠察和管理。原先那儿归野战部队友军负责，友军撤走后，就移交给了边防部队。

他这个老乡是七连的，连队派出了一个班，在县城三管指挥部驻扎。他们归团部直接管理，团军务股一个上尉参谋在那儿负责蹲守。上尉是原七连连长，连长任期满之后调到团部当参谋。他走过岗台的时候，问那个暂时空闲的战士，他老乡是否在家，那战士点了点头。他顺着岗台那条街一直走过去，到一个十字路口再右转几十米就到了。

韩云志找到他老乡，说明来意。老乡说这段管得严，领导三令五申：不能让指挥部成为一个中转站，如果到团部办事的战友都到这儿来歇脚，那岂不成接待站了吗？但老乡也不好直接赶他走。那会儿，他说他想躺一下，有点儿头晕。他俩正说着话，上尉参谋进屋了。老乡赶紧汇报，说这是我老乡，营部文书。上尉看了看他，他笑着，习惯叫声连长。上尉有些熟识地点点头，然后就转身出去了。

上尉应该是知道他的。上尉在七连当连长时，韩云志在营部总机班。但仅凭这一点，连长并没有认识他的足够的理由。但是，连长的老婆在县医院工作，夫妻俩经常需要通电话。妻子在边境小城上班，丈夫在前方守阵地。夫妻俩近在咫尺，却只能靠电话联系，妻子还时时担心丈夫安危，这跟分居两地的军嫂没有多大区别。妻子经常抱怨丈夫不回家，连长却有口难言。韩云志曾多次帮上尉连长转接过夫妻热线：他先把电话要到团部，让团部总机转接县城，然后再转到县医院去。夫妻俩每次通话没有二三十分钟是下不来的。作为一个守机员，韩云志隔几分钟就会把所有连线的话路监听一遍。注意，这不是偷听电话，而是检查通话状态。按职责规定，守机员监听一个电话时间不得超过三秒，可每次在夫妻热线的话路中，总是一个哀怨，一个抱歉。这一组电话是军线与地线交会，而且营、团之间只有一条专线，这样长时间占线显然是不宜的，但没有谁愿意去打断他们。七连通信员每次电话过来都会用恳求的语气，说帮他们连长接一下县医院。连长每次通话结束后都很感动，后来，他还让通信员专程到营部转达他对韩云志的谢意。

连长与妻子之间产生了一些误会，连长便有些苦闷，就经常找营首长谈心。营长、教导员一面开导连长，一面替他想着办法。大约半年之后，连长调去团部机关工作，这即便不是组织照顾，也在情理之中。

第二天一早，韩云志在老乡那儿吃过稀饭馒头，就走路赶往团部。县城离团部有三公里，中间还要经过一个很大的烈士陵园。他没有在团部门口等民马连连长，而是直接去了团政治处。按事先说好的交接，韩云志把挎包里一袋已经由营首长签字和盖了公章的表格、材料上报给政治处一位副主任。他上了政治处那层楼，民马连连长也来了，他一阵大呼小叫："文书我们说好八点半在门口会合的，你让我等了好久！"韩云志答非所问，说了一句"我头晕"，然后又没好气地补上一句："我走路过来的！"

他们走进政治处副主任办公室。副主任姓魏，白白胖胖的，说话轻言细语。韩云志一眼就认出来了，两年前在八连一次夜间射击回来的路上，带人设卡拦住他的，就是这位副主任。不过，副主任怎么会对一件小事和一个新兵留下印象呢，何况还是在晚上，看没看清都不知道。

副主任接过来那些表格和资料，再看看那些立功受奖名单，爽快接下来。随后，副主任还夸奖了他一句："这个文书字写得好，笔迹很清秀。"

韩云志还没听谁说过他字写得清秀，经副主任这么一夸，他觉得自己本来浓眉大眼的模样好像也变得清秀起来。

第十四章

王奇伟1988年高考落榜，回到家里，和他父亲一起早出晚归“修理”地球。但他总想着出门打工，挣了钱回来再继续读书。山区农村人家供养一个大学生无疑需要砸锅卖铁的勇气，他哥哥读书的消耗已经够大了，他不愿再让家里为他读书而搞得倾家荡产。父亲也知道读书的用处，终于拦不住他，只好由他去。

他的一个堂兄在外打工好几年，跑了好几个省，也挣了不少钱。过年前，堂兄又回来，说起外面的世界，仿佛跟万花筒一样多姿多彩。在烟花爆竹的喜庆气氛中，亲戚朋友们欢声笑语，畅谈着光明的前景。趁着这股高兴劲儿，堂兄就顺势提起，说过年后带他去浙江打工，沿海一带发达，又不会拖欠工钱。他一听，顿时心血来潮，觉得离成功似乎不远了。

春节过后，农村慢慢冷清下来，打工的人们又踏上了漫漫征途。王奇伟满怀希望，跟着堂兄去了浙江一个小县城。他们先在一片刚完工的楼房里，找了一个临时歇脚的地方。在那儿待了两天，却找不到事做。第三天，堂兄说他要去一家工地上班了，但他只是个小工，说话不作数，人家包工头说只需要他一个人。堂兄说完就拿着自己的行李走了，丢下他一个人在屋子里发愣。

王奇伟第一次出远门，一时就傻了。他心里忽然觉得那句话是真的：

在家千日好，出门万事难。此时，他连歇脚的地方都没有了，关键还要解决温饱问题。他一个人站在那儿突然想哭，可哭也没用啊，没人可怜你。他又想：一个大活人，难道会被尿憋死吗？

王奇伟慢慢回过神，终于定下心来。他得离开这屋，出去想办法。他背上行李，站在门口望了一望，视野所及，满是一排一顺的三层小洋楼。他想：我得站高一点儿，才能看到远处。于是，他转身沿着楼梯上了顶楼。他在那儿四下观望，看看能否有工地的塔吊。

还好，那天有点儿小太阳，能见度不算低。王奇伟估摸着两公里以外的某个地方好像在建一栋高楼。他心里似乎有了着落，便决定把那儿作为目标。他选定一个参照物，就估摸着向那儿走去。这一次，他有了向前的动力。他像一个尖兵，孤军深入，前途未卜。他走出那一片居民区，前面出现了连片的鱼塘。他想：我该往哪个方向去呢？虽然那一片建筑群印在脑海，可他的眼前仍是一片茫然。他摸出一个硬币，心里默念了一下，然后高高地抛起，接住，打开一看，是正面。“好，往左走！”

王奇伟顺着鱼塘边的路一直走，快到鱼塘边角的时候，那儿有一个车棚，车棚里堆放着许多自行车。再穿过几栋小洋楼，一条公路横在脚下。他没有多想，直接穿过公路，又走进了连片的居民区。顺着楼房之间规整的道路一直往前走，不知走了多久，他忽然发现本来分布均匀的房屋之间却突然出现了一个断带，好像那片空地上正要起房子。没错，走近一看，那儿正在打地基。看那架势，至少也应该修几栋三层小洋楼。他站在那儿，看到离他最近的一个钢筋工正在绑钢筋。他凑上前去，问道：“师傅，你们这儿老板在不？”

钢筋工转头看看他：“你找老板干什么？”

“我想找事做，打工。”

“你会木工还是电工？”

“不会。”王奇伟摇摇头。

“水工还是架子工？”

王奇伟还是摇摇头。

“哦……不会那你出来打什么工啊？又没有哪个师傅教你。”钢筋工又说，“那你就只能打杂了。嗯，我这儿倒是需要推砖的，三十块钱一天。”

原来，那个钢筋工就是老板。这个老板以前外出打过几年工，学会了钢筋技术。现在自家修房子，他就不用请钢筋工了。

“要推几天呢？”他问。

老板说：“大概十来天吧。”

王奇伟盘算一下，十天之后，回家的路费就够了。于是，成交。

他在这片工地干活，吃住都在老板家里。推砖只要有劲就行，累了也可以歇一歇。那无数的砖块不可能一下子就立成一堵墙面，有给人喘息的机会。

第二天晚上，王奇伟出去散步，经过一个小卖部。他买了一包烟，再用小卖部的公用电话给山城的哥哥打电话。他告诉哥哥，说这次出来打工找不到事做，现在一个人在外边，等过几天就回家去了。但他没说具体原因。哥哥说：“你把那里的地址告诉我，如果不行我就来接你。”他说：“不用接，我有路费。”

第三天晚上下工后，王奇伟照常出去散步。他点上一根烟，一边走一边吐着小烟圈，不知不觉就到了鱼塘边的车棚那儿。他睃巡一阵，发现有一辆车没上锁，周围也没有看守。他内心一阵惊喜，用最快的速度把自行车推出来，偷偷放在老板家屋后菜地边。空闲的时候，他就跨着那辆旧自行车，一腿点地，一腿蹬车。没几天，他就学会了骑自行车，还可以在乡村路上骑着跑了。他离开那儿的时候，又把自行车顺手推回鱼塘边，就溜之大吉了。

王奇伟整整干了十天。活路做完，那个老板毫不含糊地付了他工钱。那方人虽然精打细算，但你是你我是我分得清楚：一分不多给，一分也不克扣。

王奇伟拿了工钱，坐了一段路的汽车，去火车站买了回家的车票。过年后的三月份，火车上稀稀拉拉没有几个人，他的心里就跟那空荡荡的车厢一样，再一次没有了着落。

王奇伟回到家，把出去这一趟的经过和父亲讲了，父亲顿时火冒三丈，说以后不要跟那个堂兄来往了，好歹都是从一个疙瘩（祖宗）上下来的，把人带出去就撂了，太不像话了！

王奇伟的爷爷年事已高，卧病在床。他听完孙子这一趟出去的遭遇，禁不住老泪纵横。他把王奇伟叫到身边，说："孙儿啊，男大当婚女大当嫁，你不成个家，爷爷我这眼睛闭不上啊……"爷爷用枯枝一样的手指捏着孙子的袖口，颤抖地摇晃着。

王奇伟一听，心软了。他说："爷爷，我听你的。"

父亲赶紧托人给王奇伟介绍了一个对象，姑娘就在对面那一座山上，说来跟韩云志还是一个村的。农村姑娘长得白白净净，也算是那一带的盖面菜了。老父亲对王奇伟说："这回你该不会再看不起人家了吧。"

不久，姑娘嫁了过来，小两口一起在家"修理"地球。

王奇伟成了家，孙媳妇看着也上眼，爷爷的心事终于了却。不久，爷爷在病中安详离去。

结婚后，王奇伟在家过了一段安生日子。可农村没有经济来源，怎么办呢？这一次，小两口决定，一起出去打工。

去哪里打工呢？他俩想想，最后决定去哥哥所在的山城，就算真的找不到事做，也不会像上次那样饥寒交迫，走投无路。

第十五章

营部多少带有一点儿机关特色，有好几个专业兵种，各有各的技术岗位。机关兵平时都在营首长身边转来转去，时间长了就显出优越感，不知不觉中放松了自己，有时还在首长面前没大没小。

收发员张柯喜欢开玩笑，特别是大家有急事喊他，他总是回答说“不在”。有一次，营长在楼上喊他，他一阵风似的跑上楼，站在营长门口，大声回应道：“不在！”一向修养较好的营长突然动怒了，大吼一声：“不在就给老子滚！”

据在场的人后来讲，张柯当时吓惨了，他赶紧从楼上噔噔噔跑下来，脸色煞白，像丢了魂似的。从那以后，他再也不敢说“不在”了。

营部平常不统一出早操，是因为长年在边防。就算一线连队也没有统一早操，战时与平时不能混为一谈，那是安全、隐蔽的需要。

年轻人喜欢睡懒觉，营首长觉得这作风该抓一抓了。回到老营房驻地以后，营首长安排一个作训参谋和一个通信排长每周轮流值班，主要负责带队出早操和打扫卫生。营部操场太小，跑步施展不开，只有带到山嘴那边主干公路上去。出门是一段土路，坑坑包包，等到了主干沥青公路上，才整队跑步走。

第一周，首先由中尉参谋值班。年轻的参谋毕业于陆军学院本科队，毕业后直接授中尉军衔。他身材高大，军事素质好。早上一声哨响，伴随着威严的口令，战士们纷纷跑下楼。营首长也在旁边监督，遇有动作慢的，还要吼上两声。在参谋值班的这一周，情况还算过得去，大家跑起来还有些许精气神。

第二周就该通信排长值班了。通信排长小小的个子，喊口令声音也不洪亮，这就形成了反差。再说，他的军龄也不短了，中尉排长嘛。但他没有参谋那样强大的气场，只管完成任务。有时候他吹了哨，站在操场上等着，除了几个不值班的，也到不了几个人。首长身边的通信员、机房值班员、老电台兵、老卫生兵、还有驾驶员等等，很多时候都喊不动。渐渐地，跑步热情急剧下降，又变回原样了。

几乎在同一时段，为了培养大家热爱劳动的品质，营部又决定开荒种地。荒地就在营门外山坡上，按照班排建制，各分一块荒地。这项工作由副教导员负责。副教导员做了动员，管理员去后勤仓库领回若干十字镐、铁锹、锄头等工具，分发下去之后，各班就开荒竞赛了。

第一天早饭后，九点准时开工。中尉参谋整队集合，把队伍带到荒地边的公路上。副教导员现场做动员，他说："同志们，现在各连的农副业生产都搞得很好，特别是六连，一年养猪盈利三万多元，基本实现了自给自足，受到全团的表扬，是农副业生产标兵单位，省军区都还要来现场观摩和宣传。现在，我们营部也要向六连的同志们学习，要不然长期下去就成老爷兵了。开工之前，我们再唱首歌来鼓舞一下士气！"

副教导员讲话完毕，中尉参谋站在队伍前面，指挥大家唱《军民大生产》。此刻，小伙子们个个像拼刺刀一样斗志昂扬，歌声喊得震天响："解放区呀么嗬嗨，大生产呀么嗬嗨，军队和人民西里里里、嚓啦啦啦、嗦罗罗罗嗨，齐动员呀么嗬嗨……"

年轻人血气方刚，只要把热情调动起来，事情就好办了。荒地上有很多小石头，属于沙石地，先用十字镐松土，把小石头清除了，再用锄头和铁锹撅出像样的一小块地来。有些城市兵不会锄地，慢慢学着也会了。偶尔还有些少见多怪的惊叫声，比如一锄挖下去，斩断一根蚯蚓、一只蜈蚣什么的。旁边就会有人说，一个男子汉怎么跟个女娃儿似的。还有不会用锄头的，就用铁锹或十字镐。小伙子们都有使不完的劲儿，班与班之间展开竞赛，谁也不愿意落后，谁都想先完成任务。

两天后，各班的地里种上了不同的菜苗。一绺一绺的菜地挂在山坡上，像一张天然的图画。

1990 年春节前夕，省歌舞团来边防部队慰问演出，慰问团由一位副省长带队。上午接到通知，下午三点在某炮兵旅旅部看演出。

正在韩云志高兴之际，营长却叫他留下值班。吃午饭的时候，他觉得回锅肉都不香了。整个中午，他都坐立不安，心里就像猫爪子在挠一样。接近两点了，经过一番激烈的思想斗争，他心底里升起一股火焰般的强烈动机：宁愿犯纪律，也要去看这场演出；如果不看，肯定会终生遗憾，长期与世隔绝，一点儿见识都没有。

韩云志拿定主意，决定冒险一回，但想着尽量避免失职，就跑去总机班一趟，找他那个守总机的老乡，结果老乡正好下午当班。韩云志对他说："我等会儿要去看演出，你帮我值下班，如果团部有电话通知，你就先帮我记下来，我回来再处理。"老乡平时一贯都爱跟他抬杠，没想到此时却爽快地答应了。这让他大喜过望。

营部离炮兵旅不过四五公里。下午两点半，大家开始登车了。营部出动了两辆大卡车，其中一辆解放 CA30 牵引车，由汽车排中尉排长亲自驾驶，因为那辆车只有他会开。解放 CA30 车身高大威武，样子很像老电影《渡江侦察记》里的美式十轮卡车，韩云志平常都叫它十轮卡。

汽车排长姓陈，大家都叫他陈排长。他原来是团部汽车连的排长，两三个月前才调过来的。听说他好像是犯了什么错误，被团里下放到二营来的。这消息应该可靠，因为陈排长调来这段时间，韩云志发现他情绪不高，一般也不跟战士多说话。当然他们干部之间偶尔会在一起喝酒。有一次营部党支部过组织生活，每个同志都要汇报思想，轮到陈排长发言的时候，他说：“当初安排我下来，我内心确实不愿意，人都是有自尊心的……”

陈排长喜欢开快车，从营部到团部，解放牌卡车，一般驾驶员都需要一个小时，而他每次都只需四十五分钟左右。坐过他车的人都说，他开车太惊险了。但他反应奇快，每次都能化险为夷。韩云志有一次从团部回来，正好坐上陈排长的车，车厢上面一共有七八个战友和家属。陈排长开起车来全然不顾，经常在转弯处和岔路口走险着，搞得大家惊呼连连。

营长经常提醒陈排长开车要慢点儿。每隔一段时间，早上出车的时候，无论哪个驾驶员驾车，营长总会在楼上对着下面车库大喊一声：“今天属猴，路上开慢点儿！”

韩云志躲在球场另一头树荫下，一直窥探着十轮卡的动向。等大家登车完毕，卡车就要发动的时候，说时迟，那时快，他突然从树丛中冲出来，一趟子过去，飞身抓住车厢板，一个同年兵生怕他赶不上，一边催促他快点儿，还一边老远就伸出手来使劲拉他一把，就这样，他偷跑去了演出现场。

慰问演出之前，副省长致辞，话并不多，简明扼要。韩云志一直记得副省长那句总结的话：边防部队所有指战员都是合格的人民子弟兵。炮兵旅旅长代表部队指战员致辞以示感谢。随后，精彩的演出终于在万众瞩目中开始了。那天虽然是露天演出，但精彩的节目却让韩云志大饱眼福，长了见识。特别是那一曲有浓厚地域色彩的男高音独唱《峨眉酒家》，让他听得入了迷。随后，相声、器乐合奏、女高音独唱等节目轮番登场，观众席不时爆出热烈的掌声。这么高规格的演出，韩云志见识不多，除了读高中时在县城看过的那次中央民族乐团的演出。

慰问演出结束后，各路队伍依次带回，营区和公路上又现口号震天、恢恢兵马的气势。营长带着队伍跑步到营区外公路边登车点，组织人员登车返回。这一次，韩云志还是躲在最后，他以为营长先走了。等到大家都上车了，营长却突然出现在他跟前，问他为啥还不上车，他连忙说，要把车厢板关好（部队条例规定，人员由车尾登车，最后登车的两名人员负责关上后车厢板，尔后再等车）。营长一听，却微微笑了。这一笑，也算是宽恕了他不服从安排的贸然之举。

韩云志回到营部，火速跑去总机值班室，看看他那个老乡若无其事的样子，就知道平安无事，心情一片大好。

守总机能和女兵说上话，当然是和师部总机班的女兵。当然，倘若让领导晓得，必然是要挨批评的。上夜班，电话少，韩云志那个老乡就通过团部总机转到师部，和一个女兵吹牛解闷。女兵问老乡叫什么名字，他灵机一动，就把自己名字改了。有一次，女兵电话过来说要找苟勇敢，却是另一个值班员接的。后来，战友们一见到他那个老乡，老远就喊他苟勇敢。

大年三十到了，除夕夜，战士们总是会想家的。食堂会餐，是让战士们过好年的传统做法。啤酒上来了，大家纷纷举杯，说着新年祝福。当然，他们同年兵都说着同样的一句话："明年就在家里过年了。"那意思是三年兵当到头了，憧憬着该回老家去了，话语中不乏开心与调侃。

大家年夜饭吃得开心，接下来还不忘着放几挂鞭炮，辞旧迎新。年轻人总是喜欢热闹、喜庆的氛围，当然，最重要的还是看春晚。就在大家坐在电视机前翘首期盼之时，突然停电了。山里一停电，什么时候来，神仙都不知道。这可让人发愁了，大年夜黑灯瞎火的，怎么要得！

眼看春晚时间就要到了，营长就叫康义去发电。康义当兵前会修汽车，对柴油机自然不陌生，只是他个子瘦小，转动柴油发电机气力不够。韩云志就说跟他一起去发电。柴油机房在操场下边，也就是汽车修理车间后头。以前管柴油机的张老兵是一个壮汉，但已于两个月前退伍了，机房暂时交给了康义。

他俩进了柴油机房，康义找到了手摇柄，试着转了一下，摇不动，可能是好久没有发动的缘故。韩云志凑上去，两只手握住摇把，康义在前，他在后。康义对他说："一旦发动了，你要赶紧撒手，害怕摇把反弹。"康义喊："起！"他俩就一齐使劲摇，憋了好几口气，柴油机都没有打着，每次看着要点燃了，可那气缸就像一个不会游泳的人呛了几口水似的，咳嗽几声就没了气儿。

此时，他俩已经气喘吁吁，但为了让大家看上春晚，他俩决定用尽全力最后一搏。这一回，韩云志使出全身气力，他俩把摇手柄摇得差不多要飞起来，一直摇到有喷爆声连续出现。康义大喊一声："好！"他赶紧撒手，柴油机随即砰砰砰地吼叫起来——电灯亮了。

康义擦了擦汗水，韩云志还来不及高兴，突然发现自己大拇指已经血红一片，开始淌血。他赶紧掏出一叠卫生纸忍痛捂住。出了发电房的门，他对康义说："我的手遭了。"康义一看，正色道："你赶快去卫生所。"

高个子卫生员正在值班，韩云志进门喊声邝老兵，后者幽默地笑笑，说文书有事吗？他说挂彩了，刚才摇柴油机的时候被转轮刮伤了。

邝老兵收了笑，韩云志揭开手上的卫生纸，给卫生员看。韩云志自己这时也才看清：右手大拇指指背被刮掉了一层皮，能见着骨头，还带着油污……邝老兵皱了皱眉，略微思忖，很快就有了办法，他说："要把这块带油污的皮子剪掉，免得感染，当然要打麻药，然后再包扎。"邝老兵说完便熟练地准备好麻药，推针。过了片刻，邝老兵叫他用指甲自己掐一下伤处，如果不疼，就说明麻药起效了。邝老兵用剪刀剪去那块带着油污的肉皮，然后消毒，上药包扎。看看自己包着纱布的大拇指，他一时觉得有些恍惚。邝老兵一边收拾器械，一边告诉他转天下午来换药。他很感激地对邝老兵道谢，邝老兵又露出了幽默的笑容，眼角向上翘着。

麻药的效果仍在继续，韩云志暂时忘记了疼痛，他和战友们一起高兴地看着春晚节目。旁边一个战友问他手怎么了，他如实告知，战友安慰他，说没事，过几天就好了。另一个战友对他说，年末岁尾见红是好事。

到底是不是好事呢？谁也不可预知。

春晚进入尾声，熟悉的旋律响起来，没有什么悬念，还是那个熟悉的女高音歌唱家，穿着紫色晚礼服，优雅地唱着《难忘今宵》，演职人员都走到舞台上，一起话别过去的一年。那歌声，那旋律，满是对过去一年的不舍和留恋，和对新一年的希望和激情。在欢快喜庆的乐曲中，所有演职人员互相祝福，合影，韩云志看得煞是羡慕。

出了会议室，韩云志的头脑里还在回荡着那难忘的旋律，想起一年又过去了，自己又多了一岁，再看看边境上浓黑的夜色，连绵起伏的山岭，复杂的思绪再次涌上心头。新的一年该怎么办呢？他忽然在这个除夕夜变得有些迷茫。

热闹过去，黑夜又变得悄无声息，韩云志呆呆地坐在床上，一声不响。康义说，睡觉吧。他叹口气，说不想睡。

“当兵的人就是这样，过年过节总是想家，有什么办法，想不通也得想通。”康义又说。

“明年退伍回去，就不想了。”韩云志说。

康义窸窸窣窣一阵，脱衣上了床，然后说声睡觉，躺下不再开腔，还真睡了。

韩云志轻手轻脚出了门，向走廊当头的总机值班室走去。每间屋都亮着灯，看来大家兴致很高，都在守岁。总机室里比往常清静，大过年的，已经没有什么公务来往。他老乡已经写好一封信，信封放在总机台面上。

老乡说：“明年就该退伍了，回去早点儿结婚。你有啥想法呢？”

他沉了一下，不轻不重地说：“我想去天安门看看，要是能像受阅部队那样从天安门前走一趟过去，今生就没有遗憾了。”

老乡哈哈笑起来，说他异想天开。两个人又在一起拉了拉家常，有一搭没一搭聊着。不大一会儿，老乡说要睡觉了，就把值班室床上褥垫铺好，打开被子。韩云志一看，也起身回屋，躺下了。

初一早上，没有起床哨音，大家可以安心睡到自然醒。毕竟春节是举国同庆的传统佳节。韩云志在大拇指的疼痛中醒来。他一试，不能碰，不能弯，不能用力。

快到早饭时间了，外面依然没有任何声息。忽然，走廊上传来营长那带着戏谑腔调的歌声："磨剪子嘞——锵菜刀——"无疑，他是从昨夜春晚那个歌星那儿学来的。大家听了，先是一愣，结果发现是营长在唱，都忍俊不禁，哈哈哈一阵乐，一边乐一边翻身起床穿衣。

吃早餐时，韩云志的右手已经拿不住筷子了，他只好笨拙地用起左手。早餐也不只是平素间的稀饭馒头，还加了几个拌菜和卤菜。几个战友纷纷往他碗里夹菜，这让他心底有了一丝慰藉。

营长看到韩云志拇指上的纱布，问他怎么回事，他如实说了。营长说，如果伤势加重的话，就到团卫生队去看一下，但今天就算了，初一不出门，初二再去。

这个春节，给韩云志留下了一段疼痛的记忆。

春节过后，喜庆的氛围还未全部消散，天气就暖和起来了。

到了三月上旬，营长一家三口准备回老家上海。营长妻子是年前带着三岁女儿来部队探亲的，年后该营长回家探亲了。韩云志也想请假回去，看望生病的父亲。他已经是服役第三年，营部其他同年兵们都无一例外回过家，有些通信员第二年就回过家了，只有他还在苦苦等待机会。

韩云志去找教导员请假，说了想法，教导员同意了。韩云志回家心切，提出立刻就走。这回教导员定了调："你急什么，营长也要回家，到时你们一路，你也好送送营长。"教导员这么一说，韩云志心里有底了。但他不知道确切的出发时间，只等营长发话。

出发那天，韩云志随营长一家先到团部，他先去军务股请了假，然后从县城坐大巴去省城火车站。他先把营长一家送上开往上海的列车，再独自踏上回家的旅程。

一路上，韩云志心潮澎湃，浮想联翩：快三年了，家乡都有哪些变化呢？回去见到昔日同学，该有多么激动啊！还有，会不会见到自己喜欢的女同学呢？他一路想着，居然没有一丝困意。等到座位对面有人跟他搭话时，才知道他们也是当兵的。韩云志穿着迷彩服上衣，一眼就能看出来，对面三人全部身着便装。再一交谈又知道，他们是另一个师的，驻地相隔其实不远。其中有两个年轻人，年纪和韩云志差不多，另一个接近三十岁，一问是个当指导员的。原来三人是同路，都回四川。中间那个战士起身上厕所时，韩云志发现他们屁股后面顺着放了一根拐杖，是用十多颗高射机枪子弹壳焊接而成的。那时候，边防官兵喜欢用炮弹壳做和平鸽，用高机子弹壳做拐杖，再刻字留作纪念品什么的。

车匪路霸从那时已开始盛行，而且就在那条铁路线上传闻甚多。夜晚的火车上，很多乘客都会被小偷光顾，甚至明目张胆地抢人。大家都在谈论车匪路霸在哪一段最凶，韩云志忽然问指导员，说如果我们今天晚上遇到了呢？指导员仿佛久经沙场，他呵呵一笑，说："我们这一路人不怕，就算来了我用这个东西（指拐杖）也能戳他几下。"指导员穿着一身卡其色休闲西装，说话慢条斯理，看上去老练沉着。

经过一路辗转，韩云志第二天晚上回到县城。当他背着行囊走进父亲单位的大门时，一个同事眼尖，就急忙跑去给他父亲报信了。父亲回来开了门，那时天已黑定，他煮了一碗面条，韩云志埋头吃着，很合胃口。父亲看着儿子大口吃面，心想是饿着了，便忍不住叹口气，说："你回来也不写信说一声。"

他回答："是领导临时决定的。第二天走，头天下午才通知我，来不及了。"

韩云志在县城和父亲待了几天。有个看着他长大的叔叔听说他回来了，就过来串门。他和韩云志高兴地聊上一阵，上上下下仔细打量着他，忽然生了疑问："这个娃娃刚走的时候，牙齿都雪白一瓣一瓣的，怎么当了三年兵牙齿黄了呢？"韩云志自己不觉得，只说："我每天都坚持刷牙呢。"父亲也认真看了看，猜测说可能是水质的问题。

韩云志跟父亲回到山上老家，干了一些农活，还砍了院坝里一棵大梧桐树。那梧桐树一直斜着长，已经压着屋檐了。

每天早晨，韩云志还没起床，就听见屋外林子里那熟悉的鸟叫声。

“你作怪——你作怪——”这个鸟儿叫声很特别，像在说话。这种鸟儿是他家乡特有的。还有一种鸟叫“李贵阳”，它成天喊着李贵阳的名字，传说李贵阳是被奸臣害死的。那些鸟儿一会儿在树梢，一会儿在山谷，自由自在地翻飞、鸣叫。

回部队前几天，韩云志又和父亲一起去县城。一天早晨，韩云志照例陪父亲爬山锻炼，他们跨过铁路，上到小山顶上，站在那儿，韩云志看到县城旧貌如初，灰扑扑的。回到家，他忽然对父亲说：“我想回部队去了，这三年家乡和县城一点儿变化都没有，我还是争取考军校。”

父亲一听，眼睛一下就亮了。并且由衷地说：“哦，这就对了嘛。你以前有些想法虽然不对，但那是你真实的想法，既然你现在能自己转变过来，那就好，好啊。”

父亲想了想，又一本正经地说：“你一个人回部队，路上有事也没人帮着照看一下，我干脆把你送回去。”

韩云志说：“你要是把我送回部队，那么远的路，你一个人再回来我就更不放心了。”

父亲韩正清那年也快六十岁了。韩云志想起父亲当时一席话，鼻子酸酸的。

那些日子，在县城的几个同学都会一起陪韩云志玩耍。他们选了一个好天气，带些吃的，去城外山上春游。春天已经到来，山桃花三两枝，星星点点，开在树丛、路旁、小溪边，那种微茫的感觉，像是心底涌起的一丝希望。在一条小溪旁，他们坐在大石头上小憩，一个同学背着吉他，随意地自弹自唱，琴声歌声响起来，是一曲《送别》：“长亭外，古道边，芳草碧连天。晚风拂柳笛声残，夕阳山外山。天之涯，地之角，知交半零落，一壶浊酒尽余欢，今宵别梦寒。”

弹吉他的同学长得白白净净，戴副眼镜，他细长而干净的手指拨动琴弦，叮叮咚咚的琴声就像一条小溪淙淙流淌，拂过韩云志的心头。他被这琴声打动了，就跟着大伙儿唱起来：“长亭外，古道边，芳草碧连天，问君此去几时来，来时莫徘徊。天之涯，地之角，知交半零落，人生难得是欢聚，唯有别离多。天之涯，地之角，知交半零落，人生难得是欢聚，唯有别离多。”

歌声和着琴声，在空气中流淌，离别的愁绪升起在韩云志的心头，爬上了他的头顶，他有些惆怅，还有些伤感，但他不愿让大家看到他有感伤的神情，便把最后几句唱得激昂雄壮起来，故意显露出好男儿志在四方的英雄气概。

那是个春光明媚的日子，同学们个个青春朝气的脸庞，还有那纯纯的少年情谊，犹如初恋一般美好。

休假的日子马上就要过去，回部队之前韩云志还要去一趟吴相忘家。

下午五点多，韩云志刚从父亲单位出来，走在街上，忽然有人大喊一声他的名字，那声音再熟悉不过了，而且就是从跟前过去的那辆人力三轮车上传来的。还不待他回头看，那人已跳下车，一边付钱一边又激动地招呼他。他一看是董得圆，也情不自禁地喊声“董兄！”俩人上前，一个熊抱，太惊喜了！

“你什么时候回来的？还没退伍吧。”董得圆还是那样嘴快，连珠炮似的。“快到吃饭时间了，我们一起吃饭！”

“我回来探家，加路途二十天时间。”韩云志说。

他跟着董得圆走进一家饭馆，董得圆也不征求他的意见就点了菜，那架势跟个大老板似的。董得圆历来滴酒不沾，可是他的话比酒话还多。董得圆说来瓶酒，问他尖庄可以吗。他说当然可以。他倒满一杯酒，董得圆倒满一杯茶。董得圆还是像从前那样装模作样地说：“我以茶代酒，略备小菜，给兄弟接风洗尘！”

韩云志说：“董兄你太客气了，我们以后说不定还要跟着你混呢。”

董得圆在县物资局一楼门面卖钢筋。眼下正值旺季，订单络绎不绝，董得圆吃饭这会儿，他的传呼机都响好几回了。韩云志说：“会不会影响了董兄你的生意哦。”董得圆说：“我陪几年没见的兄弟，这算什么，不重要。”

韩云志依然有些闷闷不乐。他一边喝着闷酒，一边听董得圆细数班上各位同学如今的变化。董得圆那样子，仿佛是个万事通。韩云志几口酒下去，在他的感召下，情绪也开始高涨起来。他问：“董兄，你和夏百合现在如何，现在不都在县城了吗？接触机会这么多，而且可以名正言顺的交往，不像在学校时偷偷摸摸的了。”

董得圆叹口气说：“兄弟我也不瞒你，她不喜欢我，她说她喜欢向兄那个类型的，没办法，女人心，海底针哪。我们隔上一段时间都会约起去游山玩水，不过都是一大路人，没有单独出去耍过。”

“其实，人家关雪娇以前还是很看重你的。”董得圆一下把话题转到韩云志这儿了。他接着说，“你当兵去了，她就不跟你联系了，这也可以理解。她喜欢你的歌声和文笔，但是像我们这样的农村孩子，自己事业未定，家庭负担又大，哪个女人愿意跟着你去吃苦呢？”

夏百合家在县城，关雪娇也在县城。董得圆讲得虽然直白，但也是现实。以前在学校，只有杜玉国会反驳他、讥讽他，但他从不翻脸。董得圆还有一个好脾气，这让韩云志忽然想起一句话来：世事洞明皆学问。

韩云志只顾笑着听，也插不上话。等到有间歇的时机，他打趣着说：“董兄，我发现你可以说单口相声了。”

董得圆却谦虚起来：“我是棉花匠的女儿——会弹（谈）不会纺，一上台面就哑声，脑海一片空白了。哈哈哈！”

董得圆喜欢表达，而且喜欢添油加醋的表达。其实，韩云志很喜欢董得圆这样表达，有啥说啥，不藏着掖着。当董得圆眉飞色舞、口若悬河一阵子，他常常会成为一个忠实的听众。董得圆虽然不是个稳重的男人，但他能为枯燥的生活增添乐趣，就像往平淡如水的日子里添加了佐料。其他几个哥们有时甚至讨厌他不着边际的表达，可韩云志从来没有反感过他。这也许就是有些人之间合得来有些合不来的原因吧，往好里说叫优势互补，差异是一种财富。

吃过饭，两人又说笑几句。董得圆说他还要去门市部打理一会儿，韩云志则往吴相忘家里去。二人告辞，意犹未尽。

吴相忘家在韩云志父亲单位对面，只隔一条街，是一家省属国有企业。吴相忘父亲是一个老汽车修理工，他母亲是个非常热情的孃孃，从老家过来负责全家老少的后勤保障，每次吴相忘的朋友来了，不管啥时，吴母必定留人吃饭，还要叫他弟弟吴相对陪着喝酒。韩云志每次都说不喝酒，可最后都架不住吴相对一阵劝，有一次劝着劝着，就把一瓶酒喝干了。

吴相忘高考也落榜了，在子弟校复读，现在上晚自习去了，不在家。他母亲要给韩云志煮饭。韩云志连忙说："吃了吃了，刚才在外面和董得圆一起吃的，就不用孃孃您再麻烦了。"吴母正色道："你这几年都没来过了，无论如何也要吃个饭，不吃饭说不过去。"吴母还立即吩咐吴相对去厂门口买几个卤菜回来，她自己再烧个番茄鸡蛋汤。

番茄鸡蛋汤好了，吴相对的卤菜也买回来了，顺手还提了一瓶酒。这小家伙也真是个情商高的人。他热情地说："志哥，几年不见，你越来越帅了，我代我哥给你敬酒。"韩云志说刚才在街上和董得圆在一起已经喝不少了。吴相对却不认账，他说："跟董哥喝是你跟董哥的感情，到我们家来不喝酒就是看不起我们了，你说这杯酒是一口干还是两口干？"韩云志看他如此诚心，便不好推辞，就说："这杯子有点儿大，还是两口干。"吴相对表示就听志哥的，两人痛快地说声好，然后碰杯，各自一大口下去，吴相对就开心了。喝完一杯，他母亲即刻提醒："赶快给你志哥斟酒，他跟你哥哥几个同学是结拜弟兄，比亲兄弟还亲呢！"

吴相对一听母亲这话，内心的感受就有些复杂。他每次看到这些哥哥们亲密无间，既羡慕又嫉妒。但他对哥哥的兄弟们都很尊重。无论哪一个到家里来，他都要陪着吃饭、喝酒。

第二天，韩云志巧遇一个同样回部队去的战友，是两河镇的，姓何。何老兵都超期服役了，是第四年兵。他们一起到了苍山火车站，下午五六点钟，何老兵叫韩云志看着行李，他去窗口买了一趟晚上九点多的车票。然后两人商量到哪里去打发时间。韩云志说，去找家咖啡馆吧……

韩云志第一次喝咖啡，是在团部驻地附近的县城里。有一回他跟着营长到团部办事，回来在县城的咖啡厅里，品尝了一回音乐加咖啡的浪漫。作为一个边境小县城，到处都是穿军装的人。当兵的人进咖啡馆，当然也不算什么稀奇的事。

第十六章

韩云志回到部队的当天晚上，教导员就吩咐他，第二天一早到团部军校学员苗子集训队报到，过了明天人家就不收了。

韩云志当晚收拾停当，转天早饭后便坐上营部去县城拉给养的大卡车。出门前，他把从家里带来的一块老腊肉递给同屋战友康义，他说:“你哪天拿去炊事班，煮熟了让大家都尝尝。”康义见他急匆匆地要走，就说先放着吧，一面说一面抬手将腊肉放到铁柜子顶上去，还说免得时间一久捂坏了。

到了县城，韩云志再往前走两公里就到了集训队。公路边有一栋两层楼房用作宿舍。全团共有六十多名集训学员，教室在河边一间临时搭建的木板房里。集训队抓得紧，每周只放星期天上午半天假。他在那儿坚持了一个星期，已经改掉了散漫的习惯。集训队队长是来自五连的中尉排长，姓黄。训练间隙时，黄队长很关切地问他是否能坚持得住，他说还可以。

第一天上课，队长依次向大家介绍教员，没想到一个人气指数很高的军官——雷达博士露面了。轮到雷达博士跟大家见面的时候，教室里响起了热烈持久的掌声，这掌声中包含着笑声，笑声中还夹杂着议论声。无疑，全团一百八十多公里长的边防线，雷达博士大部分都去过了。他为边防连队安上了闭路电视，给大家的业余生活增添了许多色彩。

雷达博士无疑是一个重量级教员，他教两门课，数学、物理全包。他依然是那样文质彬彬，面带微笑，说起话来慢条斯理的，一节课下来风平浪静，没有多少起伏。他课外时间几乎不跟人来往，他是干部，学员是战士，遇到大家向他打招呼，他也只是礼貌性地微笑一下，平时话语不多，大家都跟他说不上话。

集训队的时间安排得很满，上午学习文化，下午军事训练，晚上自习。也就是说，每天文化讲授只有半天，要学的内容很多，教员首先要保证教学进度，才能完成预定任务，学习跟不上的就只有“坐飞机”了。

有一天，康义打电话来找韩云志，说那块腊肉再不吃可就要坏了，天气越来越热，不能久放。他回话叫康义他们煮来吃就行，他那儿不好请假。康义说：“生归生熟归熟，你就是喊我们吃我们也不能动，你还是回来一趟吧，就这样哈。”康义说完就把电话挂了，好像不容再商量似的。

“嘿，这个犟拐拐。”韩云志嘀咕道。

周六刚吃过午饭，营部小车去团部办事回来，停在了集训队门口。驾驶员梁春耕跑来跟韩云志打招呼，问他回不回去。这不是正好吗，太好了！他一阵高兴，就去队长那儿请假。黄队长知道是营部的小车，只笑着嘱咐他：“快去快回哈。”

晚饭前，韩云志把腊肉拿去炊事班煮了，炊事员切片装盘，战友们你一片我一片，都说太香了。晚上，他兴冲冲地跑去教导员那儿，想跟教导员说说话。他喊声报告就进了屋。教导员看了他一眼，问：“你怎么回来了，不是不准请假吗？”

韩云志忽然发现教导员态度有点儿冷淡，就不敢说真实原因了。他灵机一动，就撒了个谎，说：“我回来再拿双胶鞋，上次走的时候只拿了一双，不够穿，训练换得勤。”

教导员的口气很不屑：“一双胶鞋对付一下不就行了嘛，我看你就是想回来玩儿。”

韩云志有点儿自找没趣，灰溜溜地走了。

第二天早上，韩云志悄悄坐上去县城的大卡车，再回到集训队，去队长那儿销假。黄队长还是笑了笑，也没说啥。

集训期间，韩云志还跟向鹏飞互相通信。向鹏飞正在师范学院数学系，他们之间来回写了好几封信。他俩有一个共同的特点，言语之间充满着乐观主义的浪漫夸张。向鹏飞每次在信中都给他打气、鼓劲。他也表示一定不辜负向兄的期望。

人与人之间性格、爱好差异就是这么大。在校期间，董得圆与王奇伟爱互掐，吴相忘与向鹏飞爱抬杠。相比之下，韩云志要内敛得多，他一般不与弟兄们发生争吵，但韩云志是个急性子，这似乎与他内向的性格不符。可能他排行最末，又顾及全体，只要不是原则问题他不会计较，如果哪个兄弟有错，他还是会善意提醒或纠正。

八连文书曹爱学这次也进了集训队，毫无悬念，像他那样的尖子生，不考军校才怪呢。但他一直很安静，平常不跟人嘻嘻哈哈、打打闹闹。

一天午睡，韩云志感觉头疼，做梦都头疼，疼醒了。他浑身冒虚汗，把背心都打湿了。他忍住痛起来，洗漱，准备去教室。可是右边太阳穴开始跳痛，他用手掌按住那儿，蹲在了床边。头越来越疼，睁不开眼，怕光。按着太阳穴的手不能离开，一离开就反跳痛，痛得更凶。几个室友看他疼得厉害，便说你去医院看看，我们给你请假。正说着，曹爱学进了屋，他对韩云志说："你等一下，我去骑自行车。"

曹爱学不知从哪儿借来一辆载重自行车，在门外高喊了一声。韩云志坚持着走出去，看见曹爱学两手把住车龙头，一只脚蹬在地上。韩云志过去坐在货架上，一手按住太阳穴，一手抱着他的腰。

曹爱学只提醒一声坐稳，然后向县医院飞奔而去。

县城不大，县医院也好找。集训队离那儿两公里，在小河对面。曹爱学一边使劲蹬车一边安慰他："你忍着点哈，马上就到。"

前面过了桥，很快进了县医院。韩云志挂了急诊，医生一看他头疼成那样，问问情况，也没什么好办法，说只有先打一针吧。开了针药再去注射室，刚走到门口，韩云志只觉得胃里一阵痉挛，他跑出去门外花台边，一阵翻江倒海过后，心中感觉解脱了许多。

护士已经推好针药，拿着注射器等韩云志。他刚才胃里一阵上涌，鼻腔受到了严重刺激，眼眶里蓄满了泪液，眼前一片白衣朦胧。护士问他：“你今天中午吃什么东西了？”他说:“没吃啥，就是头疼得很，想吐。”

针药推完，曹爱学带着韩云志回到集训队，让他在宿舍里躺下休息。个把小时之后，他终于缓过劲来。

统考之前，集训队下发了志愿填报书。韩云志从前看到后，把能报的专业看了个遍。他觉得在边防部队长年待着就好像与世隔绝一样，又偏远又枯燥。他想尝试一下新鲜事物，就填报了海军制气专业，而且是第一志愿。他想象中这个专业的用途，可能是轮船军舰呀在海上航行久了，就需要补充氧气。

有一天，黄队长问韩云志报考的什么志愿，他如实说了。黄队长这次真笑他了，说：“你简直异想天开。”

“我看了，制气专业没有限制军兵种身份，都可以报。”他连忙说。

“就算没有限制，人家也不可能录取到我们这儿来。我们是成都军区，还是边防部队，你想一下嘛。”黄队长认真地说道。

韩云志觉得自己是有些幼稚可笑，但有什么办法呢？既然这样了，就由他去吧。

文化考试之前，首先进行军事科目和专业科目考核。军事考核主要考共同科目，要求不算苛刻。到专业考试了，依然是考通信专业，韩云志是电话总机守机员出身，因此就要考机上操作。三个人拿着电话单机不停地摇，总机号牌哗啦哗啦直往下掉，一分钟内要转接三十通电话，搞得人手忙脚乱。幸好当初训练时没偷懒，再加上他是第一个接替友军团部总机的话务员，当时也强化训练过一阵，基础还在。他稳住阵脚，一点儿都不慌乱，做到动作快速，用语规范，接转准确，最后，过关不成问题。可是，五百米收放线却一直没训练过，用线拐还是用滚筒，他有些纠结。在他看来，两个都不好使。最后，他使出了牛大的劲儿，还差一点儿没及格。

雷达博士的文化教学任务已经完成，他提前离开了集训队，又被派去一个很远的边防连安装闭路电视。边防连有一个前哨排，驻守在边境线上的一座山峰。连队驻地离前哨排七公里，有一条简易公路相通。全连人员常年都要组织增援演练，全副武装，最快一次只用了二十八分钟，就是按最后一个人到达主峰的时间为准。这样，谁也不愿拖连队的后腿。有一次，连长冲上主峰的时候，身上挂了三支冲锋枪，无疑，那是他从快要掉队的战士身上抓过来的。指导员虽然很胖，年龄比战士们也大十多岁，可关键时刻也豁出去了，他不能在全连面前丢脸。

指导员胖得很有特点，但胖到什么程度一般人很难想象，说具体一点儿，军装的第一粒扣子是扣不上的。有一次，他去团部开会，纠察迎面而来，老远就提醒他扣好扣子：作为一个军官，要带头遵守军容风纪要求。他先回答说没有扣子，因为他身材太胖，脖子肥大，只要每次一发军装，他第一件事就是把第一粒扣子拆了。团长知道了此事，专门叫一个副团长找了一件宽大型号的上衣给他穿上，然后亲自给他扣扣子，但是无论怎样，领口都小了，直到他把脸和脖子憋得通红都扣不上，这事儿也就只好作罢了。后来，即使县城“三管指挥部”的纠察看到，也都不管他了。那时还没有硬性要求军官减肥来达到体重标准，这使他在军容风纪方面成为了一个极为特殊的例子。

指导员胖到这种程度，居然能和战士们一起增援演练，长途奔袭而不掉队，又让人匪夷所思，因此，他的战斗力不可小觑。

雷达博士那天去前哨排，是由一个排长和两个战士护送过去的。连部到前哨排七公里沙石路，是工兵部队修的，路倒不算难走。前哨排住着跟连队一样的营房，只是因为防备需要，墙壁和屋顶都进行了加厚，以防被炮弹轻易击穿。营房旁边挖了一条坑道，储备有饮用水、粮食和弹药。前哨排主峰附近生长着无数灌木丛，海拔也较高，不像其他阵地那样潮湿多雨，但就跟大家常说的“白天兵看兵，晚上数星星”一样，生活单调乏味，时间长了，让人很难待下去。

雷达博士把“锅盖”安装在永备工事交通壕的边沿上，锅盖对着祖国的这一方。就在他安装调试快结束的时候，手上一滑，一个工具掉落在交通壕外边的山坡上。灌木丛挨个儿挤在斜坡上，摇摇晃晃能看见山风在奔跑，可它们身旁的泥土平整，丝毫看不出有什么异样。博士跳下去拾工具，哪承想，那儿是雷区，也不知啥时候埋的。博士几步踩过去，还没下到掉工具那儿，就引发了一枚压发雷，随着轰的一声爆炸，硝烟滚滚，尘土飞扬，一枚碎片扎进了他的太阳穴。

雷达博士不幸牺牲了。这个突如其来的消息很快传回到集训队，大家最先听到“雷达博士牺牲了”的时候，都会“啊？”的一声怔在那儿，瞪着眼张开嘴，半天回不过神来——没有人愿意相信这是真的。

文化考试的考场设在师部。考试结束的那天下午，三辆卡车载着所有考生回集训队。走到团部的时候，已经过了晚饭时间，在离团部还有几百米的时候，第一辆车突然减速慢下来，后面都跟着刹车，车上的人都不知道咋回事，咱们是回集训队，还有两公里呢。原来，团长和政委在公路边散步，他俩一高一矮，团长魁梧，政委矮小，都笑呵呵的。车队慢慢过去，大家都欣喜地从车厢里站起来，向两位团首长打招呼，那样子好像都已经被军校录取了一样。团长背着手，一面走一面给大家点头，政委则向大家挥一挥手，意思是你们快回去吧。

回到集训队，吃过晚饭，天就黑了。考试结束，集训队的使命已经完成，当天夜里就进行了总结讲评。转天一早，打背包，交回公用物资后，所有人员立即回原单位。离别的时候，大家都互相说着同样的祝福语：就等通知了！

重新回到营部，韩云志就感觉没啥事干，松劲儿了。但是他的心情却越来越复杂，他想，三年服役期马上就要满了，如果考不上军校，年底就退伍。回去干什么呢？只有在父亲单位去学开车了。

一个星期之后，团里下发了向雷达博士学习的通知。学习他“热爱边疆、安心边疆、扎根基层、无私奉献”的革命精神。教导员组织学习完毕之后，还补充说，团里已经把雷达博士的事迹上报到师政治部，师再向省军区和军区逐级上报，争取更大荣誉。

集训三个月期间，李教导员把九连文书抽调到营部顶替韩云志的岗位。韩云志考试回来的当天，吃过午饭，在楼下优哉游哉地踱着步子，然后跟几个人闲聊。这时候，正好碰上教导员过来了。教导员就当众问他：“你今年能考上吧？”他说：“现在还不敢肯定。”

教导员的口气有些不耐烦：“考试这东西你考得好不好心里没数吗？”他有些抵赖：“那万一估计错了呢？”教导员沉下脸，加重语气，下了最后通牒：“那你给个痛快话，考得上还是考不上？要考得上，我就把九连文书留下来继续干，要考不上，我就叫人家回去，你继续干！”

韩云志掂量着教导员那番话，本想说自己可能有希望，但如果真没考上，他的脸往哪搁呢？于是，他面对众人说了一句留有余地的话：“可能希望不大，数理化都考得不好。”教导员说：“那我马上告诉九连指导员，叫人家回去。”顿了顿，他又没好气地冲韩云志撂出一句话：“那你这三个月都干吗了，我看你就是混日子去了！”

教导员最后这句话说得有点儿重。那段日子，韩云志有点儿消沉。

等通知的日子是漫长的。一天，韩云志吃过午饭，无所事事，又心烦意乱地在一楼走廊上踱来踱去。忽然，“刘三姐”很热情地招呼了他。刘三姐是营部财务助理员的爱人，姓刘，家住县城，她经常来队里，跟大伙儿很熟。韩云志曾经和助理员一起去团部办事，还在他们家吃过饭。她大概排行老三，战士们都叫她刘三姐，领导们叫她刘三妹。她打趣地说：“小韩，你今年要考上军校了哟！”

韩云志回来之后还是第一次遇见别人这么高看他，这让他有些受宠若惊，但他还是很谨慎地回答："哎呀……现在还不敢说。"刘三姐又问他究竟考得怎么样，看来刘三姐还真是关心他。他想了想，说："还可以吧……有一两门不太好。"刘三姐又笑了："那你肯定能考上，听说咱们营部 1985 年以后还没有考上军校的，那你就是第一个了。"韩云志一听就急了，连忙说："刘三姐，你可千万别说出去啊，要是考不上，我这脸往哪放啊。"

一天临近吃晚饭的时候，团里有紧急通知传达，韩云志电话传完下属连队以后，已过了晚饭时间。其间炊事班老班长都吆喝了好几次，叫没有吃饭的赶紧下去。韩云志把通知传完后去教导员那里汇报，只见教导员和爱人正在一起和面擀面。他汇报之后，说他还没吃饭。教导员说："你早说嘛，你把炊事班打来的这些饭菜都端走，我告诉你啊，我只要一看见面食我就不要命了！"教导员爱人一边递盘子给他一边说："小韩，你都拿去吃吧，我俩今晚都吃手擀面！"韩云志端着饭菜出了门，生怕别人发现了似的，一路轻手轻脚地回到屋里，一边开心地吃着，还一边打开书桌下小柜子，拿出军用水壶来整两口。那是他参加考试回来，偷偷跑去营门外主干道公路旁的道班里打的酒。道班里有一个卖烧酒的，他打了两斤，再塞进去几颗三七，于是就成了三七酒。

李教导员让韩云志陪他下象棋，断断续续持续了很长一段时间，一开始韩云志总是先摆黑子，把红子往李教导员那边推。教导员却大手一挥，说道："你下红棋，我让你先下！"时间长了，韩云志也就不必矫情，一打开棋盘就往自己面前摆红子。

一个晚上，韩云志正在看一本写中日围棋擂台赛的书，里面有中日双方超一流棋手介绍，分段棋谱专业分析讲解，而且文字部分描述很精彩。每当无聊的时候，他都要翻来看看，他并不是为了提高棋力，而是消遣，顺便学一些围棋知识。这当儿，李教导员突然到来，只说两字："下棋。"

铺上棋盘，教导员一边摆子一边说："你最近怎么不高兴哪？"

他还记着教导员上次那句话，心里想：你那么说我，我能高兴吗？他以为已经失去教导员的信任了，但他不愿意承认自己不开心。

“没有啊……”他的语气有些遮遮掩掩，言不由衷。

“你说屎，你那点儿心思我还看不出来？”

“教导员，到年底的时候，我还是……退伍回去算了，我想到我爸单位去学开车。”这一句话，他还算说得明白。

“哎呀，别急，你这个岁数又不急着回去讨媳妇儿，我在这里不走，你就再超期服役一年吧。”教导员这句话算是对他做出了肯定性评价，他一时摸不准，教导员前些日子说的那些话是不是开玩笑的。

一局棋下到中盘的时候，韩云志忽然来了兴致，他说：“教导员，你别催我啊，我要好好想想，这盘有希望。”教导员也来了兴致：“这就对了嘛，你小子只要说有希望就说明你还有斗志。”

韩云志一边下棋，一边暗暗观察教导员的表情，特别是他自认为下出一着妙棋的时候，他发现教导员也有蹙眉长考的时候，禁不住暗自得意。他看看盘上的形势自己占优，心想，这盘棋要赢下来，教导员肯定对他刮目相看了。他这样想着的时候，不知不觉却分了神，一分神意志力就大大减弱，短短几分钟过去，教导员却将形势扭转过来了。这下，他后悔莫及，最后那盘棋还是输了，输得可惜。虽然输赢现在已经不会给他增添包袱，但他还是觉得自己藏不住话，沉不住气，所谓出其不意攻其不备才是取胜的关键，谁赢到最后谁才是赢家。

也就从那天过后，韩云志的情绪又开始活跃起来，说说笑笑，恢复往常。

到了八月上旬，陆陆续续就有各军校的录取通知下到部队。录取通知书由师、团、营依次往下传达。考取军校的同志需在团部办理手续，再去师政治部干部科领录取通知书。

那段时间，韩云志接到团部电话通知后，都要核对准确，记录好再送营长、教导员阅示。签发这类录取通知书也就是走程序，签了之后赓即通知连队。因为报喜的事情嘛，总是越快越好。十来天过去了，也不见有他自己的好消息。

新兵下连快一个月了，团里决定组织大练兵。练兵期间，各营连之间还要进行大比武，以掀起军事训练热潮，全面提高部队战斗力。

八月二十号上午，营长、教导员去团部开会，出发前，他们说会议一直要开三天，部署大练兵事宜。营领导只有副教导员在家，副教导员主持日常工作。

当天下午大概四点以后，韩云志接到团部电话录取通知。在他记忆中，最后一批被录取的一共有三个人：一个第三军医大学，人不太熟；一个炮兵学院，五连火力排班长叶振华，在集训队时有接触；还有一个就是他自己，通信学院。

韩云志拿着厚厚的通知记录本，走到对面经常去的二楼，营长、教导员的门紧闭着，一点儿声息都没有。时值盛夏，一阵凉风吹过，他却感到心里空荡荡的。他站在副教导员门口喊声报告，副教导员没抬头，但很洪亮地说了声进来。他进去把通知交给副教导员，副教导员看后连声说“不错不错”，当他递笔过去时，副教导员说：“不用签了，这都是一级一级传下来的，不必再签，你直接往下传就是了！”

当天晚上，韩云志在司务长那里开了供给关系和服装证，准备第二天就去团部转关系。

次日早饭后，韩云志打点好行装，正准备下楼，忽然听见叶振华在楼下喊他。这让他一阵欣喜，居然有同伴了。

他俩搭上营部去县城买菜的大卡车，然后去团部办完手续，再回到县城客运站，买好下午两点半去师部的车票。

临近中午，车站聚集了不少战友。县城那么小，战友那么多，而且大多都是准备去军校报到的，个个意气风发。大家就近找了一家饭馆，一桌人除了韩云志和叶振华，还有几个考取陆军学院的战友。大家吃饱喝足，又叙了一会儿战友情，离出发的时间就越来越近了。他跟叶振华去了车站，班车已经开始上人。韩云志把行李放进大巴车的行李仓，正准备登车，忽然看见一辆熟悉的吉普车疾驰而来，随后一个急刹，营长、教导员下了车，急匆匆地走过来。在那一瞬间，他的双眼模糊了，一时不知该说什么，只觉得泪水哗哗直往下淌。教导员握住他的手说："你小子别难过嘛，这多好的事儿啊！"营长一边把三十元钱装进他的上衣兜，一边说："你这通知来得急，我们忙着开会也没给你买东西，这点儿钱你拿着路上用！"

吉普车已经掉头离去，韩云志还怔怔地站在那里。叶振华从车窗里探出头，大声催他上车了，他这才赶紧跑上去，对号一看，坐在了他的后排。原来，他俩座位没买在一起。

叶振华比他早当一年兵，常年在战斗连队，虽然个子不高，但英气十足，加上他那一脸络腮胡子，就更有阳刚之气了。自然，也比他老练持重。

当班车引擎轰鸣声响起，车轮缓缓启动的时候，韩云志按捺不住激动的心情，他突然对着窗外大喊了一声："再见了——麻栗坡！"随后，他又一次热泪滚落。他不知道，他那一嗓子是对谁喊的，那山，那树，那水，还是那一片云？他不知道。叶振华转过头来看看他，笑了。坐在他旁边那位敦厚的大叔也笑了。周围的人也笑了。

韩云志还来不及把考上军校的消息告诉家里，他想给父母一个突然的惊喜。军校开学前还有几天空闲，去学校也正好路过他的家门。他在省城搭上北上的列车，经过苍山火车站时，他中途下了车，再一路辗转，坐上客车在山下清江河畔的招呼站跳下车门，沿着再也熟悉不过的山路走回家。以前上学要走两个小时的路程，那天他只用了一小时二十分钟。他几乎是一路"飞驰"赶回家里的。他忽然想起，要是用这个劲头来训练五百米收放线，那肯定不在话下。

一进门，他就高兴地喊了声妈。母亲见到他回来，有点儿喜出望外。她一边从炉子上提起茶壶，一边说："你走热了，先洗把脸。"母亲把毛巾丢进脸盆，再把茶壶的热水倒进盆子里。他拧了拧毛巾，就开始擦汗，母亲一直在旁边站着，看着他那一连串的动作，终是忍不住地问：“这退伍的时间还没有到，你又打个空手，是出差路过吗？”他神秘一笑：“妈，等会我给你看通知书哈。”母亲问他啥子通知书，他只说不忙不忙。

韩云志转过身，走进了以前住的那间小屋，母亲也跟着进来，他从军挎包里拿出录取通知书，说：“妈，这是军校的录取通知书，我考上军校了！”母亲听到这话，脸上好像沐浴着朝阳，绽放出花儿一般的笑容。

父亲韩正清当时也在家，看到儿子回来报喜，他面带笑容，但用平静的口气说：“你只要愿意回家，就说明有希望，你原来读书的时候，如果遇到考试成绩不好，星期天都不愿意回来。”

第十七章

军校在古城城南郊区，那儿离终南山很近。军校以中队为建制单位，中队一般下辖三个区队，每个区队又有建制班三个左右，每班十多人不等。技术院校与指挥院校还有一些差别。韩云志所在的一中队为营级编制，共有一百二十七人。三个区队专业不同：一区队有线通信；三区队线路（长途）通信；二区队市话通信，队伍最庞大，共有四个班，其中还有两个女生班。

开学第一门课程就是“军事地形学”。除了图上作业，他们常常被军车拉去野外进行实地作业。白天黑夜都要去山里拉练、找点。野外作业四人一组，根据男女生比例分配，三个男同学带一个女同学。楚天舒、刘华兵、韩云志和女生白珊瑚被分到一个组，楚天舒担任组长。他们白天在山里找点，就是考验体力，一般都能顺着地图找到大致方向，回到当初集合的地方。当然也有在山中迷路，误入刺芭林被马蜂蛰伤的。有时遇到景色美丽或者文化古迹之地，一路上还不忘照相留个纪念。

夜晚找点作业就有些艰难了。有一次下雨，天黑了才出发，他们坐汽车到了一个地方，人全部被丢下来，按照坐标点位先完成作业，然后才能回学校去。夜晚，田野里阡陌纵横，道路泥泞，大家打着手电，一路走，一路对照，生怕偏离目标太远。有时也碰上对面过来一支队伍，惊喜地打声招呼，互相问候，但是各组任务不同，就奔着另外的方向远去了。一阵人声灯火过去，倏忽间又是一片漆黑的宁静。楚天舒这个组已经找到了两个点，还有一个没找着。此时，夜已经深了，天空升起了红色信号弹。按照教员出发前的约定，九点半之后如果大家还没有回来，他就在教学楼顶上打信号弹，红色三发。

信号弹在漆黑的夜里升空，一瞬间把天空都照亮了。可是一落下去，周围又一片黑暗。凭感觉，他们那儿离信号弹升空的地方还有一段距离。这时候，大家商量，先回学校去吧，第三个点不知道有啥玄机，找不着了，只有回去再想办法。

第二天，楚天舒去了其他班，好不容易找到一个任务相同的组，他仔细对比之后，便把第三个点的地形地貌及相关特征填到作业表格中，最后蒙混过关了。

军校开学时就发了书，都是第一个学期使用的教材。韩云志一看有《高等数学》，顿时就觉得自己的脖子支撑不起他的大脑袋了。韩云志本来脑袋就长得大，后来跟同学们混熟了，有一个女生丁娜还给他取了个外号叫大头。

军校所学科目分为考查课、考试课、毕业考试课。考查课只用合格与不合格来显示成绩。《高等数学》属于考试课，百分制计成绩。单科学习大概两个月，结束后进行考试。果不其然，韩云志明显感觉这次是要吃败仗，过不了关。如果这次不及格，只有等下期开学后补考；如果还不及格，就得等毕业前的最后一次补考。再说了，平时学得咋样他自己心里清楚。数学不比其他，不懂就是不懂，一次考不过，补考多少次都没用。如果是这样，就相当于背着一个定时炸弹，压力和窘迫是可想而知的。

考完试回到寝室，韩云志一个人坐在那儿想了很久。他把担心告诉了一个高个子室友刘华兵，刘华兵说赶快去找教员沟通，要不成绩一出来就来不及了。还有个办法就是直接找教务科，这一说倒让他想起来，丁娜跟学校教务科有要好的熟人，而各科成绩最终都要汇总到教务科。

他左思右想，最后做出了一个让他非常无奈而又深感羞愧的决定。

韩云志先去军人服务社买了一大堆好吃的东西，他把丁娜约到楼下小树林里，把那包东西递给她。丁娜笑着问：“大头，今天啥好事儿啊？”

他有些忧心忡忡地说：“高等数学这次过不了，麻烦了……”

“哦，那你去找下教员吧，或许他高抬贵手你就过去了，现在这个时候已经不是面子的问题了。”丁娜说完，伸开手掌，在自己脸上比画了两圈。

“我平时也跟教员不熟，这话也说不出口。如果教员坚持原则，一生气把我一曝光就完了。”韩云志接着说，“你能不能去教务科帮我说一下，那样要稳得多，就算不同意，也不会把我捅出去。”

丁娜颔首低眉，片刻，她说：“行吧，我去试试。”

丁娜去教务科跑了一趟，然后回来给他说应该没问题了。他也知趣不再多问。补考通知单发下来的时候，名单上没有他的名字。那一夜，韩云志躺在床上，想起从小父亲对自己的严格管教，想起自己一直以来宁折不弯的硬气，说自己这次所作所为是人生中的奇耻大辱多少有些夸张，但他总觉得自己的脸发烧了一夜，迷迷糊糊都不知道睡着没有。

北方的冬天，夜晚寒风袭来，从楼房之间掠过去，“呜——呜——”地拖着长音，听得人心里瘆得慌。他第一次真切感受到一句歌词是那样准确：冬天的寒风狼一样嚎叫。二十岁左右的年纪，成天训练着，就像民间说的都是“国防身体”。韩云志也不怕冷，零下七八度的天，外穿一件涤卡罩衣，里面一件秋衣，再套一件毛衣就过了冬。

一场大雪过后，操场上积雪没过脚背，校园里可好打雪仗了。同学们在树林里、雪地上互相追逐，雪球来回穿梭，交错飞舞，令人眼花缭乱。笑生和叫声刺破了校园的宁静。偶有机会，二区队女生白珊瑚和方琬婷会突然把雪球打到一区队或者三区队这边来，男生们也有回敬过去的，这时候，空气中荡漾着愉悦的气息。

就在一场大雪之后的某个晚上，半夜三点钟左右，宿舍里包括韩云志在内的十四个小伙子全被冻醒了。宿舍中间有半堵隔墙，隔墙背靠背摆放着两架高低床，除了门窗的位置空出，屋内顺墙边共摆放了七架高低床。韩云志睡在外半间靠隔墙的上床，隔墙里半间（背靠背）上床是陈临江，韩云志对面上床是楚天舒。他们被冻醒后就再也睡不着了，韩云志伸手摸了摸后背下面的褥子，已经感觉不到一点儿热度了。

大家躺在床上，嘴里呲呲地呼吸着冷气，裹紧了被子，然后有一句没一句地聊天：里屋跟外屋聊，对面与对面聊，背靠背互相聊，上床与下床聊。里屋转角处上床刘华兵，没聊几句就聊起一个漂亮女生来，陈临江和楚天舒就说她和男生之间交往的事，刘华兵一阵愤慨，就说一朵鲜花插在了牛粪上、好白菜都叫猪拱了什么的，惹得众人一阵大笑，又一阵乱弹。

离起床时间还早，可大伙儿怎么也睡不安稳了，就这样聊着聊着，起床号响了。

暖气在夜里是不开的，只在白天供应。起床号播放前十分钟左右，就会听见一阵“喀喀、喀喀”有节奏的挣裂之声传来，那是暖气管道在冰天雪地里开始苏醒的声音。这时候，大家也跟着苏醒过来，知道起床号音快响了，再赖床也没有实际意义，不如提前起来整理内务、打扫卫生。但是像刘华兵那样的懒人，总是听见号音才起床，如果提前起来，他会感觉自己吃了亏。

不久，大家便想出了一个抵御寒冷的办法：下晚自习回到寝室，泡一袋方便面，热乎着吃下，肚子饱了，浑身暖和，就能安心入睡了。这个办法也不知是谁最先想到的，有一个人这样，其他人都跟着如法炮制。于是，大家都买了几袋方便面回来，放在床头柜上格的小抽屉里。一下晚自习，两个当班的值日生就先去打四瓶开水，还没回到屋里，就见这帮小伙子每人捧着一个口缸，已经等着了。等开水冲进口缸，盖好盖子，捧在手上，先暖暖手。三五分钟之后，不知是用筷子还是调羹什么的稀里呼噜一阵，完了再仰起头，连汤带水喝下去，个个儿都喜笑颜开，心满意足。

刘华兵有一次晚自习回来，拉开抽屉一看，发现没有方便面了，他便向楚天舒借一袋，说今晚没有热动力不行，等明天买了就还给你。有借有还，再借不难。方便面经常借来借去，还来还去，在冬天的晚上，方便面成为这个班特有的一道风景线，特别是人人捧着口缸，呼噜呼噜连汤带水喝下去的那种爽感，堪称是艰苦生活中的一个动人场景。

抽屉里备上几袋方便面，这叫手里有粮心里不慌。后来，就因一袋方便面还引出来一段情缘。那是上午的第四节课，陈临江和白珊瑚被安排去出公差。他俩回来的时候，食堂已经开过午饭，而且他俩所在的班里也没有谁记着给他俩留点儿饭菜。两人回到宿舍，都惦记着对方还没吃饭呢。陈临江本能地拉开抽屉，发现还有一袋方便面，就拿去女生班给了白珊瑚。爱护女同学要有实际行动，他自己已做好肚子越饿志越坚的准备了。哪知他刚出门，白珊瑚就追了出来，又把方便面塞给他，说自己不饿。两人推来推去，最后还是回到了陈临江手里。

自那以后，陈临江和白珊瑚就心有灵犀了，暗中眉来眼去，遇到集体活动就自然凑到一块儿。不过，他俩的行动很隐秘，好多人都没感觉到，也不知内情，这事只有韩云志等少数几个人知道。

军校也有寒暑假，但放假时间很有限：寒假三个星期，暑假四个星期。第一学期放寒假，刚过完正月初七，就收假了。韩云志吃过早饭即从老家出发，经县城辗转赶到苍山火车站时已经夜幕降临。

火车站广场上黑压压一片，满眼都是坐着或躺着的外出打工的人，很多买不到票、上不了车的人，一团一团地围坐在一起，广场上一时间变成了地铺。还有抱着孩子的父母们，双眼无神地不知望着哪儿。

韩云志想起了放假时队长宣布的纪律：收假集合点名时只要迟到一分钟——警告处分！他艰难地钻过人群，吃力地越过一道道人墙，才进入候车厅。夜晚九点二十分，他随着河流一样的人群涌进站台，一列开往古城的列车已经停靠，但是车门却紧闭着，任凭站台上的人哭喊怒骂也无济于事。

想起队长宣布的那条纪律，韩云志一时焦急万分。就在快要崩溃的时候，他忽然看见一个穿着铁路制服的中年大汉向他这边走来，后者手拿一把铁锤，隔一段就敲一下火车轮毂。韩云志忽然觉得救星来了，便向他大声求救："大叔！我要急着赶回部队去，你就让我上车吧！"大叔很快打量他一眼，然后语气果断："跟我来！"

韩云志怀着期待的心情，紧跟着大叔往前走了不到一节车厢。后者在一扇窗口下停住，伸起他的大手猛拍了两下："把窗子打开！"别说他这一嗓子还挺好使，窗户打开了。他对韩云志说："你上去吧，翻进去！"

韩云志在慌忙之中，还没忘记向大叔道声谢谢。他怀着狂喜的心情，用力一跃，像是要来个单杠三练习一样，双手扒在列车窗户的边沿，使劲向上一拉，大叔在后面再推他一把，他趁势翻进车厢。说是翻进了车厢，其实整个人还卡在窗口上，无法落地。他仔细一看，眼前分明就是道道人墙，车厢里就像插满笋子一般，连下脚的地方都没有。

他既然进来了，别人也不可能就让他坐在窗口上。周围的人只好再挤紧一点儿，给他让点儿空隙出来。他好不容易跨过小桌板，从拥挤的人群中慢慢落地，站稳身子。落了地，虽然不再狂喜，但他怀着胜利的心情想着：上了车就稳当了。可不知过了多久，列车才缓缓启动。后来听乘客们说才知道，这是一趟加班车，慢车，见站就停，遇车就让。整个夜晚，他只觉得自己漂浮在人群的海洋里，无需用力就能站稳，站着还能安心睡觉，只是常常在猛挤一下中又会醒来。令人哭笑不得的是，要是站累了想换只脚，可刚把这只脚提起来，旁边就有另一只脚马上占了，根本就别想再放下去。

天亮时分，列车停靠在一个大站。韩云志想：这车太慢了，要想准时赶回学校还不如去客运站坐大巴。于是，他从窗口翻了下去，到了站台上，四下一望，除了无数条铁轨伸向远方，其他什么也看不见。他自知无法越过那无数条生死线，索性再次一跃，翻回到车厢里。

下午四点三十七分，列车终于停靠在古城火车站。他心急火燎地冲出去，赶紧搭上了一辆的士。他对司机说："师傅，请你快一点儿，一定要在六点之前赶到军校！"师傅说："城里这段没有问题，路熟，出城你就带路了啊。"他郑重地应允："好，只要你在六点之前赶到就行，否则我就要挨处分了。"师傅说："你们部队真那么厉害呀，还真给处分啊？"他又一次郑重地点点头："是的。"

出租车一路疾驰，丝毫没有耽误时间。韩云志在校门口下车进入校园，一路飞奔着冲上学员楼。当他站在队部门口时，还自信地看了一下手表：五点五十三分。也就是说，他一路争分夺秒赶出了七分钟的空余，此刻他已经可以放心了。虽然一路上有些慌张和狼狈，但就是这宝贵的七分钟让他躲过了处罚。

韩云志喊声报告进了队部，就相当于在队长和教导员那儿销了假。队长看他进来的时候，表情明显由焦灼转为笑容。此时，心中这块石头终于落地。他回到二班宿舍，刚换上军装，扎上腰带，急促的哨音就响了。一个熟悉的声音传来："俱乐部集合——点名！"那是值班区队长发出的号令，他来自内蒙古，一声长啸都带着草原的味道。

韩云志站在立如青松般的队列里。随着队长的呼点，同学们此起彼伏的应答声告诉他，紧张火热的新学期又将开始了。

回到班里，韩云志坐在床上，轻松地叹口气，再抬起手腕端详着他的手表。那只表是他参军出发前父亲给他买的，他有些愣神地注视着它，看它均匀、不知疲倦的步伐，是那样精准无误。

军校的日子除了学习、训练，也没有太多丰富的色彩。每天早饭后，以区队为单位，列队去教室上课，路上还必须有歌声和口号声。通信院校本属技术类学校，但正规化建设搞得好。其中有一条硬性规定：每天早上课前，所有队伍绕操场行进一圈，在经过阅兵台时，按照分列式要求的标线距离踢正步通过，然后再齐步行进至教学楼上课。这是明显的舍近求远。冬天还不准戴手套，在室外走一大圈，手被冻僵，手指头都不听使唤了。而且每天都有戴红袖套的值班首长监督，若遇到哪个小分队走得潦草，不符合要求，还会责令返回，重新走一遍。因此，当每一支队伍行进到阅兵台左侧标线之前，指挥员都会调整队伍，统一步伐，然后发出“正步——走！”的指令，而所有队列人员高呼“一、二——”随着齐步换正步，个个脚下铿锵有力，如此一阵“咣咣咣”地过去，在队伍最后一个排面通过右侧标线时，才由正步换成齐步。

学校每年举行一次阅兵汇报表演，平时一有空就要加强训练。特别是临近检阅前两个月，每天早晨一睁眼，学校高音喇叭就开始播放《分列式进行曲》。下午放学号音一过，又是那每分钟一百一十六步节奏的曲子。每个小分队都整齐划一得像一个人似的。只有几个步枪方队，枪刺凌空凸显肃杀之气，刀棱上反射着太阳的亮光。隔上一段时间，随着口号声过去，立即传来“咔、咔、咔”的劈枪三部曲。

教导员带着队伍，他的训练热情一点儿也不亚于队长。他的声音有时比队长还高，不停地训人。队伍在阅兵台与足球场之间的跑道上操练。只要有一个人出错，整个队伍就会断了链子，格外突出。遇到这样的情况，教导员口出军令：“立定！不要动！”他走到出错的排头一瞄，随即就发现是谁错了。教导员对着出错人立马教训道：“难怪你考试不及格！”

韩云志有一次在队伍里出了错，他通过垫步的方法将步子改了过来。一二一的步伐还可以通过单脚跳一步纠正回来，但无论用哪种方法，身子都要向上耸一下，这在队伍里是很不和谐的。他这一耸不要紧，教导员立即大声叫停，喊道：“是谁在中间一跳一跳的？咹！”其实他就跳了一步，还是小小的垫步，他以为批评一句就得了，没想到教导员走过来，在排头瞟了他一眼，不客气地训道：“你考试成绩不差嘛，怎么搞的！”

学校长年坚持这一做法，训养一致，收效良好。但也有不少人发牢骚。早在几年以前，学校就开始流行这么一副仿拟前人的对联——大专生中专生士官生生生搞卫生，训练部政治部院务部部部走正步。细细品来，还真有那么一点儿意思。

有一次早饭后，大家还没集合去教室上课。韩云志站在食堂外固定的集合地点，不经意摸了摸下巴，感觉胡须长了，就取下钥匙圈上的小剪刀，在一旁慢慢剪胡须。剪到嘴角那一块的时候，必须得把腮帮子鼓起来才能借力。韩云志可以不用小镜子，就能熟练地做着这一件还算惬意的小事。旁边有几个同学正好趁着这段空闲，也开始剪胡须了。白珊瑚走过来，她以为他们围着圈干啥呢，一看才知道男生在剪胡须，觉得挺好玩。她还学着男生的样子鼓腮帮，冲韩云志左边鼓一下，右边再鼓一下，韩云志以为她鼓两下就完了，结果她连续做动作，就把韩云志逗笑了。韩云志仔细看她白净细腻的脸庞，再看看她干净的嘴角，觉得真好看。

方琬婷瘦高身材、漂亮温柔，对人又和气。韩云志因为一些联谊活动与她接触过几次。有一次中队组织春游，去骊山华清池。由于是假期活动，同学们都穿上了便装。在景区门口排队的时候，他看见方琬婷穿着吊带裙，腰身后面打个结，还留着一根长长的小尾巴，他就偷偷地扯了一下，然后假装眼睛望着别处。方琬婷回过头，四周看看，然后断然的指着他说："你坏蛋。"

韩云志顾左右而言他，说："你这大眼睛都快赶上我了。"

方琬婷说："臭美你的，还挺会表扬你自己哩。"

古城缺水，那是自然条件决定的。但城市在扩大，经济要发展，没有水是不行的。黑河引水工程就是一项功在当代、利在千秋的战略举措。春天，浩大的掘进工程开始了。古城所在地十一所军队院校全部上阵，当然也包含武警院校。每个学校分一段任务，土工作业是要在地上挖一条宽八米、深三米的河道。每天早上，工地上红旗招展，喇叭响起来，雄壮的革命歌曲唱起来。每一所军校都不甘落后，每一个中队、每一个班都摽着劲儿干。一所军校十几个中队，每个中队去工地一天，任务基本相等，看谁最先完成任务。河道旁边长长的队伍，前不见头后不见尾，每个中队又有十几个班，这样层层分任务，层层落实责任。每个班都使出最大劲头，挖土、装车、运土、战地鼓动、宣传，人人都像永动机一样永不停转，好像谁停下来谁就认㞞一样。但是换班又是必须的，歇人不歇工。当工程量过去大半，天色渐暗的时候，当所有人变得疲惫、软塌下来的时候，党员突击队出现了：旗手带头冲上来，春风浩荡，红旗猎猎，又一阵士气大振，进度突飞猛进，引来一片喝彩。

北方的气候还真怪，热天热死人，冬天冷死人。每年五月份，树冠上才开始披上一层绿色的外衣。夏天酷热，中午睡个午觉起来，浑身湿透。韩云志有一次午睡起床，居然发现被单上两只脚后跟的小窝儿都洇湿了。他还发现，睡在对面的楚天舒，每天晚上都把褥子掀开，直接躺在床板上，而且还是光胴胴（没穿上衣）。

放暑假那天，韩云志在学校吃过午饭，就赶往火车站去。他乘坐的是晚上的车次，到了城里时间还早，就打算去商场转转。他想着母亲在山上老家长年操劳，一年四季都很少出门，就想给她买件衣服。他那时津贴每月七十五元，也买不起多好的衣服，就算买了，拿回去母亲也舍不得穿。

韩云志于是打定主意，买一件衬衣。他在商场里慢慢悠悠地晃了好几圈，终于在一家店里看上了一件白底蓝色小花的衬衣。女售货员大概三四十岁，态度还算不错。韩云志就说不知道我母亲穿着合适不。售货员问他母亲有多高，他看着服务员，说跟她相仿。服务员说那就试一下呗。衬衣上了她的身，韩云志感觉也还可以，就买下了。

晚上的火车上有十来个同伴，都是回四川各地的，不过，每次回家韩云志都是第一个下车，因为苍山是南下入川的第一站，这让他有些得意。火车翻越秦岭的时候，窗外月光如银，一片一片的玉米地撩起他久违的欣喜，他想着老家山上的玉米也该丰收了。

回到家，韩云志把衬衣拿给母亲，母亲接过去拥在怀里，笑容满面地咧着嘴，无疑是在夸奖他。母亲试了试，那衬衣果然合身，但她后来却很少穿，长年挂在衣柜里。后来，只要一提起这件衬衣，母亲总是骄傲地说，这是我儿子那年从古城军校回来给我买的。不过，后来母亲夸多了，妹妹韩云慧就开始说亏欠了："志哥就买了一件衬衣她经常说，我们从头到脚包括棉帽棉袄棉鞋衣服裤子买了那么多，她提也没有提起过……"

进入专业基础课学习阶段，考试课和毕业考试课接踵而来，谁也不敢大意。韩云志正课时间很用功，他想决不能掉以轻心、重蹈覆辙。没有了高等数学，他的学习好像一马平川就过去了，所有考试课全部过关，而且都在八十分以上。

有一门课叫"脉冲数字电路"。科代表正好是同班室友刘华兵，他性格开朗，能说会道，平时跟教员多有来往。由于师生之间互通信息，班上学习氛围异常浓厚。考完试那天，大家回到宿舍，围在一起热烈讨论，都觉得这次发挥得比较理想，没有一个会拖后腿的。一片昂扬情绪之中，大家都开始大胆地估分了，好像都胜券在握了。当楚天舒问韩云志能考多少分时，韩云志郑重地回答，说能上九十分。楚天舒转过头来，质疑的目光由浅入深地刺入韩云志的心中。旁边还有一个声音对他说，你吹牛。过了几天，成绩公布，韩云志得了八十九分。一分之差，很不好看。回到宿舍，大家又在一起议论纷纷。说实话，单看这个分数还是不错的，但放在任何人身上可能都会在倏忽之间产生一丝的不快或者遗憾。他坐在自己的床沿上一直没吭声，感觉心里总有点儿不爽。楚天舒考了八十八分，当他看到韩云志心有不甘的样子，就冲着韩云志激动地说："唉，咱俩都一样，平时不爱说话，也不喜欢给教员打招呼。要是跟教员关系好，九十分随便就上去了！"

韩云志听了他的话，想想现在说这些都没用了，只是缓缓地叹了一口气。

政治工作是军队的生命线。一个教政工课的女老师，有一次讲到音乐欣赏，提到了《心中的太阳》这首歌，她说："歌词是这样写的——天上有个太阳，水中有个月亮，我不知道哪个更圆哪个更亮……这不是废话吗？"

那时，还流行这么一段说法：唱一首歌是歌星，唱两首歌是明星，唱三首歌是巨星，唱四首歌就是天王巨星。

转眼就快毕业了。最后一个学期，队里规定，晚上不准跑班排。可韩云志一点儿都不在乎，他甚至还跑去校园北边一个老乡那儿去玩。

队里还有一条严厉规定：任何人不能以任何理由进入女生寝室。

有一次，一个女生病了，陈临江过去给她送药，当他刚从女生班门口出来，与队长碰个正着。队长问他干什么，他说老乡病了来看一下，队长叱道："你来看一下就好了？"

陈临江委屈地回到寝室，说他当时搞忘了，应该说他去送药可能就没事了。

一天晚饭后，韩云志下了宿舍楼，在楼梯口遇见了丁娜。

丁娜问："大头，你到哪儿去？"

韩云志说："我到七队去找我老乡。"

丁娜说："我也有老乡在七队，你以为只有你才有啊。我也要去。"她说"我也要去"的时候还有点儿撒娇的样子。

韩云志一面说一面走，丁娜跟上来走在他的右侧，他们就这样一路去了七队。

七队老乡叫付正平，正好也在。两个老乡亲热地说着话儿，丁娜就坐在小凳子上，两手托腮静静地听着。过了好一阵，韩云志忽然问她："你不是也找老乡吗，怎么不去了呢？"

丁娜说："我老乡不在。"

从七队回来的路上，天已黑了。他俩迈着一致的步伐，像平时那样合着口令似的。路灯把他俩的影子一会儿拉长，一会儿缩短，一会儿重合，一会儿又分开。走到半道，丁娜突然对韩云志说："你原来看着最老实，其实最不老实的就是你。”

一个星期天上午，丁娜来约韩云志，她说：“学校外面有一个草莓园，现在草莓熟了，你陪我去摘草莓吧。”韩云志爽快地答应了。

韩云志现在真的变得老练了，他跟女同学在一起丝毫不觉得拘束，不像以前跟女生一说话就脸红。他和丁娜并排走出大门口时，站岗的哨兵一直盯着他们看，他都毫不在意。

女同学好像都知道那儿有一块草莓园。他和丁娜还没摘下几颗，又来了几个女同学，约好了似的，其中还有方琬婷。他和丁娜都没带袋子，丁娜想了一下，就拿出她的手绢来装草莓。丁娜一边摘，他就在一边接，小手绢都快装不下了，他就双手捧着。方琬婷在旁边看见了，提醒他说：“手绢染上草莓汁就洗不掉了。”他说：“反正又不是我的手绢。”方琬婷转头斜眼瞅着他，然后伸出右手食指指着他：“你坏蛋。”

当他捧着一手绢草莓和丁娜回来时，一进校门就遇见了一个军体教研室的教员。丁娜与那教员挺熟，打过招呼还说了几句话。教员看了看她身边的韩云志，再看看她，那眼神好像在说：该不会是在谈恋爱吧。韩云志一直保持着镇定的神情。别的本事没有，装作若无其事是他的强项。

第十八章

火热的七月，韩云志毕业走出军校，被分配到某部通信营。

学校那年实行一次分配，直接到位。往年都是按惯例进行二次分配，即学校按照从哪里来回哪里去的原则，先把学员分回各大军区，军区再进行分配。

在宿舍楼前的俱乐部里，学员们全体集合，教导员逐个宣布了学校的分配通知，每个人都知道了自己的去处，手上都领到了一份报到的介绍信。

出发的那天早上，大家都忙着打点行装。这时候，丁娜来到了韩云志的寝室，韩云志说你坐吧。丁娜在床边坐下，眼圈就红了。韩云志安慰她，说你回到原来单位就当干部了，身份不一样了，应该高兴才是。丁娜知道他被分到了省城，便说："好地方不一定有好单位，好单位不一定在好地方，看造化吧。"

楚天舒原部队在东北，他不想回东北去，可是学校一下就把他分回老部队了。他先回到老家江城，多方走动联系。他在家待了三个月，一直不去原部队报到。后来，部队保卫处派来两个人，不由分说就把他带回去了。再后来，经过一番周折，他终于调回了江城。当然，这都是后来楚天舒写信告诉韩云志的。

韩云志拿着介绍信到某部直属政治处报到，一位少校干事看了他的介绍信，就问他学的什么专业，他说有线通信。那位干事又问了一遍，他还是照此回答。少校便说，那你就去架线连吧。韩云志随即去通信营报到。营长、教导员看了分配通知书，说既然直政处已经把你分到了架线连，那只有先去干着了。当时还有通信连连长也在场，他对营长、教导员表示，说把这个学员分给他们连队算了，他在那所军校进修过，学的专业他了解，连队用得上。营长只有搪塞一句，以后再说吧。

事后韩云志才明白，他当时要回答所学专业是十二路载波，那么直政处就会把他分配到通信连载波室，自然就留在机关大院里。谁知他头脑里缺乏江湖指数，只知道说有线专业，于是就只有去架线连。架线连驻地在一个郊县，长期担负线路架设与维护任务。

营长说："你干脆下周一再来上班，连队这段时间也没在驻地，在外施工，你可以先回家去看看。"

韩云志去了火车站，就在他刚刚买好晚上的火车票离开窗口时，左边太阳穴开始跳痛，有节奏地跳痛，他想可能问题不大吧。旁边有个小药摊，他买了一瓶藿香正气水，不顾一切地喝下去。他以为过一会儿头痛就会减轻一点儿，或者就不疼了，可是两三分钟过去，跳痛升级为阵阵剧烈疼痛。他意识到这次偏头痛麻烦了。他马上过了大街，走进铁路中心医院门诊部。他告诉医生，说偏头痛又犯了，以前也是这样，医生说这也没有什么好办法，经过诊断，又给他打了一针。从注射室出来，头好像没那么疼了，但是刚刚因头疼引起了呕吐，人很不舒服，头有一点儿晕，还有一点儿乏力。他走了几步，看见走廊上有一条长椅，他想，离上车时间还早，干脆就在这里躺会儿。他取下挎包，用它做枕头，就在长椅上躺下来。

韩云志躺了一阵，迷迷糊糊，有一会儿可能睡着了，他也不知道。等清醒一点儿的时候，头不疼了，他看见阳光从屋顶斜照过来，走廊外边是个天井，天井里有一个花园，种满了花草，还有几棵绿树。绿树挡住了太阳，透过斑驳陆离的光影，他感觉这会儿还算凉爽，终于又一次缓过劲儿来。

韩云志翻身坐起来，感觉气力在渐渐恢复。他整理好军容，走出医院，再过街去了火车站候车厅。半小时后，他登上了北上的列车。

韩云志在家待了三天，碰巧父亲那几天正好在县城，就住在父亲单位宿舍里。父亲知道他被分到了军区大机关，却没有像他那样高兴，只是在心里想着：菜籽落了海。由于毕业前几天他得了急性肠炎，吃了些药还没完全好，正好可以在家休息。三天过去，身体状况好了许多，他按时回到部队，准备正式上班。

架线连当时正在军区总医院施工，任务重，全连出动，架空和铺设通信电缆。营部派了一辆吉普车，把韩云志直接送到总医院连队施工的临时驻地。这样，他就和连队干部、和老志愿兵以及战士们在那儿同吃同住同劳动。每天，全连人员都穿着清一色的作训服，按照分工打电锤、爬线杆、下人井、穿管孔，分不清哪个是干部哪个是战士，一声吆喝，齐扑扑地就干开了。

一天中午，韩云志经人介绍在食堂里遇见一名中尉军官。中尉听说刚刚分来一名校友，就要请韩云志吃饭。学长慷慨的加了几个菜摆在桌上，韩云志客气几句之后，就向中尉军官请教，让他传授一些工作经验。中尉学长热情鼓励他早点结婚，早点在省城分房安家。然后，还有一句很重要的话：“机关很复杂，时间长了你就明白了，管得了的就管，管不了的就不管！”

韩云志刚从军校毕业，心中雄心勃勃，他没有想到知难而退这个词，也没有真正理解到学长最后那句话的真正含义。

施工任务完成后，他和战友们一起回到了位于郊县的连队驻地。

连队旁边有条小街，小街上有一个理发店。战友们觉得方便，几乎都去那儿理发。理发店老板是一个二十五六岁的女子，模样和身材都还不错。韩云志第一次去理发，女老板见他肩上军衔一毛一（少尉），便笑着问他：“你是新来的排长吧，前段时间就听说连队要来一个排长。”

韩云志回答：“嗯，我是刚从军校分来的。”架线连编制两个排，可是一个排长也没有，以前都是由老志愿兵代理排长。

理发店女老板见了连队的熟人，有说有笑，生意一直都很好。不久，女老板还收了一个徒弟，那徒弟是一个随军家属，年龄大，动作慢，还不勤快，不善于学习。有一次，他给韩云志理发，一直磨磨蹭蹭的，半天也没整利索，最后还是由师傅来收尾的。自那以后，韩云志就不去她那儿理发，转身去另一边大街了。

连队周围有很多部队单位和大型企业，平时也挺热闹的，营区离县城三公里，去县城也方便。但是要去机关大院的省城就不太好办，公交车收得早，一般六点钟就最后一班了。连队配备了一辆施工的嘎斯车，改装成客货两用。嘎斯车车况陈旧，经常在路上熄火。好在连队的小伙子多，身体强壮，路上遇到熄火，大家都会轮流下去摇车。

韩云志摇车的技术不错，他很懂要领，会使巧劲儿。一般两三转就能把发动机点燃，最多不过七八转。有时甚至使劲向上一提，一下就点着了。遇到驾驶员配合不好的时候，他摇上两口气没打燃，就使性子不摇了。这时候，驾驶员就笑嘻嘻地好好说让他再去摇一下，他再下去一试，果然好了。连长、指导员每次进城都要把韩云志带上，说排长摇车的技术不错。进城时必经一条下穿路，去的时候一般没事，都很顺利，但是回来容易出状况。车出城时，从下穿路一上来就是一个路口，路口设有交通信号灯，交警总是在那儿执勤。如果遇到红灯，车子总会在那儿熄火，也真是邪了。后来，执勤的交警也都熟悉了那辆爱熄火的军车，并且经常看见有年轻军官拿着手摇柄从车上下来，交警一看就发笑。

深秋时节，连队外出施工，承包了市电力局一段在街上的架线工程。那条街道很繁华，有一条从火车北站开过来的无轨电车线路，车顶上挂着一条长长的辫子，还不时嗞嗞嗞地闪着火花。韩云志在那条街上几个作业点之间来回地奔走，检查作业进度，他大概每隔二十分钟就到上一个点去查看一番，当然不是走路，而是坐那趟三路电车。每一个施工点只相隔一站路，他一上车就递给售票员一角的零钱，一上午过去，一匝一角的纸币就用光了。

电线杆就沿街站着，有时候还紧挨着梧桐树，街道转弯线路就跟着转弯。各式各样的小卖部、餐馆和商店生意还挺红火。那是一条老街了，与这个城市一起走过风风雨雨，转弯处相连接的一条小街上，一连片低矮的棚户区都倾斜了，屋顶的瓦片上盖着层层梧桐树落叶。

一个小战士一只脚站在高过房顶的树杈上，另一只脚踩在电线杆的抱箍上，正在往上拖钢绞线，线路顺着梧桐树嗖嗖地往上爬，惊落下片片大树叶，叶子不断掉下来，落在了下面小食店女老板的头上。女老板大声地吵着，韩云志老远就听见女老板尖厉的声音：“不跟你外省人说话，哪个跟你外省人说话！”韩云志走到梧桐树底下，仰头悄悄向小战士问一句：“怎么回事？”小战士有些委屈：“我跟她打了招呼的，叫她让一下，不要坐在底下，我们要在这儿架线。”韩云志转过头看看那个女老板，只见她黑着脸瞪着眼怒气未消，他正准备上前解释，女老板大概听见了小战士的话，于是没好气地重复先前那句话：“不跟你外省人说话，哪个跟你外省人说话！”

女老板说完，仍然坐在那儿一个人生闷气。小战士涨红了脸，还想说什么，韩云志朝他递个眼色，再摆摆手，示意不要跟她吵，纠纷一时就算解除了。

连队临时住在电力局食堂二楼的一间大屋子里。食堂的早餐是稀饭馒头，年轻人觉得吃着没味儿，不提神。后来不知谁提议，说门口右边有一家怪味面很好吃，每天早上街沿上都挤满了人，路都走不通。于是大家伙早上都去门外吃面条，那是一家老面馆，低矮破旧，一间屋子靠窗口是操作间，里面就只够摆上两三张小桌子，也不够几个食客坐着吃。正如大家所说，一个个付了钱，端过面碗就蹲在街沿上吃着。一个中年男子不停地吼堂，吃面的人来了又走，走了又来。

一天中午吃过午饭，大家躺在床上准备午休。电视里放着音乐节目，一个小童星唱着甜美、稚嫩的歌曲《去远方》，她背着书包，一路上蹦蹦跳跳、活泼可爱。一曲唱完，紧接着一首《爸爸妈妈不要想家》，大家都看得可开心了。

望着天上五彩云霞，想起亲爱的爸爸妈妈，驾着飞机你们高高飞翔，护送叔叔阿姨早点回家。蓝天上的爸爸，白云里的妈妈，同学们都说你们本领大，将来我要插上一双翅膀，也像爸爸妈妈飞遍全天下。

望着天上五彩云霞，爸爸妈妈你们不要想家，我希望天上有个接线员，每天都给你们打电话。蓝天上的爸爸，白云里的妈妈，航行中千万别把我牵挂，考试我又得了一朵小红花，我是爸爸妈妈一个好娃娃。

小女孩放学了，走出校园，漫步在路上。小河边，他望着河边的杨柳，再抬头看天空。特别是那句“蓝天上的爸爸，白云里的妈妈，航行中千万别把我牵挂”，韩云志觉得她是一个多么懂事的孩子啊，多么好的女儿啊！他心里一阵涌动，泪水差点流下来。他忽然心生一个念头：“我要是有这样一个乖女儿多好！”有了这个想法，他满脸都写着羡慕，转头对旁边一个战友说：“我要是有这么个女儿就好了，可以抵两个儿子，给两个儿子都不换。”战友听了笑起来，然后却沉了一下，说：“儿子还是儿子。”

韩云志刚分到连队不久，指导员就问了他一些基本情况，主要是老家哪儿的，家里父母情况如何等，然后略微停顿，说有合适的就给他介绍一个女朋友。他知道，指导员的夫人在一家国企职工医院上班，当护士。指导员结婚后，在机关院子里分了一套房，他很多时候都会回家去。连长、指导员都成家了，凡是周末或放假期间，连队就只有他一个排长，这让他无聊了很长一段时间。

指导员说给他介绍女朋友，当然是指导员夫人那儿的人脉。指导员夫人姓杨，时常会到连队来玩，韩云志叫她杨姐。杨姐见过了韩云志，便对他说：“我们科室如果有合适的小护士就给你介绍一个。”医院里小护士多，总会遇到合适的。杨姐问韩云志身高多少，他说一米六九。杨姐说：“以后如果见了面你就说自己一米七〇，因为我们都给人家女方说了你是一米七〇。”说过这事儿之后，韩云志也没往心里去。又隔了一段时间，他就慢慢忘记了。

一个星期六的下午，天色已经有些暗了，杨姐骑着车突然来到了连队。她找到韩云志，一见面就说：“有个小护士叫洛紫玲，比你小三岁，人家一直说想找个军人，你明天就去见面。最好明天上午下班之前哈，男同志应该主动一点儿。”

冬日，阳光正好。杨姐和紫玲都当班。韩云志随指导员去了医院住院部护士办公室，一屋人都穿白大褂，戴着口罩，只露出两只眼睛来，在病房和办公室之间来回穿梭，进进出出。韩云志当然还不知道哪个是洛紫玲，他也不好总盯着那些白衣天使一个一个的去辨认。杨姐忙着，只招呼他们先等一下，又匆匆忙忙去病房了。他忽然觉得自己穿着军装兀自站在那儿，太打眼，好像是个珍稀动物似的，有点儿不自在。他这样想着，便走出门去，站在阳台上看风景。

等忙过一阵，杨姐才过来招呼。说实话，刚才进来的时候，韩云志连杨姐都没认出来。现在摘下口罩，看着就真实多了。杨姐把洛紫玲叫过来，介绍他俩互相认识。韩云志一看，紫玲长着细腻、白里透红的一张小脸，跟曹爱学的“小魏”有点儿像。第一感觉不错。同样，紫玲一看他，脸就红了。后来，科室的同事们都笑言他俩，说他们是一见钟情。

洛紫玲是从省医院卫校毕业的，她的同学有百分之七十留在了省医院，其他分到了省内各地。跟她一起分到这家国企职工医院的同学一共四人，倒也不算孤单。况且 1993 年之前到单位的职工，每人都有一手原始股，后来就没有了。报到上班那天，省医院用一辆救护车把她们四人送到分配的单位去，然后她们就住进了单身科集体宿舍。

那年冬天，这个南方城市下了一场久违的大雪，积雪厚厚的一层，铺满树丛、花园。雪大的那天，洛紫玲正好穿一件中长红棉衣，同事们午饭后都在医院楼下的花园中照雪景，一个同事喜欢照相，买了两三个胶卷，让大家在这个难得的雪景中照个够。雪地里的红衣，像一朵红牡丹，格外鲜艳。洛紫玲照了单人照，女同事们都争着穿她的红棉衣，轮流照。雪地里，每一个女人都成了红人。照片很快就洗出来，韩云志看看照片上白圆白圆的脸儿，宛如雪中红梅，又一次心生喜爱，就拿去压在自己办公桌玻璃板下面了。

一次，一位少校干事来连队检查工作，顺便问起韩云志的个人情况。少校在部队院子里是有名的红娘，最爱给年轻干部牵线搭桥。少校在他屋子里转转看看，当看到玻璃板下面那张照片时，少校就笑了。

洛紫玲上班的单位在二环路以内，医院和家属区在一起，单身科宿舍在一个大菜市场旁边，靠近二环边的立交桥。穿过偌大的家属区往城里去，便是一条小河，过了小河上那座桥，就是一所部属高校。小河边有一些买炒菜的，素菜两块钱一份，荤菜七块，吃顿饭挺便宜。同样，校园周边的书店也很便宜。

那所高校还是有点儿名气的。校园内树木参天，曲径通幽。紫玲说她以前常去学校的舞厅跳舞，认识他之后就不再去了。他们常常在晚饭后去那儿散步。校园里有许多香樟树和栾树，宁静的小花园里曲径通幽，树丛密布。小路边的长椅上总免不了一对对情侣耳鬓厮磨，置身其间，谁都会产生顺势而为的热情。他和紫玲好几次走着，来到一棵大树下，他把她手一捏再一带，那温软的身子就依偎在他怀里了。

洛紫玲常在休班时带着韩云志去省医院见她那些同学和一两个闺蜜。他们常约着去看电影，最常去的是百花电影院。洛紫玲在读书时就常跟那个闺蜜一起跳舞、看电影。有一次，韩云志和她俩去看《罗马假日》，洛紫玲和闺蜜坐在他右边。随着电影剧情不断发展，两个女同学在旁边一直开心地笑着，韩云志到中间差点儿就睡着了。不过，让韩云志开心的是，之后有一次在解放军电影院看《红粉》，洛紫玲的闺蜜没有去，他们和医院另一对恋人一起去看的。电影《红粉》里有漂亮的女演员和老戏骨，幽默风趣的对白让韩云志开心不已。

洛紫玲后来有一段时间不知为什么去省医院的时间少了，除非真的有事，她也好久没带韩云志一起去。一次，韩云志无意间跟洛紫玲提起她那些女同学，紫玲却说："以后不让你去了，你老是盯着人家看。"

次年秋天，韩云志和洛紫玲去民政局登记，领了结婚证。晚上，韩云志洗完脚，把脚放到盆沿上，对紫玲说："老婆给我擦脚呢。"洛紫玲举起小拳头，轻捶他肩膀一下，红着脸说："臭老公，你少摆老资格哈。"韩云志说："嗨，跟你开个玩笑，等会你洗脚，我也给你擦嘛。"

春节前，韩云志领到一笔可观的过节费。他去蜀都大厦一楼，买了一辆"斯比利达"牌赛车，送给了紫玲。车身是双斜杠，便于女生上下。车头有点儿绚目的玫瑰红，有三圈齿轮，一共可以调节出十二种速度，上坡还能省力。车头还有一个照明灯，通过轮子转动摩擦起电，夜晚骑行时就像探照灯似的。

结婚后，洛紫玲就经常住在韩云志的单身宿舍里。她每天骑车上下班，遇到下夜班，韩云志就提前去等着，接她回去。接她那一程，紫玲就不用骑车了，她坐在后座行李架上，环抱着他树一样的腰身，再侧身将头轻靠在他厚实的背上。每次走到郊区那段长坡，韩云志总是卖力蹬着，不停地调速换挡，他不想让自己的女人多走一段坡路。直到骑不上去了，才下来推着走一小段，很快就过了坡顶。再次上车，他就觉得跟读书时下洪家梁一样轻松爽快。后来，洛紫玲看到那段坡路太长，骑着费劲，就提前喊他停下，一起走路上去。郊区的小街在夜晚行人稀少，偶有车辆驶过。他俩一点儿也不松懈，只顾急着赶路。这样的夜里，韩云志总是一直穿着军装，军装多少给他涂上了一层保护色。

来来往往的日子在小两口生活中也算是一种乐趣和恩爱，不知不觉半年多过去了。部队总是存在着流动性，不经意的时候，得到了上级的命令，韩云志所在连队搬进了机关大院，在市中心一个公园旁边。

天气炎热的七月，韩云志休假，带着紫玲回老家去见父母。十多天假期回来的时候，发现停在单身科宿舍楼下的“斯比利达”不见了。那时，单车丢失现象太普遍了，没人能管得过来。他俩一时有些沮丧，还是紫玲反应快，她说：“我再去买一辆。”

这回，紫玲自己掏了腰包，就在厂区内的赛车市场上买了一辆绿色“雪霸”。后来，那辆雪霸一直骑了十多年。战士们都说，只要在院子里看到这辆车，就知道是我们指导员的。确实，他们都发现，那辆车居然没有同款的。

一次，紫玲带着韩云志参加同学聚会。她在省医院护理班的都是女同学，有几个同学的老公都是同一所大学毕业的，因此共同话题多，在一起相谈甚欢。他安静地坐在那儿当听众，不时也礼貌性的应答一句。后来喝酒的时候，他觉得情感上不是很亲近，心理上就主动示弱。喝了几杯之后，居然上了脸，他说：“这几天上火，牙疼，不能多喝。”之后那几个人开始互掐上了，非得斗酒。他心里暗暗叫好，自己不会成为目标了。况且一个人还说他，“脸都红成那样，肯定不能喝了。”他抬手轻轻拍了几下自己的脸，意思是承认了。

回家的路上，紫玲说：“你今天没喝醉，有点儿装呢。”

他暗自一惊，却假装轻飘飘地问：“你凭啥这么说呢？”

紫玲回答：“你喝醉了酒的表现不是这个样子的。”

一天早上，紫玲在水池边搓衣服，韩云志眯着眼看着紫玲，说：“你这个脸儿白圆白圆的呢。”

“长胖了吗？”紫玲问。

“没有。长白了。”

他经常爱伸手去摸紫玲的脸。这时候，他又想去触摸一下那白嫩的感觉，紫玲腾不出手来，只好把头一偏，说：“哎呀讨厌鬼，走开，别耽误我做事。”

第十九章

1996 年 9 月，韩云志被上级安排到某部机关警卫连任副指导员，连队当时没有指导员，韩云志以副顶正，代行指导员职责。在这之前，韩云志已经在架线连担任了一年多的副指导员，同样是以副顶正。

指导员在部队属于政工干部，全称叫政治指导员，是连一级的政治军官；营一级叫政治教导员，简称教导员；团以上直至军委总部都叫政治委员，简称政委。当然，还有少数单位叫政治协理员，简称协理员。韩云志最初不愿意当政工干部，他当排长属军事干部。韩云志在排长任职两年半的时候，被上级提拔担任连队副指导员，职务晋升副连，军衔同时晋升为中尉。下级职务提升上一级职务的基本条件是需在下级职务任职满三年。现在提前半年擢升，属于破格提拔，这样的好事上哪儿去找呢？再说了，韩云志以副顶正，代行指导员职责，还担任连队党支部书记，仿佛一下子就连升了两级似的。就连经常在营区门口收捡破铜烂铁的那几个小商贩，要是看见韩云志在操场上来来去去，他们都骑跨在各自那辆破旧自行车上一阵闲扯，说那个排长提得太快了，两个月前好像才是个副连长，现在都喊他指导员了。

警卫连在机关大院西边一个独立的小院子里，从正门进去，是一个偌大的灯光篮球场，球场南面是晒衣场，北面是器械训练场。与正门相对的大路一直通向连队楼房门口，以大路为轴又将院子一分为二，篮球场边是一条绿化带，绿化带里长着高大的香樟树和榆树。过了绿化带，大路两边还有两个对称的花台，花台紧挨着一楼走廊的栏杆。从大路到一楼营房还有三步台阶。一楼楼梯口左边第一间是连长办公室，右边第一间是指导员办公室。

韩云志第一天去上任的时候，一进正门，立刻就有一种豁然开朗的感觉。韩云志以稳健的步伐穿过操场，走近那个属于他的岗位。韩云志与连队干部见了面，相互之间并没有更多的豪言壮语，看来大家都不是高调的人。

连长那时好像在闹转业，他不经常来连队，管理上有些松散。但连队的传统还在，基本的作风素养都还在，只要有事，一声哨响都能拉得出去。

韩云志去了没两天，就跟一排长刚正连打得火热了，因为刚正连好酒，韩云志酒量也不错。更主要的，刚正连是从连队成长起来的干部，由战士保送到陆军学院学习，毕业后仍然回到连队当排长。他七月毕业回来，整天带着战士们训练、执勤、出公差，或者在大院里搞劳动什么的。刚正连当战士时就在大院内有点儿名气了，直属队的干部战士都知道他和通信营话务连一个女兵在谈恋爱。

机关直属队的女兵很喜欢看警卫连出早操，小伙子们跑起步来有一个腾空的动作，整个队伍都能腾起来，有一种无法形容的阳刚气概。那动作虽然与队列条令有些不符，却是这个连队最显著的特点。因此，不论连队哪个干部带着队伍出操，大家不仅精神抖擞，口号响亮，还有一种不可阻挡的气势。连队除了正常训练、执勤以外，还经常在晚饭后进行体能训练，大院内随处可见战士们矫健的身影。

韩云志隔三差五就会和一排长一起喝酒，晚上时候居多。韩云志通常都是摸出钞票来，叫通信员去街上买两三个下酒菜回来，通信员很灵活，办这些小事不在话下。韩云志家里泡着一坛酒，连队宿舍里还泡着一坛酒。韩云志和刚正连有一次差点把一坛酒喝干了，韩云志说，不能再喝了，明天得去打两斤酒来灌满，隔几天再喝。刚正连每次喝完酒还可以带着连队搞体能训练，长跑或军体，韩云志则在连队坐镇。

说起喝酒的事，前后两任连长都因韩云志和刚正连经常在一起喝酒而心存芥蒂。警卫连上面没有营级架构，归司令部直属工作处管理。直工处已基本决定，安排前任连长次年转业，他有些情绪，不怎么管事。但他一来连队就把通信员喊过去，问指导员和一排长天天在一起喝酒都说了些啥子，还有这些天都发生了哪些事情，他要根据情况做出决定，以证明他这个连长还在。

一天早饭后，韩云志正在连队门口准备说训练的事。忽然，司务长气冲冲地从营房那头大步走过来，还没到跟前他就喊道："指导员，二级部通信员向西平把炊事班新兵打了！"韩云志问怎么回事，他说："是他自己回来晚了，见饭菜凉了，上去就打了新兵两耳光。你去看嘛，脸上的手掌印都还在！"韩云志去到炊事班，看到新兵王彦虎呆呆地站着，一脸委屈，眼眶里含着眼泪。他突然对司务长说："把向西平给我喊下来！"

向西平来到连部门口走廊上，在离他几步远的地方站着。韩云志盯着他，厉声说道："炊事班是吃饭的地方，不是撒野的地方，不准乱来。说过多少遍了，你那个耳朵听不到吗！"向西平听了，顿时捶胸顿足，双脚乱跳，口里还不停地骂那个新兵。韩云志一看他想耍赖，好说不管用，便怒火中烧，冲过去卡住他的后脖颈，"轰"的一声把他扔了出去，向西平一连串踉跄，扶住走廊栏杆才没摔下去。此时，韩云志掌已变拳，正欲继续冲上去，向西平回头一看，见韩云志真发火了，便转过头去撒腿就跑，顺着营房跑到炊事班那头，从围墙一角的小铁门跑了出去。韩云志想他大概跑回二级部去了，就没在意。随后，司务长对着王彦虎喊道："好了，不要哭了，指导员已经把那龟儿子收拾了！"

大约个把小时之后，直属工作处一个少校参谋从连队大门口进来，他显得比往常要严肃一些。连队正在操场上队列训练，他默默走过来，靠近韩云志的耳边，压低声音，但口气有些不容置疑地说：“走，到你办公室说去。”

韩云志领他进屋，坐定。少校参谋姓高，他说：“刚才有一个二级部通信员叫向西平，跑到处长那儿告状，说连队指导员把他打了，也就是说你把他打了，处长叫我过来了解一下情况，看看是怎么回事。”韩云志听他说完就笑了，因为韩云志那时气已经消了。他详细向高参谋说了事情的来由，由于高参谋是连队前任连长，这些现象已见惯不惊。他听完呵呵一笑，说：“原来这么回事啊，那你该干啥干啥，我就先回去了。”

下午上班过后，高参谋又过来了，他从大门走进来时，步履比上午轻松许多，脸上也笑呵呵的。韩云志照常领他进屋，他很爽快地说：“我上午跟处长汇报了情况，处长明确了两条：第一，从道理上讲，老兵打新兵不对，你作为指导员，干部打战士就更不对了，这第一条；第二条呢，处长说，指导员作为连队干部，敢于大胆管理，敢于制止歪风邪气，这一点是可取的，我们要支持指导员的工作。”末了，高参谋补充道：“以后嘛，要注意方法，尽量不要扩大事态。”

后来，一排长刚正连曾经建议，让十来个二级部通信员每天在办公区门口整队集合回统一连队就餐。连队也试行了一阵，但是，那些通信员都是为二级部首长服务的，哪能都整整齐齐地按时回来呢？所以，机关就是机关，机关总有机关，就算你知晓了机关，机关终究还有机关。

那时的二级部除了司令部不用说，还有政治部、财务部、卫生部、交通运输部、物资油料部、营房部、生产部、审计局等等。

十二月初，机关组建了一个新兵连。新兵来自三个省份，训练结束后主要分配到机关各直属分队。训练任务交给了警卫连，新兵吃住都在连队，韩云志同时兼任新兵连指导员，相当于任务增加了一倍。新兵连一共三个排，其中包含一个女兵排，通信营话务连还会选派一个女干部和三个女兵班长来一起集训新兵。待所有新兵到齐，就正式开训。

一个星期之后，好些战士要求连队教唱《军中绿花》这首歌，连队干部都觉得新兵们刚离家不久，一唱肯定会哭成一大片，这样很不利于连队思想稳定。

快过元旦的时候，大家又提出来。韩云志决定，可以让全连一起唱这首歌。教唱之前，韩云志仍然作了一番动员，让新战士们把思乡之情与报国之志结合起来，说咱们都是合格的军人，要有舍小家为大家的情怀。后来，在学唱这首歌过程中，并没有之前想象的那样糟糕，只有一两个女兵在唱过几遍后掉了泪，其他男兵仍然声音洪亮，柔情中充满坚定。韩云志听出来了，他们已经明白歌中的道理。这让他感到很欣慰。

这首歌歌词质朴，旋律流畅，很好学会。在很长一段时间里，不论是部队训练新兵，还是大学、中学军训，这首歌都是必学必唱歌曲，因此，每每听到这支歌曲，韩云志脑海里就会浮现出操场上的新兵和新生方阵。

元旦那天，一个女兵班长过二十岁生日，在集体生日会上，大家热情地邀请指导员唱一首《战士与梅花》。韩云志平时把这首歌唱得熟，一般不会出现闪失。他很快调整一下情绪，把歌中情感与意境表现出来。他一唱完，大家都说好听，还说让指导员在连队教唱。但这首歌音域宽，抒情性强，况且是按专业歌手要求谱曲，难度大，因此一般人唱不了，就很难像群众歌曲那样容易传唱。

新兵连的女兵和男兵一样训练。除了共同科目，队列、射击、单兵战术等等，还有体能训练。女兵长跑，一样是五公里。她们跑热了，全部脱了外衣，毛衣上起伏的曲线瞬间变得格外结实和饱满。韩云志说："我敢打赌，你一定很少见到这样壮观而诱人的场面。"刚正连在楼上听到他的话，远远看出去，对着韩云志愤愤地说："烦，哪个喊她们脱了衣服跑的？穿上！"

"你在跟谁说呢？"韩云志笑着问他，"她们能听见吗？"

刚正连无奈苦笑一下，然后腼腆地说："指导员，你去跟她们说一下吧。"

韩云志想了想，对女兵班长说也不合适，然后回答："我去给副指导员说。”

副指导员是位女干部，从通信营派过来的。韩云志找到她，轻言细语说了原委，她居然也微微红了脸，但随后立即爽快回答：“行，等她们回来我一定说。”

副指导员找三个女兵班长一阵悄语之后，女兵们长跑时就不再那样了。

新兵连集训快结束了。有一天早上，韩云志照常去新兵连长那儿转一圈。韩云志一进屋，他居然腼腆地笑笑，递给韩云志一封信，说：“指导员，你看嘛，这是一个女兵写的。”信中写了她新兵连的收获与成长，到最后有这样一段话语：“……我觉得连长像爸爸，指导员像妈妈，只是你们没有他们那么老。我喜欢你们……”韩云志看完折好，放回信封，用手在桌子上压了压那封信，然后郑重地对单身连长说：“这信你就好好保存吧。”

新兵连的生活既新鲜又有趣，新兵们年龄小不懂事，一张白纸可以画最美的图画。又一年冬天，一百多号新兵来到这座兵营所在的城市中心，新训任务按惯例交给韩云志所在连队，一切如法炮制。

有一个新兵叫伍重复，个子特别瘦小，皮肤倒还白净，一对小眼睛常滴溜溜地转。经过细致了解，韩云志得知他的真实年龄只有十五岁。一排长刚正连已升任副连长，兼任新兵连连长。副连长担心伍重复承受不住高强度训练，也为了避免一些老兵欺负他，只安排他参加了一周的常规队列训练，也就是立正、敬礼、停止间转法和齐步走之类的基础动作，然后就让他在新兵连当通信员。伍重复在班里最矮，站在队列末尾。齐步走的时候，他必须跨出一大步才能跟上队伍，他每跨出一大步，手臂也必须摆得很高，与其说他在齐步走，还不如说他在齐步跨。也就是说，他必须刻意这样做，才能赶上整个队伍。韩云志每年都兼任新兵连指导员，给新兵们上政治教育课，教他们唱军旅歌曲什么的。韩云志在旁边看着训练的情景，便对刚正连说，伍重复确实有点儿跟不上。

训练了一周，新兵伍重复走路的动作从此就定格了。他一个小个子，走起路来跨着大步，摆臂的幅度超出了他脚步跨出的距离，他总是上身前倾，时刻保持着前进的趋势，看上去还有那么一股子气势。

新训结束的时候，连队几乎没怎么研究，就顺理成章地把伍重复留在老连队警卫连当通信员。他反应灵活，做事麻利，连队干部都很喜欢这个小通信员。伍重复也很勤快，每天做完分内之事，还喜欢跟着连队一起锻炼，特别是晚上跑步，他都提前跟连队干部打个招呼，然后跟在队伍后面跑步去了。

有一次，连队已经整队集合出去了，伍重复干完连部的活儿，换上背心短裤，待连队跑步第二圈经过大门口时，他便噌噌噌一阵风似的冲过去加入了队伍，还真有意气风发的样子。韩云志觉得虽然他个子小，但两条腿非常结实有力，便对连长陆劲松开玩笑说："伍重复这个家伙就像个飞毛腿似的，跑得飞快！"连长听了一阵哈哈大笑。

伍重复每天晚上都跟着去跑步，坚持锻炼，总保持一头小老虎的气势。一个星期之后的一天晚上，伍重复跑步回来后，径直向连长陆劲松面前走去。陆劲松正站在楼梯口看着队伍在操场上继续训练，根本没注意他要干什么。谁知他走到跟前，忽然说："连长，我……我有个想法。"陆劲松一听，心想你一个新兵，又是通信员，你有什么想法呢？陆劲松狐疑地看了他一眼，有些不耐烦地问："你有什么想法？"伍重复说："连长，我觉得我不适合当通信员，我想下战斗班去。"陆劲松一听，气不打一处来，他甚至有些气急败坏地连喊了几声副连长，副连长跑步回来正在屋里换衣服，听见喊声便探出光溜溜的半个身子来，笑呵呵地问连长啥事，连长吼道："啥事？你看你带的啥子兵？才下连队几天就不想干了，还有想法！还说他自己不适合当通信员，想到班里头去，你自己好生教育！"副连长听了连长一连串的责问，突然变了脸，他恶狠狠地瞪着伍重复吼道："你有个屌的想法，给老子滚回去！"刚正连这一声吼，把伍重复吓了一跳，只见伍重复一脸的惊恐加茫然，旋即一转身，像兔子似的又噌噌噌跑回自己那间屋去了。

整个过程不过两三分钟，情节、经过与结果都非常有戏剧性。连长看见伍重复转瞬之间所表现出的种种神情和动作，禁不住哈哈大笑，一直笑个不停。他后来还多次在韩云志面前描述自己比较得意的这一出，他认为，他相当于借此机会把副连长也训了一顿。只是韩云志当时并不在场。

韩云志后来想，伍重复年龄小，喜欢热闹，班排里战友多、老乡多，能经常在一起说说话。但那以后，伍重复确实再也没有提出其他什么想法，一天只管单纯的干活做事，单纯地快乐着。韩云志跟副连长一起喝酒，叫他出去买只卤鸡，他绝不会买只卤鸭。

天冷的时候，韩云志在冬装的大衣兜里装一小瓶二锅头。饭桌上，韩云志摸出来，拧开，若无其事地喝一口，再放回衣兜里。隔一会儿，他吃一片回锅肉，再把小酒瓶摸出来，狠狠地甩一口，又悄悄塞回衣兜里。连长在旁边看见了，咯咯咯地笑，说："咦，指导员，你一天怪名堂还多呢！"韩云志目不斜视，不理他，只管一口饭又一口肉。又过去几口饭菜，他又摸出酒瓶来。连长停了吃饭，盯着韩云志的一举一动。这时，韩云志便故作斯文地只抿一小口。连长终于沉不住气，有点儿不耐烦地说："指导员，你就摆在桌子上光明正大地喝，我看哪个要敢咋子，老子就收拾他！"韩云志抬手压了他一下，说："不必，要注意影响。"小通信员伍重复在旁边一直看，还抿着嘴偷偷发笑。

其实，连长陆劲松还比指导员韩云志大两岁，只不过韩云志先到连队任职。连长经常对他开玩笑，说指导员，你比我小两岁，我们一起当正连，但你实际上副营已经干两年了。韩云志每次都回答，哪有你这个算法的，我又不能自己给自己下个副营的命令。陆劲松在这个问题上很敏感，他总是要举出许多实例来证明他说的是对的。韩云志有时候觉得他真是个"犟拐拐"。

吃过饭，韩云志和陆劲松，还有副连长、排长们一路走出饭堂。出了门，陆劲松给韩云志讲了运输线上一个连队的故事，说连队杀了一头猪，连长、指导员想吃猪腰子。开饭前，连长在队列前作了一番动员。他问："一头猪有几个猪腰子？"战士们齐声回答："两——个！"

"一个连队有几个连长指导员？"

"两——个！"

"那这两个猪腰子该哪个吃？"

"连长、指导员吃！"

他一边说一边笑，说完也快把自己笑完了。韩云志倒没觉得这没有什么好笑的，吃个猪腰子犯得着费那个劲？

又一年开春之后，新兵补入连队，队伍中又增加了许多新面孔，犹如大地回春。经历了寒冬的树木重发新芽，绿意盎然。韩云志每年这个时候最喜欢站在连部门口，望着营区大门外那几棵高大的樟木树，树上重新长出绿叶，挤掉去年冬天那些灰暗的枯叶，生命总是这样日复一日、年复一年，就像这铁打的营盘流水的兵。韩云志收回目光，端详着操场边一棵大榆树，他发现那些树枝没有生机了。

新兵下连，伍重复就算老兵了。每当有新兵经过他的面前，他总是把小胸脯一挺，站得笔直，一脸自信的样子似乎证明自己就是一名老兵了。有一次，韩云志隔着花台看见他那副神情，就对连长陆劲松说："老陆，你看，就连我们小通信员伍重复在新兵面前都那么神气了。"连长一看果真如此，便哈哈一阵笑了，然后他对韩云志说："指导员，我发现你太会形容人了！"韩云志说："你仔细观察嘛。"

伍重复看得出来，韩云志和连长的嬉笑议论与他有关，他微微红了脸，转身进屋去了。

新兵下连一个星期之后，连部重新挑选了一名新兵通信员。连队决定派伍重复去物资油料部当通信员，这时候，他反倒不乐意了。他找到韩云志，说：“指导员，我能不能就在连队，就一直留在你们身边？”韩云志说：“人家好多想去都去不了，你还不愿意。你不能总当通信员嘛，你到二级部去为首长服务，明年还可以争取机会考个士官，连队再待下去就没有发展前途了。”

二级部通信员上班时间在机关，晚上住在值班室，只有一日三餐才回连队。两三天以后，伍重复便习惯了新的环境。有一天，他回连队就餐的时候，韩云志问他习惯了没有，他站在那儿，腼腆地笑笑，还不好意思地挠挠头，说声：“习惯了，指导员。”

第二十章

盛夏时节，连队有不少战士生病。要说生病也不奇怪，站岗放哨中暑或者饮食不当拉肚子这都算正常。可是在机关大院这么好的条件下，居然会出现长阴虱的怪病，而且不好意思说出口。

一天下午，连值日接了电话，慌忙地跑来办公室门口喊了一声："指导员，门诊部说出事了，叫你赶紧去一趟！"连值日话音刚落，韩云志就提起自行车下了台阶，一溜烟奔了过去。他刚进医院门口，药房的药剂师远远地就开始招呼他了。那个药剂师经常跟韩云志一起下围棋，很熟。韩云志问他咋了，他说刚才太惊险了，差点牺牲一个人。

韩云志听了他的话，反而稳住了紧张的心情。他再向诊室那边望过去，就见连队一个小战士在注射室外边坐着。原来他感冒发烧，打了针，护士让他在门外长凳上休息十五分钟。结果他刚走出注射室门口，就咚的一声倒了下去，小护士赶紧追出来，一摸他手腕，脉搏都没有了。小护士赶紧进屋推上急救针，跑出来，一时有些拿不定主意，另一个有经验的护士果断喊道："直接扎！"小护士瞬间明白，举起针头，对准部位，隔着裤子，唰的一下就将针头扎进去了！

急救针推完，不到一分钟，小战士醒过来了。好在热天穿得薄，护士也很果断，要不后果不堪设想。韩云志走到注射室门口，那个小护士还带着发颤的声音对他说："刚才太吓人了。"

战士李登峰不知为啥得了肺结核，住进了陆军第四十七医院。医院在省城北边，毗邻宝光寺。肺结核属传染病，需要隔离治疗。有一天，韩云志对陆劲松说："李登峰住院快一个月了，他那个肺结核虽然传染，但我们还是要去看望他一下，免得他认为自己得了传染病，大家都嫌弃他。"陆劲松一听就笑了，说："好。指导员就是指导员。"

韩云志去直工处向处长汇报，并请求车队派辆车。处长不仅欣然同意，还安排一位参谋随去，说是也代表直工处去看望一下生病的战士。出发前，他们买了一大袋营养品和水果。吉普车里坐着直工处高参谋、连长、指导员和班长，他们顺道先去军区总医院看望了一个养伤的战士，最后才去四十七医院。

传染病医院终归有些让人忌讳。大家一开始都说得轻巧，可真到了医院，就有些畏惧起来。韩云志的父亲在四十多岁时得过肺结核，20 世纪 70 年代医疗条件差，好几次犯病都差点儿没能挺过去。韩云志小时候不知道肺结核是什么，他喜欢跟在父亲身边转，和父亲一起说话。母亲有好几次把他叫在一边，提醒他说："你爸爸是结核病，传染人，你不要经常站在你爸爸对面跟他说话，要离他远一点儿。"

韩云志并没有那么害怕，他下了车，走在最前面。进了医院大门，往左拐进入传染病区，传染病区相对隔离，进去之后有两道门，在第一道大玻璃门前，韩云志停下脚步，回头看看同路的人，他们都有些磨磨蹭蹭，有的连表情都不自然了。特别是那位班长，他对韩云志说："指导员，我一进来心情就不好了，你之前提醒过，但我控制不住。"

韩云志说："看望自己班上的战士，你那个表情自然一点儿，不要黑着脸。"

其他几个人好像也受了感染，情绪不高。韩云志说："你们把东西给我，我在前面进去，你们在病房外边就可以了。"

韩云志从班长手上拿过手提袋，继续往病房走去。到了门口，他看见战士李登峰正坐在床上和旁边病友说话，就笑着热情地喊了一声李登峰，李登峰一见指导员来了，有些意外，又有些激动，一时说不出话来。

韩云志看看那几个人还拖在后面，就招手示意他们赶紧到门口来。他先进去问候了李登峰的病情现在怎样，李登峰说已经有好转了。他说："直工处高参谋也来了，我们来看望你，你就在医院安心养病，不要多想其他的。连队很关心你，等身体养好了再回来工作。"李登峰一阵感激，连声向他的各位上级致谢。

韩云志侧眼一看，李登峰对面床上坐着一位少尉军官，不用说也是个病号，这是个四人间，四个病号都在。他向那几个病号分别点头致意，这时候，刚才同路的人也都从门口进来了，大家都向李登峰问候一句。

医院不是久留之地，传染病区更是如此。一行人告别李登峰，走出病区，找到自来水管洗了手，才松口气放下心来。

踢球是连队特有的一项活动，也算是一种体能训练方式。院子里的那块大草坪只是比标准足球场略窄一点儿，球场大多时候都被韩云志们连队占用，其他单位一般也没那工夫，就连院内的学生娃娃想踢球，也要先跑来问下警卫连的叔叔们踢不踢，要说不踢，他们可高兴了。

那一年，世界杯如火如荼，异常热闹。连队干部战士心中都有各自的球星和偶像。连队决定给大家每人买套球衣，既可以踢球穿，也可跑步、劳动时穿。韩云志想了想，就说用橙色军团（荷兰队）的球衣，全攻全守，激情四溢，符合咱连队的风格。球衣买回来上身一试，大家都喜笑颜开。

酷热的下午，橙色球衣一路雄赳赳、气昂昂地到了草坪上。陆劲松和韩云志挑边选人，之后各带一队就较上劲了。陆劲松不服输，韩云志更不服输。那天天气格外闷热，乌云密布。踢了不到二十分钟，突然电闪雷鸣，大雨就跟着浇下来。雨越下越大，空中宛如挂起道道水帘，站在球场这头几乎看不清那头。但一帮人也不在意，仍然在大雨中拼抢呐喊。战士们看到连队干部都毫无惧色，他们更是热情不减。一时间，场上水花四溅，人仰马翻。这时候，处长从办公楼出来，打着伞，叫门口值班纠察去喊，说叫你们连长指导员把队伍带回去，不准踢了。纠察冒雨跑过去，先喊连长，说处长叫回去，下大雨，不准踢了！连长正在兴头上，不想回去，他问："指导员，你说回不回去。"没想到韩云志脱口而出："要想部队出战斗力，就得在大风大浪中锻炼！"连长一听，大手一挥，对着人群喊道："好！大家继续踢！"说完又冲向风雨中，没入人群里。纠察看到这个场景，只好冒雨跑回值班室去了。

过了十多分钟，处长又出来，看到没有效果，就问纠察，你们连长呢？连长在踢球。你们指导员呢？指导员也在踢球。处长气得向着球场这边大骂起来："一个二个的不要命啦，都给老子滚回去！"

处长的大骂声似乎被雷声雨声风声屏蔽了，根本传不过去，一帮人毫无收敛，对首长的指令熟视无睹。大雨哗哗的一直往下浇着，场上吆喝声此起彼伏。草坪低洼处已积满雨水，皮球落在水面上，不动，大家冲上去抢，围成一圈，你一脚我一脚，怎么都把球踢不开，大家又只好退下，让其中某个人上去把它踢出来，踢远，然后再开始拼抢。一直踢到五点钟以后，天已放晴，这才收兵收队。回到营房，端起脸盆去水房再一阵冲凉，好不痛快。

痛快倒是痛快了。可自那以后，处长很长一段时间没到连队来。以前，他不时会来连队吃一顿早餐，说警卫连的馒头好吃。连队炊事班有北方籍战士，和面技术好，馒头蒸得香，就是在新兵连，很多女兵一顿都能吃下三个馒头。

过了一段，韩云志觉得应该主动去处长那儿汇报一次工作。他对陆劲松说，我们得找个事情向处长汇报一次。陆劲松会意，随即露出一丝狡黠的笑容。

韩云志和陆劲松商量一阵，然后去了直工处办公楼。他们在处长门口打声报告，处长抬眼看看他俩，忍不住尴尬地笑了，一直呵呵地笑着。处长慢条斯理地摘下眼镜，一面笑一面说："你们连长、指导员两个人很团结啊，很多军政主官都会互相扯皮、互相拆台，你们两个让我丝毫不担心团结的问题啊……呵呵呵！”处长那会儿一直就那样笑着。韩云志知道处长话里有话，不敢接。

韩云志和陆劲松从直工处办公楼出来，绕道走房后树林那条小道回连队去，走到中间的时候，他俩不约而同地停下来，相互对视片刻，忍不住哈哈大笑起来，陆劲松一直笑到蹲在了地上。笑完，韩云志正色道，以后不能再这样了。正说着话，到了换岗时间，一个班长带着四个哨兵列队走过来，班长最先准备抄近路走小道，一看迎面走来了连长指导员，便赶紧换了方向，带着队伍走办公楼前面的大路。韩云志和陆劲松走进连队营门时，神态已经恢复正常。副连长刚正连站在楼梯口，远远望着他们笑，走近了，看他俩不像挨过训的样子，便打趣地问：“你俩真的没有挨训？”

后来没过几天，处长又来连队吃馒头了。他有时来得很晚，连队已开过饭，他就只拿起两个馒头，急匆匆地转身走了。

秋天来了，韩云志时常看着操场边绿化带中的一棵大榆树发愣。他已经注意好长时间了：那棵大榆树从春天起就没发芽，整个树一点儿生气都没有，几个月过去，树杈已经开始干枯。他断定，那棵树已经死了。

出完早操回来，他站在走廊上，喊了一声老陆，再对着另一头的连长陆劲松努努嘴：“连长，那棵树已经死了，我们把它砍掉。”

连长仰头看看，说死了就死了，不管它。

韩云志说：“要把它砍掉，免得坏了风水，连队这段时间老是有人得怪病……”

陆劲松一听就哈哈笑起来，笑一阵然后附和道：“指导员你说砍就砍了。”

韩云志正准备让班长游洪涛安排砍树的事情，忽然他想起来，这事得先向处长报告：砍那么大一棵树，不是个小事情。

正好处长那天又来连队吃早餐了。走出饭堂的时候，韩云志向处长报告了砍树一事。处长来到操场上，看了一下情况，然后说：“这棵树可以砍，砍了我们再重新栽。”

上午十点半，在电锯和斧头完成任务后，事先把一根绳子拴在树干上端，一个班的战士只一齐用力拉了一把，大榆树便顺从地倒向了操场。沉重的树干砸向地面的时候，一根横着的大树杈砸上了躲闪不及的老兵李军谊右小腿上，李军谊脸上顿时一阵惨白，身子动弹不得。救护车把他送到军区总医院，诊断为胫骨骨折。医生给他接好骨，上好夹板，打了石膏，半个月之后出院接回连队休养。

李军谊是第三年兵，本该年底退伍，此时已是十月份，可出了这档子事，只能推迟退伍了。李军谊父母得知此事后焦急地赶来连队，看望腿上打着石膏不能下地的儿子，心痛之情难以言表，他母亲在连队干部面前哭闹了好几次，韩云志每次都只能安抚劝慰。后来，通过双方友好磋商，达成一致意见：李军谊把伤养好，再评残，一切手续办完，于第二年三月才退伍回去。

军区大院不定期进行军容风纪大检查，当然还包括军车驾驶员三证齐全，严禁干部开车等规定。连队干部会时常带着纠察班，在院内不定时、不定点进行军车、军容纠察。有一次，一位团职参谋开着吉普车在郊县路上，占道超越前方一辆正在超车的车辆，与对面来车发生相撞事故，造成军车上亡一人、重伤一人。

连队纠察班有个战士从长相到身材都酷似韩国球员崔龙洙（1998年世界杯球员）。连队从上到下都喊他“崔龙洙”，而不喊他的真名，一开始他也是一头雾水，但后来就习惯了，只要一喊，他就答应。

一天晚饭后，天快黑了。忽然，连值日跑过来说：“指导员，大门口打电话说出事了，你快去一下！”韩云志几步就出了门，从阶沿上提下他那辆绿色“雪霸”，一踩，一蹿就出去了。韩云志到了大草坪十字路口，远远望见大门口一带风平浪静，便没有那么着急了。韩云志骑车到门口，问哨兵什么情况，哨兵有些为难，说林医生在门口值班室里又哭又闹。

林医生是门诊部女军医，专业技术九级（副团级），三十五六岁，虽白白胖胖，但身材匀称。韩云志有一次得了疱疹，去门诊部看，她给韩云志开了“阿昔洛韦”。还有一回，韩云志感觉口苦了好几天，便去找她看，她开了“消炎利胆片”，第二天，韩云志口苦的感觉就消失了。

韩云志知道了情况，原来林医生骑车要出门，她穿军装但没戴军帽，被哨兵和纠察拦住了，叫她回去戴帽子。

韩云志从哨位向纠察值班室走去，进了门，林医生一看韩云志来了，便停止了哭闹。韩云志对对面那个纠察“崔龙洙”说：“崔龙洙你站好，立正！”“崔龙洙”下意识抬了抬头挺了挺胸。韩云志接着说：“你怎么连林医生都不认识了呢？我们连队那么多人，每次去门诊部看病，林医生都那么耐心、那么热情，你怎么能这个态度呢？”“崔龙洙”微微低头，眼睛看着地面，一直没有做声。

韩云志别过头去看看林医生，在日光灯辉映下，她的泪水在又白又圆的脸上泛起了一片水光。他正想着怎么开口再向她解释几句，却见她抬起手臂，迅速地用袖子划过脸颊擦了泪花，再一转身，推着自行车径直出门去了。韩云志看到她那个擦眼泪的动作，忽然觉得她就像个孩子。

韩云志跟着去了门口，他提醒哨兵，等会林医生回来时进门就不要再拦了，哨兵点点头，说知道了指导员。韩云志再反身折回纠察室去，他先观察了几秒钟“崔龙洙”的表情，然后说：“崔龙洙你坐下，刚才，你其实也没有什么错，只是要注意态度和方法，以后你们要灵活一点儿，尺度自己把握好。”“崔龙洙”听后点了点头。韩云志又说：“你好好值班，我回连队去了。”

后来，韩云志一直为自己当时随机应变的处置能力感到很满意，甚至还有些得意。他也不知道，当时他为什么就那样做了。从执行条令条例来讲，战士的做法没有错，可是也不能把人家林医生得罪了。现实就是这样，你得罪人越多，就越不好办事，就是该办能办的事，人家也要给你脸色看，甚至使绊子。他当时就那么灵机一动，一个让人难堪的场面就迎刃而解了。

机关对站岗放哨的战士们有一些照顾，像李登峰、“崔龙洙”那样第三年的老兵，大多数分配去了汽车运输团，他们来自乌蒙山区，农村籍战士到部队学个驾驶技术，回家很容易找碗饭吃。

第三年兵游洪涛留下来当了班长，他是韩云志比较喜欢、用起来很顺手的骨干之一。人年轻时总容易冲动，都是血气方刚的小伙子。有一次，连队一个干部与街对面一支部队发生了纠纷，双方都动了手，虽然当时对方人多吃了点亏，但是那支部队归他们机关领导，因此并未大动干戈，只是他们把人扣住了，一查那位年轻干部的军官证，便打电话来叫韩云志去领人。

时间已经是晚上九点，对方军务科长来了电话，说叫指导员韩云志过去处理这一事件。他出门的时候，班长游洪涛一直跟在他身后，出大院时，他回头对游洪涛示意：“你不用去了，我把你带上不好。但是你看好时间，如果我半个小时还没从那边出来，你就把队伍带过来扎在他们门口。”

游洪涛顿时明白了，他看了看表，说：“我先把几个班长召集过来，先做好准备。”

事实上，对方军务科长还是很给面子，在弄清事实之后，对方说现在就放人，你们回去如何处理就是你们的事了。

韩云志领着那位干部出了门，顺着小街往出走，刚走到小街街口，游洪涛已经带着一干人马在那儿候着了。

韩云志任政治指导员职务已满三年，上级安排他去某研究所行政办公室工作，说是先试用一段，如果正式调任就要改文职，再以后，还可以干到团职才脱军装。

韩云志刚去的那段时间，所长叫他协助办公室主任管行政，有时也管两个驾驶员，负责车辆派遣，下班后还要把车钥匙收回来。很多单位是不收车钥匙的，主要怕驾驶员下班后私自出车，这样做多少有些缺乏信任的感觉。所长是专业技术七级（副师级），江浙一带人，口音不太容易听懂。韩云志跟他来往多了，有时说话就随便了。

有一天下午上班后，所长叫住韩云志，说：“指导员，你到院子西边花圃里去给我搬一盆夜来香，放在我窗台下面。”韩云志还未正式调过来，所长仍然称呼他指导员。

韩云志去了花圃，管花圃的工人是维护队的，维护队平时跟警卫连战士最熟，所以，端走一盆花有什么呢？工人师傅很干脆：“指导员你选一盆吧，看上哪盆就拿哪盆。”

韩云志端着花盆走了半个院子，还别说那盆花还有点儿分量。来到所长住的单元楼下，他喊了一声，所长应声出来，说：“你给我放在窗台底下就行了。”原来所长住在一楼。

韩云志把花盆放在窗口下面正中位置，看看那花树浓密的枝条，再想想花开满树的样子，他于是浪漫起来，就有些飘飘然地说：“所长，如果夜来香开了，你晚上闻见花香的时候，自然就想起我来了。”

所长把脸一沉：“喊你给我端盆花来，你还要叫我想起你。”

天正是热的时候。一天刚上班，所长把韩云志叫过去，说：“你到百货公司去买一个空调扇回来。”他知道，百货公司就是百货大楼，在人民南路路口。这些天来，如果所长说人民香肠（商场），他也一下能听懂。空调扇是刚出来的新品，水循环，落地式的，感觉有点儿像空调。

韩云志先去了百货大楼，又去了人民商场，他对比了一下商品和价格，然后在百货大楼买了一台空调扇。下午上班，货送到，他把空调扇安放在所长办公室，大概不出一小时，所长说：“这个空调扇制冷效果不好，你拿去退了。”

韩云志打电话给销售部，人家说，商品没有质量问题，可以换其他同类产品，但不能退货。他去给所长如实汇报了，所长说同类产品都那样，那就放着吧。

一天早上刚上班，所长把韩云志叫过来，说：“指导员，你今天帮我接待一下我老家的客人，以前一个生产队的。我本来不想见他们，但是怕他们说我看不起他们。你就说我今天开会去了，中午陪他们吃个饭，然后安排个住宿。他们明天就走了。”

韩云志耐心地听他说完，然后回应：“好。街对面中学旁边有个招待所，干净还便宜，以前连队战士亲属来队都住那儿。”

果然，上午十一点左右，一对中年夫妇来到研究所传达室，说他们是从所长老家过来的，要找所长。韩云志闻声赶紧过去招呼他们，热情地领着他们进来，先坐一会儿，喝茶。

临近午饭时间了，韩云志对他们说：“所长外出开会了，中午赶不回来，我先陪你们去吃午饭。”夫妻俩看所长安排如此周到，也没什么疑惑。吃过午饭，韩云志带着他们去了中学旁边的招待所，开了房间，让他们休息。离开的时候，韩云志告诉他们，说晚上所长来看他们。

下午一上班，他就去给所长汇报接待客人的经过，所长听了连连点头。晚饭后，他又陪着所长去了招待所。所长热情接见了老家来的客人，嘘寒问暖一阵，就握手话别了。

研究所几乎都是专业技术干部，刚刚从某大学新进了十几名大学生，分别在设计一室和设计二室工作。那些大学生招到部队来，只进行了三个月训练，然后就穿上军装成为文职干部。他们习惯睡懒觉，也没有按时打扫卫生的习惯。机关每周二、周四有两次统一出操，还要对各单位进行点评。一周就两个早上，可这些大学生都难得按时到齐。事先通知打扫卫生，可集体宿舍走廊上纸屑、垃圾原封不动，看着真有点儿气人。

有一回检查卫生之前，所长把韩云志叫过来，说：“你去把集体宿舍走廊上的卫生打扫了，马上要检查。”

韩云志一听，不解地问：“他们那么多人住，就没人打扫卫生吗？提前都通知他们了，就是不动，简直不像话。”

所长看了看韩云志那个态度，嘴角蠕动两下，却没说出话来。

韩云志后来才知道，所长叫一个快退休的室主任去打扫卫生。那位室主任是所长老乡，他一句话都没说，独自去了。大热的天，室主任一头花白的头发，大颗大颗的汗珠顺着额头流下来，军装都湿透了。

室主任已到退休年龄了，老同志勤勤恳恳，任劳任怨，这是很多年轻人不具备的。有一天，所长和韩云志谈到室主任退休一事，韩云志连连感慨："老主任真是个好同志，就差几天退休了还那么认真，这样的好同志真应该留下来。"谁知所长瞪着他，没好气地说："那你把他留下来干吗，你给他发工资？"

十一月中旬里的一天，上午十点左右，韩云志接到直工处电话通知，要他把手头工作交了，暂时先回连队去。韩云志去所长办公室，他尽量控制住自己的情绪，平静地说："所长你好，我刚刚接到直工处通知喊我把这边工作交接了，我已跟主任交接清楚了，然后，我这就回连队去了。"

所长一听，很惊讶地说："嗨，我真不知道什么原因，你去问问处长和协理员为啥通知你回去。"他还紧紧握住韩云志的手，说欢迎你经常回来玩。

其实韩云志心里有一丝明白。后来他也隐约听到一些说法，研究所反映他这个人性格太直，处理问题有时方法简单，不太适合在知识分子集中的单位工作。

回到连队，他依然是战士们尊敬的指导员。但是，他隐隐感到，他的军旅生涯可能很快就要结束了。

一天晚饭后，韩云志在办公室收拾东西，忽然听见门外一声轻喊指导员，韩云志回过头一看，就笑着说："是你呀，伍重复，快进来吧。"

伍重复抬脚进了门，又向前挪动了两步才急促地说道："指导员，我刚刚回连队吃饭，突然听见几个班长说你要转业了……我心里有点儿难过。"

韩云志说："这裁军二十万，上级分配给连队一个转业干部名额，只有我符合条件嘛。"

伍重复又说：“指导员，你从来都没有批评过我，可是我见到你总有点儿紧张，我和连长、副连长他们在一起的时候都没有这样的感觉。”

韩云志岔开了话题，叫他先找些复习资料，多看书，明年争取考上士官。伍重复说他文化低，担心考不上。韩云志说：“二级部的首长都有关系活动，你到时去考，至于分数考多考少都是次要的，但你平时一定要表现好，记住了啊！”

伍重复点点头表示答应，然后抬起手背擦了擦发红的眼睛，转身走了。

伍重复出了门，从操场上走过，径直出了营门。韩云志从背后看他走路的步态，依然是当初那个在新兵连就定格了的身影。

后来，韩云志听说伍重复真的去读了士官学校，只是再也没有见过他了。

一转眼，快到年底了。韩云志知道自己即将离开部队，但还要站好最后一班岗。有一天，他照常去巡查哨位，从大门到后门，再到纠察岗亭，最后，他去了机关办公区门口。门口接待室旁边，一个中等个子的上尉军官站在那儿翻阅着手中的文件，他忽然觉得很面熟。待走近一看，没错，那是一个多么想念而又熟悉的面孔！他按捺不住心中猛然腾起的惊喜和激动，大喊一声：“曹爱学！”

那人一惊，一抬头，再一看，随即笑容绽放，而且很爽快地喊出了他的名字。将近十年未见的两个好战友，突然相见，分外激动，居然一时不知道该说什么。

还是韩云志先开口，他问曹爱学当初从后勤工程学院毕业分到哪儿去了，曹爱学说他这些年一直在后勤某分部当战勤参谋。原来他们还是一个系统的。韩云志说：“我就在这院子里警卫连当指导员。”

两人兴奋地交谈几句，韩云志说中午干脆在一起喝酒吧，这么多年不见了，要好好叙旧。曹爱学有些犹豫，只说今天事情有点儿急。正说着话，一辆小车开过来停在跟前，驾驶员探出头来喊道：“曹参谋，参谋长叫你马上去一趟！”

当初的知己，十年不见面，一见面又分手，既出人意料的惊喜又让人满腹遗憾。

曹爱学又焦急又抱歉地说：“我还要去办个急事，等下次来机关一定找你。”他还是那样文质彬彬的样子，一点儿没变。

韩云志本想说，他就要转业了。可一时不知从何说起，他只觉得胸腔一膨胀，喉咙就被噎住了。

曹爱学拉开车门上了车，朝韩云志挥了挥手，一刹那间，韩云志突然想起了一个最重要的问题，他脱口而出地喊道：“你的‘小魏’还好吗？”

“还好。”曹爱学笑着回答。

“还是原来那个小魏吗？”韩云志激动地喊道。

“嗯，还是原来那个小魏。”这一次，曹爱学连连点头，回答得非常爽快。

驾驶员狐疑地看着几步之外的韩云志，他这才发觉自己有些冲动，还有些失态。当驾驶员确信他不再有啥急迫的事情需要表达时，才启动车轮，快速地开走了。

那一天，韩云志心中总有一股热流在涌动，他怎么也控制不住自己奔跑的思绪。夕阳下去，天色暗了，他都觉得眼前依然是一片祥和，温暖。

是的，还是那个“小魏”。他不知重复了多少遍，在心里这样说道。

第二十一章

韩云志和洛紫玲婚后一直住在20世纪60年代末修建的红砖房里，夫妻俩曾商量过多次，说等住房条件好起来的时候再要孩子。可是有一次洛紫玲却怀上了，她告诉韩云志说她去妇产院检查过了，确认是怀上了。他当时心里一慌，犹豫一阵，又有些不忍，一时说不出话来。

洛紫玲知道他的心思，就说："我曾经在产科实习过，看见那些做人流和引产手术的，心里真不是个滋味，而且小生命到五六个月大的时候已经有感知了，取出来的时候，小手死死攥住不放，把母体都抓伤了，那情景真的让人于心不忍。"

韩云志听了，没再言语，他把紫玲拥进怀里，在她后背上轻轻抚摸着。他们内心都认定了，没说的。这时候，最好的感受是共同的感受。

春节后，韩云志把自己要转业的事情告诉了紫玲。紫玲之前多少也听他说过此事，只是事情真到眼前了，心情便复杂起来。她只说了一句："你一转业就失业。"

他打开衣柜，看看那件挂着的军装，肩章上的一杠三星（上尉军衔）依然熠熠生辉。他默默站在那儿，问右肩上那枚肩章："你想不想变成双铁轨啊，两杠加星不是更好看吗？"肩章回答："我很想，可是单行道要想升为双铁轨，难哪……"

韩云志摩挲着那三颗星，感觉有点儿扎手。他断然取下肩章，收起了军服。一直到离开部队，他再也没有穿过。

新千年的春天，女儿出生了，他一边在家带孩子，一边去跑工作。大多时候，他就在院子里抱着孩子或推着婴儿车闲度时光。院子里经常有带孩子的老人和保姆，一开始，别人见他一天没事干就带孩子，还以为他是哪家的男保姆呢。

那一阵子，他经常会做同样的梦，梦见自己在教室里活动，有时讲课，有时听课，有时考试。特别是考试的时候老是题目做不出来，别人都交卷了，他还没写几个字，急啊，一急就醒了。有时他又梦见自己站在讲台上，像是讲课，至于讲了什么不知道。有时连睡个短暂的午觉都会梦见自己在教室里。不过他完全没有在意，以为自己读书的经历跟梦里差不多，当年压力大，内心深处的记忆像胶片一样保存下来了。

八月初，转业分配的通知来了，他被分配到行政学院去上班。学院通知他先去一趟人事部门办手续，然后说，虽然现在学校还在放暑假，但需要你提前半个月来单位报到，开学之前还有许多准备工作要做。

行政学院跟一般学校类似，每年都有寒暑假。回到家后，他不知怎么的忽然情绪有些低沉。他试探着问紫玲："你说这个单位怎么样呢？"紫玲却突然提高嗓门，开导他似的说道："我们单位的同事都在说，有寒暑假的单位上哪儿去找哦，你还不满意似的。"

韩云志就没再开腔了。新环境如何，他又该怎样表现，人生后半程该怎样走，这些都无从所知。只是他经常听到一些转业干部说，地方单位都能分到房子，比部队强。

行政学院位于城市内河边，靠近一所高校，环境优美。他第一天去学院报到，办公室苒主任代表学校给他谈话。

苒主任是从空军正团职转业下来的，他对韩云志说："小同志呀，咱们都是从部队下来的，情况都熟悉。你在连队当过指导员，带兵出身的，手下有百八十号人嘞。我们现在这个单位总共才七十多号人，你来了就是普通一兵了，以后要找准自己的角色，多向老同志学习，向老师们学习。好好工作吧！”

韩云志笔直地坐在苒主任对面，脸上写满了新奇与庄严，他专注地望着苒主任，认真听着苒主任的教诲，连连点头称是。

韩云志被学校分配到培训部，主要从事学员管理工作，通俗地说就是当班主任。但此时，他还是一名副班主任。培训部在教学楼五楼办公，除主任、两个副主任坐单间办公外，其余人员都全部聚集在一个大办公室里。大办公室其实是教室改建的，宽敞明亮。临街一边是落地式大玻璃，大窗户。三张大办公桌错落有致，靠墙一边整齐地堆放着五排双层铁皮文件柜，进门的右手边还摆放着一台宽大的电脑桌，左边放了一对单人沙发，靠窗一边还摆上一条三人沙发，但是一点儿也不显得拥挤。

那一年，行政学院接收军队转业干部是从九月一号正式算起。理论上讲，八月三十一号之前，他的身份还在部队。为了提前熟悉工作，学院安排韩云志在暑假期间参与校园局域网建设。也就是说，校园内办公楼和家属区都可以用上宽带了。

校园局域网的工程建设项目是由某科技大学网络公司承接的。学校对计算机培训中心机房进行了改造，购置了各类设备。整个校园内的办公楼、家属区宿舍楼都安装了交换机、布好了进户的网线。计算机中心每天由韩云志和毛雨林两人值班。毛雨林刚从大学计算机专业毕业，暑假前应聘到学院上班。

他俩时常跟着网络公司工作人员参与布线施工，教学楼和办公楼好办，一点儿阻碍也没有。家属区就比较复杂了。施工人员要进入住户家里，免不了要起些矛盾。宽带是个新鲜的东西，每月还要收费，有些住户家安装，有些不需要安。韩云志在院子里五栋宿舍楼之间转悠。他注意到：每栋楼修建的时间有先后，每一栋楼的户型都不一样。他听一些资深的老职工讲，才知道每栋楼的详细区分，按照职务级别该分哪套房，职务晋升了，还可以依次升级调换。他听了这些，心中有了美好的憧憬。他想：

我说不定哪天就有自己的房子住了。他这样一想，郁积了一年多的忧愁很快就释然了。

那时候的主体班只有两个班次，处级干部进修班和中青年干部培训班，即处级班和中青班。处级班学制为三个月，中青班四个半月。

开学之前，他跟着班主任走进中青班教室。一刹那间，他被眼前的景象怔住了，他一下子仿佛回到梦境之中，那曾经做过多回的梦，梦中那些黄色的实木桌椅板凳，跟眼前的一模一样。他好一阵发愣，心想：这是否就是一个人的命运呢，往后向何处去，还有多少人生命题还等待自己去解呢？这些都无从所知。

开学典礼在三楼阶梯教室进行，那是处级班平常上课的教室，遇有外请领导和专家讲座，两个班就合班上大课。

大屏幕上是主旋律的背景，并打出了字幕：第三十七期处级干部进修班、第二十一期中青年干部培训班开学典礼。

经过那两期培训的学员，无论如何都不会忘记他们在党校培训时的期数，因为他们不需要记忆。那个公式、那句话太常用了：三七二十一。

班上同学在各种活动中都惯用那句话："三七二十一的上课了！""三七二十一的上车了！""三七二十一的集合了！"等等。

韩云志也一直记得，他很幸运地遇上了"三七二十一"。

那时上课的老师已开始使用电子课件，但为数不多。有些老教授还比较前卫，能跟上时代的潮流。很多老师都还在用钢笔或圆珠笔写教案，教室里还是常见的板书。使用多媒体教学增加了教学保障的量，每次上课之前，韩云志就和毛雨林一起合作，从计算机中心机房里分别抱出一个CRT显示器和一个486的主机，提前来到阶梯教室。阶梯教室专门用于培训班上课，优先配置先进教学设备。其他小教室还只能使用传统教学法。

在单位工作一段时间，韩云志很快发现一个现象：地方和部队在称呼职位的时候区别很大。在部队，团长就是团长，副团长就是副团长，连长就是连长，副连长就是副连长，一点儿都含糊不得。而在地方，县长、副县长都叫县长，处长、副处长都叫处长。这让他感到有些不解。

同样，学院的院长、副院长也都叫院长。他想起放完暑假刚上班那天，全院召开全体教职工大会。会议在三楼阶梯教室召开，领导班子成员都坐在教室的主席台上。院领导讲话的时候，韩云志认真听着每一位院领导的讲话。他心无旁骛，生怕给领导留下一个不专注听讲的印象，可是过了不久，他就发现根本没有哪个领导注意他的坐姿或者神态，这让他感到非常没有存在感。又过一阵，他悄悄瞄了一下周围，发现有抽烟的，有翻看报纸的，还有眯着眼睛靠在椅背上的。他暗自心惊，他以为，台上的院领导们都是厅级，相当于部队的师级，换句话说，师级干部在上面讲话，下面能这样吗？他一时有些疑惑。

回到家，他把这些见闻讲给妻子听，还发表了一番感慨。紫玲淡定地对他说："你见得太少了，地方上都是这个样子的。"

那段时间，韩云志总是早早上班，最后一个离开。除日常工作外，还积极打扫卫生，打开水，到收发室取报纸等等。报纸是发给学员用于小组讨论时学习所用，每天一大叠，三天不取，收发室的小柜子就装不下了。

年底，学校分给他一套住房。他简单装修一番，就把家从部队搬了过来，两室两厅，也像个家的样子了。新世纪的第一年，他感受到了新气象。从那一刻起，他觉得自己又一次远走高飞了。告别了军营，新的生活开始了。

转年春季开学，他向领导提出了自己的职级问题，说自己先前在部队连级岗位上干了七年，去年平行套改为科员，如今相当于任职八年时间，能否申请晋升为副主任科员。

学院人事部门研究了韩云志的任职经历，认为部队的副连和正连两级都对应科员职级，在正常情况下应该给他晋升一级。于是，人事处就此事上报院领导，待院委会召开时上会研究。

有天晚上，韩云志照旧下楼散步，正好遇见走路锻炼的刘院长，刘院长老远就打招呼，他也迎上前去礼貌地问候一声。刘院长说："韩云志，你到学校工作以来很不错，大家对你反响很好，有一段我还想把你调到行政处来，但培训部也缺人，当初分到那儿嘛，就安心干工作。"韩云志点点头，礼貌地回答："谢谢刘院长关心。"

刘院长又说："你那个事情不要急，这次开院务会，许院长不同意给你晋级，她说，你在部队的任职时间不算，现在要重新计算。"

韩云志一听就惊呆了，他以为自己听错了。等他反应过来时又有些蒙，他心想：这是什么混账逻辑！他心里这样一想，脸上也跟着急了，但他总不能当着一个领导说另一个领导的坏话，但他焦急而又愤慨的表情告诉刘院长，领导这样做决定明显不妥。

刘院长看出了他的不满，因此就劝慰他："你先稳住，不要闹，我们凡是遇到开会就提，一开会就提，多提几次她就同意了。"

刘院长的态度很和蔼，也很诚恳，况且话说到这份儿上，韩云志不便再多说什么。他笑着对刘院长表示致谢。

大概又过了两三个月，院委会通过了韩云志的职级调整，他由科员晋升为副主任科员。

在这期间，苒主任也多次安慰过他，对他说："以前每年都要进转业干部，许院长都没有那样说，不知道为啥到了你这儿，她偏偏就说你在部队的任职时间不算，要重新计算，这的确不符合政策。我们每次开会的时候都替你呼吁一下，说不定她就改变主意了。"

韩云志当班主任带班的次数多了，就有了更多出差的机会，也会带班去省外考察，认识的机关干部也越来越多。有一次，一个叫李玫的女同学打电话给他，说要参加任职资格考试，请韩老师给她找几套复习题。

李玫还特地问："韩老师，你还记得我不？"

韩云志不假思索地说："记得记得，美女怎么会不记得呢？"可是他找到复习资料后，就在QQ上给李玫打招呼，说复习资料找好了，给你传过来。李玫说："韩老师，什么资料啊？"韩云志突然发现自己发错了，但他不露声色地说道："任职资格考试复习题，你会用得着。"对方说那就感谢老师了。搭过话，韩云志一阵虚惊，怎么记错了呢？原来，他的学员当中有四个叫李玫的，来自不同单位。有一个单位就有两个李玫，他没把两个在同一个单位的李玫记错，却把其中一个李玫与另一个单位的李玫记混了。

他回过神来，才找到原先那个李玫，打电话过去，说复习资料找好了，QQ上传你。李玫听了，很开心地说谢谢韩老师了，丝毫没听出什么破绽来。

不久，机构改革开始了，行政学院并入党校，办公室苒主任轮岗交流到培训部当主任。

进入新世纪，信息技术得到快速发展，很多行业的考试方式已经由传统笔试改进为人机对话。任职资格考试也是在干部教育网上进行，实行在线联考。由于报名人数众多，加之这类考试已经在全省推行，各级都很重视。学校作为一个考点，上级把任职资格考试交给了学校培训部来具体组织实施。在校学员和各单位人事部门把参考人员信息报给学校，培训部负责考务，他们把考生信息录入，与照片一一对应，扫描之后上传考试系统，之后再打印、发放准考证。分管校长亲自到培训部督战，以确保高质量完成上级交给的任务。

培训部党总支书记具体负责考务工作，由于工作量大，时间紧，学校还安排了两名当年新进教师到培训部实习，并跟班听课，以熟悉教学和学员管理工作。那么，两位年轻老师也正好遇上这次突击任务。

章校长和苒主任在门口那一对沙发上坐着，一边抽烟，一边看着大家忙碌，他们可能在思忖哪些环节上要特别注意。

考生的照片要先贴在A4打印纸上，依次排列，照片下面写上考生的名字，然后通过扫描再上传。平时班上的学员还好说，班主任都认识，可这次临时分配来几百名考生，要保证不出错，就必须认真仔细，反复核对，如果出了洋相，上级怪罪下来不好交代。

为了缓解紧张氛围，大家一边忙碌，一边还不时开句玩笑。当说到照片排序与名册对应的时候，年轻的彭老师无意中对韩云志说了一句："如果前面一个人错了，后面就全部错了。"

韩云志一听，也知道这个后果的严重性，他想说什么，却住了嘴，他担心会生出多余的事儿来。

苒主任接了一句："所以大家要特别小心，一定要核对准确，不能出错啊。"

大家都连忙说，一定小心，一定小心。

虽然大家都有了足够的重视，可坐在一旁的章校长却不淡定了。他一言不发，一支接一支地抽烟。突然，他问具体负责考务工作的刘书记："刘建国，你敢不敢给老子保证——绝对不出错！"

培训部学员党总支书记叫刘建国，章校长一急，就直接喊了他的名字，那样子很明显是要他立下军令状。

刘建国抽了一口烟，笑着看了看章校长，再把头一歪，半开玩笑地回答："世界上哪有绝对的事情呢……"

章校长一听，气不打一处来。他拉下脸来说道："今天晚上全部在计算机中心加班，把信息全部核对准确了再上传！"

午饭时间到了，该下班了，可章校长还坐在那儿不走，大家你看看我，我看看你，故意说该回家吃饭了，可他还是没有反应。

刘建国看着章校长，主动说："今天中午大家都不回去了，既然章校长在这儿，我们就一起请章校长吃饭。"

章校长一时没有回答，他抽完一支烟，把烟头往烟灰缸里一摁，也不看大家一眼，却甩出一句话来："老子现在没得心思跟你们吃饭。"他一边说一边起身走出门，头也不回地下楼去了。

夜晚，计算机教室里灯火通明。几个小伙子心无旁骛，密切配合，报名进度紧张有序。刘建国站在一旁督阵，其中有两次他揉了揉腹部，说胃咋个有点儿痛呢。章校长虽远远地坐在后排，但情况如何他心里是有数的。当晚十点以前，所有考生信息准确无误录入考试系统，上传至省考试中心。

第二天，章校长谈起头天夜里加班时的情景，还有些夸张地说："刘建国当时都紧张得胃痉挛了。"

后来，这件事过去好长时间，韩云志只要一见到彭老师或者说起资格考试来，都要说他一句，"就怪你小子当时多嘴，本来没有事的，结果让你一句话就把章校长搞紧张了。"彭老师每次听了，都呵呵呵地傻笑。

韩云志最先在中青班当副班主任，协助学员党总支书记管理学员，由于他带兵出身，管理能力提高很快。两三年之后，他就当上了班主任。

中青年学员是机关的科级干部。韩云志刚到培训部工作时，中青班的学制已由原来的六个月缩短至四个半月。又过两年，学制继续缩减为三个半月。但在干部培训中，这个学制依然算最长的。

中青班存在一个特有的现象，就是年轻女学员多，这就不可避免地存在怀孕的女同学也多的情况。有一开始就大着肚子来报到入学的，有上着上着就怀孕了的，还有学期中间预产期提前了的，因此导致这部分学员频繁、长期请假。彼时，班上学员反映较大，不同意见很多。时间一长，这让班主任在管理中尺度难以掌握，领导也觉得为难。培训部苒主任和学员党总支书记刘建国曾当面向章校长汇报过两次，但章校长并未作明确答复。

一日，苒主任和刘建国二位处领导，在教务处五楼大办公室召集部门开会。正说着话，就远远地望见章校长从走廊那头快步走过来。见他进来，大家都起身迎接。他进了门，不看人，不说话，坐下，摸出烟，点上，沉思。大家又目不转睛地盯着他，不知他有啥重大决定需要宣布。但他一句话也不说，只管抽烟 。一支抽完了，大家以为他要发话，谁知他又摸出一支来，点上，眉头一直紧锁。顿时，空气似乎开始凝固起来。吴、刘二位领导也只有把烟点上，小心地、慢慢地陪着他抽。

就在大家面面相觑的时候 ，章校长把第二支烟抽完了。他忽然站了起来，挥起他那只大手 ，狠狠地往蒙老师办公桌上一拍！然后斩钉截铁地说到："老苒、刘建国，你们都给老子听着，以后哪个龟儿子再发杂音，就喊他有本事把自己肚子里头也装一个，老子照样给他批假！"说完，立即转身，头也不回，大踏步地径直回办公楼那边去了。

约莫等他下楼之后，众人这才反应过来，顿时笑翻一片。最是苒主任笑得痛快和释然，眼泪都笑出来了。

打那以后，遇到同样的问题，班主任都能泰然处之，耐心地做好解释工作，学员们也不再多提意见。这样的局面维持了相当长一段时间。

章校长思前想后，从来到去，就两支烟的工夫。

没过多久，韩云志就以班主任身份带班出去考察。那时候每半年能去省外考察一次，一走就是十来天。当然一般是到沿海发达地区，也会去红色基地。一天晚饭后，韩云志和几个男女同学在湖边散步，信步又去了土特产一条街。八点之后，被一帮同学簇拥着要去 KTV，他推辞不过，只好随着他们漫步一条长长的小街，出了街口，沿着柏油马路转过小山嘴，就看见前方不远处有座歌城。他们都说这地方有点儿偏了，但那歌城外观装饰很不错。

他其实很不想去唱歌。他知道，唱歌是假，喝酒是真。晚饭时本来就喝不少了，再去唱歌，啤酒红酒几杯下去就晕头转向，既不知今夕何夕，也不知身在何处了。

一群人上了二楼，他一边走一边在想脱身的主意，但他表面上说说笑笑，不以为意。刚上楼梯口，他的手机忽然响了，电话是哥哥韩云平从老家打来的。他对他们说接个电话，然后用神秘的口气开始对讲，他一边讲一边向后退，装作有很重要家事要谈的样子。最后进门的是一个女同学，她转过身来，大声说：“韩老师你打完电话就进来哈，我们等你！”她停下来盯着他，一双杏眼露出怀疑的神色，她看他没有继续后退，于是又叮嘱了他一遍，才进屋去了。

韩云志看了看四下无人，便赶紧下楼，以偷袭成功后立即撤退的速度转眼间离开。下了楼，山路有点儿黑，他昂首挺胸，壮起胆子大踏步向前走，一转过山嘴，就到先前那条明亮的小街上了。小街上店门热闹，人们三五成群来来往往。走上一段，就会遇上熟识的同学，便回应一两句话，再走上一段，又被几个同学喊去逛土特产一条街了。

玩耍至深夜，韩云志回到酒店躺下，一夜无梦，睡得真好。早上起来去湖边走几圈，回到酒店一楼早餐。天井里是取餐区，旁边就是餐厅，用餐完毕，就在他刚走出餐厅的一瞬间，就在吧台与门口之间，昨夜那个女同学突然出现在他面前并挡住了他的去路。只见她杏眼圆睁，严词厉色地大喊一声：“韩老师，你昨天晚上把我骗了！”

她这一喊不要紧，立刻就把韩云志吓慌了神，脑袋一下就蒙了。他不知道自己脸上是不是已经没有血色，好在他强作镇静，迅速开动脑筋，像 CPU 一样高速运转并搜索昨夜自己的一言一行，真的有骗女同学吗？他努力详尽地回忆一遍，确信自己没有喝多，更没有做出越轨之事，这才镇定下来。那个女同学来自一个很要害的部门，自己怎么轻而易举就敢骗她呢？

就在韩云志一脸茫然之际，面前的女同学突然放肆地大笑起来，哈哈哈地笑个不停，一直把自己笑蹲了下去，还埋着头继续笑。她大概也觉得自己一时失口，这样的不当用语简直可以叫人跳进黄河也洗不清。看到她瞬间峰回路转柳暗花明的情态，韩云志自知险情已经解除，便从容离去。

这事儿后来自然成为一段笑话。回到学校，他俩偶尔在教室里碰到，那个女同学都会忍俊不禁，他也会同时笑起来。有一次上课前，他俩在教室后面遇见，两人不约而同地笑起来，笑得人畜无害，笑得其他同学一头雾水。

后来，那个女同学还经常组织班上集体活动。酷暑季节，还会到县、区工作的同学那儿，在青山绿水之间流连忘返。

苒主任在空军转业之前就已任满正团实职五年，到学院来这么多年一直没有解决待遇。学院并入党校后，增加了副厅级非领导职数，也就是为老同志在退休前解决待遇的一个闲职。

2005 年，干部选拔任用实行“海推”制。既然是海推，就是单位每一个教职员工都有投票的权利。只要你是在职的，不是临时工，都有画勾或画叉的权利。

有一次，单位要推荐一名助理巡视员（副厅级）。在办公楼七楼大会议室里，紧张的票决开始了。第一轮投票，是从所有符合条件的正处级实职人选中推出两名。结果，两人得票数均过半而且非常接近。关键的第二轮票决开始了。此刻，气氛顿时紧张起来。会场里异常寂静，只听见笔在纸上画勾的沙沙声。投票结束后，立即召开校委会。会上，班子成员的赞成票又是旗鼓相当，此时，只要一把手有明显的偏向砝码，票决人选立刻就成为定局。

校委会结束的时候，也就该下班了。刘校长从楼上下来，在办公楼前遇见从教学楼下来的当事人苒主任，他老远就像报喜似的大喊一声：“老苒，我没有投你的票！”顿了顿，他又说，“因为我分管行政部，所以我投的李思明的票！”说完，他居然心安理得，得意扬扬，扬长而去。

刘校长大大咧咧头也不回地走了，看着他走一步就往上冒一下的背影，苒主任一时还有些不明白他的意思，虽然他那话说得直通通的，一点儿疑问都没有。等刘校长的背影消失在办公楼通往家属区的拐角处，苒主任才回过神来，他长长地叹口气，然后咬牙切齿地骂了一句："你这个狗——日的！"

刘校长这样直接给当事人表达，说他没有投你的票，你该怎么应对呢？你若是要表现出对他不满，反倒显得你小肚鸡肠，没有胸怀了。

那一年，苒主任已满五十五岁，过了这个村就没有那个店了。本来他的资格最老，平时待人处事也和气，总想着与人为善，哪承想结果会是这样。苒主任心情变得沉重起来，甚至有些悲伤。大家担心他想不通，落选的当天晚上，科室一位老大姐提议大家一起吃火锅，先开导一下苒主任，转移一下他的注意力。

大家的热情关心温暖了苒主任的心，他很感动。毕竟大家长年在一起上班，都是有感情的，即便工作中有时发生龃龉，那都是过去的事了。身体是革命的本钱，这是老生常谈，可真正要做到心胸开阔还不是那么容易的一件事情。

老大姐还找到了苒主任的家人，告诉他们一定要多关心他，尽量不要再刺激他。他的家人倒也看得开，没有愤世嫉俗的态度。苒主任闲下来的时候就多听听音乐，与家人聊天。过了一段，他又像往常一样笑口常开了。

一位五十七岁的叶副教授，一直念念不忘的，是能在退休之前评上教授，此生就算功德圆满了。好不容易在退休之前等来了一次机会，可是高评委仍然没有通过。他感到很郁闷，成天愁眉不展，唉声叹气。第二年春季，学校组织到省医院体检，结果肺癌晚期。几个月之后，叶副教授就没了。

大家都觉得惋惜，老师们都去参加叶副教授的追悼会。回来的路上，一行人纷纷追忆往事，以表怀念。说到人生无常，世事难料，都觉得还是身体最重要。最后，一位同样五十多岁的吴副教授慨然长叹，仿佛卸下了背负多年的沉重负担，他面对大家，爽朗地发表感言："教授不要也罢，还是要长寿！"

第二十二章

自从韩云志转业上班，岳母就从老家过来带孩子和做家务。到女儿上四年级也就是十岁那年，岳母才回老家去照顾体弱多病的岳父。

有一句歌词："不是我不明白，这世界变化太快。"2008年仿佛就是这样。春节前后，南方多省遭受了罕见的低温、雨雪、冰冻灾害，时间长达一个多月，让人猝不及防。远的不说，弟弟韩云晓家里的几个小猪儿都被冻死了，这是他有生之年还没有经历过的事。

那一年，洛紫玲在一家区人民医院当护士长，当选为区"十佳护士"，区卫生局定在"5·12护士节"这天下午两点半开展纪念活动及颁奖仪式。当天早上，紫玲出门时说了，她上午下班后和同事一起直接去活动现场，中午就不回家吃饭了。家里只有韩云志和岳母两人。吃过午饭，岳母简单收拾一阵之后，并没有像往常一样说要睡一会儿午觉，而是说去河对面的菜市场买菜，一边说一边急匆匆地就出门去了。

韩云志本想休息一会儿，心里却不知为啥憋得慌。他没有去卧室睡觉，而是像平常那样斜靠在沙发上，准备小睡一会儿。过去了十多分钟，他怎么也睡不着。他不由自主地走出家门，下楼到院子里，抬头看看天空，浓云密布，低沉地压在头顶，让人气紧。他微微叹口气，又去了办公室五楼。他在电脑前坐下来，想听一会儿音乐，打开平时那些好听的曲子，这会儿却怎么索然无味呢？他一时不知如何是好，仰起头，闭上眼，任凭思绪肆意游走。这时候，他的手机却响了，一看是一位领导打来的，赶紧一接，领导在电话里说，这次有个熟人要参加任职资格考试，由于年龄大了，当年还当过知青，这次考试合格后就准备解决待遇退休了。领导叫他带这个熟人去参加考前辅导班上课，他爽快应允，说等会两点半就开始上课，来之前找他就是了。

刚试行任职资格考试的前几年，考前辅导班是培训部在承办。机关每年参加考试的人多，便有考前辅导的需求。上课在三楼阶梯教室，第一堂课由一位资深的老教授主讲，是学校的台柱子。

两点过后，上课的学员们开始陆陆续续地来了。韩云志在办公室里等着，他还要给那个熟人取复习资料。两点二十的时候，熟人果然来了，还是两人一块儿，都是女的，年长的那位接近五十了，而且腿脚有些不灵便。和她一交谈，才得知她当年就在韩云志老家那个公社当过知青。他们寒暄一阵，正准备一起去教室的时候，突然，两扇落地窗户咔咔、咔咔咔地响起来，感觉有拉裂的声音。韩云志忽然脱口而出："糟了，地震了！"

韩云志话音刚落，一阵轰隆隆隆的地声传来，像洪水汹涌澎湃，直冲脑门。紧接着，大楼就开始左右摇摆，上下抖动，两位女士也开始惊叫起来。楼道里传来苒主任的喊声："不要乱跑，不要乱跑——"那时他们已经站立不稳了，他赶紧叫两位女士蹲下来，扶住桌子，并安抚她们，说："我们这个楼是框架结构的，没事，不要怕。"

话是这样说，可摇晃越来越剧烈，从墙体里发出嘎吱嘎吱的钢筋拉扯声让人恐惧，电脑桌上的书和纸张啪啪地往下掉。那一刻，韩云志心中的防线开始动摇了，在摇晃最剧烈的时刻，他的心理防线渐渐崩溃了。他想：今天可能完了，说不定连吭一声都来不及就要被埋在这儿了。他突然想到女儿，女儿在学校如何呢？老婆现在怎么样，她早上出门前说今天在会场二楼活动，会不会现在已经跑出去了呢？还有岳母跑到哪里去了呢？等他把这几个问题刚刚想完的时候，摇晃突然停止了。这一刻，好像黑暗中突现一丝光亮，必须赶紧抓住这一线生机，他脑袋里冒出的第一个念想就是赶紧逃生。这时候，就听见满楼都有呼喊声，随即是咚咚咚的下楼声。他也说声赶紧下楼，就把二位女士带到楼梯口，随着流动的人群快速下去，然后到了办公楼后面的操场上。

操场上早已聚满了人，大家都处在惊恐之中，也不知道震中在哪儿。

人群闹哄哄的，大家都在描述几分钟以前那让人惊恐的一幕。机关党委李书记从三楼跑下来，站在操场上，说他当时看见周围所有的房子都在左右摇摆，往左摇过去要倒的时候，一下子又被拉向右边，往右边摇过去要倒的时候，一下子又拉回左边。他一边说，一边两手比画着左右同摆，像是汽车雨刮器工作在快档时来回摇摆的样子。一个班主任老师说："十一楼正在半期考试，考生桌上的水杯啪的一声掉下去就摔碎了。"幸好监考老师没有慌，让大家不要动，蹲在桌子下面，等摇晃过去再有秩序地组织学员快速下楼。这时候，生命第一，考试第二。

街上也是挤满了人群，乱哄哄的，两边的住户都从楼上跑下来，所有人都惊魂未定。一个人正在向周围的人描述，说他当时就坐在街沿上打牌，地震来的时候，把他面前的麻将牌都震倒了，他看到街上的地面就像波浪起伏一样，太吓人了。还有一个人大概从外面刚开车回来，说他开着开着，忽然发现他的车就像船儿一样漂荡起来，一下漂左边，一下又漂右边，他就疑惑起来："咦，我这车方向盘失灵了吗？"还有很多人把手机一直拿在手上不停地拨号，却一点儿信号都没有。

韩云志忽然想起女儿来，当然学校这会儿也不至于有多严重，但他想去看个究竟，就急忙往学校赶过去。他快步走过两个路口，路口的红绿灯因为停电已经多目失明。他走到学校门口，平时一贯紧闭的大门已经打开，老师们都焦急地等着家长来接孩子。孩子们已经分班集中在操场上，他过去找到了孩子所在的班级，班主任刘老师赶紧叫孩子过来，让他领回去。他问刘老师："明天来不来上学呢？"刘老师说："还不晓得，要等学校通知。"

他拉着女儿的小手往回走，感觉她好像并没有被吓着。回到院子里，人群仍未散去，只有一些学员渐渐离开，回家去了。住户们还不敢上楼，都拥在坝子里。他在人群中看见了岳母，岳母看见他把孙女完好无损地领回来，就说她要上楼回家去看一下，他也没阻拦。等过了半个多小时，岳母下楼了，她说："屋里的书柜和饮水机都倒了，书柜玻璃门摔碎了，饮水机里的水流了一地，我已经打扫完了。"

孩子们都已经被家长们陆陆续续接回来，在楼下聚拢了。过了一阵，他们似乎忘记了不久前的那一幕，三三两两开始玩耍起来。

天黑的时候，恢复供电了。但人们还是不敢回家去，都在操场上站着或花台边坐着。韩云志回到楼上，抱了被子和褥子下来，准备打地铺。一些要高考的孩子在花台边，躺在垫子上休息，父母在一旁守着。韩云志一阵思寻，想到教学楼一楼大厅可以暂避一夜，他把被褥铺在一个大立柱的旁边，晚上就让岳母、夫人和女儿三人休息，他随便对付一夜就可以了。

第二天开始，广播、电视里传来令人揪心的消息，灾区救援早已行动起来，解放军、武警、专业救援队和各级党委政府把抢救生命放在第一位，可歌可泣的事迹不断涌现。后来，据说在极重灾区一所垮塌的小学校舍里，一块水泥板下面就压了七八个孩子的遗体，正在现场指挥的首长看了，久久说不出话来，其悲痛之情难以言表。

紧接着下来，学校决定把操场下面的地下停车场清空，用来打地铺。所有车辆开出去以后，一片一片的气垫床上面铺上褥子，一顶一顶的蚊帐依次延伸。地下停车场有好几个通风口，抽风机工作一段之后，几乎闻不到汽车尾气。偌大的停车场变成了宿营地，城市里的人们多年都没有感受到这种群居的氛围了。特别是小孩子们，学校还没恢复上课，也没有作业，成天在一起玩耍。孩子们固有的童趣打发着难捱的时光，不时传来一声声稚嫩的嬉笑，让大人们感受到人世间还有生机活力。

秋天来临的时候，韩云志的后背生疮了。一开始他没在意，两三天过去，疮疖长到一个小土豆那么大，他反手一摸，生硬生硬的，稍微有痛感。晚上回到家，他叫洛紫玲给他看一下。他撩起后背衣襟，紫玲一看，忍不住惊叫一声："怎么长这么大个疮啊，太吓人了！"

他说："没啥，等脓疱疮白顶了，把它挤了就好了。"

"不能随便挤，要感染，容易得败血症。"

"我们小时候在农村，那么多人害了疮，把脓一挤，就好了。"

"你有点儿蠢啊，那种落后的方法你居然还要采用。躺下，我给你敷药，然后上纱布。"

韩云志不再争辩了，紫玲找来鱼石脂软膏、棉签、碘伏和纱布。她叫他躺好，消毒、上药，贴上纱布。第二天早上起床时，他反手摸一摸，发现纱布还很妥帖地粘在背上。他自言自语说："我老婆这技术确实好，没说头。"

晚上下班后回了家，到八九点时，紫玲突然想起来，说："该给你换药了！"

韩云志躺在沙发上，拉起后背上的衣服，洛紫玲一揭开纱布，赶忙说："不要动，你不要动，脓流出来了，我去拿纸巾！"

洛紫玲在棉签上蘸满碘伏，用两支棉签对着挤。韩云志只感觉一阵刺痛穿过后背，遍及全身，他抱紧抱枕，咬紧牙关。紫玲问他痛不痛，他说不痛。他还说："你使劲挤，长痛不如短痛。"紫玲说："太吓人了，把脓挤出来后，有豌豆那么大一个洞。"她又说："为了保险起见，你还是去医院看算了。我有点儿怕。"

"你这是专业操作呢，纱布、棉签都是消过毒的，你怕什么。"他又说，"你晓得以前农村都是没有消毒措施的，直接就把脓疱疮挤了。"

洛紫玲正色道："韩云志同志，你咋那么蠢啊，我早就郑重地告诉过你好不好，得了败血症是要死人的。"

韩云志看她语气加重，态度坚决，就不做声、不争辩了。

洛紫玲叹口气："唉，只能说那时候的人命大。"

每天晚上，洛紫玲按时给他消毒、上药，贴纱布。脓疱疮上的洞口越来越小，也不怎么痛了，只是挤那一下有些刺痛。他说："你使劲挤，要把脓心挤出来。你第一次手软了，所以没挤干净。"

紫玲说："挤干净了的哈，最后都流鲜血了。"

他说："要经得住这样的疼痛，还要多经受这样的考验，那么，即使严刑拷打也能经得起。"他贫嘴的劲头居然上来了。"我十二三岁的时候，有一次在县医院伤口没缝好，回到家一直流血，又去缝第二次。结果第二次就没打麻药，一直到伤口缝完，我都没哼一声。最后，那个医生止不住感叹地说，这个娃娃坚强！"

紫玲赶紧制止："哎呀你不要说了，听了全身发麻。"

那段时间，他在办公室无意来回踱步的时候，常常反手过去摩挲着背上那块纱布，纱布盖着的地方不疼了，唯留下一双小手慢慢拂过的关怀与温馨。

第二十三章

一个人长年漂泊在外，为了养家糊口不停忙碌奔波，时常就顾不得他人冷暖了。人与人之间的交往有时会持续很久，有时会忽然中断，这其中可能没有原因，充满偶然。

韩云志多年没跟当年那些兄弟们联系了，自从那年他探家回来在街上偶遇董得圆，之后他们就再也没有见过面。有一次军校放假，他再去物资局的钢筋门市部找董得圆，可那儿早已改头换面了。

军校毕业也有十七八年了，很多同学之间都慢慢失去了联系。一天晚上，他梦见自己坐上一条小船去海上，说是军校同学方琬婷在那儿。小岛在东海上，小船轻快的摇啊摇，他靠近船舷边，看见海水清澈湛蓝，海上一丝风都没有，大海真平静啊！阳光下的大海深处，方琬婷快乐吗？如果她孤独了，有谁陪伴她呢？他在梦中忽然生起一阵伤感，醒来都觉得心底还有一丝忧伤。忽而又想起那几句歌词来——“人面桃花红，相思步匆匆，昨夜风摇花醒，染红多少好梦……”

他时常想起初中学过的一篇课文《芋老人传》。故事讲的是一个穷书生进京赶考，没有钱住店。一天傍晚，饥寒交迫，他在一位农夫的屋檐下避雨，被农夫叫到屋里，给了他一块芋头吃，他觉得芋头香甜无比，对农夫无比感谢。后来，书生金榜题名，做了相国，吃遍天下山珍海味，可越吃越没有味道。于是，他派人找来那位农夫，请农夫再煮一回芋头给他尝。结果他大失所望：为什么以前的芋头那么香甜可口，而现在远不如过去的呢？农夫感慨地说：“时位之移人也。”

也就是说，人会随着时间和地位的改变而改变。如今在城市里，人们生活各有各的压力，各有各的苦法累法，各有各的兴趣爱好及生活习惯，如果没有要紧事儿，一般都不愿意去打扰别人。

钢筋销售店的生意萧条之后，董得圆经同学介绍远赴新疆。他本想先去找吴相忘，看看兄弟，顺便再找份工作。可是他并不知道吴相忘的具体地址，只好在乌鲁木齐街上瞎逛了几天。

董得圆成天无所事事，终究不是办法。几天之后，经初中同学陈海波介绍，他转道去了库尔勒。陈海波的妹妹陈海燕在那儿开了一家小饭馆，他就去那儿帮忙打杂。哪承想，饭馆开了一个多月，生意不景气，只好关门。陈海燕想到他是自家哥哥介绍来的熟人，也不好直接叫他走人，但他一个大男人总不可能吃闲饭。陈海燕又托人把他介绍到一家夜总会。夜总会里歌厅、茶楼、餐厅具齐，他在餐厅干了一段时间，觉得没劲，又通过在夜总会酒吧认识的一个丫头介绍去了保安公司。他在那儿认识了一个东北小伙子，两人很谈得来。没干几天，他俩都说不想干了，又去街上找事做。两人出了门，却不知往哪儿走，他们用脚步思考，在街上漫游，遇到大一点儿的门店就去打听，可人家都说不招人。肚子饿了，囊中羞涩，两个小伙子一掏腰包，身上只有两块钱，只好一人买一个馕饼，拿在手上一边吃一边游荡。

生活所迫，董得圆很快找到一家钢窗厂，他在那儿给门窗刷油漆，算当油漆工。和他一起做钢窗的一个小伙子祖籍四川，在新疆长大。没过几天，两个老乡混熟了。有一天生意清淡没事做，小伙子便约上董得圆一路，说去讨债。小伙子说，当地一个人欠他三百块钱，借了好长时间一直都没还。

时值冬天，董得圆在冰天雪地里走了三四十里路，只穿一双胶鞋，一路走下来又冷又饿。到了那家人屋里的时候，董得圆感觉快要冻僵了，他想去解手，进了厕所，他才发现自己到膀胱里却好像储蓄着一个大冰块，怎么也解不出来。他当时就崩溃了，他在心里一面哭一面说："糟了，这辈子完了，我还没有结婚哪！"

男主人见了讨债人，表示他家里确实没有现钱，还得等一段时间。女主人笑脸相迎，说话也中听，还招待两个讨债的吃了一顿饭。董得圆后来说，如果他早知道是那种情况，就算那家人欠他一千块钱他都不要了。钱没要回来不说，还差点把自己废了。

董得圆很快又认识了一位来自家乡的漂亮女子，她高挑的身材接近一米七，与一个粮店老板的关系很好。准确地说，是粮店老板一直在追这个漂亮女子，但是老板个子矮、长相也不出众。老板给漂亮女子买了一辆夏利车，女子就出去开出租。女子将董得圆介绍给老板去守店，老板想都没想就同意了。这样，在董得圆守店的时候，老板就有工夫去伺候美人了。

粮店主要卖米卖面。小街斜对面不远有一家挂面加工店，店里的小工经常过来买面粉。一天早上快十点了，董得圆坐在店铺小窗口边，端着一碗面疙瘩。粮店不缺面粉，煮面疙瘩是他老家的吃法。他在碗里放一小勺红油辣椒，再倒一点儿酱油，就有些吃面条的意思了。他呼哧呼哧刚吃下小半碗，小街对面就出现一个小巧玲珑的女子。那女子过了街，径直向店门走来，她先站在门口，静静地看着那个吃得香喷喷的人。她想喊一声，又怕他被面疙瘩噎住了。

董得圆感觉门口一亮，不经意转头一瞥，顿时就被怔住了。他半张着嘴，定了两秒钟，然后把嘴边那块面疙瘩放回碗里。他心里一惊，又一喜，喜的是眼前这个女子怎么跟夏百合长得一模一样呢？女子见他那样盯着自己不转眼，不由得红了脸，但她还是大大方方地说："我来拿两袋面粉，挂面店的。"董得圆赶紧嗯嗯两声，放下碗说："我给你拿啊。"他抹了抹嘴："今天怎么是你啊，平时那个小兄弟呢？""他家里有事，这几天请假了。”董得圆从货架上搬下两袋面粉，放在门口推车上，说：“你一个女儿家怎么能干这种粗活呢？我帮你推过去。”

挂面店虽说就在斜对面，但要把面袋子卸到工作间去。他随手带上门，就推着车过街去。

女子说：“哎，哥，你还没吃完呢？”

“吃饱了！”他说。

女子伸过来一只手，搭在推车扶手上。董得圆说：“妹儿，不用，这点活儿不在话下。”他连珠炮似的：“哎，妹儿，听你说话，好像我们是老乡嘞。”

“我也听出来啦，我们都是那方人。”

董得圆一听，立即收起了他那一口的“椒盐”普通话，改说四川话了。一说家乡话，滔滔不绝的谝嘴那是他的强项。

女子说：“哥，我叫彭淑君。你呢？”

“我叫董得圆，我弟弟叫董得方。我父亲早就对我们说过，为人处事要外圆内方。所以……”

彭淑君听了，咯咯咯地笑。

卸了面袋，董得圆跟老板和小工们打过招呼，推着空车一路轻松愉快地回到店里。他端起剩下的那半碗面疙瘩，刚吃了两口，就觉得一点儿都不饿了。

彭淑君比董得圆小五岁。他俩几乎可以天天见面。董得圆本来就能说会道，嘴上能哄人，加上小伙子长得也白净，不出一个月，俩人就难舍难分了。

1997年底，董得圆结束了颠沛流离的日子，满心欢喜带着彭淑君从新疆回到老家，他想给全家人一个惊喜。毕竟在外流浪快三年，能带着一个板上钉钉的女朋友回来，在他看来最大的收获莫过于此。

董得圆父母都在镇上供销社工作，属于城镇人口，那时叫吃商品粮。

听说儿子带回来的儿媳妇是远方人，农村户口，个子又矮，从小爹娘死得早，他父亲顿时没有好脸色，说话也不好听了。

父亲对董得圆说：“我以前托人给你介绍那么多女朋友，有镇上和乡下的，个子高的、皮肤白的、漂亮的都有，你随便挑。现在你却跑出去带回来一个……”

他还当着董得圆和未来的儿媳妇的面说：“你们两个结婚证没得结婚证，她也上不了户口。如果没有结婚证生了娃娃是要罚款的，我可是没有钱给你们交罚款啊！”

父亲的态度让董得圆有些始料不及，好像他带回来一个累赘似的。

其实，董得圆的父亲呢，主要是嫌弃她个儿矮，又是农村户口，而且爹妈死得早，相当于是个孤儿。董得圆知道父亲偏爱弟弟，这没什么奇怪的。俗话说百姓爱幺儿，幺儿经常和父母在一起，端茶送饭、使嘴跑腿什么的，父母总觉得亲近。但他这回才发现，老父亲居然也是一个很市侩的那种人。

在董得圆父亲眼里，他自己是国家工作人员，吃商品粮的。自家儿子找老婆，要么找个漂亮的，要么找个大户人家的，这样才能给他撑门面。

父母既然不待见，那么一连串的问题只有他自己解决了。好在董得圆是一个负责的人，他既然把人带回来了，就要把人家安顿好，决不能做负心人。

用董得圆自己的话说，他四大名著没有读，却读了一些歪门邪道的书。他在高中时代就读完了《厚黑学》《官场现形记》和《中国裙带风》等等，且常常在几个兄弟中宣扬他的观点，而向鹏飞和杜玉国经常针锋相对地反驳他，时而引发激烈的争论。特别是杜玉国，对他的观点嗤之以鼻，不屑一顾。董得圆常说，不管你们哪个，走上社会都要用这些办法，说起来不好听，但话丑理端。这一点倒还有合理性。董得圆读书的时候，跟校长、班主任、任课老师关系都处得好，这是其他几个兄弟远不如他的地方。

他首先跑到供销社人事股，求父亲的同事给他开证明，把他老婆开成了供销社的人。他跑去计生办和民政办，恰好又是他的初中同学在那儿办证。他花了两包“红塔山”，就把结婚证和准生证都办了。董得圆自回家后一直不开心，但出去办事却格外的顺利。

董得圆的妹妹生了孩子，她晓得哥哥最喜欢拉关系，于是就叫董得圆帮她去上户口。借着机会，他趁机与派出所户籍警套近乎。他说：“我的娃娃也快要生了，我想把娃娃的户口就上在她婆婆头上，因为我们两口子的户口都在外头 ，我的户口在县城，但是我们下岗人员在城里没搞场，就把娃娃户口上在青峰镇算了。”户籍警随口搪塞道：“等娃娃生了再说吧。”

儿子一出生，董得圆就跑去派出所，把儿子的户口上在他母亲户头上。他父母都在供销社，所以他儿子跟着爷爷奶奶就变成了城镇户口。那个年代城镇户口还是比较吃香的。

儿子户口解决了，可老婆彭淑君却一直是个黑户（指没有户口）。他又去找派出所缠住户籍警，叫人家给他老婆上个户口。人家说：“你老婆娘家有户口，我们这边再给你上个户口，那不是就多出一个人来了吗？”彭淑君娘家很远，隔了几个地区，交通不便，户口迁移来回跑着麻烦。再加上彭淑君是个孤儿，一回娘家就两眼一抹黑。

董得圆说：“把老婆名字改了。”人家说那也不行。他最后说：“我听说不是有个政策吗？如果在本地结婚满三年，那么就可以把户口上在本地。”那人听了，嗯嗯一阵，说先写个申请嘛。此话一出，董得圆立刻就来劲头了。他咚咚咚跑到弟弟董得方的铺子上，在小卖部拿了两条“红塔山”，再叫董得方帮着写了个申请。他常夸耀，说董得方的字儿写得好。

申请交过去，彭淑君上了户口，户口仍然上在董得圆母亲户头上。而且人家还提示他，说：“你可以分户，分开以后好办事，少很多麻烦。”两条“红塔山”的作用非常明显。这样，董得圆把老婆和儿子又从他母亲的户头上分了出去。后来，各项惠民政策落地下来确实得了不少实惠。

这样弄下来过后呢，董得圆的老婆就成了城镇户口。但是两口子没有工作，也没有事干，又开始去走办低保的路。他又写了申请，交给青峰镇民政办，民政办管低保的那个年轻人看了，半天也没理他。他早几年前就把户口买进了县城，于是他就跑去县城办理。在县民政局低保股，遇见一个以前的朋友正好在当股长，事情很快就办成了。

一个月之后，股长夫人给他打电话，叫他在青峰镇民政办去拿低保证。他一边走一边想："小伙子这回总该认得我了，总不会为难我了。"但他转念一想，以后还要长期打交道，面子上要过得去。于是，他又去董得方的小卖部拿了一包"紫云"。到了民政办，那个小伙子把低保证给他，他一看每月八十元。但那个时候还不是打卡，而是在民政办工作人员那儿领现金。小伙子这回态度热情起来。董得圆自然也懂得：他每次去领钱的时候都给人家递上一包"紫云"。他每月领低保八十元，花十元钱买包"紫云"，占去八分之一，也算舍得的了。而且他话还说得圆范："兄弟，我不抽烟，一包烟打开就没用了，你就拿去抽。"

董得圆那些所谓歪门邪道的书真没有白读。他在给别人上烟之前，首先看人家抽什么烟。如果你平时抽十块钱一包的烟，那么他至少要给你买十二块钱一包的；如果你抽硬中（中华）呢，他就给你买软中；如果你抽"娇子"，他就给你买"天子"。也就是说，他买的烟要比你手上的高出一个档次，这样才能表现出他对你的尊重。

董得圆把老婆孩子安顿好之后，小两口从2000年开始做家电生意。虽然父亲偏心董得方，但他自食其力，苦心经营，一点儿也没让父母操心。多年之后，方圆几十里，只要一提起"董冰箱"，无人不知，无人不晓。

"董冰箱"自然还要卖"董冰柜"。在乡村，家电的淡季与旺季界线分明。旺季一来，翻山越岭地送货，一天到黑都跑不赢，经常忙到深更半夜，淡季时常常一个星期也卖不出一单。自从有了"董冰柜"，周围山村的老百姓就不用再腌腊肉了，随时都可以吃上新鲜肉。山里人祖祖辈辈吃腊肉，吃腻了。只有在寒冬腊月快过年的时候，家家户户才杀年猪儿，然后象征性地腌一些腊肉和香肠，吃个稀奇而已。

“5 · 12”汶川大地震发生之后，董得圆把拉家电的微型货车贡献出来，帮助民政部门拉帐篷，安置灾民点。青峰中学操场上搭起了帐篷营。他一趟又一趟为小镇上各家各户拉铺盖，往操场上运救援物资、器材什么的。此时，他已经是青峰镇应急队的一名队员了。2008 年 10 月，董得圆被苍山市委、市政府表彰为“抗震救灾优秀公民”，并为他颁发了荣誉证书。全县总共表彰了二十名，而青峰镇仅有他一人获此殊荣。

董得圆常说，他自己是个“烂贤惠”，只要别人有事喊一声，他都愿意去帮忙。小镇上若是哪家办酒席，他是跑得最快的一个。去得最早，却是最后一个离开，顺带还要用“微货”帮人家送还家什。彭淑君曾多次抱怨他：“我看这个青峰镇要是离了你，人家都没法办酒席了。”但他认为，能为别人做事是他的荣幸，说明他这个人还有存在的价值，即使用价值。

董得圆自进入镇上应急队，人勤快，嘴巴甜，见着谁都主动打招呼，镇上领导都挺喜欢他，也信得过他。

过了不久，镇上准备修一座公路桥，以连通河谷两岸车辆通行。小镇上以前只有一座吊桥，也只供行人通过。镇党委先后做了几个方案，桥两头无论如何都存在拆迁赔偿的问题，成本很高，翻来覆去地定不下来。

董得圆主动找到镇党委余书记，他说：“余书记，你们不必费那么大劲，那些人漫天要价，何必嘛。修桥可以从我家那儿过去，桥头修路也只占了我们家一小块地，小事情，我不要政府给赔偿费。”余书记详细问了他家的情况，又去实地看了，说等镇党委再开会时就能定下来。

修桥的项目很快就落实了。施工之前，董得圆家里却发生了一件让所有人都意想不到的事情。

由于董得圆的父亲过于偏爱弟弟董得方，在分家的时候，把家里的房子全部分给了董得方，而把桥头那块地分给了董得圆。父亲对董得圆说：“你是老大，在外面跑了整整十年，家里大小事情都是人家老二在管，现在家里房子是借给你住的，你以后自己在那块地上重新修房子。”就这样，白纸黑字的分家协议即刻生效，没有走趱（通融）的余地了。

董得圆一看父亲这样独断的决定，立刻就傻了。他想，他已经跟镇上做了口头承诺，可那块地被占了，如果不赔偿，他哪来钱修房子呢？他忽然觉得自己一时冲动，没考虑到变数，打脸了。

父亲虽然对董得圆小两口不公，但家和万事兴。董得圆的书没有白读，他不会顶撞父亲，更不会去和弟弟妹妹闹纷争。

修桥的项目即将动工了。董得圆没有办法，只好去找到余书记，把这个突发情况说了。他说：“当初我本来不想让政府赔，而且我也是给你们表了态的，但现在这个情况如果不赔的话，我就没房子住了。”余书记一听，顿时像吃了哑巴亏一样，半天没说出话来。要知道，基层乡镇党委书记，没有一套又一套的道理，那是镇不住堂子的。余书记到底还是有身份的人，他只能在心里大骂董得圆：“你这个狗日的，居然敢把党委政府当猴耍，以后有你好看的，走着瞧！”

虽然余书记气不打一处来，可董得圆并没有跟政府签订协议，他要政府赔偿，政府也没有正当理由拒绝。最多，也只能说他说话不算话，是个“屙尿变”（临时变卦的人）。

桥既然已经决定修了，总不至于因这点赔偿而下马。按照当时的征地价格，政府兑现了董得圆的赔偿款。公路桥竣工之后不久，他准备再开工起一座楼房。

因为征地赔偿之事，街坊居民都知道。他们都认为董得圆把政府耍了，占了政府的大便宜，结果还把他告到了县上。县国土局、城建局派人来调查，董得圆详细汇报了情况，人家又看了镇政府跟他签订的合同，最后认为是合法的，一点儿异议也没有。

但是，老百姓却不依不饶。董得圆起楼的时候，不时会有人来现场阻拦施工。群众的理由是：你既然主动答应政府不给你赔偿，那无论如何都得履行诺言，你这样言而无信，我们不答应。无论他怎么解释，人家都不买账，还说："这是你家老父亲的事，你应该问你老汉要房子，不应该问政府要！"施工现场多次受人阻挡，有时还不得不停工，但是，镇政府和社区一次也没派人来管过。

此事在当地引起了不小的震动，各种说法都有。当然，董得圆在镇上应急队是待不下去了，社区的廉勤委主任也当不成了。他完全成了一个平头老百姓。不过，他为了证明自己的诚信与感恩，在当年楼房竣工之时，正遇上中秋、国庆双节来临，他自己出资两万多元，在青峰中学操场上为全镇人民举办了一场迎中秋、国庆晚会。

第二天，他买了几十套环卫工作服和同样数量的雨伞，送到镇上环卫工作站，把这些穿戴和雨具给每个环卫工人捐赠了一套。

此后，征地赔偿风波才渐渐平息。

第二十四章

夏百合早年父母离异，她随父亲一起生活。父亲是驾驶员，经常出车。更主要的是，父母离婚之后，她对父亲有怨恨情绪，再加上父女二人性格不和，很难沟通交流。

20 世纪 80 年代末期，高考落榜是常事，夏百合也在其中。她毕业后学了汽车驾驶，先考取的是 B 照，六年之后再升为 A 照，便开上了县城的 2 路公交车。2 路公交车终点站在水泥厂，水泥厂旁边有座老桥，老桥一头傍山，一头连接老城。到站的车辆下了乘客，都在桥上掉头，然后停靠在桥头一侧，再载上乘客返程离去。省道公路从傍山的桥头经过，公路在那儿转了一个急弯，还是坡道，时常发生交通事故。后来，又在那儿开山，把公路拉直、加宽了不少，出事的频率才大大降低。

老桥下面是一块冲积扇，郊区农民在河岸上开垦了一绺一绺的小块土地，种菜或种玉米。有一次，一个新手开着一辆新车，从老城出来上了老桥，就在桥头刚要转弯的时候，轿车突然失去控制，哐当一声撞断栏杆，腾空而下，落在河岸上一条土路的转弯处。那儿紧挨着一块玉米地，一个正在地里干活的老农，突然听见轰的一声巨响，见是一辆车落下来，猛一下慌了神，再一惊吓就晕过去了。目击群众中有人报了警，不一会儿交警过来，一看没有伤着人，驾驶员自己也没受伤。醒过来的那个老农看看也没事，就拍拍身上的尘土，自己回家去了。

一天上午十点左右，一个七八岁的小女孩在桥头石柱栏杆上用粉笔写字。夏百合到站下了乘客，再上桥掉头的时候，也没仔细观察。小女孩埋着头，只顾用半截粉笔在桥柱上写写画画，哪知道危险正在向她一步步逼近。客车右侧保险杠和女孩脑袋一样高，顺着倒车的角度过去，庞然大物即将滑着圆弧将她的小生命带入另一个世界。她刚写好了两个字：以人。她大概是想写“以人为本”那四个字，当她刚把第二个“人”字写完，客车右侧保险杠就把她的小脑袋挤在了石柱上。小女孩猝然倒地，手里还捏着那半截粉笔。

事后，夏百合被吊销了执照。她一直悔恨不已，内心的负罪感久久不能消失。她的世界从此变得更加孤独，但生活还要过下去。后来，她在菜市场开了一个干杂店。由于长期忧郁度日，数年后病故于肺癌。

向鹏飞从师范学院数学系毕业后，被分到县城一所高完中教数学。他从数学年级组长到教导主任，再到副校长，一路升为校长。他刚分到学校没几年，有一次被派去乡镇初级中学支教。校长对他说：“我们这儿不缺数学老师，缺的是化学老师，就安排你教化学，你看行不行。”他说：“我从来没有教过化学，心里没底。”校长说：“你是本科生，总比我去找其他老师要强得多。”

校长既然这样定了，他只能配合着工作。再说支教一年，辛苦一点儿也没什么。一个老教师一人教了四个班，就匀出来一个班给他。他教了一个学期，结果期末考试成绩在四个班名列第一。

学校高中部的业务工作归市教育局管，凡是教学计划、招生统考、成绩分析、教学评奖等等事宜都归市局说了算。但高中部的行政、人事、后勤等工作仍归县教育局过问。县教育局大部分时间只管初中和小学。前几年，市教育局有一个资金两千万的校舍新建项目，全市五县两区，每个地方都想把项目争过去。其中，利道县县长一直蹲在市上，疏通各方，并给市发改局和教育局施加压力，一副志在必得的架势。

向鹏飞每天往市局打一次电话，询问项目情况，回答总是那句话，“领导还在研究，没有最后定。”他每两天就往市局跑一趟。学校有车，跑一段高速路再加一条十多公里快速通道就进城了。他挨个科室去说好话，去打听，人家也未置可否。他想请局领导出去坐坐，局领导说：“这个节骨眼上哪个敢跟你在一起坐，吃你的饭？搞不好就闪了舌头！”他似乎感觉到形势对他越来越不利。

他一直在努力争取，一直在跟局领导反映学校的实际困难，口说无凭，便递交了书面请示。当他最后隐约得知市局不会把这个项目批给学校的时候，便索性豁出去了。他眼含泪水，对市局领导说：“我们学校还有四个班的学生在板房里上课，那还是在‘5 · 12’地震的时候搭建的，如果你们真不能帮基层学校解决困难，我就把学生在板房上课的照片发到网上去。”

领导一听，怔住了。看来向鹏飞是要来真的，他们就不得不慎重考虑一番。最后，市教育局和发改局反复权衡：假如他真把这些照片传到网上去，那全国人民就知道了，闹大了，不光市局，恐怕连市委、市政府都脱不了干系。无奈之下，市局只好把这个项目批给了学校。县里其他部门和中学不知内情，认为县委、县政府怎么会把这么大个项目批给那个不起眼的学校呢？县委领导为了辟谣，曾经在公开场合表扬过向鹏飞，说他此举堪比“虎口拔牙”。

一年之后，县委组织部到学校宣布人事决定，向鹏飞提前卸任校长职务。消息来得太突然了，老师们都说事先毫无征兆。教师微信工作群里随即炸开了锅，铺天盖地的信息几乎都是老师们感谢和祝福的话语。特别是一些年轻老师，更是发自内心地表达了校长对他们的关心培养。他们说：“先生之风，山高水长。”

吴相忘复读之后升学落榜，当年参军去了新疆空军，后来考入军校，与韩云志所读军校在同一个城市。只不过吴相忘入校的时候，韩云志已经毕业离开了那儿。

吴相忘军校毕业后分回新疆老部队，他一直干到团政委。几个兄弟都约着说去新疆，一来看他，二来领略一下新疆的大美风光，可是一直未能成行。

吴相忘的父母以前住在苍山矿务局，但他们本是外地人。吴相忘除了弟弟吴相对，还有两个妹妹，大妹吴相玲，二妹吴相玉。二妹读书成绩好，考取了山城一所大学，毕业后找了一个建筑工程师做老公，就在山城安了家，家庭条件反而成为兄弟姊妹中最好的。吴相对后来也去山城做生意，一路打拼，一路收获，生意越做越大，也在山城定居下来。他们父母年事已高，便从苍山矿务局所在地搬家去了山城，住在二女儿吴相玉家里养老。吴相忘每年休探亲假，都是从乌鲁木齐直接飞回山城。

王奇伟早年带着妻子去了哥哥所在的山城，他在一家医院从事消防工作，一干就是二十多年。他在那儿买了房，安了家，如今儿子都已结婚好几年，他马上就要当爷爷了。他说，他准备回老家修两间房子，退休以后回去养老。

有一年，韩云志出差去山城，王奇伟和王橙父子俩早早就在那儿接站了。见了面，王橙一边热情礼貌地叫着叔叔，一边帮他取下肩上的背包，装进后备箱。王橙开着车，从火车北站出发，一路穿过三个区跑了五六十公里才到他们家附近。

在一家牛肉馆门口，韩云志看见了吴相对，才知道牛肉馆就是他开的。吴相对面容没变，但身体横截面远超出了韩云志的想象。吴相对老远对着他笑得灿烂，他也灿烂相应。走拢后紧紧拥抱，吴相对喊声志哥，然后唏嘘一声，说："这有几十年没见了！"他们在一起热热闹闹地吃了一顿地道的山城牛肉火锅。推杯换盏之间，韩云志看看王橙那英俊的面容和儒雅的风度，想起了杜甫的几句诗："昔别君未婚，儿女忽成行。怡然敬父执，问我来何方。"

杜玉国高中毕业回到家乡，没几年当上了村主任。杜玉国在班上的时候就有些自命清高，看不惯这看不惯那。村上就村支书、村主任、文书三人属在编人员。其他如廉勤委主任、妇女主任、计生专干、森林防火员等等，加上各组组长，如果每个月就那几百块钱，大概就没人愿意干了。一有事，不是这个说腰杆疼，那个说猪牛有病、房子漏雨什么的，就不愿跟着干了。他干了两年，觉得村官不好当，索性辞了。两口子一商量，就一起去苏州、西安等地打工，据说收入相当可观。没过几年，家里修起了楼房，他现在已经是有两个孙儿的爷爷了。

杜玉国常说，我们这些当农民的，不能放下手中的活，要做一天才有一天的钱。

第二十五章

2009 年新年刚过，韩云志就下定决心要学驾驶了。他总不能回个家走个亲戚什么的老是搭顺风车。况且夫妻俩老家都在外地，回家总是大包小包，赶车一点儿都不方便。紫玲鼓励他说，你今年学会了开车，我们就买个车，你四十岁之前还是要把开车学会。

韩云志是在父亲单位县汽车队长大的。他儿时总喜欢跟着驾驶员叔叔和售票员阿姨跑车，一个姓袁的阿姨凡是出车都要把他带上，他一个小娃娃也不用占座位，常常趴在宽大的引擎盖上，不停地向驾驶员叔叔问这问那。那时，客车前挡风玻璃的顶棚上有一条红色警示语：请勿与驾驶员闲谈。韩云志当兵的时候，最初也有过学开车的念头，想当汽车兵。虽然部队不是想干什么就能干什么，但按理说他也应该会开车了。但是，是什么原因让他久久不愿学开车呢？

事情还得从他军校毕业刚当上干部那会儿说起。前面提到他刚从军校毕业，分到郊区一个连队当排长。韩云志向来喜欢安静独处，但有时也喜欢热闹，特别是集体活动他总是热情参与。他还是有亲和力的，与战友们相处还算融洽。

连队原先那辆旧嘎斯车报废之后，上级又配发给连队一辆北京 212 吉普，刚经过大修回来，再一喷漆，算是新车。同时还派来一个专职驾驶员，叫王志强。

一个周六，吃过晚饭后，连长、指导员都回家去了。韩云志跟王志强坐在连队门前那片草地上吹牛，再加上他们晚餐时喝了点酒，情绪就有些高涨。刚吹了几分钟，王志强突然说："排长，走，我教你开车！"

韩云志有些犹豫，说："没有基础，一点儿都不会啊，还是算了吧。"

王志强瞪着他说："我看我们关系好才教你，一般人我还不教他。"

他这么一说，韩云志就觉得要再扫了兴，面子就挂不住了。

于是他俩上了车，王志强坐在副驾位。韩云志从小看驾驶员开车，油门、刹车、离合器踏板这些他是清楚的，第一个动作是转钥匙打开点火开关，但是再往下就不会了。王志强在旁边说着，如何左脚抬离合器、右脚加油。果然，汽车起步，开始在院子里环形路上转圈了。王志强在旁边一面喊加档一面操作，他就踩离合器，然后再加油，速度也就越来越快。可是，两人谁也没说踩刹车的事。

院子里转了几圈，韩云志本想停车了，改天再练也不迟。哪知王志强却说："开到大门外头去！"他转了个弯，上了院子中间的主路，直奔大门而去。出大门之前，韩云志观察一番，他想从大门右侧出去，然后在门外宽敞处立即掉头就回来，无论如何是不可能开到公路上去的。就在他准备擦着大门右侧出去的时候，王志强突然抬左手向下一挥，同时大喊一声："注意方向！"韩云志一惊，右手顺势一带，"哐——"一声，车头撞上了右侧铁门和水泥门柱。王志强的身子往前一冲，额头碰在了挡风玻璃上，顿时起一大包。好在玻璃是双层，无数放射状的裂口像蜘蛛网一样。韩云志由于一直把着方向盘，他本能地一撑，把方向盘都压弯了下去，因此胸口并未受到碰撞。

好端端的一辆车，顿时变成了瘪嘴瘪脸的丑八怪。

出了事，怎么办？两人一商量，王志强利用熟人找到一个不远的汽修厂，人家连夜连晚来把车拖过去，说第二天就能修好。

看大门的老头说："你们两个今天算运气好，不该出大事。平时娃娃们都在这儿玩耍，今天一个都没有。"

夜里，两人辗转反侧，孤枕难眠。

第二天，两人早早赶去汽修厂。厂长也知道是熟人介绍来的，又是个军车，便吩咐手下工人们动作要快，还要保证质量。下午四五点钟，吉普车恢复原样，挡风玻璃换好，又重新喷漆，当然是一点儿不差的军绿色。两人一看，又喜笑颜开了。

韩云志付了修车的钱。王志强说他也有一份，韩云志坚持不要他掏腰包。

转天周一上班，韩云志主动去连长那儿汇报此事，承认错误。俗话说，要想人不知，除非己莫为。纸是包不住火的，迟早会被人晓得，况且那天已经有人看见了。

自那以后，韩云志再也不摸车了。但凡遇见别人说开车，他总是善意提醒，说开车不是开玩笑，在基本操作没有学会之前，一定不要开车上路。但是，他一直都没把这件事告诉妻子紫玲，紫玲见他一直不说开车之事，还以为是经济条件不具备的缘故。

紫玲医院有个同事，这同事有一个病员是驾校教练。紫玲跟同事说好，就叫韩云志去报名。办公室的同事一听说他要学驾驶，还找的是熟人教练，好几个都跟着要去报名。

驾校教练姓刘，人称刘师。报名那天，填好表，交费两千。总支书记刘建国报名时，刘师对他说："你已经超过五十岁了，要多收三百元，请理解一下哈。"刘师还说，"我这儿一轮只能收两个，你们还要学的下轮再报名，我不会多收你们的钱。"

刘师交给每人一本书，是理论考试用的。韩云志科目一考了九十八分，是这一轮四个学员中成绩最好的，当然在所有考生中也算名列前茅，这让刘师感到很有面子。科目二侧方位停车和上坡起步也相继顺利过关。科目三训练的时候，刘师带着四个学员跑了郊区，还跑了一次长途。只是约好考试的时候，韩云志工作脱不开身，几次延期。到了五月初，刘师打电话来，说："跟你一起学的三个学员早就拿到本本了，你这周一定要安排，不能再拖了。”

周二下午两点开始考科目三，他们上午就要赶过去。在刘师约好的地点会合，一上车，他果然发现其他三个学员都是陌生的面孔。刘师说：“你们四个都是前面一直积压下来的，今天争取把你们都送走。”哈哈哈，大家都笑起来。

吃午饭的时候，一个女学员点了回锅肉，刘师赶紧制止，说：“你不晓得规矩嗦，考驾校最忌讳点这个。”女学员赶紧说退了退了，对不起大家。一桌人又哈哈笑起来。

下午考试非常顺利，四人一路过关，早早结束。刘师开着车又去了洗车场，说把车洗干净，准备迎接新学员。大家都可以拿到驾照了，又算放下一件事，心情格外轻松，都抢着付洗车的钱。刘师在一旁开心地笑。

韩云志这些年一边努力工作，一边参加了成人学历教育。当然，这自然有近水楼台先得月的便利。他从本科一直读到研究生，但别人只要跟他一提数学，他就像老鼠见了猫似的。

女儿四岁多的时候，有一天，他故意带着女儿去了一趟市少年宫。从少年宫从一楼到五楼，每个教室他都让女儿去看。跳舞、画画、朗诵的，拉小提琴、拉二胡、弹钢琴的，还有笛子、黑管、小号什么的，可是女儿没有一个喜欢的。每到一处，只几秒钟，女儿就使劲拉他喊走，他说：“这么好听，你咋不喜欢呢？”女儿连连说：“不好听，不好听。”他心里想：这个娃娃怎么一点儿艺术细胞都没有呢？

下了楼，在楼梯口大厅，孩子们正在表演扬琴合奏。一个阿姨指挥，三列队伍气势雄壮，琴声一会儿激越，一会儿婉转，像万马奔腾，又像淙淙流水。指挥的阿姨也开始恣意发挥，甚至用高跟鞋踩着响亮的节奏。很多外国友人都在一旁竖起大拇指，口里连连说着“good”“beautiful”。

就连这么精彩的场面，女儿似乎都不感兴趣。回来的路上，他有些沮丧。但他依然温柔地拉着女儿的小手，不时跟女儿说说话，他不能让女儿看出他失望的样子来。

后来，女儿上学了。女儿小学期间品学兼优，从中队委到大队委。这期间，她对英语学习很感兴趣，就参加了剑桥和新概念英语培训班。小升初她考取了一家私立中学，并且成功直升高中，但高中文理分科以后她的数学成绩却开始下降了。紫玲常常抱怨，说女儿偏科就是他遗传的。

女儿读初中时，有一次家庭作业被一道应用题难住了。他进了女儿房间，在书桌前坐下，静心思考，列方程，解题，然后再验算一遍，确认无误后又给女儿讲了一遍。

韩云志回到客厅，坐在那儿发愣。他长长地舒了口气，不知是叹息还是怅然。他忽然觉得，这偏科好像并不一定就是天生的。

女儿后来也没让他失望，考取了师范大学英语系。

这些年，只要一放假，他就开车带着女儿出去玩，但最多是回老家去。老家有非常漂亮的地质景观和自然景区。他还带着一家人经常回岳父家，回程也总是随车装满了家乡大米和土特产。

有一次遇上寒冬季节，妻子在单位加班，他一个人开车给老岳父送药回去。那天出了太阳，午饭后，他们一边晒太阳一边聊天。岳母给他摘了地里的菠菜、青笋，还杀了一只鸡让他带回城里。

下午三点，他兴致勃勃地把东西装上车，正准备出发的时候，车子突然打不燃了。他用钥匙转动点火开关，一点儿反应都没有，他试了好几次，还是静悄悄的。他打开引擎盖，也看不出什么名堂来。到最后，开关门都只能靠手动来转钥匙。这一刻，他突然觉得就像城市在夜晚突然停了电似的，一片漆黑，无声无息了。

正在这时，一个年轻女子从旁边经过，一边走一边打电话，往回走的时候，女子看了看他，就主动问："打不燃火了吗？"

他点点头，说就是，他还给女孩描述了一下故障的现象，说："我从来没遇上这种情况。"

女孩说："你那是电瓶没电了，我有一次也是开回家好好的，但出发时就打不燃了。我认识一个镇上的修车师傅，有他电话，你要不要喊师傅来修嘛。”

事已至此，只能这样了。女孩拨通了修车师傅的电话，师傅听了故障原因，说手上现在有活儿，一结束就过来。看来师傅也很熟悉这地方，女孩还对师傅说，车就停在这个坝子里的。

女孩穿一身粉红色长款羽绒服，白净的脸庞洋溢着青春的气息。他听岳父说，那女孩是邻居张三哥的女儿，很喜欢帮忙。女孩叫他等会再跟师傅联系一下，然后就道别，开车走了。

修车师傅果然很守信用，大约半小时后驱车来到。他开着一辆白色汽车，年龄三十岁左右，他先上车试了一下，说没电了，一点儿都没有。他再打开引擎盖，一看，说:“电瓶烂了，漏液，还鼓包了，必须换电瓶。”

“我上午开这么远开回来都好好的呢。”

“突然烂了。”师傅笑着说。

师傅用带来的电瓶接上两极，打燃了火，然后说:“路上千万别熄火，你跟着我走。”韩云志这方面还是有自信的，一直开手动挡，他操作熟练，一路乡村水泥路走完，就到了镇上大路边的汽车维修店。师傅卸下旧电瓶，一看，说:“这还是原装电瓶的嘛，一般三年就要换电瓶，你这都七年了，运气好。”

第二十六章

今天是端午节。韩云志打开微信，见信息提示有一个叫兵心依旧的人，发来一条祝福视频。他随即一点开，音乐响起来，背景是小溪，小船，小桥流水人家，杨柳翠竹，随清风轻轻摇曳。伴随着古筝琵琶合奏的《一帘幽梦》，曲调悠扬婉转，撩人心弦，韩云志一看便知这个人叫游洪涛。

游洪涛家在铁路局，属于城市兵，离省城一百余公里。他服役三年期间立过一次三等功，退伍回去安排在铁路局电务段工作。他说，他们同年兵战友刚刚组织了一次聚会，是这边的队伍到李登峰他们老家那儿去了。自然，那边的队伍一样壮大。他们那年入伍的一百来号新兵，主要来自三个省，成分并不复杂。

李登峰在车团一干就是九年，当他以士官的身份转业回到本地工作时，他的口音跟本地全然不一样，还以为他不知去哪儿修炼多年之后脱胎换骨了。韩云志后来和他接触时，也没有把他当作乌蒙山区的。不过，李登峰在连队时得了肺结核，他去传染病医院看过他，这件事一直印象很深。他问起李登峰现在身体状况如何，这让李登峰好一阵感动。李登峰说，自那次出院之后就完全好了。

李登峰转业后在县委办小车班，为县委领导开车，他们那一届车团回去的汽车兵也真是受重视，至少有三人在县委里面开车。当然，他们在汽车团主要跑川藏线，过硬的技术和良好的心理素质注定了他们回到地方会成为香饽饽。

元旦快要来临的时候，李登峰发出了邀请，说到他们老家去吃刨汤。“杀年猪、迎新年”是款待客人的最高礼遇，这多少让韩云志有些动心，他约了几个当年的男女战友，一起前往乌蒙山腹地。

在火车站下车，出了站，几个在县委开车的战友早已等在那儿。将近十七年没见，大伙儿异常热情，紧紧握手、一阵拥抱之后，便上了车往县城赶。

韩云志被安排上了李登峰的车，后排只坐了一个同样在县委开车的战友。乌蒙山区山势雄浑，盘山公路蜿蜒缠绕，虽然路况不错，但弯道太多。李登峰驾驶着那辆县委领导的座驾——“沙漠王子”，不时左冲右突，越线超车，如入无人之境。韩云志不时提醒他慢点慢点，后排的战友对他说：“指导员，你今天在车上他算是温柔的了，平时我们都不敢坐他的车。”

同样是开车的，而且都是开军车出身，别人都不敢坐他的车，可想而知他开车一贯是如何的凶险。

可李登峰就像没那回事儿似的，脸上风轻云淡，说起话来也轻描淡写：“我们是规定了时间的，领导喊你按时要把人接回来，你说你有啥办法？我们这儿到双流机场一般要跑六个小时，我有一次只用了四个小时。”

韩云志问他：“那你超速咋办？”

李登峰回答：“我拿了一个光盘把号牌遮住，然后就放开跑。”

车内一阵短暂的沉默。

在县城酒店收拾停当，夜幕降临。一共三辆车的队伍，载着战友们前追后赶，去李登峰老家。一进山谷，雪花开始飘落，一会儿就漫天飞舞，笼罩山野。高山深处，乡间小道，弯弯曲曲，坑坑包包，好在“沙漠王子”的减震性能没得说，坐着倒也不叫人难受。车行至半山腰一农家院门口，首车停住，大家说到了，都兴奋地到处招呼。

入夜，院子里灯火通明，堂屋中间，两张大方桌拼在一起，桌子下面两盆炭火燃得正旺。主人笑容灿烂地招呼客人们入座，提来酒壶，还客气地说：“这是我们这儿的土酒，莫嫌。”随即，蒜苗回锅肉，酸菜血丸，肝腰合炒，萝卜炖心肺……七八个碟子、大碗也端上桌来，热气腾腾。舌尖上的美味，胸中的乡愁，各种滋味涌上心头。热酒、热菜、热情，融化了久违的岁月，也融化了严冬的寒冰。

鹅毛大雪纷纷扬扬，热情地扑向大地的怀抱。抬头看看门外，簌簌下落的雪片编织成一道奔流不息的瀑布，真舍不得让它们停下来。刨汤宴款待十七年前的战友，没有比这更热情、更醇厚的了。

回去的土路，走到一转弯处，车身一斜，一偏，失去了平衡。李登峰只平静地说一声：“轮胎爆了。”在他看来，经常跑山路，车爆胎是家常便饭。他把车开到一户人家的院坝边宽敞处，停下，打千斤顶。车后门背着一个备胎，韩云志撸起袖子准备帮忙，一个小女兵却说：“指导员，我来！”只见她拿起扳手，熟练地转动车后门上备胎的固定螺帽，只几下，她双臂向上一举，“哐当”一声脆响，备胎随即落地，再滚两圈，就到了左后轮位置。看着她一阵干练的操作，真不敢相信这就是当初那个一听紧急集合哨就哭鼻子的小女兵。

一个炎热的夏季，在乌蒙山黄连河景区的假日酒店，来了一支特殊的队伍，在那儿集体租住了一个星期时间。他们是来自两个省的 1996 年底入伍的战士，这支队伍足足有一个排的兵力，完全按照当初新兵连的建制，在时任连长、指导员的带领下，每天按时作息，准时操练，理论学习，体能训练。

二十年岁月流转，这群人已是中年，大部分人已经发福，动作变得缓慢。但他们军事素养还在，不论男女，走起路来都挺胸抬头、精神抖擞。每天清晨，整齐铿锵的脚步声，伴随着响亮的口号声，响彻山谷，久久回荡。训练场上不时响起他们的欢声笑语，当然，酒是可以喝的，喝到高兴处，还轮流出节目。韩云志在这个时候，唱一首下不来，再唱一首还是下不来，最后还得领着大家一起唱完《相逢是首歌》才算了结。

后来，直到他们离开那里很久了，周围的人们都还在议论着那群当过兵的人，回味着那嘹亮的、经过岁月沉淀的军歌声。他们知道，那群把青春岁月留给了部队的人，一辈子都感到珍贵。

第二十七章

学校照例在放寒假，政府机关部门却早已忙活开了。脱贫攻坚进入关键阶段，大年初八刚一过，驻村帮扶小组就换班了。

小胖从省城下到三百多公里外的乡下，挂职乡党委副书记，负责清河村的脱贫攻坚工作。小胖的大名叫梁计生，今年二十八岁。两年前，他同样从三百多公里外的县城公招进了省城。在单位，他的大名很少被人叫起，只有在开大会点名时才用得上。因他白白胖胖，有时呆萌，单位的同事都喜欢叫他小胖。

小胖是他父母当年超生的，所以取名计生，罚款缴了不少，以此为记。当他得知计生这个名字的由来，曾经暗自说道："小胖的父母有志气。"

小胖单位定点帮扶清河村，脱贫摘帽时限是2017年年底。驻村帮扶书记每年一换，到小胖这里，变两年了。根据上级要求，当年脱贫之后，还得巩固一年，防止返贫。这就意味着，脱贫攻坚的接力赛，交到小胖手里是最后一棒，得全力冲刺。

小胖上任后的第一件事，就是和上一任书记罗涌涛交接工作。罗涌涛在年初已被省委表彰为全省脱贫攻坚先进个人，这对于小胖来说，要拿罗书记来对标，无疑是一种巨大的压力。罗涌涛的前任书记是孙成峰，这次也随支部帮扶一起来到村里，三任书记正好聚在一起。前两任书记以过来人的身份给小胖介绍了一些经验与做法，也说了说今后工作中面临的一些困难。小胖在旁边一边点头、一边嗯嗯，他在心里暗暗鼓劲："我还得有我的想法，否则别人就小看我了。"离别的时候，三人在乡政府办公楼前合影。照片上，小胖昂起头，眼睛穿过场镇望出去，他似乎能看到远处山坡上一条入户路正在硬化。

扶贫台账登记管理的贫困户，虽然资料齐全，但必须入户调查摸底，才能获取第一手资料。结合贫困户的实际以及诉求，再制定切实可行的帮扶措施。小胖所在单位有十二个支部，一共帮扶五十八户贫困家庭。

陪他一起入户调查的是村支部书记黄二娃和驻村第一书记张力。黄二娃身高体壮，寸头，圆黑脸膛，说起话来粗声粗气，脸上常挂着一丝憨笑，肚子挺大，一看就是好酒量。

黄二娃的大名同样没人记起，也没人喊他大名。就连乡党委开会，大家都喊他黄二娃，他的大名真没几个人知道。

张力是县畜牧局派驻清河村第一书记，属于"五个一"的内容之一。他工作勤奋，头脑灵活，特别是村上新建成的山羊养殖场少不了他的功劳，在过去驻村的两年时间里，他与村里干部群众结下了难以割舍的感情。因他工作实绩突出，局里、乡上、村里一致同意他再干两年。上次罗涌涛书记交接工作，调研考核组座谈会结束，几个大男人抱头洒泪，难舍难分，在场的人无不为之动容。

感动之后，还得付诸行动。小胖头一天跑下来，走访了十二家贫困户。按照这个进度，那么，第一周就可以完成入户调查的任务。夜晚，小胖躺在单人床上，疲倦得浑身像散了架似的。可脑海里却印上了各家贫困户的影子，脱贫帮扶措施从哪里入手？单位各支部有哪些新办法？除了送鸡苗鸭苗，买山羊耕牛，给残疾人送理疗机、助步器，把有疑难杂症的贫困户带到省城看医生之外，还有哪些长效机制呢？……想着想着，他看见自己上次离家时，老婆对他说："你一天不着家，我一个人带儿子，上班这么忙，简直都指望不上你了！"

"我这么苦，这么累，也是为了这个家！"

“当初我们全家都喊你不要去省城，你偏要去，丢下我们两娘母（母子俩）就跑了！”

“人往高处走，要不还算个男人吗？再说我哪舍得丢下妻儿呢，不是经常跟你电话和视频吗？”

“你少说那些体面话，省上也没多挣两个钱！”

“等我二回当了官，就把你们两娘母接到省城来。”

小胖边说边背起背包往门外走，刚刚咿呀学舌的儿子一边撵路一边哭喊着：“爸爸、爸爸——”小胖只觉得鼻子一酸，醒了。一个又热又痒的小虫子顺着眼角爬下来。

柳彤是本单位的女同事，老家在本县。学校放了暑假，她回到县城后，专程去村里看望小胖。柳彤开着她的越野车，一路翻山越岭来到村里，当她把车停到村部门口时，小胖正从旁边的入户路上气喘吁吁地爬上来。

“杨书记好啊，哈哈！”柳彤潇洒地关上车门，甩了甩飘逸的秀发，热情大方，远远地向小胖打招呼。

小胖眨巴眨巴他那双小眼睛，不解地问：“柳彤，你怎么到村上来了？这里……你家不在这里呀。”

“家不在这里，就不能来这儿吗？我请你吃饭，乌木川水库吃鱼，怎么样？”柳彤说道。

小胖客气道：“哪好意思让你请吃饭咯！你来了，该我请你。”

“不行。你来这里是为家乡人民造福，我如果不请你吃饭，这是我们家乡人民的风格吗？”柳彤用夸张的口气说道。

“那……等我换双鞋吧，要不弄脏了你的车。要是让人家看见了，还不知道我是从哪里来的土老坎。”

柳彤这才注意到他脚上的运动鞋，像是一对儿泥人，糊得鼻子眼睛都看不见了。

小胖回屋换衣换鞋的速度倒是够快的，还没等柳彤打完一个电话，他已经拉开副驾驶的车门，坐了上去。

“乌木川水库的鲶鱼很好吃，肉质细嫩，口感爽滑！”柳彤说道。

“这天气太热了，像个蒸笼！”小胖说，“下周校领导要来调研督导，再迎接省上验收，我担心下暴雨。”

“就是，下暴雨涨洪水，过不了河，有几家去不了。”柳彤道。

“去年暑假前也是下暴雨，瓢泼桶倒一样，打伞根本不起作用。听一个女老师说，不仅没过到对河去，还把内裤都打湿了。”小胖又说。

“久晴必有久雨！现在正在修桥，桥修好就不愁了。”

柳彤驾车技术好，而且路熟。他俩一边说话，一边直奔水库而去。在餐馆旁的空地上，柳彤停好了车。这是一处高出水面很多的平地，小胖下来，极目远眺，恰好一阵凉风吹来，面对一望无边的水面，他伸展双臂，连振数下，同时大吼数声。

“小胖，你吼啥子，小心把鱼惊跑了！”

“放心，惊跑了小鱼，惊不跑大鱼！”

“你怎么知道？”

“吼声只能吓到小孩，吓不到大人。”

两人在靠窗的桌子前相对而坐，柳彤拿起菜单，点了两斤鲶鱼，当然还有几个配菜。她把菜单递给服务员，端起茶杯抿了一口，对小胖说道：“你这才下来几天咯，就黑了一大圈，等两年回去，你就成黑炭了，还闪着金光！”

小胖苦笑两声，道：“你咋老爱夸张说话呢？”

“跟韩处学的。”什么样的官带什么样的兵，处长韩云志也经常用夸张的口气说话发言。

“我刚来不久，韩处光爱拿我开玩笑，有时还整我两下，开始我还以为他欺负我。”

“哪里，那是韩处对你表示友好，只是他这种方式有些特别。小胖的外号好像也是他给你起的。”

“哈哈哈……”两人爽朗地笑起来。

第二个星期，督导组如期而至。不巧，天真的下雨了，但幸好不是大雨，而是中雨。乡村两级为了迎接检查，做好了相关准备。各种建档表册自然不说，还有遮阳的草帽，防温降暑的药品，走土路穿的雨靴等等。女士雨靴除了常见的黑色，还有嫩黄色，草帽也分男女两式大小，服务工作真可谓细致周到。

调研督导组先听取村上汇报，再如实填写调查表。内容包括：建档立卡贫困户人数、上年末贫困人口数、今年减贫计划人数、主要增收产业；“五个一”帮扶措施落实情况（一个县级联系领导、一个帮扶单位、一个驻村小组、一个驻村书记、一个农技员）；脱贫目标预计实现情况，村组道路是否硬化，是否有文化活动室、卫生室，集体经济收入情况，是否有互联网等等。陪同督导检查时，韩云志对卫生室的中药柜产生了兴趣，他拉开了很多个铁皮抽屉来看，大约一半以上都装有草药，他对卫生员开玩笑说：“可以，还真装的有东西。”卫生员也笑笑，说：“草药放久了要生虫，不敢装多了。”

对于所有建档的贫困户家庭，督导组按照临时抽签的办法，进行入户调查。询问、登记的内容更是详细具体，当然主要是家庭收入、“两不愁、三保障”、“三有”情况和帮扶措施以及贫困户的诉求等等。

走在入户的土路上，韩云志看看前面那些个嫩黄的小腿儿，心里升起了暖意。他想：这基层工作，特别乡村两级的干部，一年四季不知道要迎接多少回检查。督导组每到一家都会问同样的问题：驻村书记你认识不？你家有干部帮扶吗？叫什么名字？你是否满意“第一书记”的工作等等，得到的几乎都是肯定的回答，而且本年度拟脱贫贫困户都完全甚至超出了达标指标，这让督导组的领导和同志们心中的石头落了地。

后山有一家贫困户，符合易地搬迁安置条件，但离村上的集中安置点较远，还要种田种地，种植养殖，如果非要去安置点居住，是不现实的。按照政策允许，户主在离老土墙屋基一百五十米以外的地方，修起了新砖房。砖房是按照政府部门的要求来设计和修建的，两层。有规范的图纸，其中包括扶贫安置房户型图（五人以下户、五人及五人以上户），结构设计说明，给排水设计说明等等。

户主很热情地招呼着所来的客人。他们搬进了新家，脸上洋溢着掩饰不住的欣喜。这家人有个亲戚在县城开了一家地板店，生意做得不错，就赞助了他家所有房间的木地板。几个人在房子周围慢悠悠地转了一圈，发现上二楼的楼梯都铺上了木地板。张力说："农村人是干农活的，一天在田地里忙来忙去，跑出跑进的，客厅和楼梯可以不装木地板，要从实际出发，其实水泥地面就很好。"韩云志等人纷纷表示赞同。调查中，户主很配合，有问必答，时不时还补充几句，答完之后愉快地在调查表上签了字、按了手印，还邀请大家去参观他们的新家。一行人穿着雨靴，泥水满脚，也不好多进屋去看，倒也满意地离开了。

调研督导分为四个小组，入户调查整整进行了一天。第二天上午，在专题座谈会上，督导组领导江小芸听取了村党支部、乡党委和县级帮扶部门关于扶贫工作的专项汇报。江小芸刚从一个地级市市委调到省直部门工作，之前她工作所在的市县曾经发生过一次 7.0 级大地震，因此她对基层工作和灾后重建了如指掌。她首先对乡、村、帮扶单位、驻村书记尽心尽力的工作态度、风雨无阻的务实作风和单位各支部的新做法、新突破给予了充分肯定，并对脱贫攻坚工作提出了意见和建议。强调乡、村两级，帮扶单位和驻村书记要有正确的思路和科学的工作方法，要围绕、对准中央和省委的脱贫目标，按照省委要求高质量、不折不扣地完成脱贫攻坚任务。要实打实地为老百姓办事，要经得起检查验收，要让全村面貌有较大的变化，最后能让群众对我们笑脸相迎、满腔信任。

教务党支部书记韩云志一直专注地听着，当他听到支部的扶贫措施有新做法、新突破时，感觉自己也像受到了表扬，坐在那里腰杆儿挺得更直了。忽然，江小芸话锋一转，严肃地说道："今天下雨，从表面上看，我们乡村两级的服务工作做得很好、很细致，给所有人都准备了雨靴。

但从另一个方面看，我们的工作做得还很不够，下雨天要穿着雨靴才能走到农户家里，我们应该感到惭愧，而不是高兴。你们可以到地震灾区去参观，学习他们灾后重建的做法和经验，无论下多大的雨，我们穿着高跟鞋都能走到农户的家里。”

督导组离去，小胖的工作还得继续。全村的贫困户都走得差不多了，最后，他要去六组。六组有全村最远的贫困户，虽然村道通了，但入户路不通，而且住家户都很偏远。王显才是其中的一户，他是韩云志结对帮扶的对象。入户路通到山下堰塘边的堤坝上，堤坝当头有一块平地，足够修上长三间一头转的房屋屋基，或者说是“尺子拐”的地基。这是村里专门给王显才一家平出来的地势，让他把房子从后头山坡上搬到前边来。可任凭各级干部磨破嘴皮，他就是不答应。他说这外头这地势太小，养鸡养鸭不够，种田种地又太远了。

小胖和黄二娃他们一路，从堰塘堤坝斜坡的小路上下去，这条小路在晴天都不好走，遇到下雨天，走不惯山路的人往往要摔跤。堤坝坡路下去，转过一个小山嘴，走过田埂，再上一段斜坡，就到了那片竹林，竹林后面才是王显才的家。

王显才喂了两条很凶的狗。一行人刚上斜坡，还没走近竹林，两条狗汪汪汪地吼叫起来，而且还有扑将过来的趋势，黄二娃赶紧大喊：“老王，把你的狗撵起走，快点！”

王显才老远答应：“没得事，二娃，你们到屋来嘛。”然后转身拿起大扫帚，向狗扬了过去，口里骂道：“狗东西，给老子滚远些，到屋那头去！”两条狗虽然跑得远了一点儿，但仍然不停地吼叫着。

王显才的老婆端了一盆三月瓜，从地里回来。她走到院坝中间，左手抓住盆沿抵在胯骨上，右手一边向两条狗支舞过去，一边不轻不重地说道：“到那头去，到那头去。”没想到两条狗果真听话，顺着她支舞的手一直退到房子那头去了。她看上去至少比王显才小十岁的模样，但王显才却说只小他三岁，谁都知道他说的是假话。不过，他老婆很懂礼数，还能降得住两条狗。

王显才今年六十二岁，驼背，头发胡子乱蓬蓬，说话声音大，爱瞪眼。她老婆说他每天中午和晚上都要喝半斤酒，谁劝都不听，动不动就骂人、说狠话。韩云志第一次到王显才家入户调查时，他想起了《故乡》里的闰土。

王显才患有严重奇怪的皮肤病，当地医院看了，无效。有时一发病，满头满脸发肿，眼睛只剩下一条缝。手上皮肤粗糙、干裂，无法做农活，但他人勤快、吃得苦。为了坚持下田下地干活，他自己用黑胶布和透明胶把手指头关节和指缝间干裂的伤口包起来。这样一来，伤口就容易溃烂，病情就越来越严重。罗涌涛书记曾经以教务支部的名义带着他回省城，在皮肤专科医院看了医生，开了半个月一疗程的药，有口服药、外用药，带回家用药一段时间之后，病情减轻了。半个月之后，柳彤又去医院给他开了一个疗程的药，快递到县城黄二娃家，黄二娃收到之后，专程给王显才送去。这一次，黄显才的眼睛又眯成了一条缝。

单位其他几个支部也有这种情况，把得有疑难杂症的贫困户带到省城有名的医院看病，吃住行和药费都由各支部在扶贫捐款和扶贫专项基金里支出。

小胖这次到王显才家里，他提出还需要一个疗程的药。小胖说："我给韩处长转达一声，他们知道去给你开药，药开好了就给你带下来。""还有，你这种严重的皮肤病，是千万不能喝酒的，像你这样大的酒瘾，吃再多的药恐怕也起不了多大作用。"小胖又说。王显才低了头，长出一口气，又摇了摇头，梗着脖子，不肯表态，像是很不情愿别人干涉他的嗜好。

离开王显才家时，小胖无意间瞥了一眼桌子上那一盆三月瓜，个个匀称、细嫩，就忽然想起儿子的小胳膊腿儿来。

匆忙之中，又一个周末到了。小胖已经隔了两个星期没有回家，这周双休日没有急事，他想回家去看儿子，顺带把老婆也看了。

小胖家离这儿不算远，一百公里左右，比起单位来近了三分之二，火车汽车均可，方便。从省城下来之后，周末常有临时安排和新的任务，不能保证两天都能自行安排。好不容易这周有点儿空闲，吃过午饭，他稍作打点，就去了县城车站，晚饭前就顺利到家了。

儿子已经会走路了，拿着爸爸刚买回来的玩具，只顾自个儿玩得高兴。旁边还有爷爷奶奶照看着，小两口就在一起亲热地说着话。

夜晚，爷爷奶奶带着小孙子一起睡。小两口靠在床头闲聊，说话间，老婆脱了睡衣，露出贴身的红色吊带。小胖一看，那分明就是一团燃烧的火焰，随即就把他点着了。

小胖扑灭了火焰，然后怔怔地靠在床头。

老婆侧过小脸问道："你在想啥子呢？"

小胖说："要是凤阳村那场大火也能扑灭该多好啊……"

"你说的啥子哦……天上一句地下一句的。"说完，就不再理他。扭头，翻身，扯被，压角，睡了。

周一上午，乡党委召开会议。会议快结束前，乡党委书记宣布，从现在起，县委县政府要求，所有村道和入户路的路基宽度必须达到四米五，否则，施工队不予进场硬化。特别是入户路，各村各组要做好宣传解释工作，牵涉到各家各户的，先自己出劳力加宽路基，遇有田边地角纠纷的，各家各户自行协商调换田地。

没过多久，村与村之间的断头路，还有几家入户路都陆续动了起来。甚至还有在外省打工的壮劳力都回来参加修路，新路加宽了，猛一看上去，感觉一转弯县城就到了。

至于村道和入户路为何要硬性要求加宽到四米五，事出有因。

前不久，凤阳村一家大院遭受了火灾。起火后，人们立即报警。火警发出后，两辆消防车迅速出动，风驰电掣般沿着县道盘山而上。好在凤阳村在前山，离县城不远，山脚至山腰属凤阳村，山腰以上属南阳村。当消防车转过李家垭山口时，警笛声由远及近，等候的人群发出了一阵惊呼，眼看就有救了。忽然，消防车在村道口刹住，不动了，像是卡住下不来了。原因很简单，如果消防车非得要下来，那么消防车反倒要向吊车求救了。在人们失望的眼神和无奈的叹息中，消防车“火——哟，火——哟”的警笛声也停了，但警灯仍在慢慢地闪烁旋转，它同所有人的目光一样，眼睁睁的看着一个撮箕口的大院子，被熊熊大火无情地吞噬，最后只剩下断壁残垣。

一天下午，一家易地搬迁户在新砖房竣工之后要拆去老屋。一台挖掘机在进入村道的第一个转弯处时，一不留神翻下了山坡。吊车来了之后，司机和抢险师傅在一番细致查看之后，才将吊车开至弯道前，和抢险车上的工人们一起作业。一切准备停当，吊车启动，起重臂延伸旋转，瞅准了角度，开始起吊。山坡下的挖掘机开始慢慢浮起来、浮起来。就在整个机身全部离地之际，挖掘机的铲斗被一个土包蹭了一下，整个机身就一下子蹿出好远，上面的吊车也随之一个趔趄。惊险之中，吊车师傅沉着冷静，随即又将那挖掘机沉下去。随后，一干人等聚在一起商量对策。

“再派一台吊车来！”人群中不知谁喊了一句。

吊车无疑可以再来一辆，那不是大事。关键是要施展得开手脚。良久，几位师傅大概商量好了，其中一个拿起手机开始通话，好像是说要再派一辆吊车来。

至于第二辆吊车是何时来的，似乎没有人再去关心。围观的人群早已散去，山村笼罩在茫茫夜色之中。山坡上一直传来机器的轰鸣声，直到两辆吊车高一声低一声的吼叫声止息，人们知道，挖掘机被救上来了。

夏季的热浪还未完全褪去，稻谷已经变成金黄。阵阵山风吹过，层层梯田波浪起伏，像一片涨潮的海面。

村里的油牡丹旅游观光园建成了。三期工程共占地一千二百亩，环山顺坡，蔚为壮观。省市县各级领导带着不同的工作组来到观光园检查指导工作，一辆接一辆的考斯特穿行在园内的环形旅游路上，好不气派！你能猜得出观光园的道路是多少米宽吗？

花椒基地前年就建成了，占地三百亩。花椒树已长得一人多高，开始挂果了。烹调美味离不了，麻辣鲜香更是离不了，因此不愁销路。农业合作社的成功实践，让乡亲们大多数入了股，参加劳动村上还给报酬。花椒地里的草长得奇快，立秋后更是疯长，甚至比花椒树长得还高。除草劳动每人每天劳务费四十元，乡亲们个个忙得不亦乐乎。

秋收的谷子装满仓，乡亲们的眼睛笑得像豌豆角。韩云志一直忙着，抽不出身和其他支部一起去帮扶，他看了看工作计划，斟酌了一番，准备在国庆节后去一趟王显才家。但是用药不能再耽误了，他按照上次医生的处方，让一个刚来的年轻小伙子“小石头”到医院跑了一趟，小石头给王显才又开了两个疗程的药，然后快递过去。小胖收到后，又亲手把药交给了王显才。

夜晚，王显才给韩云志打了个电话，请他下次一定到家里来作客，韩云志当时正在外面喝得兴起，于是随口说道：“等你杀了年猪儿，我一定来跟你一起喝酒！”

到了十一月初，村里的食用菌项目启动，正式投入生产。整个项目由党校捐助三十万元建成。这笔资金本来用于农村综合园区建设的风貌改造，后因县财政资金两百九十万元的大量投入，这笔资金就转投于食用菌种植。食用菌基地修建了四十个大棚和几排厂房，站在田野上远远望去，十分壮观。

一个贫困户叫吴守富，他是其他支部结对帮扶的对象，年龄也就四十出头，患有一般性心脏病。支部派人把他接到省城，到省医院进行了全面检查，结论是无大碍。但他总觉得自己病情很重，心里像装了一颗手榴弹似的，成天忧心忡忡。乡上给每个贫困户发了一百只鸡苗，还给非贫困户也发二十五只。但鸡苗没养多久，吴守富就今天一只明天一只地宰来吃了。小胖事后得知，一直想到他家去一趟。

机会很快就来了。食用菌厂房和大棚需要劳动力，这个活路很轻松，每天务工费四十元。小胖去了吴守富家，动员他去大棚务工。吴守富懒洋洋地从躺椅上坐起来，慢腾腾地说："我这个心脏病，是无法参加劳动的。"

小胖走了路，感到口渴，他拧开矿泉水瓶盖，一仰脖子，咕咚咕咚喝了几口。然后喘了一口气说："这个是轻体力，你不用使劲就可以启动开关，自动喷雾灌溉。"

"大棚里闷得很，我最多只能坚持五分钟。超过五分钟，我就觉得受不了，会晕倒过去。"吴守富没有丝毫兴趣。

小胖又一仰头，把矿泉水喝下了大半。他把厚厚的手掌攥成一个肉拳，在桌子上一擂："像你这样的人，只有放个印钞机在旁边，你自己印票子用好了！"

年底之前，脱贫摘帽的验收工作开始了。每年按计划陆续有贫困户脱贫摘帽，直到按期完成任务为止。韩云志所在的支部一共十一人，帮扶五个贫困户家庭。按计划今年要实现脱贫摘帽的正是王显才。

摘帽验收工作由市里统一安排，县与县之间交叉验收。按照"五个一"的要求，"一个县级联系领导"来自县人大，副主任肖冰。肖主任当过畜牧局局长，刚升任到县人大任职不久，畜牧局的同志们还习惯称他为肖局，张力也不例外。韩云志陪同验收组去贫困户家中进行检查，验收的主要指标就是核算上一年内人均收入是否达到脱贫标准线以上。

此时，走在路上，韩云志心中对王显才是否配合摘帽验收还有些忐忑。原因并不是他的收入，而是他的态度。

就在前天晚上，小胖突然来了电话，说乡村两级到王显才家里去初步验收，哪承想王显才不仅不配合，还不承认家里一年的收入情况，情绪激动，拒绝签字。说到底，他就是不愿意摘掉贫困户的帽子。这还是个有点儿棘手的问题。

小胖又说："村里考虑到你们支部对他帮扶很大，他对你们还是有感恩之情的……"末了，小胖说让韩云志再做下王显才的思想工作。

与小胖通完话，韩云志想了想，然后拨通了王显才的手机。铃声还没响到第三下，那边就接了。

"老王，你好啊，你手上的裂口都好了没有啊？"

"差不多了，只有一两处还没有完全好。"

"我们准备后天到你家里来看你，顺便再给你带一个疗程的药过来。"

"哦……谢谢韩处长……你们这么关心我，我怎么好意思哦……"

"老王你莫客气哈，这都是我们应该帮的……冬天没有多少活路，你坚持用药，注意再把手保护好，这个冬天过去就完全好了！"韩云志和老王都一边说着客气话，一边把电话挂了。

第二天，韩云志又让"小石头"去医院开了一个疗程的药，准备这次亲手交给王显才。小石头很快去医院跑了一趟，回来进了韩云志的办公室。他从装药的袋子里拿出医院出具的发票，面露难色向韩云志转述着主治医生的话："你们已经开了很多回这种药了，我们知道是给贫困户开的，但这是处方药，下次如果还要开，就必须让病人亲自来一趟，我们要当面查看他的病情。"

韩云志想了想说："可以。如果他确实需要再来看医生，我们就把他带上来。"

由于这次行动比较突然，单位没有其他支部同行，更没有领导带队。到了乡上，小胖早已在此等候。他们一行先去了其中帮扶的一家，送了一床电热毯和一床棉絮，然后顺另一条路去王显才家。车停在桥头的宽敞处，大家走过深沟上的新桥，顺着田埂上再爬上山坡。

站在桥头，想起去年暑假入户时被暴雨浇透、洪水阻隔，韩云志心中豪情涌动：易地搬迁有何难，重在剔除旧观念；清河沟深起高桥，洪流远去笑田园。

韩云志正沉浸在眼前这日新月异的思绪里，村上一位女同志对他说：“你看，王显才已经在山梁上等你们了。”

山梁那儿离王显才家至少还有一里路，与水库那边到他家的路方向相反。韩云志顺着那位女同志示意的方向看去，有一个穿迷彩服的身影，面目虽有些模糊，但好像能看见他咧着嘴。

韩云志看到老王如此热情，想到摘帽验收马上就要成功了，禁不住内心一阵激动。他一边走一边举手向王显才使劲地挥着，同时连喊了两声老王，谁知脚下一步踩虚，身子就从石阶边上滑了下去。好在韩云志从小在山里长大，只见他并不惊慌，顺手向旁边一抓，一根灌木枝就到了他的手里。他屏住呼吸，先保持住身体平衡，再一使劲就爬上来了。

一行人到了王显才家，看到屋团屋转收拾得还算整洁，硬化的院坝、晒坝干净敞亮。进屋后，韩云志先看了他的两只手，除了大拇指虎口处还有小裂口之外，其他地方都愈合了。他把那袋药交给王显才，嘱咐他坚持用药并保护好手，等全部愈合了再下田去干活。同时，他和村上的干部一起交谈着，大家都劝老王一定要配合验收，摘帽不摘政策，以前贫困户的优待是不会取消的。同行的张乡长还对他说：“村上把你们家入户路的项目报上来后，乡上已经批了，翻年过后，只要资金一到位就可以动工。”从水库堤坝当头到王显才家的入户路有三四百米，并且只住着他一家人。

韩云志发现，从今天见到王显才的那一刻起，他的嘴一直咧着，于是心里就有底了。

一行人完成了任务，顺着竹林出来的下坡路回村上去。走过山嘴，快到水库堤坝了，就看见山坡上有个娃娃，正在路旁放羊。他手里捧着一本书，一会儿低头看一下，一会儿又合上，口里念念有词，像是在背诵课文里的某一段话。

一个村干部说，那是王显才的孙娃子，叫“震娃”。震娃是“5·12”地震那天早上出生的。头天傍晚，震娃妈就感觉到有些发作了，他爸赶紧给一个平时跑面的的司机打电话，说：“兄弟你明天得帮我个忙，老婆很可能今明两天就要生了，你晚上睡觉都莫关手机哈！”果不其然，第二天早上天还没亮，震娃妈就发作了。面的司机接到震娃爸的电话，起身赶紧开车过来，震娃爸好不容易连抱带扶将老婆弄到村道口，等上了车，面的司机便十万火急，向山下十五公里以外省道旁的镇卫生院狂奔而去。

面包车下了山，顺着河谷疾驰，走到一个叫大河湾的地方，震娃就在车上第二排的座位上出生了。

震娃头上有两个姐姐，他是老三，罚款是免不了的。

一行人看着他这个小孙子一边放羊，还一边读书，都打趣地说，这个“钱坨坨”娃儿还值得，值得！

肖局说：“这个震娃，他聪明着呢！”

韩云志想知道下文，便故作正经地说：“请肖冰同志举例说明。”

于是，肖主任讲了一个“曹冲称象”的新故事。

有一次，老师在课堂上讲述了《曹冲称象》的课文后，向大家提问：“同学们，大家想一想，除了曹冲说的以外，还有没有其他可以称象的办法呢？”

话毕，老师环视一圈，教室里鸦雀无声。

没想到这时候，震娃却举手了。老师用带有一些质疑的眼神看了看他，然后微微颔首表示同意。只见他站起来，不慌不忙地说道：“把大象赶上岸后，其实不需要往船上装石头，只要把很多大人和小孩往船上装，当船身下沉到原来画线的地方，所有人的重量相加就是大象的重量。”

震娃话音刚落，教室里“哦——”一下就轰动了！同学们一齐为他鼓掌，叫好声不断。可老师却不以为然，说震娃的方法理论上可行，但不具有操作性。一个人是不能分成几块来称重的，这样误差太大了。这个主意当场就被老师否了。曹冲是历史上著名政治家军事家曹操的小儿子，震娃怎么能比他还聪明呢?

肖冰讲完之后，顿了顿，又道:“其实，这两种方法都是等量替换，在一千七百多年前，曹冲称象的办法也会存在不小的误差，因为两次在水面上通过肉眼来对比刻度标记，以及无数大小石头多次称重相加，其结果也只能做到相对准确。而震娃的方法既能做到相对准确，还节省了人力物力。”

张力说:“就是，还节省了两次从船上往返搬石头的功夫。”

韩云志愤愤地说:“反正现在也只有傻子才去称象了。”

“喂，肖局，这个故事是你编的吧？”张力又笑着问道。

肖冰正色道:“是真的。我听震娃班上的同学说过，还听到学校的一些老师也讲过，语文老师这样急于下结论难免有些武断了。”

柳彤又一次来到村里，不过这次却是和几个支部一起来的。开中巴车的驾驶员几乎每个月至少都会跑来两次，路熟。考斯特在村道上游刃有余，挨家挨户地给贫困户送去了鸡苗鸭苗、健身器具、生产机械等等。一个支部还给其中的一个帮扶户买了一头小黄牛，那家人赶来村部，见到“亲戚”们喜笑颜开，一阵道谢之后，高高兴兴地牵着温顺的小黄牛回家了。

小胖和村干部把各家贫困户送到村上的鸡鸭和鸡蛋装上车，再把换来的现金收齐，然后分发到各家手中。单位的职工很喜欢老百姓养的土鸡，一百元一只。学校食堂也定期回购鸡鸭和鸡蛋来改善生活。

做完这些事，天色已经暗了。小胖对柳彤说:“怎么样……嘿嘿，要不再去吃回鱼吧。”

“你想得美，今天该你请我们了！”

“唉……怎么说变就变呢？”小胖眨巴眨巴小眼睛，显得有些无辜。

大伙上了中巴车，车开出一段，还真向乌木川水库方向奔去，车厢里充满了阵阵欢笑声。汽车离贫困村越来越远，公路也宽阔起来，可王显才的模样却在韩云志眼前久久挥之不去。他忽然想起在山坡上一边放羊一边看书的震娃，心里顿时受到重击，就像一个拙劣的枪手，胡乱一枪却打中了靶心。

韩云志透过车窗，把目光投向对面那座山。虽然山不算高，但公路却拐了好几道发夹弯，并且一弯高出一弯，依次递增的越过山垭。车窗上慢慢有了一层水雾，他看不清那条路是从哪里来，还要到哪里去。想起自己不知在哪儿读过一句话：我从河的上游来，要到河的下游去……

第二十八章

2018 年春，清江中学高 1988 级正在筹备三十年同学会。一天上午，韩云志正在办公室，手机放在桌子上，连续几下震动，微信突然跳出一个申请添加朋友的提示，而且对方并未亮明身份。他看了看那个头像，再看网名叫云淡风轻，想想可能是故人找到自己了。

他打开添加朋友的对话框，连续跳出几句同样的话：猜猜我是谁？

还有谁呢？这样表达多半是美女。他点击同意，然后就开始聊天了。

他回道：你是景春风。

对方一个惊叹的表情：哈哈，人家都说你轻易不加微信的，居然还把我猜出来了！

他说，你不是陌生人。他想说，你是女神，但忍住没说。

近两年的暑假似乎是聚会季，生于 20 世纪 60 年代末和 70 年代初的人，不是大学毕业三十年就是高中毕业三十年。朋友圈里铺天盖地都是同学聚会的照片。

这不，就在上个周末的双休日，韩云志才去江城参加了军校同学会。江城军校同学的数量与他所在的天府之国相当。这次聚会就是由楚天舒、林菲雨、高侠武等五个同学一起组织的。全国各地除新疆和东北同学乘飞机过去，其余都是动车前往。处于这个高速发展的时代，出门已经很流行坐动车了。

晚上见面酒会上，主办方几个同学纷纷发言，他们热情大方，周全安排，同学们一边观看大屏幕播放军校时代学习训练生活集锦，一边兴高采烈频频举杯。韩云志一个人就干光了一支七百五十毫升的红酒。他知道，这种场合，白酒喝下去是扛不住的。

次日晚上，他们登上了江滩公园“知音号”游轮，一上码头，仿佛置身于百年前的江城：复古蒸汽船完全以 20 世纪 30 年代风格打造，上下三层，配有极具浪漫情怀的城市记忆咖啡馆、气势恢宏的船舱和酒吧、舞厅，穿旗袍的淑女，西装领带的绅士，复古的造型，让人们沉浸在这座城市的前世今生中，如梦如幻。

“知音号”在江面上徐徐漂动，长江大桥身披五彩霓虹更显宏伟瑰丽，江城夜景令人叹为观止。

景春风从微信上给韩云志发来了电子邀请函，日程安排就像课程表一样清清楚楚。景春风当年在班上当团支部书记，是一个有号召力且人气指数很高的女生。她和韩云志联系上以后，聊天就开始多起来。有一天她还打电话过来，说了一些关于聚会的具体安排。然后，她就提起一段往事，说到高一上学期，她有一次把他叫到教室后边那块黑板面前，给他分配办板报的任务，没想到他一听，扭头就走了。她嘻嘻哈哈说起这事，让韩云志一时有些摸不着头脑。他回想了很久，才想起似乎有这么一回事。他第一学期担任劳动委员，虽然办板报不是他的职责，但是在美女同学面前的表现确实有失风度。

聚会时间安排在八月中旬一个双休日。到了出发前头一天，韩云志却把早已订好的动车票退了。几个死党，包括当年睡在上铺的兄弟董得圆都不允许他开车回去。董得圆一副命令的口气：“你回来天天都要喝酒，不准开车，老家的同学都有车，你要去哪儿随时送你就行了！”韩云志翻来覆去想很久，还是决定开车回去：一是出门方便，二是可以成为唯一一个不喝酒的理由。

洛紫玲对韩云志出去喝酒一直不放心，说他没有自控力，动不动就喝醉。大家知道，都是同学战友或亲戚朋友，别人端杯都一口甩了，他能只抿一下吗？再说那也不是他的作风。有一次去外地亲戚家，遇上同学请客，喝醉了。那时还没有查酒驾，紫玲坐在副驾上一直提醒着，韩云志才慢慢地把车开回亲戚家院子里。第二天酒醒过后，看看停在两道围墙中间的车，再看看拐角的地方，以前进来都要打倒车，而昨天晚上都不知道是怎么开进来的。

紫玲听说他要退票，开车回去，很爽快地答应了。因为他出门的机票车票什么的，都是紫玲在网上操作，他一般不用操心，只需告诉妻子出发和归来的时间即可。

从外地回来的同学，第一站被安排在市里接风。他们中一个同学已在市里某银行当上行长，盛情让大家中转停留，以尽地主之谊。韩云志早上不慌不忙地从省城出发，于十一点半到达市区高速出口。由于“十三届省运会”正在本市举行，一出收费站，所有车辆靠边接受检查。交警检查了韩云志的证件，示意放行。正要起步的时候，行长电话来了，他问韩云志现在在哪儿，韩云志说刚出收费站。他说你坐动车不是早就到了吗？怎么还会在收费站呢？韩云志说自己开车回来的。行长听了有点儿意外，还有点儿不悦。

韩云志按照行长发来的定位，顺利找到了那家餐馆，而且在幽静的河边，还有不少空余停车位。韩云志停好车，走上街沿，就看到一棵小叶榕树下站着一个很面熟的同学，过去一问，才得知他从内蒙古回来，刚下火车，也是来见行长的。走进餐厅，服务员把他们领进了包间。先前已经来了一帮人，大家一见面，情绪立刻燃烧起来，出现了紧紧拥抱、狠狠拍打的场面。

行长是这次同学会的发起者，景春风是筹备组成员。行长是四班的，景春风和韩云志是三班的，联欢会主持人来自一班，一位女中音。

见了面，景春风一再叮嘱董得圆、吴相忘、向鹏飞和韩云志，她说:“这一次是集体活动，你们几个不能老凑在一起，更不能提前退场；如果你们还有安排，也要等到集体活动结束后才能行动。”景春风还特意征求了韩云志的意见，韩云志由于有三十年前那一次亏欠，所以这次就表现得非常配合，他不仅表示完全赞同景春风的意见，还把几个想提前行动的哥们给劝住了。

景春风有一双会说话的大眼睛。眼睛是心灵的窗口。在学校时，有一次韩云志对景春风说：“你的大眼睛快赶上我了。”景春风又聊了几句才反应过来，“咦？你还会自己表扬自己呢。”以前，韩云志总是会对大眼睛的女士说这句话，但他现在上了年纪，眼睛就没有年轻时睁得那么圆了。

席间，行长仍然坚持给韩云志倒了一小杯酒，放在他的面前。有好几次他们都劝韩云志：“喝几杯吧，下午先喝茶，等到晚上再开车回县城吃晚饭。”韩云志说：“只要中午一端杯，全天就不能开车了。”一同学揶揄道：“你这解酒功能也太差了嘛。”韩云志知道，这个时候，激将法对于他来说是没有用的。

下午，大家一直在茶楼小憩。聊天，品茶，顺带躺在沙发上醒酒。几个归心似箭的同学想早点回县城去见父母，几次提出要走，都被热情的行长强留了。下午五点以后，他们装上聚会用的酒水瓜果之类的东西，从市里出发回县城。韩云志把车开回父母家，还没来得及说句话，催促的电话又来了。这是预先安排好的两场酒局，韩云志叫哥哥开车送他去。第一场在县城后边凤凰梁，同村一个老乡在县城一家银行当行长，他说需要认识一下增进感情，以后好多联系。见面酒碰杯之后，正惺惺相惜地说着客气话，老家乡党委书记也来了，是位女同志。她对韩云志说：“听说你老家的房子修得漂亮，我一直都没来得及去看。”韩云志说：“村上的人去过好几回，你就不必去了。”她又说：“你啥时回山上来，我请你喝酒。”

韩云志老家山上只有弟弟一家人，弟弟是被精准识别的贫困户：家里三个娃娃，弟媳一直有病。关于他是贫困户这件事韩云志一直难以启齿。近两年，韩云志随单位多次去清河村，后来跟他们熟了，说到兴起之处就说漏嘴了。一个经常陪同他们的领导却说："你弟弟怎么会成为贫困户呢？你们弟兄姊妹帮他一把，他就脱贫了嘛。"这哪是一句两句就能解释清楚的呢？从那以后，韩云志再也不提弟弟是贫困户的事了，无数次话到了嘴边，他都咬紧牙关咽下去了。

在座的自然还有市里这位行长，他知道韩云志还有转场的任务，就帮韩云志给在座诸君解释一番。酒过三巡之后，韩云志起身告辞，转场去青龙广场旁边一家餐厅。那里都是韩云志的同班同学。他进去包间，才发现两桌人都在等他，一桌男同学，一桌女同学。他感到有些过意不去，又过三巡之后，韩云志主动给同学们唱了一首自己的保留曲目《和谐祖国美好家园》。他没用伴奏，一直坚持清唱。他在心里定好调，很自然地一开口就唱起来："桃花映红塞北江南，杨柳拂绿边陲中原，燕子衔来吉祥如意，犁铧耕暖荷塘江川。好一个春来早，好一场春风暖，好一派春潮涌，好一幅春盎然。歌唱祖国，歌唱春天，把希望播种在心田。啊……和谐祖国是美好的家园……"

这首歌韩云志比较拿手，一般不会出现失误。因此，他唱得神采飞扬，收放自如。接下来，一片觥筹交错之中，韩云志渐渐感到不胜酒力了。这个时候，景春风赶紧宣布："今天晚上大家喝酒不能过量，聚会活动明天才正式开始，特别是明天要发言、要表演节目的同学就不能再喝酒了！"

韩云志看了看两桌聚餐的同学，大多都生疏，从前没接触过，后来就更没有了。因此景春风联系上韩云志也费了不少工夫。韩云志只在20世纪90年代初回过几趟县城，也只见一见个别要好的兄弟。那时大街小巷都放镭射电影，价格便宜，还不清场。有一回，韩云志去见几个高中同学。他先去看了部电影，再去河边茶座会合。人家问他去哪儿了，他说刚看了一部镭射电影。大家就显得有些诧异，韩云志还不以为然，只觉得那片名很有诗意，就只顾自个儿往下说：“《何日君再来》。”大家听了居然好一阵不开腔。没想到一位女生却微微红了脸，轻言细语地问一句：“是不是有点儿黄嘛。”韩云志这才恍然醒悟，连忙解释道：“不黄不黄，一点儿都不黄。”那一干人等仍不开腔，你看看我，我看看你，他们认为他没说实话。

散了酒席，众人簇拥着出了餐厅。就在大家互相道别的当口，不知谁又说省城一个同学在市里一个好友陪同下刚回到县城，再召集大家去陪他们喝夜啤酒。韩云志感到实在难以应付，就一直在寻找脱身的机会。他看到前面不远，过了广场，有一排茂密的行道树，他决定就在那儿闪了。大家顺着河堤一路说说笑笑，情绪一直亢奋着。走过青年广场，韩云志跟他们稍微拉开一点儿距离，可他们频频回头跟他说话，让他没有机会脱离他们的视线。他忽然间灵机一动，故意跟他们靠得很近，走着走着，他们就放松警惕了，趁他们谈兴正浓没有防备之时，他忽然闪到了一棵茂密的小叶榕下面。街上正好没有车，他迅速过了街，走到对面一连片的烧烤摊中间。

夜晚，烧烤摊正是人多的时候，再安全不过了。韩云志松口气，不动声色地站在旁边观察了一下，发现他们已经走远了。此时，一对恋人似乎发现他孤单的身影跟眼下场景有些不搭，还瞟了他几眼。忽然之间，他对自己的反跟踪能力颇有些得意，至少在这几分钟之内，那些家伙还没发现他已经无影无踪。不过，他老站在那儿总是无趣的。此刻，路边又过来几辆出租车，其中一辆亮着红色标志的空车，在夜色中格外醒目。他招了招手，那车缓缓靠边，他装作很老练地走过去钻进车里，然后对司机说：“到庙儿沱。”司机显然知道那个城边上的农家乐，没有迟疑，立即轰然而去。

庙儿沱就在父母家旁边，父母住的是哥哥家的房子，学校也在那儿。那一整片属于老城区，现在已经打造成为远近皆知的红军城景区，每年县上都要召开红色文化旅游节。快到家的时候，手机响了，是吴相忘打来的，他问韩云志：“你怎么走着走着就不见了呢？”韩云志说：“我有点儿醉了，提前回家了，明天早上七点半还要统一集合呢！”

转天早起，按照筹备组的安排，同学们先回母校清江中学参观。校门口已经拉上红底白字的横幅标语：热烈欢迎高八八级学子荣归母校。见此情景，读高中时的酸甜苦辣、风风雨雨仿佛就在眼前，他心里一热，又一阵难过。难过的是，现在的清江中学已经由当初的高完中变成一所普通初级中学了，教学质量甚至还不如他家乡那所初级中学。进了校门，穿过漂亮的塑胶运动场，来到了教学楼前，大屏幕上同样打出了欢迎字幕。屏幕下边是签到墙，韩云志在那些龙飞凤舞的笔画下面最低处签上了他的大名。

韩云志转过身，和几个同学一起谈笑。忽然一只手拍了拍韩云志的肩膀，韩云志转过头看，那人笑着，一面说还记得不，一面伸出手来。韩云志疑心一定是当初要好的，当两只手握在一起的时候，韩云志脱口而出：“马彪！”马彪果然笑了，还是当年自然随和的样子，只是发福不少，让韩云志好一阵辨认。

教学楼后面，正在举行植树仪式。苍王山茶业集团董事长也是一个同班同学，他为母校捐赠了一棵罗汉松，这罗汉松已经有些年头了，只是脖子有点儿歪，但树干够粗壮，这让韩云志想起了那句“幽燕老将，气韵沉雄”。罗汉松后面再植一块大石头，上书：情系母校。

张波当年和韩云志一样喜欢唱歌，《花纸伞》那首歌还是他教会韩云志的。这一次，他开来铲车，义务为母校植树、植石。看到他笑容可掬的样子，韩云志想起了《咱们工人有力量》。空闲时听张波唱一首《昨夜星辰》，没想到他流行歌曲也唱得这么棒，咬字纯正，醇厚、富有磁性的声音让韩云志暗暗吃惊。

植树、植石活动结束后，大家又在校园内驻足停留，谈笑流连，已经远远超过预定时间了。上午预留时间已经不多，还要赶往聚会的地方，李家山风景区。景春风早就催促大家上车，可大家就像没听见似的。这时候，她已不再是春风满面，而是升起一团愁云来。韩云志一看，赶紧和筹备组一起大声催促人员登车。即便这样，午饭时间也大幅度推迟了。

四个班的同学分乘三辆大巴车，奔向李家山景区。车队走完省道，进入北山峡谷的岔路。路面虽窄起来，但路况还将就。后山地形地貌很是奇怪，顺着河谷进去，山崖陡峭，高耸入云，峡谷之中居然还有一小段挂壁公路，让人觉得新奇。当河谷消失的时候，公路就失去了依傍，只好盘山而上。而真正到达山顶的时候，往往又地势平坦，豁然开朗。在植被茂盛少见人烟之处，有如世外桃源一般宁静与超然。

在国家 AAAA 级旅游景区，度假酒店颇具规模，设施齐备。午餐算是同学聚会第一餐。虽然大家在母校流连时间过长，午餐推迟了一个多小时，但大家依然兴致勃勃，毫无怨言。很多同学几十年没见面，需要说的话很多，好像吃饭都变得不重要了，只有景春风为耽误了时间而着急。午餐举杯之前，几个筹备组成员都致了简短的欢迎词。而大家都是几十大岁的人了，刚见面还多少有些礼节讲究，因此并不见闹酒的场面出现。

正式见面会下午三点才开始。筹备组的行长、景春风、女中音等人依次讲话。大家围坐在会场，按顺序依次作自我介绍，以加深印象。大屏幕上一直滚动播出许多外地同学们的视频，他们都轮流说着祝福的话语。读书时的老照片事先收集了若干，照片上青涩面容和昔日背景不断唤醒各种记忆。韩云志为三十年同学会写了一首《假如归去仍是少年》，亮相之后，行长说还要把这首诗印在纪念册上。

王奇伟和杜玉国他俩在省外，这次没请到假，而且在外打工也不能轻易就放下手中的活儿。关雪娇也没来，他没去打听，只听说她在市里工作，说临时有事走不开。时过境迁，沧海桑田，谁都不是当初的少年了。时光冲淡了一切，岁月会让记忆变得模糊。行长事先曾经和一个同学打赌：他说这次聚会能到一百人，而同学说如果超过一百就输给他两瓶五粮液，结果到了一百零三。四个班总共有两百三十多人，参加者不足一半。

见面会让很多丢失的名字重新找回，让一些遗忘的面孔再次浮现。大家多年不见，需要破冰。筹备组请了专业拓展训练师，按照文、理科分班前建制开展比拼。比赛开始前，各班派一名代表用石头、剪子、布来决定比赛顺序。在大家的齐声喝彩与掌声中，董得圆高票当选为三班代言人。结果他不负众望，只出手几次就 PK 掉了其他三个班，得到了优先选择权。他虽然赢了，但还得回头看看同学们是啥意思，大家一齐高喊选最后。韩云志很想叫他挑第二或第三个出场，那样最好出状态，但大家的喊声早已把他湮没了。于是，董得圆遵从民意，选择了三班最后一个出场。四个班都分别进行了“争分夺秒”“不倒森林”“跳大绳”和“我们是最棒的班级”四次冲关。无意之中，韩云志指挥团队完成了“不倒森林”和最后一关“我们是最棒的班级。”三班最终以二分二十秒的总成绩完成四个冲关项目，勇夺第一名。大家像孩子一般欢呼雀跃，击掌相庆，仿佛回到了学生时代。

夜晚的节目好像才算正片。各班围着篝火而坐，轮流出节目，这是规定动作。韩云志的个人节目是独唱——《敢问路在何方》。之后本班还有一个集体节目，他比画着波浪起伏的节拍，和着伴奏指挥全班唱了一首《涛声依旧》。此时，班上的气氛已经波涛汹涌，韩云志忽然觉得自己也可以唱流行歌曲了。主持人女中音也唱了好几首歌，其中一首叫《草原夜色美》，一时间，韩云志似乎忘记了自己正置身于大巴山余脉的深山老林里。

晚会中场，大伙儿跳起了十六步集体舞。随着《一晃就老了》的旋律响起，女同学率先上场，全部按排练顺序整齐划一。就是那歌词听着叫人心里酸酸的：“……怎么刚刚变得成熟就老了，怎么刚刚学会包容就老了，怎么刚刚明白路该往哪儿走，怎么还没走到就老了……”为了准备这个集体舞，筹备组提前一个多月就安排了教练，还专门组织大家在县城滨河广场上排练了好几个晚上。本地同学都舞得熟练，外地同学也跟在后面跳着、蹦着，慢慢也就像那么回事了。

女同学好像一跳舞就上瘾，曲子放了一遍又一遍，不知疲倦，不愿停歇。音乐还在山窝里回荡，胳膊腿儿还在不停地招摇，烤全羊的美味又飘过来了。农家乐的晚餐安排得很简单，稀饭馒头，大家吃得少，此时都感觉到饿了。啤酒一直打开着，一群一群人端着杯子接踵而至来回敬酒，气氛总是那么热烈。

韩云志是这次筹备组特批可以不喝酒的，因为他除了个人节目外，还要带领全班表演集体节目。几个兄弟看到他没喝酒，就像受到传染似的都不喝，热闹的氛围中忽然掺杂了一丝冷落。为此，景春风忽然变了脸，她疑心是韩云志怂恿他们几个不喝酒的。酒到底没喝多少，大盘大盘的烤羊肉却很快消灭光了。至此，篝火晚会消停下来，大队伍渐渐散去，只有少数几个人还未尽兴，仍然围着点歌台，高一句低一句自由散漫地吼着。

大家陆续回到酒店，进了房间，一会儿又有几个跑出来，在走廊转角处沙发上围坐着谈天说地，兴致盎然。忽然，一个同学提议："当年你们几个爱在一起唱歌，特别爱唱那首《花纸伞》，今天聚齐了，应该再唱一回。"

张波转头看了看韩云志，韩云志点头会意。张波起了音，然后像当年一样说声："预备——起！"随即，熟悉的歌声又响起来。

细雨濛濛落江面，船头撑开花纸伞，好似彩云从天降，美似荷花静似水莲。啊，花纸伞呀花纸伞，多么美丽多么鲜艳，你打开了我童年的梦幻，把我带到故乡的彼岸。

妈妈生我那一天，秋风阵阵雨绵绵，一只空船无遮处，只有那把花纸伞。啊，花纸伞呀花纸伞，你是母亲你是摇篮，飘流中你为我遮风挡雨，苦难中你我共度饥寒。

歌声带着回忆、满含学生时代的憧憬在楼道里传开。一些房门也跟着打开了，更多的和声参与进来。大家在歌声的旋律中仿佛开启了时光机，回到了三班教室，找回了逝去的青春。

安排住宿的时候，筹备组事先明确了自由组合的原则。韩云志主动选择与董得圆同住一室，向鹏飞则与马彪同屋。董得圆无论在网上还是在生活中，总喜欢山南海北地侃大山。他也从不遮掩转述嫂夫人揶揄他的那些话："你说话不上章呢，一天就喜欢说，你那几个兄弟不打断你，那是给你面子，好像只有韩云志还喜欢听你摆龙门阵"。洗漱完毕，他俩靠坐在床头，做好持久聊天的架势。韩云志只要问起某个同学，董得圆就晓得一个，不管男女。他觉得董得圆还是当年那个万事通。

聚会结束已经深夜，再叙旧至凌晨一点，新鲜感已逐渐消失，瞌睡袭来。韩云志靠在床头的上半身在半睡半醒之间开始失去支撑，慢慢地向下滑进被窝里，就再也听不见董得圆说什么了。

第二十九章

清晨，韩云志从薄凉的被子中醒来。他定了定神。八月，刚刚立秋，已经有了寒气。他拉开窗帘，窗户的玻璃上居然是一帘水幕。窗外山坡上青翠欲滴，他的目光越过山顶，天空湛蓝，太阳已经升起来了。

早饭后的操场上，正准备进行创意拍摄。经过连续操劳，景春风的嗓子哑了，说话不出声。她只能发出气声，然后比着手势跟大家交流。趁此机会，韩云志就教她以后如何保护嗓音：要掌握好气息用力和声带用力的关系，最好成正比，一比一，声音能说响就行，切忌过分用力。韩云志还说，这就好比油门与离合器的关系一样，如果你只踩油门不抬离合器，那就是干吼，白费力气；如果你只抬离合器不踩油门，那就会熄火，一点儿力气也没有。当然，如果你只会开自动挡而不会手动挡，那么这个比方就白打了。

韩云志还让她尽量注意控制说话的速度，不要太急。生活中但凡是急性子人，嗓子都很容易出问题。韩云志一边认真地比画着，一边无意地瞟了几眼周围，发现一些男同学有异样的目光看过来。其实他们理解错了，韩云志不是想故意靠近女生，而是在炫耀他的“专业”。

在头天晚上的篝火晚会上，韩云志发现人群中来了一位神秘嘉宾。这位老者坐在一帮同学中间，也不多言，只是微笑着看大家表演节目，偶尔遇到向他敬酒的，他也儒雅地回应。他就是七十四岁的张老先生，著名冰川学家、资深科普作家。1962 年毕业于清江中学，1970 年毕业于兰州大学地质地理系自然地理专业。

张老先生跟景春风的父亲是同班同学，这次正巧遇上他回老家来调研，因此筹备组特邀他来参加本届同学会。张老为人谦和，他身材高大，身板硬朗，走山路一点儿都不成问题，上坡下坎也不喘气。

张老毕竟是上了年龄的人，韩云志和几个男同学都跟在他身旁，为老前辈保驾护航。上午，他们一起下栈道，进溶洞，步天坑。一路听着张老介绍米仓山卡斯特地貌知识。在一处山崖的石壁上，不知是哪个好心的石匠凿了一口小井，把石隙间的泉水聚拢，还有人在石壁上刻了两个大字：神水。过路的人们纷纷过来喝几口，还有不少用矿泉水瓶装着带走的。这时候，张老又开始答疑解惑："山泉水干净甜美，为什么不能常年饮用呢？是因为水里的矿物质和微量元素都被大量植物的根系吸收走了，反而过于纯净，特别是常年居住在林区的人，很容易患上大骨节病。我曾经给国内一知名山泉水企业写信批评过他们，因为他们的电视广告会误导观众，特别是家里有小孩和婴儿，一定不要饮用山泉水，走路口渴了喝是没有问题的，但不能长期饮用。"

从山崖边石级上下来，走一段相对平缓的山间小路，前面出现一道山梁，山梁下面是一整块岩石，岩石张着黑洞洞的一张巨口，仿佛要把前来的一切东西都吞噬进去。走进这个宽阔的岩窠，像是一处天然的避难场所。在岩窠通往出口的路上，不知谁搭了一个柴（财）门，以吸引游客照相。在一处小庙里，还有抽签算命、烧香磕头的。看到这些，张老有些激动地说："国内景区现在到处都是烧香拜佛的，原因在于科普基础薄弱，封建迷信盛行，我们已经步入了宇宙探月的时代，头脑却停留在落后的封建社会，这对于子孙后代的负面影响是很严重的。"

听君一席话，胜读十年书。山里天气多变，阳光像探照灯似的射进天坑，只分把钟之后，忽然消失了。

中午，大家在一个农家乐吃着家乡菜，喝着美酒，场面明显热闹起来。

大家端着大酒杯，杯里盛满白酒或泡酒或红酒，逐个碰杯，以延续友谊。韩云志被安排与张老先生同桌，没想到张老先生居然是好酒量，来者不拒，喝起酒来根本不像一个七十多岁的老人。韩云志说："张老，您喝酒挺厉害的，每人来您都举杯，而且不只是意思一下。"张老说："大家盛情难却嘛，难得难得。"闲谈之间，张老还赞许地对他说："你歌儿唱得不错，确实不错。"韩云志点头道："爱好，爱好。"

午餐过后，就有人陆续分批次行动了，这标志着聚会活动已近尾声。

大巴车把大多数同学送回到县城。在桥头广场边，大家纷纷挥手惜别，人群三三两两分散搭车又走散了。按照事先约定，董得圆还要请几个兄弟去青峰镇他家里作客。同行的还有两个女同学，景春风和主持人女中音。董得圆临行前以少有的严肃表情告诉大家，一定不能食言，他前面先回家去准备。而马彪却说他直接回巴山市，因为第二天一早还要上班，失陪了。

这当儿，吴相忘和向鹏飞忽然临时动议，说要先去一趟韩云志家里，看望韩云志的父母，这让韩云志有些感动。吴相忘那天在韩云志家里就好像还在他团党委会议室似的，他一边问着韩云志父母的身体状况，一边诉说着他们兄弟之间的情谊，还宣传了新时代强军思想。末了，他拿出一个红包递给韩云志的父亲，就像县领导过年来慰问似的。向鹏飞一直正襟危坐，睁着和韩云志同样的大眼睛，专注地听吴相忘作报告。

从韩云志家里出来，向鹏飞说还要开车去新城，在步行街一家蛋糕店取蛋糕。景春风一直在那儿等着，同行的还有女中音。上车时，韩云志把蛋糕接过来，放在越野车后面的纸箱子上面，纸箱里装的哈密瓜，是吴相忘从天山脚下空运回来的。

县城离青峰镇五十七公里，从县城快速通道出来，有一段十多公里的高速路可走。下了高速，天就擦黑了。省道这些年经过改造加宽，好跑多了。走到青峰镇与巴山市的岔路口，就上了盘山公路。

董得圆事先已回到家忙活起来，并来电话说晚餐早已准备好。他隔上十来分钟就给吴相忘打个电话，主要是催问走到哪儿了。他好像生怕一伙人半路又掉头回县城去了。

吴相忘对他说："天黑了，你莫催，这山路不能跑快了。"

向鹏飞一边开车一边自言自语："他生意做得那么红火，哪天买架私人飞机，把我们一下运上山去就是了。"

景春风听了，接过话题："前几天，县城一中的操场上就来了一架飞机，专门接送几个娃娃打篮球，一会儿接一会儿送，飞来飞去的吵死人了！"

一行人在车上说说笑笑，其乐融融，不知不觉中就到了青峰镇。他们在服务员引导下走进餐馆的包间，发现董得圆还召集了一帮同学在此等候。有几个家在镇上的同学，也专程赶来相聚。韩云志环视一圈，忽然发现马彪也在场，真是喜出望外。

原来，在县城分手的时候，马彪本打算直接开车回巴山市。但董得圆却说前面那辆车坐不下了，只有坐马彪的车，等到了岔路口，前面那辆车再返回来接他。马彪开车到了青峰镇分道的路口，董得圆却不愿下车了。因前车到了之后，驾驶员说家里临时有事不能来接他，就直接回家了。黑灯瞎火的荒郊野外，马彪不可能把他一个人丢在路边，于是，马彪就被董得圆绑架着一起上了青峰镇。

韩云志一直提着蛋糕晃悠，他以为聚会也可以吃蛋糕什么的。人到齐了，几句谈笑之后，话锋就立即转入正题。吴相忘挥了挥手，他宣布，说今天是向鹏飞的生日。韩云志一怔，不禁为自己的粗心哑然失笑，就连董得圆那个万事通都没想起来这事。是啊，男人和女人的区别可能就在这里，他真是没心没肺到家了。不过，韩云志后来做了很多弥补：点蜡烛、切蛋糕。还有，他为向鹏飞唱了一首祝福生日的歌，为了不落俗套，又因向鹏飞属于人类灵魂工程师序列，所以他满怀深情地唱了一首《长大后我就成了你》，可谓把气氛推向了高潮。

景春风嗓子哑了，不能发声。但生日蛋糕是她送给向鹏飞的，她自然要向向鹏飞表达祝福。景春风事先还郑重地委托韩云志，让他代她发言。韩云志已经打好了腹稿。他俩挨着坐的，她用胳膊碰了碰他，叫他看手机。他点开屏幕，原来景春风给他发了一段微信，她那上面所要表达的意思居然和他的腹稿相一致。这时候，韩云志忽然就觉得同桌是一位女生了。

韩云志读书时，从小学到中学，甚至到军校，都没和女生同过桌，况且通信专业的女生数量仅次于医大和卫校。一瞬间，韩云志忽然觉得自己学生时代的色彩好单调啊。轮到景春风发言了，韩云志举起酒杯，添油加醋、充满诗情画意把刚刚那一大段话流畅地背诵下来。一说完，大家就鼓掌了。女中音说："看来你更懂得她需要翻译什么。"韩云志注意到，这一刻，景春风笑得真开心。他想，这个时候，她无论如何是不会扭头就走的。

一番祝福和酒酣耳热之后，气氛异常热烈。不知不觉中，韩云志觉得自己怎么又好像抢了镜头，有些喧宾夺主了。

从餐馆里出来，小镇上已是一片寂静，一行人走到停车的地方，准备取下行李。韩云志无意间回头问了一句景春风："想回县城不？"不承想，她竟然爽快地笑了，说："想。"韩云志暗自一惊：不是说不出话吗，怎么刚刚回答得这么清楚呢？向鹏飞也在旁边一本正经地附和了一句："你开车，我们都敢坐。"

远处忽然开过来一辆车，在附近一家店门前停了下来。车灯还没有关，韩云志差点被晃花了眼。他试探着对董得圆说："你看我们还是回县城去好不好？住在你家里有点儿麻烦。"谁知董得圆一听就急了，他一边跺脚，一边吼道："你简直在开玩笑哦，都这个时候了还说要走的话，我妻子听说你们要来，都在家准备好几天了！"

借着车灯的光亮，韩云志看见董得圆急得快要哭了，他只好赶紧催促大家从车上往下拿行李。

几个人沿着小街，跟在董得圆后面走。过了一座改造后的小桥，就到了小河对岸。韩云志知道以前这儿是一座吊桥，两岸的老百姓出行就靠它。现在还新建了一座公路桥，董得圆就是直接的受益者。

夜已经深了，嫂子还在家里灯火通明地等着他们。上楼的时候，韩云志故意落在后面。他也不知道自己为什么要这样做，他本想让谜底早一点儿揭开，但又想让神秘感再飞一会儿。董得圆说过，他夫人彭淑君的脸型、长相、身材都跟夏百合一模一样。

韩云志有些半信半疑，他相信世上有如此巧合之事，但不相信就发生在身边。主要他对董得圆滔滔不绝式表达的可信度有待证实。初中时学过一篇课文，里面有说过，在一个地方失去的东西会在另一个地方找到。就看各人机缘了。

门口排起了长队，要换拖鞋进屋。韩云志最后一个进去，门口的塑料拖鞋还剩两双。他一面换鞋，一面往屋里观察。玄关和前面的人挡住了他的视线，彭淑君热情招呼大家，一个劲儿地说着客气话，只闻其声不见其人。他再走进去几步，才与彭淑君打照面。一刹那间，韩云志心中猛然颤抖了几下："情痴啊情痴，见过情痴的，没见过这么情痴的，嫂子这完全就是夏百合的翻版！"

他装作平静而不失友好地招呼了嫂子，接着又故意大声说话，夸他们家里布置得好，他以此来掩饰自己内心飞沙走石般的惊愕与震撼。寒暄一阵，大家楼上楼下走一圈参观了董得圆的新家。景春风和女中音连续几天操劳，吃了一些水果后便说累了，大家就让她俩先去洗漱休息。吴相忘、向鹏飞和马彪他们仨开始斗地主，韩云志对打牌历来不感兴趣，跟他们打过招呼，就按预先分配的房间进屋睡觉去了。

董得圆本来是安排韩云志和马彪同住一室的，这间卧室紧邻客厅。韩云志躺下之后，总是朦朦胧胧听见他们一边打牌一边说话。夜里三点，他们仨打牌饿了，董得圆又端出几个菜，于是又喝上了。随后，他又给每人煮了一碗面条端出来，但他不停地叹气："唉，这面条没煮好，没煮好，不合口味。"

韩云志上趟卫生间出来，看见马彪独自在客厅沙发上躺着，他喊马彪进屋，到床上睡着舒服些，马彪却说就在沙发上迷糊一会儿，等到五点半六点的样子就出发，还要早点儿赶回单位去点卯。

韩云志再次回到卧室里，躺下后很久都没睡着。读书的时光和同学们的面孔总在脑海中滚动播出。韩云志想象不出，在他离开后，高三这一年时间里，同学之间究竟发生了什么，他们哪些又在痴男怨女之列呢？

向鹏飞昨夜喝了太多的酒。早上出发回县城的时候，他很礼让，叫韩云志开他的车。韩云志一直开手动挡，这越野车也是手动挡。韩云志上了驾驶位，等大家坐好关上车门，就准备出发。挂挡的时候，他觉得挡位太重、太卡，就转头盯着副驾上的向鹏飞，很不习惯地问："你这变速杆怎么这么卡呀？"

"你把离合踩到底，踩到底！"向鹏飞说。

韩云志的左脚已经伸到了尽头。

"踩到底，踩到底！"向鹏飞还在大声喊。

"再踩，就踩到牙箱里去了。"韩云志的回答有些无奈。

"跑起来就轻了。"向鹏飞又说。

韩云志稍微用点力，把变速杆送到位，然后加力开上一道小坡。坡顶的路口停着一辆大客车，他小心翼翼地绕过客车左转，然后上了小镇的街道。出了镇口，有一段长下坡，他提醒车里的人注意，说要试一下刹车。

说实话，韩云志开山路不成问题。汽车一直顺着河谷转弯抹角，不一会儿就开出了青峰镇。当然，一路上仍需要不停地换挡。跑得顺畅的路段，韩云志丝毫没有感觉到变速杆好使起来。他心里好生纳闷："向兄怎么就把这么不润滑的东西使得那么顺手呢？"

公路顺着河谷蜿蜒而行，然后就上盘山路了。山上不断有运砂石的大货车下来，韩云志掌握好上坡的速度，提前观察会车带在哪儿，一直开上山顶，也没有遇上什么麻烦。当开到山梁上正准备下坡时，他的手机响了。向鹏飞坐在副驾上，拿起手机递到他眼前，他一看是哥哥打来的。韩云志趁机把车停在坡顶处，拉紧手刹。他对向鹏飞说：“还是你来开。”向鹏飞转过头，瞪了瞪和他一样的大眼睛，会意地下了车。

他俩绕过车身，互换了位置。韩云志上了副驾，扣好安全带。向鹏飞虽然坐上了驾驶位，但他还是用征求的目光望着韩云志。韩云志又重复了一遍，“还是你来。”后座的女中音也对向鹏飞说：“还是你开吧，他不熟悉你的车。”韩云志嗯嗯着点头，可他在心里却说：“我实在用不了这么不润滑的东西。”

哥哥的手机已挂，韩云志回拨了过去。韩云平说他开车回山上去接母亲回县城，今年的玉米丰收了，她前段回家帮着收玉米。他又说：“你要回去的话，就在高速路出口等我。”

韩云志在高速路出口下了车，向鹏飞说等他哥哥的车来了，他们再离开。但驻足不过十秒钟，收费站的高音喇叭就响起来，警示语音提醒不能在出口停车。韩云志催促他们快走，说他哥马上就到。向鹏飞开车离去，留下他站在路边的孤影。几分钟后，他忽然觉得自己就像当年读书时，站在路边一样的煎熬。

回家几天，只顾觥筹交错，也没跟父母说上几句话。

从山上下来回到县城，天已经黑了。转天吃过早饭，韩云志独自一人驾车从父母家出发回省城。从县城高速入口到京昆高速罗家沟枢纽，平时一个小时的路程，那天他却开了一小时二十分钟。一开始他总不能集中精力，开着开着就走神了。篝火晚会上那首《一晃就老了》的旋律总在耳畔回响，集体舞的场景老在眼前浮现。当他驾车穿过一千多米的隧道时，他多么希望这是一条时空隧道，从这头进去从那头出来的时候，依然能看见一张张青春稚气的面孔。他这样联想的时候，情感也随之波动，止不住眼前就朦胧起来。

他在心里不断警示自己：“集中精力，我在开车，我在开车！”可是只过去一小会儿，他就发现自我提醒不管用了，于是，他一狠心，就在自己大胯上使劲揪了一把，不承想下手过狠，禁不住“哎哟”一声。看来，只有这种方式才能真正起到集中注意力的作用。

车上了京昆高速主干道，大货车接二连三，韩云志选择了超车道。此后，他就这样一直被逼着、被推着往省城方向快速前行。

— 完 —